中华传世藏书

【图文珍藏版】

谚语歇后语大全

大全

第三册

赵然⊙主编

线装书局

二画

二月的兔——一窝两、一窝两个

二月的风筝——飞起来了

二月的竹心——掐得出水来

二月的笋心——掐得出水来

二月的闷雷——想(响)得早

一月的青蛙——呱呱叫

二月的青苔——起了心(芯)、起了心(芯)了

二月的春雷——想(响)得很

二月的菜薹——另有心(芯)、起了心(芯)、起了心(芯)了

二月的韭菜——头一茬、头一茬最新鲜

二月放纸鹞——风行一时

二月割韭菜——头一刀、第一回

二月去了八月来——不冷不热、热不着冷不着、热不着凉不着、热不着也凉不着

二月的蛋,八月的蒜——新鲜货

二月份穿单衣——为时过早

二月间的桃子——不熟

二月间的龙灯——不是耍的时候

二月间扇扇子——春风满面

二月里的羊——上不了坡

二月里的菜薹子——生了心

二月二拜年——不是时候、晚了三春、瞎搭、瞎献情

二月二下启——好孩

二月二吃煎饼——闲(咸)磨(馍)

龙灯

二月二的元宵——聋(龙)蛋

二月二的仓囤——咱围的不圆

二月二的猪头——供上了

二月二的煎饼——瘫(摊)了

二月二穿单衣——为时过早、为时还早

二月十五玩龙灯——不是时候

二八月干活——不冷不热

二八月的天气——一冷一热、不冷不热的、冷热无常、变化无常、忽冷忽热

二八月的衣服——形形色色

二八月的庄稼——青黄不接

二八月做农活——不冷不热

二八月里乱穿衣——形形色色随人喜

二八月的庄稼人——离把头

二九天的萝卜——冷了心

二九天穿单裤——威风不起来

二九天里打赤脚——傲得很

二十年的干饭没吃饱——饭桶

二十一天不出——坏蛋

二十一天不出鸡——坏蛋

二十一天孵不出山鸡——坏蛋

二十一天孵不出小鸡——坏蛋

二十一天不出鸡的鸡子儿——坏蛋

二十二天出小鸡——小环蛋从哪里蹦出来的

二十三的灶公鸡——没几天阳寿

二十四天不出鸡——坏蛋

二十四夜拗冬青——一折两断、一拗两断

二十七的月亮——有点盼头

二十八的月亮——连点影都没有

二十九过年——小尽(进)、小劲(进)

二十九的月亮——不照西

二十九天不出鸡——大坏蛋

二更打两下——碰点了

二更打二更——点点不差

二更打二鼓——一点不差

二更打两点——一点儿不差、一点也不错、没差儿

二更打两鼓——一点不差

二更梆子打两下——一下不错、不错、正是时候、没错、没有错、没错儿

二更梆子敲两下——正是时候、没错、没错儿、错不了

二更梆子敲两下儿——正是时候、没错、没错了、没错儿、错不了

二更天气敲两下梆——没有错

二更天敲钟鼓——逸(一)逸(一)当当

十天九雨——少情(晴)、缺少情(晴)意

十天九下雨——寡情(晴)

十天出太阳——实(十)情(晴)

十天跑完万里长城——一日千里

十月芥菜——起心(芯)

十月丝瓜——满肚私(丝)

十月怀胎——肚里有货、肚子里有货

十月窝瓜——满月私(丝)

十月蔗头——甜到尾

十月的天气——变化无常、一会儿阴,一会儿晴

十月的甘蔗——甜到头、甜到尾

十月的丝瓜——满肚私(丝)、满肚子私(丝)

十月的芥菜——齐心(芯)、老了、有心(芯)了、起了心(芯)了、齐(起)了心(芯)了

十月的柿了——懒(烂)货

十月的萝卜——动(冻)了心

十月的桑叶——没人睬(采)、谁来睬(采)你

十月的倭瓜——一肚子私(丝)、满肚子私(丝)

十月的螃蟹——横行不了几天

十月一烧寒衣——净(敬)滚(鬼)

十月的卷心某——心里有心

十月地里的蔓菁——受罪疙瘩

十月里的芥菜——齐心(芯)、老了、有心(芯)了、起了心(芯)了、齐(起)了心(芯)了

十月里的柿子——懒(烂)货

十月里的桑叶——谁来睬(采)你

十月里的鸡冠花——老来红

十月间吃橘子——分辨(瓣)

十月间的茄子——看你吊到几时

十月间的橘子——该红了

十月间的桑叶——没人睬(采)

十月间的鸡冠花——老来红

十月间草地的葱——心(芯)不甘(干)

十月中的柿子——懒(烂)货

十级台风——破坏性很大

十二月门神——一个面东,一个面西、挨冷受冻

十二月讲话——冷言冷语

十二月的蛇——打一十,动一下

十二月贩扇——不知时令、背时的买卖

十二月插秧——不是时候

十二月买纸扇——不知时令

十二月吃凉粉——点滴在心头

十二月吃冰棒——顿时凉了半截

十二月吃冰糕——心都凉了、凉了半截

十二月卖扇子——不识时务

十二月找杨梅——难上难、难上加难

十二月的门神——一个向东,一个向西

十二月的石板——冷凳

十二月的白菜——动(冻)了心

十二月的荸荠——不出头

十二月的脸蛋——动(冻)容

十二月的砧板——忙不过来

十二月的扇子——过时了

十二月的皇历——没几天翻了

十二月的蛤蟆——开不得口(比喻不好说话,或不好意思张嘴。)

十二月的猪油——够(垢)了

十二月送蒲扇——不识时务

十二月说梦话——夜长梦多

十二月耍流氓——动(冻)粗

十二月种芋头——外行、门外汉

十二月种麦子——外行(比喻没有经验或不懂。)、不是时候

十二月穿汗衫——怪不得他有、绷起不冷

十二月穿绸衫——怪不得他有

十二月摆擂台——动(冻)武

十二月逛公园——坐冷板凳

十二月落大雪——白天白地

十二月喝凉水——寒心

十二月的石板凳——冷凳

十二月的冻白菜——心硬

十二月的卷心菜——心(芯)里有心(芯)

十二月的猪板油——看到就够(垢)

十二月吃冰淇淋——冷透心肠

十二月树上的柚子——一碰就落

十二月天找杨梅——难上难、难上加难

十二月天钓田鸡——白费心机(壮族)

十二月里讲话——冷言冷语

十二月里说梦——夜长梦多

十二月里插秧——不是时候

十二月里吃冰水——叫人寒心、从头凉到脚

十二月里吃冰棒——透心凉、顿时凉了大半截

十二月里说梦话——夜长梦多

十二月里穿绸子——怪不得他有

十二月里喝了冰水——从头凉到脚

十二月间的桑叶——谁人睬(采)你

十二点对表——难(南)看

十二点的太阳——光辉普照、到自己头上、到自己头上了、轮到自己头上来了

十二点钟的太阳——光辉普照、到自己头上、到自己头上了、轮到自己头上来了

十二级台风——声势大、摧枯拉朽

十三点时辰钟——大声又不准

十三点的时辰钟——大声又不准

十三点的时表钟——声大又不准

十四的月亮——还有缺陷

十五的月亮——大量(亮)、好缘(圆)、团员(圆)、又光又圆、又圆了、只圆不扁、正大光明、圆满、圆又圆、圆圆满满、圆圆满满的、完美无缺

十五以后的月亮——非亏不可

十五夜的月亮——只圆不扁

十五晚上看月亮——原(圆)谅(亮)

十年无战事——安居乐业

十年不漱口——一张臭嘴

十年练一箭——功(弓)夫深

十年的旧棉袄——里外都不好

十年等个闰腊月——好难、机会难得、难得的机会

十年冤案无处申——冤枉、太冤枉

十年寒窗中状元——先苦后甜

十年逢个闰腊月——好不容易、机会难得

十年等来个闰腊月——好难得候到你

十冬腊月——动(冻)手动(冻)脚

十冬腊月生——动(冻)手动(冻)脚、动(冻)手动(冻)脚的

十冬腊月打鱼——时机不对

十冬腊月生的——动(冻)手动(冻)脚、动(冻)手动(冻)脚的

十冬腊月的娃——动(冻)手动(冻)脚

十冬腊月的葱——根枯叶黄心（芯）不死

十冬腊月赶集——冷场

十冬腊月捉猫——冷藏

十冬腊月涨水——寒潮

十冬腊月萝卜——动（冻）心啦

十冬腊月出房门——动（冻）手动（冻）脚

十冬腊月吃冰棍——心都凉了、里外都是凉的、顿时凉了半截

十冬腊月吃冰棒——透心凉

十冬腊月吃冰糕——寒心

十冬腊月吃凉面——寒了心

十冬腊月吃鸭梨——透心凉

十冬腊月抓杠铃——一举一动（冻）

十冬腊月刨地瓜——晚了三秋

十冬腊月的太监——冷宫（公）

十冬腊月的电扇——净吹冷风

十冬腊月的帅哥——冷峻（俊）

十冬腊月的鸡子——冷淡（蛋）

十冬腊月的萝卜——动（冻）了心

十冬腊月的韭菜——不死心（芯）、心（芯）不死

十冬腊月的篱扉——冷门

十冬腊月的榛子——动（冻）人（仁）

十冬腊月放暖气——温馨

十冬腊月洗海澡——太动（冻）人了

十冬腊月浇冷水——凉透啦

十冬腊月穿夹鞋——自动（冻）自觉（脚）

十冬腊月穿草鞋——动（冻）手动（冻）脚、自动（冻）自觉（脚）

十冬腊月穿单裤——凉了半截

十冬腊月借扇子——火气太大

十冬腊月捞红鱼——时辰不到、没到时辰、没到时候

十冬腊月掉水缸——凉了半截

十冬腊月掉冰窖——从头冷到脚、从头凉到脚

十冬腊月谈恋爱——动（冻）情

十冬腊月栽秧子——时候没对

十冬腊月喝冰水——真叫人寒心啦

十冬腊月喝凉水——点点入心、点点滴滴在心头、寒心

十冬腊月挺杠铃——一举二动（冻）

十冬腊月捕红鱼——看你到哪里去捞

十冬腊月吃冰淇淋——寒心、心都凉了、冷透心啦

十冬腊月的车印了——动(冻)辄(辙)

十冬腊月的大萝卜——哪能不动(冻)心

十冬腊月的老太太——冻婆

十冬腊月的冻馒头——冷漠(馍)

十冬腊月的卷心菜——心(芯)里有心(芯)

十冬腊月的鼓风机——吹冷风、专吹冷风

十冬腊月的冻豆包儿——又粘又硬

十冬腊月的冻豆包子——又粘又硬

十冬腊月掉到冰窟窿里——从头凉到脚

七月的雷——响得很

七月柿子——硬、硬、硬

七月荷花——一时香、一时鲜、正当时、红不了多久

七月黄瓜——很脆

七月割禾——太早

七月的河水——后浪推前浪

七月的柿子——难啃、涩嘴难咽

七月的荷花——一时香、一时鲜、红不久、红不了多久

七月的核桃——满人(仁)儿

七月的高粱——拔节长

七月的菱角——该(得)采了

七月的棉花——裂开啦

七月的黄瓜——皮老心不老、鬼鲜鲜

七月的嫩姜——不辣、味不辣

七月蒸年糕——赶早(枣)儿

七月的生柿子——难啃、啃不动

七月的枕头瓜——皮老心不老

七月的核桃子——满人(仁)儿

七月牛郎会织女——一年一度

七月的天,小孩的脸——说变就变

七月里荷花——一时鲜、红不久、红不了多久

七月里的菱角——该采了

七月里的棉花——裂开了

七月里的嫩姜——味不辣

七月间的风筝断了线——无踪迹

七月节泼水饭——鬼怪

七月初买月饼——不到时候

七月七生的——巧儿

七月七的夜——心(星)连心(星)

七月七过生日——赶巧、赶巧了、碰巧

七月七的喜鹊——归了天

七月七牛郎织女——一年一度、一年一度鹊桥会

七月七牛郎会织女——一年一回、一年一度

七月七日的夜——心(星)连心(星)

七月七日过生日——赶巧、赶巧了

七月十五发大潮——挡不住

七月十五吃月饼——赶先(鲜)

七月十五种豆角——没结果

七月半——鬼节

七月半上坟——撞鬼

七月半进庙——撞鬼、拜神撞着鬼了

七月半的鬼——无官管、自由自在、饿也叫,饱也叫

七月半烧纸——替鬼忙财

七月半的苦瓜——没见过这号种

七月半的蚊子——真往肉里盯(叮)

七月半闹洞房——牛鬼蛇神结姻缘

七月半烧香纸——哄鬼

七月半烧纸钱——见(敬)鬼、哄鬼、信神信鬼

七月半花的纸钱——鬼要

七月半进庙撞鬼——老迷信

七月半给鬼烧纸钱——哄自己

七八月的南瓜——皮老心不老、皮老心正甜

七八月的高粱——红透了

七八月的番瓜——皮老心不老

七八月的葡萄——一串一串的、一嘟噜一串

八月灵枣——红到屁股眼啦

八月石榴——合不上、净是红点子、满脑袋的红点子、龇牙咧嘴、满脑袋点子、满脑红点子、该张嘴、该张嘴啦

八月台风——性命难保

八月的风——不好捉摸、难捉摸

八月的花——捂着鼻子也能闻到香

八月的藕——正摊嫩的时候

八月核桃——满人(仁)

八月葫芦——该下架啦

八月的天气——一会儿晴一会儿阴、一会儿晴一会儿雨、时晴时雨

八月的月亮——好缘(圆)

八月的石榴——笑开口、红透了、合不上、合不上了、合不上嘴、合不拢嘴、满脑红点子、满脑壳的点子、满脑袋的点子、满脑袋的红点子、满嘴红牙合不拢嘴、龇牙咧嘴

八月的生姜——越老越辣

八月的芝麻——满顶啦、结顶了

八月的地瓜——又白又嫩

八月的花椒——龇牙咧嘴、龇牙咧嘴的

八月的丝瓜——黑心、黑了心、黑心子

八月的苦瓜——心里红

八月的栗子——爱张口

八月的桂花——到处飘香、遍地香、遍地留香

八月的莲藕——又鲜又嫩

八月的柿子——老来红、红透了、爱张口、熟透了、越老越红

八月的涨水——涨得快,退得快

八月的核桃——满人(仁)、满满的人(仁)、挤满了人(仁)儿

八月的粪缸——越淘越臭

八月的潮水——涨得快,跌得也快

八月的葡萄——成串的

八月桂花开——到处飘香

八月的老天爷——时晴时雨

八月的黄瓜棚——空架子

八月霜杀的花园——空荡荡

八月飘香香满园——桂林

八月里的瓜——不摘自落

八月里的蒜——味道尖

八月里的石榴——合不拢嘴、乐龇了牙、满脑袋的红点子

八月里的芝麻——满顶、满顶啦

八月里的丝瓜——黑心、黑了心

八月里的柿子——越老越红

八月里的核桃——挤满了仁(人)

八月里的葡萄——一嘟噜一串

八月里捉螃蟹——有一个捉一个

天文类歇后语

八月里照螃蟹——有一个捉一个

八月里的软柿子——捏啥来啥

八月里的软柿饼——捏啥来啥

八月里的黄瓜棚——空架子

八月里的黄瓜棚子——空架子

八月间的生姜——越老越辣

八月间的石榴——一脑壳的红点子、满脑壳的红点子

八月间的地瓜——又白又嫩

八月间的柿子——越老越红

八月间的葫芦——该下架了

八月间的核桃——满人(仁)、遭棒棒、挤满了人(仁)

八月八的蚊子——嘴头子厉害

八月十三晚上打坏碗——九月菊(镉)

八月十五过年——差远了、差得远、差了节气、差了几个节气、还差个节气、还差几个节气、还差个季节

八月十五蒸糕——趁早(枣)

八月十五磨麦——太早了

八月十五云遮月——扫兴、不该兔子露脸

八月十五无月光——不该咱露脸

八月十五月儿圆——年年有

八月十五办年货——赶早不赶晚

八月十五生孩子——赶巧了、赶上节了、赶到节上了

八月十五打兔子——差远了、差得远

八月十五过端午——迟了

八月十五过端阳——迟了、晚了

八月十五吃元宵——与众不同、认错了节、搞错了节

八月十五吃月饼——齐心、齐了心、齐了心的、正是时候、遇缘(圆)

八月十五吃年饭——早着哩、还早哩

八月十五吃年糕——还早、还早了点、有料理

八月十五吃饺子——破了常规

八月十五吃粽子——不是时候、不是那个时候

八月十五团圆节——一年一回

八月十五会朋友——节约(邀)

八月十五杀兔子——有没有都过节

八月十五过端阳——迟了、晚了

八月十五坐月子——赶在节上了、正赶在节上、正好赶在节上

八月十五坐龙盘——真(蒸)糟(枣)糕

八月十五卖门神——太早,不是时候

八月十五的月饼——人人欢喜、个个喜爱、上下有缘(圆)、遇了缘(圆)、一盒来了一盒去、一盒子来,一盒子去、你来我去

八月十五的月亮——分外明、又圆又满、年年如此、年年都一样、正大光明、团团圆圆、圆的、圆定了又缺、众人仰望

八月十五的西瓜——管打

八月十五的圆月——没有缺角无人嫌

八月十五的莲藕——正当鲜嫩时

八月十五的海浪——高超(潮)

八月十五过端午——晚了、迟了

八月十五过端阳——晚了、迟了

八月十五放木排——赶潮头

八月十五面朝火——渐渐冷了

八月十五种花生——迟了、晚了、瞎指挥、瞎折腾

八月十五种豆子——晚了三秋、晚了三秋了

八月十五种荞麦——晚瞧(荞)

八月十五玩龙灯——拖后大半年

八月十五看龙灯——迟了大半年、晚了大半年(比喻太晚来不及了。)

八月十五送月饼——赶在节上

八月十五捉兔子——有你过节,无你也过节(比喻有没有无关大局。)

八月十五贴门神——晚了大半年、晚了半年了

八月十五闻桂香——花好月圆

八月十五耍大刀——明侃(砍)

八月十五桂花香——花好月圆

八月十五赶年节——准备得不晚

八月十五涨大水——一浪高一浪

八月十五涨大潮——一浪高一浪、一浪高过一浪、后浪推前浪

八月十五套年磨——早点

八月十五断月饼——延在节上

八月十五钱塘潮——后浪盖前浪

八月十五蒸年糕——有料、有料理、趁早(枣)

八月十五割黄豆——少一铺

八月十五磨年麦——早办

八月十五磨年面——早办

八月十五的团圆饼——不送外人、不给外人

八月十五送鸡子儿——没这一理(礼)、没这个理(礼)

八月十五捉个兔子——有你无你都过节、有你过节,没你也过节、有你也过节,没你也过节

八月十五捉只兔子——有你无你都过节、有你过节,没你也过节

八月十五的糍粑肚子——好心

八月十五捉了个兔子——有你无你都过节、有你过节,没你也过节、有你也过节,没你也过节

八月十五夜晚吃月饼——不给外人、上有圆下有圆

八月十五提灯照螃蟹——不提它也奔你来

八月十五打下过年的糕——打谱可早了

八月半的月亮——格外明、正大光明、圆圆滚滚

八月半的亮月子——圆圆滚滚

八月半夜上吃圆饼——上有缘(圆)下有缘(圆)

八月半夜里吃月饼——上有缘(圆)下有缘(圆)

八月半夜里吃圆饼——上有缘(圆)下有缘(圆)

八月节的核桃——满人(仁)了

八月节放鞭炮——没人当回事

八月节送鸡子儿——没这道理(礼)

八月十八放木排——赶潮头

八月三十晚上打坏碗——九月菊(镉)

九天吃凉水——点滴在心上

九月吃糕——下好

九月柿子——脸红了、脸儿红了

九月重阳——登高

九月的甘蔗——一节比一节甜、甜到心、甜到心上

九月的石榴——一肚子疙瘩点子、闭上嘴了

九月的菱白——灰心

九月的南瓜——皮老心不老

九月的高粱——老来红

九月的柿子——红透了、软不拉耷

九月的燕子——坐不久

九月的辣椒——老来红

九月的寒霜——逞凶的日子不长了

九月种花生——不合时宜、不合时宜,过了季节

九月的老石榴——一肚子疙瘩点子

九月老汉占茅房——老不死(屎)

九月菊花逢细雨——点点入心、点点润花心

九月的菊花逢细雨——点点入心

九月的寒霜,二月的风——长不了

九月里的甘蔗——一节比一节甜、甜到心、甜到心上

九月里的白菜——灰了心

九月里的茭白——灰心

九月里的菊花逢细雨——点点入心

九月间的甘蔗——一节比一节甜、甜到心、甜到心上

九月间的菊花逢细雨——点点入心

九月初八过重阳——不久(九)、不到时辰

九月九上山——登高望远

九秋的高粱——老来红

九霄云外——天外有天

九霄云里炒青菜——不沾边

入伏的庄稼——神长

入伏的苞米——拔节旺长

入伏的高粱——天天向上

入夏的羊毛——非剪不可

入秋的石榴——点子多、点子不少

入秋的高粱——老来红、晒红脸儿了

入冬的大葱——根枯叶黄心(芯)不死

入冬的毒蛇——僵了

入蛰的长虫还了阳——蠢蠢欲动

三画

土星不叫土星——泥性(星)

三天不吃饭——充个卖米汉、有气无力、肚里没货

三天不吃盐——讲话没味、嘴巴没味儿

三天不拉屎——混(粪)账(胀)、满肚子粪

三天不洗脸——有肉吃

三天不喝水——不(没)料(尿)

三天不睡觉——没精打采

三天吃六顿——穷开心

三天没吃饭——有气无力、肚里没货

三天的刺猬——毛嫩着哩

三天孵窝鸡——那也太快了

三天的小草鸡——憋不出个蛋来

三天不偷小菜——冒充好人

三天绣一朵花——真（针）慢

三天下了两碗面——生意上门了

三天不说两句话——少言

三天不偷装老大——假正经、假装正经

三天卖九条黄瓜——一天有三跳（条）、浪荡、混日子

三天卖九根黄瓜——一天有三跳（条）、浪荡、混日子

三天卖两条黄瓜——不慌不忙、不紧不忙

三天卖掉两碗面——没生意

三天爬不到河边——笨蛋

三天爬不到河沿——笨鳖

三天吃不完一碗饭——还是现的

三天卖了九根黄瓜——净扯里根扔

三天打鱼，两天晒网——磨洋工、忙里偷闲、做做停停、做得少丢得多、做得少要得多

三天的徒弟做豆腐——撑不住作

三天拣了两包牛屎——慢工出细活

三天爬不上河沿的王八——好一个笨蛋、好一个笨鳖

三天不喝水吃一棵杨梅——又痛快又不过瘾

三天卖不出去的猪下水——心肠坏、一副坏心肠

三天半的徒弟——没学会

三日不吃饭——眼前花

三日肩头四日腿——过个时间就行了

三月打扇——一面春风

三月生孩子——春天（添）

三月的风筝——越放越高

三月的禾苗——越长越壮、越长越兴旺

三月的冰河——开动（冻）、开动（冻）了、开了动（冻）

三月的芥菜——心（芯）里烂、另有心（芯）、早生心（芯）、起了心（芯）

三月的豆角——角嫩

三月的杨柳——分外亲（青）

三月的果子——一天一个样

三月的青蛙——呱呱叫

三月的油菜——谎（黄）话（花）

三月的菜薹——不能(嫩)、早有心(芯)、早起了心(芯)

三月的绿苔——不能(嫩)

三月的桃花——水灵、谢了、空好看、红不了几天、经不起风雨、经不起风吹雨打

三月的黄瓜——鲜嫩、有点嫩

三月的榆树——有余(榆)钱

三月的樱花——谢了、开过了、红不久、红不了多久、红火一片、鲜一时

三月的樱桃——一片火红、一片红火、红火一片、红不久

三月沿冰凌——危险

三月腊鸭子——全靠一张嘴子

三月黄大麦——头勾下去啦

三月鹧鸪叫——寻偶

三月的木棉花——涨(长)得通红

三月的蚕豆花——黑了心

三月的桃花苞——一天一个样

三月十二月聊天——直(植)说直说

三月江南的菜花——遍地开、遍地皆是、到处都有

三月江南的菜地——遍地皆是

三月江南菜花开——遍地皆是

三月龙舟逆水去——力争上游、个个出力

三月种薯四月挖——你的根底我知道

三月街上卖大铙——听他(它)的声音

三月栽薯四月挖——急不可待、急于求成、你的根底我知道、没有多少根薯

三月的白薯四月挖——能有几根强

三月的阴天抹开脸——还了阳

三月的阴天刮开了脸——还阳啦

在三月的冰河上走路——危险

三月间生孩子——春天(添)

三月间的柳花——谢了

三月间的红苔——殡(病)了

三月间的芥菜——另有心(芯)、起心(芯)、起了心(芯)、早起了心(芯)

三月间的蚕豆——黑心(芯)

三月间的青菜——有心(芯)

三月间的青蛙——呱呱叫

三月间的油菜——谎(话)话(花)

三月间的萝卜——起心(芯)

三月间的菜薹——不嫩、有心(芯)、早有心(芯)

三月间的蛤蟆——呱呱叫、满河湾里叫

三月间的桃花——谢了、谢过了、卸(谢)过了、经不起风雨、经不起风吹雨打

三月间的樱桃——红了、红不久、红不了多久、红透了、没几天红火的了

三月间扇扇子——春风满面

三月间敞胸衣——怀春

三月间煎蚕豆——亲(青)热

三月间的梅子结果——一股寒酸味

三月里鸣锣——战鼓催春

三月里赏花——万紫千红一片春

三月里敞胸——怀春

三月里生孩子——春天(添)

三月里的白菜——早就有心(芯)

三月里的芥菜——起了心(芯)

三月里的杨柳——分外亲(青)

三月里的青蛙——呱呱叫

三月里的蚂蚱——不张嘴

三月里的桃花——谢了、空好看、红不了多久、经不起风雨、经不起风吹雨打、经不起风雨打

三月里的扇子——闲着

三月里的蛤蟆——不张嘴

三月里炒蚕豆——又亲(青)又热

三月里借扇子——满面春风、春风满面

三月里断了粮——青黄不接

三月里断吃的——青黄不接

三月里扇扇子——满面春风、春风满面

三月里的蚕豆花——黑了心(芯)

三月里炒青蚕豆——又亲(青)又热、又是亲(青)又是热

三月清明年廿九——老师不走学生走

三月天,孩子脸——说变就变

三月天的布谷鸟——催耕忙

三月天里摇蒲扇——春风满面

三年陈账——还翻它做什么

三年不下雨——多情(晴)、久有情(晴)、老情(晴)

三年不开窗——闷死了

三年不拉屎——混(粪)账(胀)

三年不种花——道(稻)地

三年不屙屎——混(粪)账(胀)

三年不刷牙——嘴臭、一张臭嘴、开口嘴臭

三年不漱口——臭嘴、一张臭嘴、还是一张臭嘴、嘴臭

三年的忙棰——锤(棰)炼到了家

三年的菜薹——不论(嫩)

三年的陈账——还翻它做什么

三年的葫芦——不论(嫩)

三年不知肉味——不吃香、不吃荤

三年赶了庙会——这才上算

三年不耕种的地——荒了

三年不逛三月街——心里有数

三年没人登门槛——孤家寡人

三年没见过肉味——不吃香

三年等个闰腊月——总有那一天、谁也有用得着谁的时候

三年喂个九斤猪——得张嘴

死了三年的老鸹——光剩嘴

落了三年黄梅雨——绝情(晴)

穿了三年的乌拉——破鞋

盖了三年的破被——老套子

三千年开花,五千年结果——老果果

三九四九——冰上走、冻死老狗

三九穿单裤——威风不起来

三九天——太冷了、动(冻)手动(冻)脚、冻煞出力的人

三九天开桃——动(冻)了春心

三九天打仗——冷战

三九天打枪——冷射

三九天出门——动(冻)手动(冻)脚

三九天过河——方便

三九天挽弓——射冷箭

三九天谈心——冷言冷语

三九天赶集——冷场

三九天请客——冷遇

三九天涨水——寒潮

三九天摇船——寒碜(撑)

三九天跑步——冷冻(动)

三九人裸奔——动(冻)手动(冻)脚的

三九天一盆火——够温暖的
三九天开桃花——稀奇古怪、动(冻)了春心
三九天不穿棉——缩手缩脚
三九天打抖抖——冷战(颤)
三九天打呵欠——满嘴气
三九天吃冰块——凉透了、从里到外凉透了
三九天吃冰棍——又硬起来了、冷暖自知、冷暖自己知、寒心、寒了心
三九天吃凉棒——凉到心里、寒心
三九天吃凉粉——过时了
三九天吃梅子——寒酸
三九天吃辣椒——嘴辣心热
三九天光脑袋——大动(冻)脑筋
三九天卖凉粉——不识时务
三九天的下装——冷酷(裤)
三九天的乞丐——又冷又饿
三九天的太监——冷宫(公)
三九天的冰棍——没人理、又硬起来了
三九天的鸡子——冷淡(蛋)
三九天的帅哥——冷峻(俊)
三九天的椅子——冷板凳
三九天的烧饼——冷漠(馍)
三九天的萝卜——心都冷了、冷了心、动(冻)了心
三九天的蜡梅——冷艳
三九天的篱扉——寒门
三九天送皮袄——暖人心
三九天送扇子——不领情、没人领情
三九天种小麦——不是时候
三九天种苞谷——不是时辰、不是时候
三九天种地瓜——怪哉(栽)
三九天说热话——寒暄
三九天穿大褂——抖起来了
三九天穿汗衫——傻愣
三九天穿坎肩——邯(寒)郸(单)
三九天穿单衣——威(畏)风、抖起来了、抖不起威风、威风不起来
三九天穿单衫——威(畏)风、抖起来了、抖不起威风、威风不起来
三九天穿单褂——威(畏)风、抖起来了、抖不起威风、威风不起来、卖冻肉

三九天穿背心——邯(寒)郸(单)

三九天穿裙子——美丽动(冻)人、关丽又动(冻)人

三九天穿短衫——抖不起威风

三九天穿凉鞋——自动(冻)自觉(脚)

三九天看画像——冷眼观人

三九天看牡丹——冷眼观花

三九天捉猫猫——冷藏

三九天掉冰窟——凉透心、抖起来了

三九天搞射击——打冷枪

三九天喝老酒——打心里热乎

三九天喝凉水——从里凉到外、寒心

三九天喝姜汤——热心、热心肠

三九天桃花开——罕见、离奇、太离奇、动了春心、稀奇古怪

三九天掉冰窟——抖起来了

三九天淋冷水——从头顶凉到脚后跟

三九天穿皮袄——暖人心

三九天扇扇子——心中有火、心里有火

三九天穿单衣——威(畏)风

三九天下连阴雨——冷酷无情

三九天不穿棉衣——缩手缩脚

三九天不戴帽子——赛(晒)脸、动(冻)脑筋、好动(冻)脑筋、最爱动(冻)脑筋、脑袋
清醒

三九天生的孩子——愣(冷)娃

三九天吃冰块儿——从里到外凉透了

三九天吃冰淇淋——心都冷了

三九大吃冰柿子——寒心

三九天吃冻柿子——寒心

三九天进凉窖子——凉透了

三九天的叫花子——又冷又饿

三九天的穷书生——寒士

三九天的豆腐干——冷冰冰,硬邦邦

三九天的草房子——寒舍

三九天说热心话——寒暄

三九天摆龙门阵——冷言冷语

三九天喝老陈醋——寒酸

三九天吃块凉年糕——埋住心

三九天吃根凉年糕——埋住心

三九天冰雪加严霜——一层更比一层寒

三九天掉进冰窟窿——凉透、凉透心、凉透了心、直打冷颤、直打寒颤

三九天掉进冰窖里——凉透、凉透心、凉透了心、直打冷颤、直打寒颤

三九天掉进冰窟窿——凉透、凉透心、凉透了心、直打冷颤、直打寒颤

恰似三九天送炭——及时

三九天里打赤脚——傲得很、傲得很咧

三九寒天喝老酒——身上怪热乎的

三九寒冬喝老酒——身上怪热乎的

三十拜年——早了一步

三十看皇历——没期了

三十晌午卖供桌——越混越宽展、越混越宽裕

三十晌午打只兔子——有它过年,没它也过年

三十夜讨秧——图嘴巴快活

三十夜买年画——买的找不到卖的

三十夜折锞儿——替鬼忙财

三十夜的公鸡——喂不肥了

三十夜的饭甑——冒得空

三十夜洗被褥——不尴(干)尬(盖)

三十夜烧祖宗——做给活的看

三十夜唱夜歌——不是戏

三十夜提空篮——无事忙

三十夜催年猪——为时太迟、怎来得及

三十夜折纸锞儿——替鬼忙财

三十夜的切菜板——不得空

三十夜的灶老爷——挤不上天

三十夜跑走了牛——明年的事

三十夜的灶王爷上天——一天来回

三十夜的灶老爷上天——一天来回

三十夜生个儿,年初一死了——空喜

三十夜里耍猴——闹的热闹

三十夜里打兔子——没影的事

三十夜里出天行——死不作声

三十夜里归了天——有福不享

三十夜里犯牙疼——没有口福

三十夜里死了人——死不作声

三十夜里吃年饭——没外人、胡说不能胡说

三十夜里按门铃——来的都是拜年人

三十夜里拉肚子——存不住隔年货

三十夜里看月亮——没见过、没盼头、没影的事

三十夜里送年糕——讨个好吉利

三十夜里借算盘——算尽了头

三十夜晚上生的——鬼货

三十晚没月亮——年年如此

三十晚打老娘,年初一拜年——理归理,罚归罚

三十晚上——万家灯火

三十晚上走路——一片漆黑、没影儿、没影子

三十晚上发丧——又喜又悲、悲喜交加

三十晚上讨秧——图嘴巴快活

三十晚上讨账——找上门来了

三十晚上问路——走不远

三十晚上吃鱼——有头有尾

三十晚上走路——没影儿、没影子、一片漆黑

三十晚上爬门——高望

三十晚上放屁——精(惊)神

三十晚上要账——催命鬼

三十晚上借债——年关难过

三十晚上理发——到头了

三十晚上逼债——年关难过

三十晚上嫁女——托福求财、托福求财好过年

三十晚上熬年——送旧迎新

三十晚上熬夜——送旧迎新

三十晚上下枯井——活到头了

三十晚上才阉鸡——等不及

三十晚上无月亮——年年都是一样的

三十晚上包饺子——谁家都有

三十晚上切的菜——急着用

三十晚上失了牛——明年的事

三十晚上出月亮——头一回、没那个事

三十晚上死头驴——不好也算好

三十晚上杀母猪——供不了神,又害一条命

三十晚上吃大肠——死塌了嘴

三十晚上吃年饭——没外人、没得外人

三十晚上吃饺子——没外人

三十晚上吃鱼儿——有头有尾

三十晚上吃糍粑——黏(年)到一起了

三十晚上丢叫驴——不行(寻)了

三十晚上买门神——不能再迟了

三十晚上买灶爷——买的找不到卖的

三十晚上没月亮——年年如此

三十晚上走了牛——明年的事

三十晚上卖门神——脱货求财

三十晚上卖灶王——有卖的没买的

三十晚上卖灶爷——卖的找不到买的

三十晚上的门神——谈不拢

三十晚上的月亮——没盼头

三十晚上的砧板——不得空、没得空、没得空儿

三十晚上的案板——不得空、没得空、没得空儿

三十晚上的油水——你有我有大家有

三十晚上的粑粑——人有我有

三十晚上放学徒——不知穷人苦

三十晚上放鞭炮——辞旧迎新

三十晚上挂门神——倒贴

三十晚上挂判官——废话(画)

三十晚上挂福字——倒贴

三十晚上贴门神——不要脸

三十晚上贴福字——倒贴(指白白地送人)

三十晚上盼月亮——没指望、想也不要想、白话谈黑了

三十晚十盼初一——指日可待

三十晚上咽了气——活不到大年初一、活不到初一、等不到来年

三十晚上看历书——以后没得日子

三十晚上看月亮——白费眼力、没指望、没得指望

三十晚上看皇历——没日子了、没时间了、没期了

三十晚上修车子——今年不行

三十晚上说大书——讲的讲,听的听

三十晚上谈大书——讲的讲,听的听

三十晚上洗衣服——今年不干(干)明年干(干)

三十晚上洗被褥——不尴(干)尬(盖)

三十晚上借面板——谁家都使唤

三十晚上借菜刀——不是时候、不看时候

三十晚上借蒸笼——不是时候、不看时候、你蒸叫人家卤吗

三十晚上煮稀饭——不像过年样、不像过年的架势

三十晚上晒衣裳——今年不干明年干

三十晚上提竹篮——昼夜忙

三十晚上唱夜歌——不是戏

三十晚上烧袼褙——没指(纸)儿啦

三十晚上缺田螺——有它过年,无它好过年

三十晚上喂年猪——来不及了

三十晚上晾衣裳——今年不干明年干

三十晚上催年猪——来不及了

三十晚上踹年猪——不赶趟了

三十晚上敲锣鼓——不知穷人苦不苦

三十晚上熬稀饭——不像过年的架势

三十晚上熬稀粥——不像过年的样子

三十晚上熬菜汤——没有(肉)、没有肉

三十晚上翻皇历——只看过去,不看将来、到头了、没期了、没日子了、没得盼头了、
终于到头了、没得指望了、只管过去,不管将来

三十晚上打包包锣——不当好事办

三十晚上吃团年饭——人齐话圆

三十晚上吃团圆饭——人齐话圆

三十晚上吃豆腐渣——肚子里没啥

三十晚上送灶老爷——来不及了

三十晚上的灶王爷——升天了

三十晚上的爆竹铺——有多少卖多少

三十晚上不见了叫驴——不行(寻)了

三十晚上折纸锞送灶王——寻常事、寻事做

三十晚上的灶王爷上天——一天来回

三十晚上打妈妈,年初一拜年——理归理,罚归罚

三十晚上才想起给灶王爷吃糖果——来不及

三十晚夕吃年饭——没得外人

三十晚夕的门神——贴反了

三十晚夕喂年猪——哪门搞得赢

三十儿晚上卖灶王——有卖的无买的

三十儿晚上没月亮——年年如此

三十儿晚上敲锣鼓——不知穷人苦不苦

三十初一吃饺子——都一样

三十年守寡——老等着、好守(手)

三十年做寡妇——好手(守)、老手(守)

三十年的祖坟——请陪(培)

三十年的蚂蚱——老油(蚰)子

三十年的寡妇——好手(守)、老手(守)

三十年的旧棉絮——老套子

三十年的纺织娘——老油(蚰)子、老油(蚰)嘴

三十年的撑船手——老搞(篙)家

三十年开花,三十年结果——老哥(果)哥(果)

三十年夜的粑粑——人有我有

三伏见霜雪——荒唐

三伏吃冰砖——心里爽快

三伏的风,三九天的火——很及时

三伏里的蛇——真毒

三伏天下雨——雷对雷

三伏天下雪——荒唐

三伏天下霜——不常见

三伏天打抖——不寒而栗

三伏天发抖——不寒而栗

三伏天的风——捉摸不定、一会西,一会东、一会儿西,一会儿东

三伏天的冰——见不得太阳、见不得阳光

三伏天的雨——说来就来

三伏天的狗——上气不接下气、喘不上气、喘气不息

三伏天的蛇——真毒

三伏天的酱——有屈(蛆)

三伏天游泳——浑身舒畅

三伏天睡觉——不领情

三伏天下大雪——热中有凉

三伏天生炉子——热上加热

三伏天打摆子——一阵冷,一阵热

三伏天发冷饮——正中下怀

三伏天吃西瓜——痛快、凉爽、凉爽透了

三伏天吃冰块——浑身清凉

三伏天吃冰砖——心里爽快

三伏天吃冰棍——凉了心、凉到心里、凉透了心

三伏天吃冰棒——外面虽热心里凉

三伏天吃冰糕——心里凉快

三伏天吃狗肉——只怕你受不了、你未必受得了、谁能接受

三伏天进水缸——凉了半截

三伏天进冰窖——忽冷忽热

三伏天卖凉粉——不识时务

三伏天卖烂鱼——尽是臭货

三伏天卖腊肉——臭货

三伏天耍朋友——热恋

三伏天的太阳——人人害怕

三伏天的电扇——忙得团团转

三伏天的皮袄——挂起来了

三伏天的冰块——见不得太阳、见不得阳光、怕见阳光

三伏天的冰雹——来者不善

三伏天的冰棍——人人喜欢、个个喜爱、见不得阳光

三伏天的冰棒——见不得太阳

三伏天的庄稼——一天一个样、一天变个样

三伏天的烂鱼——臭货

三伏天的波涛——热浪

三伏天的凉风——来得是时候、来的是时候、来的正是时候

三伏天的扇子——不离手

三伏天的高粱——拔节透顶、节节往上升

三伏天的黄狗——张口喘气

三伏天的爆竹——一碰直炸、一碰就炸

三伏天牯钻塘——赖着不动

三伏天烘木炭——热火得很

三伏天穿皮袄——不合时宜、不是时候、不识时务、不懂得看气候、生就的福气、各好一道儿、乱套、乱了套、乱套了、里外发热、热心、显有、武(捂)汉(汗)

三伏天穿棉袄——乱了套、里外发烧、里外发热

三伏天烧炉子——可热火啦、可热乎了、真够热火、冒汗

三伏天借扇子——不识时务

三伏天盖棉被——武(捂)汉(汗)

三伏天喝冰水——正中下怀、恰到好处、凉透心、真是透心的凉、美滋滋、美滋滋的、心里美滋滋、心里美滋滋的

三伏天喝凉茶——正是时候、浑身爽快

三伏天絮棉袄——闲时预备忙时用

三伏天雷阵雨——一会儿的事

三伏天孵小鸡——坏蛋、坏蛋多

三伏天孵小鸭——坏蛋、坏蛋多

三伏天戴棉帽——不知季节

三伏天不戴草帽——赛（晒）脸

三伏天吹西北风——莫名其妙

三伏天的高粱秆——节节上升

三伏天的高粱苗——节节往上长

三伏天的煤炉子——可热火了

三伏天的热萝卜——别看鲜嫩不很辣哩

三伏天的黄泥巴——热土

三伏天的隔夜饭——臭货、肮脏货

三伏天的臭豆腐——闻起来臭，吃起来香

三伏天的馊豆腐——变坏了

三伏天的雷阵雨——一会儿的事

三伏天刮西北风——莫名其妙、沙尘暴来了

三伏天喝冰汽水——舒心透了

三伏天跳进冰窖——浑身凉了个透

三伏天卖不掉的肉——臭肉、臭货、肮脏货

三伏天卖不脱的肉——臭货、肮脏货

三伏天的硬壳辣椒——嘴尖皮厚

三伏天闹市卖冰水——天时地利人和都有了

三伏天洗个凉水澡——真痛快

三伏天喝杯酸马奶——痛快

三伏天癞狗的舌头——耷拉下来、搭拉下来

三伏天的狗儿伸舌头——垂涎三尺

三伏天喝了杯冰汽水——美滋滋、美滋滋的

三伏天的风，三九天的火——很及时

三伏天喝碗拌了蜜的凉水——快活透了

三伏天里卖鲜血——只死不活

三伏天里卖鲜鱼——只死不活

三更已过——晚了

三更出世——害（亥）死（时）人

三更敲两锣——差一点

三更竹梆敲两更——错了、少一点都不行

三更天下生——害（亥）死（时）人

三更天发情——早春

三更天拜堂——早婚

三更天做梦——昏头昏脑

三更天唱歌——高兴得太早了

三更天上厕所——出早工（恭）

三更天产公主——早生贵子

三更天怀娃娃——早孕

三更天耍朋友——早恋

三更半夜出世——害（亥）死（时）人

三更半夜养的——害（亥）死（时）人

三更半夜聊天——尽讲黑话

三更半夜见太阳——离奇、太离谱、稀罕事

三更半夜出太阳——离奇、太离谱、稀罕事

三更半夜解大手——实在不得已

干旱的庄稼——熟得早

干雷不下雨——有名（鸣）无实、虚张声势

大云端里降甘露——天水

大风卷小雪——吹了

大风穿石洞——硬气

大风刮羊圈——飞扬（羊）跋（拨）扈（户）

大风刮麦芒——讽（风）刺

大风刮蒺藜——连讽（风）加刺、连讽（风）带刺

大风刮碌碡——长（场）里看、往长（场）里看

大风灌烟囱——倒憋气

大风吹倒玉瓶梅——落花流水

大风吹倒帅字旗——出师不利、乱糟糟

大风吹倒梧桐树——自有旁人论长短、自有旁人论短长、自有旁人说长短、自有旁人说短长

大风刮倒蒺藜树——连讽（风）带刺，自有别人说长短、自有别人说短长、有的说短，有的说长

大风吹倒黄桶水——一家人不认一家人

大风吹翻麦草垛——乱七八糟、乱糟糟、草灰满天

大风刮了帽子铺——胡扣

大风刮了颊耳去——踊也赶不上

大风刮倒了帅旗——出师不利

大风刮倒元枣树——是（柿）话（花）不提

大风刮倒软枣树——是（柿）话（花）不提

大风掀走窝棚顶——一下子全亮了底

大风掀起窝棚顶——一下全亮出来、一下子全亮了底

大风刮倒软柿子树——是（柿）话（花）不提

对着大风吃炒面——有口难张

吹大风吃炒面——开哪门口

顶大风过独木桥——担风险

顶着大风过独木桥——险啦

趁着大风扫街——假积极

大风天吃炒面——口难开、不好开口、难开口、难张口、张口到不了嘴

大风天卖炒面——吹了、一吹就凉

大风天的油灯——吹了

大风天的蜡烛——吹了、一吹就灭

大风天过独木桥——通不过、难通过、担着三分险

大风天的油灯盏——吹了

大风天吹倒帅字旗——出师不利

大风天里点灯——不可靠、吹灭了、靠不住

大风天里吃炒面——有口难开

大风天里卖炒面——吹了

大风里点灯——靠不住

大风里吹牛角——两头受气、两头漏声

大风里吃炒面——不张嘴、不好开口、不好张嘴、开不了口、开不了嘴、有口难开、说不出话来、怎么张开口、张不了嘴、张不开嘴、张不得嘴、难开口、难张口、你咋张开口了

大风里掉了下巴——嘴也赶不上

大风地里点灯——难着、没指望

大风地里吃炒面——不张嘴、不好开口、不好张嘴、开不了口、开不了嘴、有口难开、说不出话来、怎么张开口、张不了嘴、张不开嘴、张不得嘴、难开口、难张口、你咋张开口了

大风地里吹牛角——两头受气、两头漏气、两头漏声

大风地里点油灯——吹了、一吹就了

站在大风地里——身不由己

大风头上吃炒面——咋张开嘴

大雨打田鸡——眼睛叭瞪叭瞪

大雨落鸡汤——灵（淋）活

下大雨出蒜——一提就是一朵骨

下大雨站院里——轮（淋）到头上了

下大雨淋湿墙——言(檐)短

趁着大雨泼污水——销赃(消脏)灭迹

大雨天上房——找漏洞、专找漏洞

大雨天打麦子——难收场

大雨天背棉花——越背越沉、越背越重

大雨天背咸盐——越走越轻

大雨中送殡——重难

下大雨前刮大风——笨虫也能知道

大雨后出太阳——热气腾腾

大雨里跑出尘土来——风里来雨里去

大雨窝里扛青盐——越扛越轻

大雨窝里背羊毛——越背越重

大雪压毛竹——脆弱的先倒

大雪下在戏台上——坦(毯)白

大雪未化又打霜——寒上加寒

大雪落在海里头——看得见,摸不着

大雪落到大海里——看得见,摸不着

下大雪找蹄印——罕见

下大雪卖扇子——不是时候

大雪天走路——一步一个脚印

大雪天走道——一步一个脚印

大雪天吃冰棒——凉了半截

大雪天找蹄印——离奇、太离奇、难极了

大雪天过独木桥——心惊胆战

大雾笼罩山腰——不识真面目

大雾中行船——看不远

大雾天观山——不见真面目

大雾天放鸭子——有去无回

大雾天看山峰——渺茫、渺渺茫茫

大雾天看星星——迷迷糊糊

大雾天里看星星——迷迷糊糊

大雾里看天——迷迷糊糊

大雾里放鸭子——不见回头

大雾里看星星——迷迷糊糊

大自然的风——来去匆匆、来无影,去无踪

大天白日做美梦——胡思乱想

大白天打劫——明目张胆

大白天打更——乱了时辰

大白天点灯——浪费

大白天做贼——胆子不小

大白天掌灯——多余、多此一举、没有必要

大白天见阎王——活见鬼

大白天打灯笼——白找(照)、白搭、白搭工、暗无天日

大白天出星星——奇事、离奇、太离奇

大白天说假话——明骗人

大白天看月亮——打不到影儿

大白天点灯笼——白费蜡

大白天做美梦——胡思乱想

大白天打手电筒——多此一举

大白天的猫头鹰——睁眼瞎

大白天遇见阎王爷——活见鬼

大白天遇到阎王爷——活见鬼了

大白天碰见阎王爷——活见鬼

大白天碰见了阎王爷——活见鬼

大白天里抢劫——明火执仗

大伏天的粪缸——直翻泡

大伏天戴棉帽——乱套

大冷天吃辣椒——嘴辣心里暖、尝起来是辣的,心里却是暖的

大冷天喝姜汤——甜在嘴上暖在心里

大阴天吃凉粉——不看天气

大晴天晒山芋——干脆、干干脆脆

大晴天遭冰雹——晕头转向

大晴天晒山芋干——干脆、干干脆脆

大黑天没灯——难行

大黑天照镜子——没影儿、没影的事、没影的事儿、没影儿的事、没有那么一回事

大黑天开车没灯——难行

大热天烤火——白淌汗

大热天下暴雨——长不了、猛一阵

大热天吃生姜——好辣

大热天吃炒豆——干脆、干干脆脆

大热天抱火炉——又焦躁又难熬

大热天送火炉——不识时务

大热天穿皮袄——不是时候（比喻不合时宜。）

大热天穿棉袄——不是时候

大热天吊进井里——从头凉到脚

大热天掉到井里——从头凉到脚

大热天吃了冰激凌——舒坦极了

大热天喝了山泉水——浑身痛快

大热天捧个烂西瓜——想扔舍不得、想吃不能吃，想扔舍不得、想扔掉又舍不得

大热天掉到了冰窖里——浑身凉了

大旱天的甘霖——点点喜心头

大暑天下河——就要这凉快劲

大暑天吃冰棒——笃笃定

大暑天吃棒冰——笃笃定

大寒吃雪条——凉了心

大月光下打电筒——多此一举

大月光夜里打电筒——多事

大年历本——无好日

大年不换门神——依旧

大年三十吃肉——还用你说

大年三十吃粥——过的不是年、没打算过年

大年三十坐夜——越久越红

大年三十要账——催命鬼

大年三十打糯子——贴对

大年三十打浆糊——贴对子

大年三十去投井——真没法过了

大年三十写春联——不能再迟

大年三十吃饺子——没有外人

大年三十吃稀饭——过的不是年、没法过年

大年三十买门神——再也迟不得、再迟不过

大年三十卖门神——再迟不过了、再迟不住了、再迟不得、不能再迟了

大年三十卖年画——不能再迟了

大年三十没月亮——年年都一样、年年如此

大年三十的案板——家家忙

大年三十的烟火——万紫千红

大年三十贴福字——喜庆有余

大年三十盼月亮——妄想、痴心妄想

大年三十看历头——没日子啦

大年三十看皇历——没期啦、没日子啦、没有日子了、没有日期啦、没时间啦

大年三十看皇历——没有日子了(比喻到了尽头。)

大年三十看皇历——没时间啦、没有日期了、没有期了、过期了、晚啦

大年三十借案板——大家都忙

大年三十借蒸笼——你叫人家干啥、人家的东西总是靠不住

大年三十调糯糊——铁(贴)对

大年三十晾衣服——今年不干明年干

大年三十喂年猪——来不及、来不及了

大年三十翻日历——过期了

大年三十捉个兔子——有它过年没它也过年

大年三十送擀面杖——来得巧,用得上

大年三十打了个兔子——有它过年没它也过年

大年三十喂过年的猪——来不及、来不及了

大年三十攥出他爹来——真做得绝

大年三十夜卖门神——再迟无可迟

大年三十晚上无月亮——年年都是一样

大年三十晚上打兔子——有你不多,没你不少

大年三十晚上买门神——迟了、无可再晚、再迟不过了、再晚不过了

大年三十晚上熬稀粥——年关难过

大年三十晚上的灶君爷——没处安身

大年三十晚上捉只兔子——有它过年没它也过年

大年五更不点灯——对啦(蜡)

大年五更出月亮——头一回、头一遭、稀罕、没有的事

大年五更死了驴——不好也说好

大年五更吃饺子——一样、没有外人

大年五更敲锣鼓——哪晓得穷爷苦不苦

大年五更拾个兔子——有它过年没它也过年

大年五更拾个兔子——有没有都过年

大年夜打糯子——贴对、贴对子

大年夜打浆糊——贴对、贴对子

大年夜出太阳——离奇、太离奇

大年夜出月亮——稀罕

大年夜吃饺子——没外人、没有外人

大年夜卖年画——不懂买卖经

大年夜的蒸笼——热门货

大年夜放鞭炮——天花乱坠

大年夜看日历——没日子

大年夜晒衣服——今年不干明年干

大年夜盼月亮——妄想

大年夜的爆竹声——此起彼落、一阵接一阵

大年午夜出月亮——稀罕

大年午夜的烟花——天花乱坠

大年午夜的鞭炮——天花乱坠、一阵接一阵地崩、一阵接一阵地响

大年初一——头一天

大年初一见面——净是好话

大年初一打拼——穷鬼们聚到一块了

大年初一出丧——倒霉的年

大年初一当当——头一票

大年初一早晨——越早越好

大年初一串门——见人就作揖

大年初一的话——好听

大年初一拜年——一说都有了、说说有了、大家同好、彼此、彼此一样、彼此彼此、你好我也好(比喻不肯得罪人。)

大年初一上典当——头一票

大年初一不点灯——对啦(蜡)

大年初一见了面——尽说好话、尽说吉利话、满口恭维话

大年初一见了人——尽说好话、尽说吉利话

大年初一见到人——都讲恭维话、满口恭维话

大年初一打平伙——穷凑合、穷鬼们聚到一块了、穷哥们都聚到一块儿了、穷神聚到一块了、聚到一块了、都聚到一块里来了

大年初一打灯笼——年年如此、年年都一样

大年初一生娃娃——双喜临门

大年初一吃红薯——赶上这一顿啦

大年初一吃豆腐——不想(香)

大年初一吃面条——移风易俗

大年初一吃饺子——一样的、人有我有、只等下锅、等着下锅、随大众、随大流、年年都一样、头一回、头一遭、第一回、无外人、没外人、没有外人、家家如此、家家一个样、想到一块了、今年头一次、都一样

大年初一吃窝头——不想(香)

大年初一吃粽子——别推辞(糍)、你就别推辞(糍)了

大年初一死儿子——暂时

大年初一死头驴——不好也算好

大年初一坐月子——赶在节上

大年初一没月亮——年年一样、年年都一样、年年都是如此

大年初一的袍子——借不得

大年初一的蒸笼——热门货

人年初一的爆竹——乒乒乓乓、想(响)得早

大年初一送财神——见面说好

大年初一挂皇历——从来如此

大年初一看日历——日子长、日子长哩、日子长着呢、从头数

大年初一看历书——日子长哩、日子长着呢、从头数

大年初一看皇历——没有期啦

大年初一贴福字——吉庆有余

大年初一捉个兔——有你没你都能过

大年初一坐月子——赶在大节上

大年初一借皮袍——硬充阔气

火年初一借袍子——不识时务、不是时候、不看时候、人家干啥咱干啥、人家干啥哩咱干啥哩、人家新鲜,我也新鲜

大年初一借褂子——不可靠、指不上、靠不住

大年初一做花圈——没心思玩了、没心思玩乐

大年初一喝拌汤——没过年的架势、不是过年的架势

大年初一遇亲友——尽说吉利话

大年初一逮兔子——有它过年,无它也过年(比喻微不足道,增减都不影响大局。)

大年初一娶媳妇——双喜临门

大年初一翻日历——日子长着哩、头一回、头一张、第一次

大年初一翻皇历——头一回、头一遭

大年初一见了面儿——尽说好话、尽说吉利话、满口好话、满嘴好话

大年初一早上见面——你好我也好,尽说吉利话

大年初一捉个兔子——有它也要过年,没它也要过年

大年初三贴春联——晚了

大陆性气候——变化大

下月的工钱——求之(支)不得

下风放火——烧自己

下雨打伞——轮(淋)不到咱头上

下雨打雷——想(响)到云里去了

下雨弯腰——背时(湿)透啦

下雨顶筛——轮(淋)着了

下雨泼街——费力不讨好、假积极

下雨才戴帽——事到临(淋)头

下雨开窗户——不嫌臊(溑)、不嫌臊(溑)的慌

下雨不打伞——吝(淋)啬(湿)、近(尽)邻(淋)、零(淋)头、轮(淋)到你、轮(淋)着了、轮(淋)到头上了、轮(淋)到我头上、硬觉(浇)着不错、临(淋)到头上了

下雨不带伞——吝(淋)啬(湿)、近(尽)邻(淋)、零(淋)头、轮(淋)到你、轮(淋)着了、轮(淋)到头上了、轮(淋)到我头上、硬觉(浇)着不错、临(淋)到头上了

下雨不拿伞——轮(淋)也轮(淋)着了

下雨不撑伞——淋(轮)着啦

下雨不戴帽——轮(淋)到头上、轮(淋)到头上了、临(淋)到头上了、时(湿)髦(毛)

下雨出太阳——假情(晴)

下雨出星星——看似无情(晴)却有情(晴)

下雨立当院——轮(淋)到头上

下雨打灯笼——照应(阴)、亮不长

下雪打赤脚——各划(滑)各

下雨扛棉被——越背越重

下雨扛稻草——越背越沉重

下雨吃凉粉——不拣天气

下雨观星斗——莫名(明)其妙

下雨没打伞——这一回可轮(淋)着啦、这一回可轮(淋)着我啦

下雨顶筛子——背不住

下雨披棉袄——越来越重

下雨披蓑衣——越背越重

下雨背稻草——越背越重、越背负担越重

下雨背蓑衣——越背越重

下雨送蓑衣——帮了大忙

下雨往外跑——傻气、傻得不透气

下雨往家跑——怕轮(淋)上你

下雨放风筝——巢(潮)县(线)

下雨看手表——临(淋)时

下雨挑稻草——担子越来越重

下雨淋窗户——言(檐)短

下雨站外面——轮(淋)着、轮(淋)着啦

下雨站屋里——轮(淋)不着、轮(淋)不到咱头上

下雨堆石头——烧包

下雨朝屋走——轮(淋)不到头上

下雨戴斗笠——不管(关)散(伞)事

813

下雨不戴草帽——轮（淋）到头上、轮（淋）到头上了、临（淋）到头上了

下雨不戴帽子——轮（淋）到头上、轮（淋）到头上了、临（淋）到头上了、娇（浇）毛、时（湿）髦（毛）

下雨打湿门槛——言（檐）短

下雨没戴斗笠——轮（淋）着了

下雨往屋里跑——轮（淋）不到、轮（淋）不着、轮（淋）不到你、轮（淋）不着你

下雨打个半拉伞——只顾自己

下雨打伞钻床底——轮（淋）几轮（淋）也轮（淋）不到咱

下雨洒街，刮风扫地——多此一举、假积极

趁下雨和泥——顺便

下大雨站院里——轮（淋）到头上了

下雨天打伞——轮（淋）不着、轮（淋）不到咱头上

下雨天出门——得实（湿）

下雨天出蒜——一提就是一骨朵

下雨天走路——拖泥带水

下雨天担草——越挑越重

下雨天抱孩——闲着也是闲

下雨天洒水——看谁点子多

下雨天借伞——不是时候

下雨天脱砖——坏坯

下雨天浇地——多此一举

下雨天泼街——假积极

下雨天不打伞——吝（淋）啬（湿）、近（尽）邻（淋）、零（淋）头、轮（淋）到你、轮（淋）着来、轮（淋）着了、轮（淋）到头上了、轮（淋）到我头上、硬觉（浇）着不错、临（淋）到头上了

下雨天不戴帽——零（淋）头

下雨天出太阳——假情（晴）、假情（晴）假意（日）、阴阴阳阳、阴不阴来阳不阳

下雨天出彩云——假情（晴）

下雨天打麦子——收不了场、难收场

下雨天扛稻草——越背越重

下雨天抱孩子——闲着也是闲着

下雨天拉稻草——越拖越重

下雨天顶锅盖——出鳖样儿

下雨天顶粪筐——越淋越脏

下雨天的蘑菇——到处发生

下雨天往家跑——轮（淋）不到你、轮（淋）不着你

下雨天放风筝——实(湿)骨子、实(湿)骨头

下雨天背麦秸——越背越重

下雨天背棉絮——越背越重

下雨天背稻草——越背越沉、越背越重

下雨天晒棉被——不尴(干)尬(盖)

下雨天抬稻草——越抬越重

下雨天挑灰担——越挑越重(山东)

下雨天挑稻草——越担越重

下雨天筋骨痛——犯了老毛病

下雨天淋湿墙——言(檐)短

下雨天踩泥道——越沾越多

下雨天栽核桃——想让它活

下雨天碾豌豆——难收场

下雨天不戴帽子——临(淋)到头上来了

下雨天不戴草帽——临(淋)到头上来了

下雨天过独木桥——提心吊胆

下雨天往屋里跑——轮(淋)不到你、怕轮(淋)上你

下雨天出动洒水车——做样子看

下雨天站在屋檐下——轮(淋)不到我

下雪穿皮袄——冷不防

下雪赶米克——真相大白

下雪天上树——高攀不上

下雪天走路——一步一个脚印

下雪天走道——一步一个脚印

下雪天打兔子——白跑、白跑趟

下雪天吃冰棒——不怕凉了牙

下雪天吃凉粉——不看气候、不看时候

下雪天抱火炉——不懂(冻)

下雪天洗被褥——不尴(干)尬(盖)

下雪天穿裙子——美丽又动(冻)人

下雪天喝冷水——凉透啦

下雪天摘帽子——动(冻)脑筋

下雪天过独木桥——提心吊胆

下雪天走独木桥——小心过活(河)

下大雪找脚印——罕见

下大雪卖扇子——不是时候

下暴雨泼污水——销(消)赃(脏)

上天入地——神通广大

上天绣花——想头不低、想得高、想得挺美、想得倒美

上天摘云——空想

上天抱西施——想得美

上天的风筝——靠人牵线

上天的气球——飘飘然

上天有鸡毛——太轻飘

上天摘云彩——空想

上天摘月亮——妄想、痴心妄想

上天摘星星——异想天开、想入非非(飞飞)

上天无路,入地无门——处境窘迫、走投无路

上午夜宵——好早了点

上午吃晚饭——还早

上午最后一节课——饿狼传说

上午栽树,下午取材——性太急、心太急了

上午栽树,下午乘凉——急不可待、哪里有这样快的

上午栽树,下午就乘凉——没有那么快、哪有这么快、哪去找这么快的事

上午栽树,下午就要取材——心太急了

上午上房梁,下午想搬家——急于求成

上风头放船——不费力

上风头扬谷秕——方便

上弦的月亮——两头奸(尖)

上春的天气——变化大

夕阳西下——洛(落)阳

千日打柴——一日烧

千日斫柴——一日烧

千日拜佛——一朝添丁

千日斧子百日锛——苦学苦练

千日斧子万日锛——苦学苦练

千日管子百日笙——练出来的

千日琵琶百日弹——练出来的

千日拜佛,一朝添丁——善有善报、没白费工夫

千年的人参——难得、实在可贵

千年的大树——根深叶茂、根子很粗、盘根错节

千年的瓦片——也有翻身日

千年的化石——老顽固

千年的石像——老实（石）人

千年的古画——身价百倍

千年的古庙——没声（僧）

千年的古松——盘根错节

千年的古树——盘根错节

千年的老猪——总要挨一刀

千年的枫树——根深蒂固

千年的铜器——老古董

千年的铜钟——经得起打击

千年的野猪——老虎的食（比喻早晚是人家的货。）

千年的大理石——老实（石）

千年的石佛像——老实（石）人

千年的花岗岩——老顽固、老实（石）

千年的狐狸精——古怪

千年的松树皮——粗糙得很

千年的黄杨木——老勿大

千年槐下乘凉——托着人的福

千年古屋雨淋墙——无言（檐）

千年的樟树万年的芭蕉——粗枝大叶

千百年道行——被一棒槌收拾了

久雨不停——难免出现滑坡

久旱无雨——水落石出

久旱得雨——喜从天降、喜出望外

久旱下透雨——滴滴都入土

久旱的庄稼——蔫了、蔫儿了

久旱逢甘雨——人人欢喜、人人心欢喜、个个喜爱、及时、正是时候、点点入土、如愿以偿、盼到了这一天、喜煞人

广寒宫的卫士——全是高手

子丑卯酉——总有一天

小星跟着月亮走——沾光

卫星上天——远走高飞、前程无量

卫星上唱歌——调子太高

卫星绕地球——按规（轨）

卫星上挂暖壶——地球上没有的高水准

发射卫星上天——一鸣惊人

坐卫星上天——远走高飞

卫星上面搭云梯——高架子

卫星上面搭梯子——好大的架子

卫星上面摆擂台——架子不小,可惜是空的

四画

天落馒头——狗造化

天不亮赶路——越走越明

天打五雷轰——应得的报应

天字出了头——夫子(字)

天塌下来——个子高的先顶着

天塌了一块——难补

天塌压大家——各摊一份

天下雨出太阳——假情(晴)

天刚亮的公鸡——乱叫

天不亮起床赶路——越走越明

天长遇着地矮子——互不道长短

天作棋盘星作子——无人敢下

天要下雨鸟要飞——各随其便

天要下雨娘要生女——自然现象

天要下雨娘要嫁人——有什么办法、无可奈何、奈何不得、管不着、你管不着、随他的便

上了天的气球——早晚也得爆

天天淋花——娇(浇)惯(灌)了

天天赶集——没有碰不上卖果的

天天吃烫饭——焦一辈子心

天天吃黄连——尝够了苦头

天天练打靶——睁只眼闭只眼过日子

天天当吹鼓手——吃得胀气饭

天天服补心丹——心虚得很

天上飞的——是了(鸟)

天上打仗——空战

天上打雷——空想(响)、四海闻名(鸣)、你听也要听,不听也要听、想(响)得高

天上过河——高度(渡)

天上兑酒——空调

天上的马——神奇(骑)

天上的云——不定型

天上的风——来去无踪

天上的雷——空想(响)

天上抬头——高昂

天上说话——空谈

天上抚琴——空谈(弹)

天上架桥——想到办不到

天上挥手——高招

天上唱戏——起高调

天上绣花——想得挺美

天上缺席——空旷

天上彩云——看得见摸不着

天上被杀——空难

天上聊天——空话

天上摘星——想得好办不到

天上裂缝——日月难过

天上不下雨——有情(晴)

天上中状元——高中

天上生孩子——空袭(喜)

天上打败仗——空降

天上打炸雷——响得远

天上吊帘子——没门儿

天上抹石灰——空白

天上抹糨子——胡(糊)云

天上爬楼梯——高攀

天上的大雁——成群结队、有名(鸣)无实(食)

天上的飞碟——谁知他(它)是什么东西

天上的太阳——独一无二

天上的云彩——一天一个样、千变万化、变幻莫测、行止无定、永无着落、漂泊不定

天上的月亮——看得见,摸不着、看得见,摸不到、可望而不可即、你有一份我也有一份

天上的风筝——一根线牵在人家手里、摇摆不定

天上的正屋——高堂

天上的帅哥——高俊

天上的鸟儿——自由自在

天上的灯笼——高高挂起

天上的妖怪——空灵

天上的空气——取之不尽

天上的星辰——可望而不可即

天上的星星——明摆、高明、没数、没法数、没准数、没得个准数、数不清、不冷不热、不可胜数、若明若暗、看得见，摸不着、举目皆是

天上的战士——空军

天上的流星——一时光、一晃而过

天上的哑巴——高雅(哑)

天上的僧人——高尚

天上的脑壳——空头、空投(头)

天上的胳膊——高手

天上的银河——永远不解渴

天上的彩云——好景不长、可望而不可即

天上的彩虹——好景不长、可望而不可即

天上的盗贼——高强

天上的雀儿——难辨公母

天上的癫子——高峰(疯)

天上放炮仗——空想(响)

天上放鞭炮——空想(响)

天上挂口袋——装疯(风)

天上挂内脏——空心

天上挂内裤——空挡(裆)

天上挂灯笼——高明

天上挂胡子——空虚(须)

天上挂胳膊——高手

天上选县长——管得宽

天上做报告——空论

天上掉秫秸——下才(柴)

天上掉馅饼——想得美、想不到的好事

天上掉馍馍——狗造化

天上踢皮球——没阻挡

天上裂了缝——日月难过

天上落豆渣——该猪吃

天上敲大锣——高明(鸣)

天上搬东西——空运

天上撒鸡毛——完全落空

天上飞的鹞子——总要落地

天上开演唱会——高歌

天上的尼姑庵——高妙(庙)

天上的老朋友——高就(旧)

天上的卖国贼——空间(奸)

天上的国子监——高校

天上的蜘蛛网——高师(丝)

天上掉下馅饼——不可能

天上掉豆腐渣——该猪吃、该猪吃了、该着猪吃

天上打雷雷对雷——硬干

天上无云不下雨——地上无人事不成、地上无水不行船、地上无鬼不成灾、地上无媒
不成婚

天上云彩水上月——看得见摸不着

天上青烟头朝下——怪气

天上的白屎巴牛——了不得

天上掉下一只脚——空足

天上掉下个浆盆——糊涂到底(地)

天上掉下乌纱帽——白捡来的官儿

天上掉下豆腐渣——该猪享用

天上掉下来的事——料想不到

天上霹雳打雷公——自相惊扰

天上一脚地上一脚——谁也不挨谁

天上无云又有点云——云南(难)

天卜云彩水中明月——看得见,摸不着

天上彩云水中明月——看得见,摸不着

天上掉下个乌纱帽——白捡一个官来当

天上掉下个糨糊盆——糊涂到底(地)

天上的浮云地下的风——无拘无束、无影无踪

天上的云彩地下的羊——两不相干

天上的云彩海上的风——没法捉摸

天上掉下来个白猪儿——缺物

天上有飞机地上有坦克——上下夹攻

天上的飞机地上的火车——撞不上、撞不到一块

天上的老鹰不吃脏东西——清高

天上的秃鹰水里的泥鳅——一个刁(雕)一个滑

天上的彩云云中的明月——看得见，摸不着

天上的彩虹地下的幻影——看得见，摸不着

天上的鸟儿能看出雌雄来——好眼力

等天上掉馅饼——坐享其成

天下乌鸦——一般黑

天下馒头——还得张嘴

天下的乌鸦——一般黑

天下的老鸦——一般黑

天下雨出太阳——假情(晴)

天下乌鸦一般黑——没有例外

天下的鱼都会喝水——木能

天里翻跟头——地下着实

天里找不到路——日暮途穷

天火烧冰窖——该着、天意该着

天空打仗——空对空

天空浮动——随风飘

天空的飞鸟——有高有低

天空的浮云——一吹就散、下落不明、不知去向

天空的流星——一转即逝

天空的飞鸟——有高有低

望着天空皱眉——杞人忧天

天空中架桥——不着边际、无边着岸

天空里闪电——雷厉风行

天空里吹唢呐——哪里哪里

天地结婚——远亲

天地台上唱大戏——亮不开场

天冷偏烧湿柴禾——对着吹、对着吹吧(比喻互相说大话，或互相吹捧。)

天亮下雪——明白、明明白白

天亮下大雪——明白、明明白白

天亮才烧炕——迟了、晚了、借不着热、赶不上热

天亮公鸡叫——白提(啼)

天亮的公鸡——乱叫

天亮的喜鹊——一睁眼就喳喳个没完

天亮鞋底擦油——趁早溜

望天亮——巴黎

天黑赶集——错过时机

天黑的鸡窝——赌（堵）上了

天黑敬菩萨——心到神知

天黑想起赶集——错过时机

天宫失了火——人难救

天宫里弹琴——好听、讲得好听

天宫里演戏——先（仙）睹为快

天文台的显微镜——好高骛远

天文台上观星——人往高处看

天文台上的望远镜——好高骛远、宇宙观、有远见、很有远见

天文台里的钟表——准时

天文台里望高空——满是信（星）心（星）

天干禾苗黄——奄奄一息

天旱穿套鞋——思女（雨）

天灾人祸——一起来

天晴开水道——防患未然

天晴出门带把伞——有备无患

天生的牛性——古怪

天生的黄鳝——成不了龙

天生的独臂郎——一把手

天生的枣木槌——一对儿

天生的歪脖子——改不了、改正难、更改不掉

天生的核桃仁——吃硬不吃软

天生的核桃瓤子——非砸着吃不可

无风扬波——无端生事

无风起浪——凭空引起事端

无风下双锚——稳当当的、稳稳当当

无风不起浪——事出有因

无风的海面——平平

元旦换日历——从来如此

元旦翻日历——头一回、头一遭、第一回

元旦出门除夕回——满载而归

过了元旦看挂历——日子长着呢

过了元旦才送挂历——迟了

元宵大风雨——败兴

元宵节看花灯——令人目不暇接

元宵节卖门神——都晚了半个月了

元宵节的花灯——五花八门、花样多

元宵节的灯笼——有的被提,有的被挂起

元宵节贴春联——晚了

云散日出——热情(晴)

云里长草——老天荒

云里长树——天才(材)

云里失火——天然(燃)

云里伸脚——露底

云里伸腿——露底

云里跑马——露出马脚

云里摆手——高招

云里扎绳子——高级(系)

云里长胡子——空虚(须)

云里长棵树——天才(材)一个

云里打灯笼——天明

云里伸拳头——露一手

云里张口袋——装风(疯)

云里的浪头——高潮、高潮滚滚

云里的浪花——高潮、高潮滚滚

云里放笼屉——天真(蒸)

云里贴告示——空话连篇

云里驾马车——天灾(载)人祸(货)

云里挂斧头——作(斫)风

云里撑篙子——天差地远

云里挂小人书——空话(画)

云里头打闪——千里明

站在云头吊嗓子——唱高调

云头上打靶——放空炮

云头上的腿——不是凡角(脚)

云头上跑马——脚底空、露马脚、露出马脚

云头上摆宴——空袭(席)

云头上挂剪刀——高才(裁)

云头上翻跟头——武艺高、本领高、没着落

站在云头上吊嗓子——唱高调

云头里出太阳——天开眼

云头里贴告示——空话连篇
云头里翻跟头——没着落
云头里翻筋斗——没着落
云头顶上翻筋斗——武艺高
隔着云层望山头——见物(雾)不见人
云彩翻花——添(天)美
云彩上点灯——空挂名(明)
站在云彩上朝上看——天外有天
云彩里摆手——高招
云彩里开帽店——高帽卖不到咱头上
云彩里伸拳于——露一手
云彩里盖大厦——空中楼阁
云彩里盖房子——空中楼阁
云彩眼儿里走路——没门儿
云彩眼罩拉弓——通天贱(箭)
云彩眼里点灯——高明
云彩眼里摆手——高招
云彩眼里开帽店——高帽卖不到咱头上
云彩影里拉弓——逐天贱(箭)
云彩影里吹喇叭——空想(响)
云肚里装口袋——装疯(风)
云朵里的雨——成不了气候
云雾里的爱情——迟早要散
云雾里翻筋斗——没着落
云雾里面谈恋爱——迟早要散
云端跑马——脚底空
云端里出碴——露马脚
云端里老鼠——天生的好(耗)
云端里跑马——脚底空、露出马脚
云端里打灯笼——高明
云端里的老鼠——天生的好(耗)
云端里看厮杀——袖手旁观
云端摘日,海底捞月——痴心妄想
云缝里出太阳——天开眼
云缝里的日头——毒极了、毒着哩、最毒
云霄殿里挥手——高招

开春柳絮——满天飞扬

开春的鸟儿——成双成对

开春的兔子——成群结伙、成帮结队、成帮结伙

开春的萝卜——心里空

开春的柳絮——满天飞

开春的冰雪堆——不会长久、不可靠、靠不住

太阳返照——回头望

太阳长胡子——出了洋（阳）相

太阳的热力——永久的

太阳和月亮——天各一方

太阳晒黄连——苦干

太阳碰月亮——同情（晴）

太阳照大地——光芒四射

太阳照全球——人人有份

太阳照颜料——色情（晴）

太阳落了山——后会有期

太阳出来大便——早工（恭）

太阳离了地皮——亮啦

太阳离了地板——亮了

太阳落在头上——大难临头

太阳打西方出来——没有的事

太阳打西边出来——罕见

太阳出山遇响雷——东京（惊）

太阳当空看人影——休想

太阳出来开路灯——瞎指挥

太阳出来问东西——不识相（向）

太阳和月亮讲话——空谈

太阳身上找影子——办不到

太阳照在墙洞里——钻空子、光钻空子、光会钻空子、见缝就钻

太阳照到墙洞里——钻空子、光钻空子、光会钻空子、见缝就钻

太阳落在脑袋上——大难临头

太阳落坡月上山——周而复始、接连不断

太阳落坡月上来——周而复始、相传不断

太阳落山的夜猫子——开了眼、睁开眼了、睁开眼睛

太阳落山的猫头鹰——开了眼、睁开眼了、睁开眼睛

太阳落坡的夜猫子——开了眼、睁开眼了、睁开眼睛

太阳落坡的猫头鹰——开了眼、睁开眼了、睁开眼睛

太阳落山才去撵狐狸——晚了

太阳落山后的夜猫子——开了眼、睁开眼了、睁开眼睛

太阳落山后的猫头鹰——开了眼、睁开眼了、睁开眼睛

太阳落坡后的夜猫子——开了眼、睁开眼了、睁开眼睛

太阳落坡后的猫头鹰——开了眼、睁开眼了、睁开眼睛

又出太阳又下雨——假情（晴）

出太阳下暴雨——假情（晴）

出太阳走雪地——伤脸

向太阳吐唾沫——顶不了雨

向着太阳的花——爱情（晴）

向着太阳的葵花——爱情（晴）

初升的太阳——一片火红、火红一片、光芒四射

盼望太阳的姑娘——想情（晴）人

盼望出太阳的姑娘——想情（晴）人

朝太阳举灯笼——充亮

太阳上点火——聊（燎）天

太阳上面点火——聊（燎）天

太阳下点灯——多余

太阳下面的雪人——不长久、难长久

太阳下面的露水——不久长、难长久

太阳底上点灯——多余

太阳底上捶敲鼓——说在明处

太阳底下耍刀——明侃（砍）

太阳底下点灯——多余、空好看、增不了光

太阳底下点蜡——糟蹋火、糟蹋货（火）

太阳底下泥鳅——蹦不了多一会儿

太阳底下喝酒——内外都发烧

太阳底下打手电——图（徒）明

太阳底下扔泥鳅——蹦不了多一会儿、蹦不了多大会儿

太阳底下的洋葱——叶烂皮干心不死、皮焦根枯心不死

太阳底下的雪人——活不长久

太阳底下的泥鳅——看你能活到多久、蹦不了多大会儿

太阳底下的露水——不长久、不久长、要干

太阳底下竖竿子——立竿见影

太阳底下晒黄连——苦干

太阳底下点蜡烛——糟蹋火、糟蹋货(火)、多此一举(炬)

太阳底下喝老酒——内外都热火、内外都热乎

太阳底下堆雪人——不长久

太阳底下的日光灯——没有影子

太阳底下说公道话——在理

太阳地里点灯——不增光

太阳地里点蜡——白费

太阳地里打电筒——多此一举

太阳地里的西瓜——外表热里头凉

太阳地里望星星——白日做梦、梦想

太阳地里的干豆角——炸得不轻

太阳坝里耍刀——明侃(砍)

太阳坝里喝酒——里外都热火

太阳坝里望星星——白日做梦

太阳坝头点灯——增(争)不到光

太阳坎里喝酒——内外都热火

太阳光底下的翠竹——立竿见影

五月划龙舟——各个争上游

五月的小麦——黄了

五月的山茶——越开越红火、越来越红火

五月的石榴——越开越红火、越来越红火

五月有苋菜——正在红中

五月的芭蕉——粗枝大叶

五月吃杏子——酸不溜丢的、酸溜溜的

五月的杏花——谢过了、卸(谢)过了

五月的葫芦——一点没成

五月的麦子——黄了、一天变个样、一天一个成色

五月的苋菜——正红火、正在红中

五月的骆驼——灰不溜秋、灰溜溜的、灰不出溜的

五月的柿子——轻(青)得厉害

五月的萝卜——空心肝、肚内空

五月的桃子——未成熟

五月的黄瓜——上不了架子

五月的黄杏——尖酸尖酸

五月的豌豆——炸了、炸开了、炸起来了

五月黄梅天——无情(晴)

五月的石榴花——一片红火、红火一片、正好红火、越开越红火

五月龙舟逆水去——个个出力、个个使劲、个个都要争上游、力争上游

五月龙船逆水去——个个出力、个个使劲、个个都要争上游、力争上游

五月龙船逆水行——个个出力、个个使劲、个个都要争上游、力争上游

五月的天,孩子的脸——说变就变

五月里的姜——还有点嫩

五月里借锄——你锄我不锄

五月里落雾——多蒙

五月里打摆子——一冷一热、忽冷忽热

五月里的麦子——黄啦

五月里的粽叶——俏货

五月里的扇子——才露面

五月里的菊花——香满头

五月里穿皮袄——晒不透

五月间打摆子——忽冷忽热的

五月间的小麦——黄了

五月间的苞谷——抹不脱

五月间的杏子——尖酸

五月间的芭蕉——粗枝大叶

五月间喝凉茶——美透了

五月天喝凉茶——美透了

五月天穿棉袄——不知四季

五月天气上舞台——黄梅戏

五月节吃江米饭——没正(粽)业(叶)

五月初四包粽子——扎扎实实

五月初五赛龙舟——个个出力、个个使劲、个个都要争上游、力争上游

五月端午的黄鱼——在盛势(市)上

五月端午的黄花鱼——正在盛势(市)上

五月端午的蒜头儿——毒(独)种

五月端阳的黄鱼——在盛势(市)上

五月初六卖艾叶——晚了、晚了一步

五月初六卖菖蒲——过时货、没用了、没人过问

五月初六的粽叶——过时货

廿五夜的月亮——甭想圆

五六月里不下雨——低了蛙子

五明头赶路——越走越亮堂

五时的时针——有点偏

五更下雪——明白

五更的雨——不长

五更观天象——渐渐明白

五更做鸡叫——自己没把自己当人

五更赶背集——自作慌张

五更阉公鸡——提(啼)不得

五更起来上茅厕——早工(恭)

五更鼓时下小雪——明白、明白啦

起个五更,赶个晚集——老落后、落后了

五更里落雾——多蒙(广东客家)

五更里阉鸡——不提(啼)

五更天下雪——天明地白、天地明白、天明了,地也亮了、明白、明明白白

五更天下海——赶潮流

五更天出门——渐渐明白、越走越亮

五更天走路——越走越亮、越走越明亮、越走越亮堂

五更天赶路——越走越亮、越走越明亮、越走越亮堂

五更天起床——渐渐明白

五更天烤火——弃暗投明

五更天阉鸡——不提(啼)

五更天下大雪——天明地白

五更天出麻子——早点

五更天的星星——稀少

五更天的烧鸡——不提(啼)

五更天的梆子——不打不响、处处挨打、一副挨打的样、要挨打着才有出息

五更天唱山歌——高兴得太早了

五更天唱曲子——高兴得太早了

五更天唱歌曲——高兴得太早了

五更天晒太阳——不是时候

五更天的阉公鸡——提(啼)不得

五更天打死个兔子——对节、对节啦

五百年是一家——根深蒂固

五百年前的老槐树——盘根错节

五千年一卷书——刚(纲)劲(鉴)有力(历)

五千年的历史——一言难尽

五千年的忠奸——后人自有评说

五黄六月下暴雨——没点儿、没点点

五黄六月去种田——上午下午差半年

五黄六月长疥疮——热闹（挠）

五黄六月穿棉袄——摆阔气、摆什么阔气

卅夜看皇历——没有日子了

中午的太阳——下红

中午瞅太阳——难看

中伏天吃冰糕——甜在嘴里凉在心、甜在嘴里凉在心里

中伏天的扇子——不出借

中伏天的霖雨——有钱难买（四川）

中伏天吃冰淇淋——心都凉了、甜在嘴里，凉在心上

中秋有月饼——分外香

中秋的天气——不冷不热

中秋的月亮——太原（圆）

中秋又兼闰八月——团圆过了又团圆

中秋又缝闰八月——团圆过了又团圆

中秋过了闰八月——团圆过了又团圆

过了中秋节栽早稻——迟了季节

中秋后的月饼——无人问津、不得不掉价、过时货、没有市场

中秋夜里打灯笼——多此一举

中秋节赏月——叨光

中秋节找月亮——正好、碰巧、凑巧、赶得巧

中秋节的月亮——又圆又亮、太原（圆）、正大光明、光明正大、圆圆满满的

中秋节的霖雨——有钱难买

中秋节赏桂花——花好月圆

中秋节赞桂花——花好月圆

中秋节兼闰八月——团圆又团圆

过了中秋节栽早稻——迟了季节

中秋佳节赞桂香——月圆花好

日出——沈（升）阳

日已西山——洛（落）阳

日落西山——洛（落）阳、红不久、红不过一会儿、红不过一会儿了、起来越昏了

日晒麻黄——剥不开

日出西山水倒流——天下奇闻、天大怪事、无奇不有

日当午的人影子——矮了一截

日落东山水倒流——无奇不有、弥天大谎

天文类歇后语

日头晒瓮——肚里阴

日头晒山芋——干干脆脆

日头晒冰块——一化而光、化了

日头晒屁股——懒人

日头晒黄瓜——倒反讲(卷)

日头从西边出——不可能

日头西送晌饭——过时了

日头从西边出来——自己晕头转向了

日头打西边出来——奇怪、说梦话

日头晒屁股不起床——懒人

日头底下埋人——瞒不过去的

日头里晒山芭干——干脆

日头里晒山药蛋——干脆

日里点灯笼——白费蜡

日里文绉绉,夜里偷毛豆——伪君子

日历当手纸——净扯闲篇儿

日历不叫日历——白扯

日夜不醒的人——瞌睡虫

日昼午时的人影子——矮了一截

月照雪山——光明洁白

月落西山——红不过一会儿

月缺花残掉眼泪——触景生情

月儿弯弯照九州——几家欢乐几家愁

月下看书——省油伤眼

月下看灯——明明白白

月下看船——反正一样、没个上下

月下称秤——上下有心(星)

月下绣花——借光

月下提灯——空挂名(鸣)

月下晒被子——白搭(福州)

月下提灯笼——多此一举、空挂名(鸣)

月下照镜子——模模糊糊

月下花前散步——触景生情

月光下干活——一人顶两个

月光下弹花——谈(弹)个明白

月光下跳舞——挠影子

月光下散步——形影不离、形影相随

月光下晒被子——白搭(客家)

月光下唱大戏——多了一半人

月光下点灯笼——多事、空担其名(明)

月光底下晒谷——白搭

月光夜点灯笼——多事

月亮进家——越看你越(月)来了

月亮作灯——照得宽

月亮做灯——照得宽

月亮落井——无法求

月亮当镜子——把自己看大了、太把自己看大了

月亮进了家——越(月)来了

月亮的卫星——要甩甩不掉

月亮赶太阳——老是碰不到头(彝族)

月亮爱打扮——一天一个样(装)

月亮照溪水——清光、清光清

月亮到十五日——是团圆的时候了

月亮掉到井里——影响(像)

月亮见不到太阳——暗淡无光

月亮跌进水沟里——捞不着

月亮跟着太阳走——借光

月亮跟着太阳转——沾光、借光

月亮跟着日头走——借光

月亮照出的树影子——见日就光

对着月亮摆条——说空话

对着月亮攀谈——空话连篇

盼望月亮从西出——没指望

望着月亮伸胳膊——眼高手低

跑到月亮上唱大戏——满嘴高调

月亮上的石头——落空

月亮上的兔子——捉不到

月亮上的桂花——香飘万里

月亮上的桂树——香飘万里、高不可攀、可望而不可即

月亮上钻窟窿——好高的眼儿

月亮上的桂花树——高不可攀、可望而不可即

月亮下打牌——沾光

天文类歇后语

月亮下看书——沾你的光了

月亮下点灯——空挂名（明）

月亮下打杈子——迟早一场

月亮下耍大刀——明侃（砍）

月亮下晒被子——白搭

月亮下点灯笼——多事

月亮下点油灯——多事

月亮下点蜡烛——空担其名（明）

月亮下晒谷子——不顶用、不顶事

月亮下提灯笼——空挂个名（明）儿

月亮光下看身影——自己把自己看得大大的

月亮下面晒谷——将就天

月亮下面看影子——自看自大

月亮底下打牌——沾光

月亮底下耍刀——明侃（砍）

月亮底下看灯——省油伤眼睛

月亮底下看书——寻事（字）、省油伤眼睛

月亮底下看画——寻事（字）

月亮底下晒谷——白费工夫

月亮底下跳舞——形影不离

月亮底下打手电——二凉（亮）

月亮底下打火把——光上加光

月亮底下打灯笼——多此一举

月亮底下抡大刀——明刀暗砍

月亮底下的灯笼——空好看

月亮底下耍大刀——明侃（砍）

月亮底下耍弯刀——明侃（砍）

月亮底下看人影——自看自大

月亮底下看冬瓜——尽是白的、净是白的

月亮底下看影子——自看自大、夜郎自大

月亮底下晒谷子——不顶事

月亮底下晒衣服——图凉

月亮底下穿孝衫——人白影子黑

月亮底下点灯笼——多此一举

月亮底下瞧影子——自看自大

月亮里点灯——空挂名（明）、空好看

月亮里的桂树——高不可攀

月亮里的桂花树——高不可攀、可望而不可即

月亮里的婆娑树——盼(攀)不到

娶月亮里的嫦娥——空费神、空劳神

月亮坝摆龙门阵——明说、明说明讲

月亮坝上照影子——太把自己看大了

月亮坝上挂灯笼——挂个虚名(明)

月亮坝里看书——晃的

月亮坝里点灯——多此一举

月亮坝里打灯笼——多此一举、挂个虚名(明)

月亮坝里耍大刀——明侃(砍)

月亮坝里耍弯刀——明侃(砍)

月亮坝里看影子——自高自大、自看自大

月亮坝里掷色子——观点模糊

月亮坝里掷骰子——观点模糊

月亮坝头耍刀——明侃(砍)

月亮坝头照影子——太把自己看大了

月亮坎里看书——晃的

月亮坎里打灯笼——多此一举、挂个虚名(明)、空挂虚名(明)儿

月地里点灯——空担其名(明)

月亮地点灯——空担其名(明)

月亮地打灯笼——白搭、多此一举、空挂名(明)儿

月亮地耍大刀——明侃(砍)

月亮地里走路——没影子

月亮地里晒谷——白费工

月亮地里晒暖——外行

月亮地里打电筒——多余

月亮地里打麻将——沾光

月亮地里相媳妇——看不好

月亮地里晒谷子——白费工、阴干、将就天

月亮地里晒被单——白搭

月亮地里点彩灯——空好看

月明地的萤火虫——谁也不沾谁的光

月亮夜点灯——白费蜡

月亮星星照进水塘里——形影不离

月球上的桂树——高不可攀、高攀不起、独一无二

月宫里的桂花树——高不可攀

在月宫里考虑个人问题——空思想

月黑天打靶——没影

月黑天烧纸——错上了坟了

月黑天赶集——早散伙了

月黑头赶集——早散伙了

月初吃月中的粮——先吃后空

月半前一天——失(十)事(四)

月半退到初一——七折八扣

风大——别扇了牙

风平浪静——宁波

风打玉米——天花乱坠

风过树林——一边倒

风扫杨花——下落不明、不知下落、满地落

风扫落叶——全吹了、顷刻吹光

风行水上——自然成文(纹)

风行水面——自然成文(纹)

风吹下巴——随便开口

风吹小树——被动

风吹马尾——千思(丝)万缕、乱思(丝)

风吹头毛——发动

风吹头发——齐发动、一齐发动

风吹云朵——飘浮不定

风吹石磙——胡吹、胡吹一气、真能吹

风吹玉米——天花乱坠

风吹头毛——发动、齐发动

风吹竹林——一边倒、哗哗一边倒、唰唰响

风吹竹尾——两边摇

风吹竹壳——离了损(笋)

风吹灯草——心(芯)不定

风吹灯笼——左右摇摆、摇摆不定

风吹衣架——四边摆、四面摆

风吹尘土——不费力、不费劲

风吹乱麻——合不了股

风吹鸡毛——飞上天、忽上忽下

风吹扬花——轻飘飘、飘飘然、不知下落

风吹杨柳——左右摇摆、摇摆不定

风吹垃圾——积少成多

风吹林子——一边倒

风吹麦苗——一边倒、一齐倒、掀绿浪

风吹柳絮——随风飘

风吹芦苇——左右摇摆、折不断、摇摆不定

风吹乱麻——合不了股

风吹草人——难免动摇

风吹草木——摇晃不定

风吹梨子——碰疙瘩

风吹梨树——疙里疙瘩、疙瘩

风吹蜡烛——说灭就灭

风吹葵花——不转向

风吹落叶——一扫光

风扬石磙——胡吹、胡说一气、真能吹

风卷小雪——吹了

风刮尘土——不费吹灰之力

风刮灯笼——摇摆不定

风摇竹竿——稳不住身

风干的馄饨——捏不拢、难捏合

风扫的杨花——不知下落

风吹云雾散——自然见青天

风吹玉米穗——天花乱坠

风吹苞谷穗——天花乱坠

风吹杨树花——轻飘飘

风吹青竹竿——稳不住神（身）

风吹肥皂泡——彻底破灭

风吹梨子树——疙瘩捞疙瘩、疙瘩撞疙瘩、疙瘩碰疙瘩、碰疙瘩

风吹树叶摇——动心

风吹蒲公英——轻盈盈、轻飘飘、飘飘然

风吹墙上草——两边歪

风吹墙头草——两边倒、随风两边倒、哪边风大往哪边倒、哪边硬往哪边倒、哪股风硬就顺着哪股风转

风吹墙边草——哪边硬往哪边倒

风刮出来的——秕子

风响摇门扇——一时的响动

风钻进鼓里——吹牛皮

风干的抄手皮——捏不拢、难捏合

风干的馄饨皮——捏不拢、难捏合

风不摇树不动——事出有因

风吹不去太阳——稳笃定

风摆的垂柳枝——没主见

风吹草帽扣鹌鹑——时来运转

风吹钟声花丛过——响声香气一路来

风吹钟声花里过——又响又香

风刮帽子扣麻雀——意外收获

风刮帽子扣住麻雀——意外收获

听见风就是雨——瞎猜

风中点灯——难持久

风中鹅毛——无影无踪

风中的羊毛——下落不明、不知下落、忽上忽下、忽上忽下停不住

风中的柳絮——轻飘飘的、漂泊无依

风口上的灯——难点、吹了吧

风口上点灯——吹了、吹了吧

风口上的鸡毛——吹了

风口上点油灯——吹了

风口上擦火柴——划不来

风口上的屎壳郎——臭名远扬

风声鹤唳——大惊小怪、草木皆兵

风里点灯——不久长、难长久

风里扬花——不定准、滚上滚下

风里摇摆的葫芦——胡乱点头

风头的蜡烛——见风下

风头上吃炒面——张不开口、张不开嘴

风前残烛——不久长、难长久

风前蜡烛——说灭就灭、残得快

风前的蜡烛——点不长

风前烛,瓦上霜——危在旦夕

风地里的灯——说灭就灭

风地里吃炒面——不敢张口、有口难言(咽)、张不开嘴

风地里的一盏灯——说灭就灭、不知啥时候灭、谁知啥时灭

风天的蜡烛——吹了

风雨不透——十分紧密

风雨赶路——轮(淋)着啦

风雨萧条——冷落

风雨中的泰山——不动摇、纹丝不动

风雨里的蜡烛——着不长

风雪山神庙——老天有眼、恶有恶报

风霜打过的叶儿——蔫得抬不起头来

风浪中行船——不稳定、摇摆不定

风浪中的小舟——随时有危险

风浪里撑船——顶上天

风浪里的小舟——左右摇摆、摇摆不定

风浪里的小船——两面晃

乌云做伞——遮得远

乌云遮太阳——少见天日、少天无日

乌云遮月亮——时明时暗

乌云散尽见太阳——真情(晴)

乌云里捕鸟——难

升空的火箭——一步登天

升空的风筝——漂浮不定

长空霹雳——天下闻名(鸣)

盼望长空裂大缝——异想天开

长时间潜水——太憋气

今天洞房明天就想抱儿子——太心急、心太急

今日看客——明日买主

今日三,明日四——反复无常

今年竹子来年笋——无穷无尽

今年园中青竹筱——明年可作钓鱼竿

今年的竹子来年的笋——无穷无尽

午时的风——正当阳

午时看太阳——眼要向上

午时晒太阳——人正不怕影子歪

午后见太阳——每况愈下

午后见阳光——每况愈下

午后的太阳——光小了、每况愈下

午后的稻草堆——一团和(禾)气

午夜挂旗——阴招

午夜响炸雷——一鸣惊人

午夜的剧院——一场空

午夜的炸雷——一鸣惊人

午夜风,子时雨——瞒过眼睛瞒不过耳朵

气象大学毕业的——听见风就是雨、听到风就是雨,见闪就是雷

气象台的风动仪——随风转

六点钟——指天顶地

六点钟的表针——指天顶地

六点钟的分时针——指天顶地

六月债——还得快

六月下雪——奇迹

六月飞霜——怪事、怪事一桩

六月包子——外面好看里面臭

六月芥菜——假有心(芯)

六月连阴——坏了瓜

六月的山——清(青)一色

六月的天——说变就变、转眼就变、变化无常

六月的杏——一撅两半(瓣)

六月的债——还得快

六月的蚌——开嘴就是贱价

六月的雷——想(响)得远

六月的粪——沤到劲

六月种瓜——不识时

六月送炭——不领你的情

六月斑鸠——不知春秋

六月黄蜂——欲凶无力

六月粪缸——越弄越臭、越掏越臭、越搞越臭

六月下大雪——反常、不可能的事、没人见过、没有的事

六月吃薄荷——良(凉)好

六月连阴天——不见情(晴)

六月的干柴——见不得火

六月的太阳——毒极了

六月的天气——变化无常、时好时坏

六月的日头——毒、毒极了

六月的火炉——谁想你、谁向(想)着你、谁凑合你、靠边站

六月的火囱——冷落在一旁

六月的甘蔗——节节甜

六月的闪电——眨眼不见

六月的生日——性娇

六月的西瓜——甜货

六月的虫虫——喜欢咬人、嘴尖

六月的竹笋——变了卦

六月的庄稼——一蹿一蹿的、直往上蹿

六月的冰雹——来头不善

六月的羊头——接着

六月的鸡蛋——醒的

六月的松木——定型了

六月的兔子——装瘸

六月的庙堂——鸦雀无声

六月的苞谷——抹不脱、黄的

六月的杉木——定了型、定型了

六月的薹菜——不嫩(论)

六月的狗屎——不是味、够臭的

六月的荷花——众人共赏

六月的斋饭——搭热情(气)

六月的枣花——招风(蜂)

六月的核桃——满人(仁)

六月的柿子——青蛋

六月的荔枝——表面红、成熟了

六月的重庆——雾气腾腾

六月的扇子——人人喜欢、不离手、借不得、家家有、爱生风

六月的萝卜——少教(窖)

六月的黄瓜——不新鲜

六月的黄蜂——欲凶无力

六月的猪肉——闲(咸)起来

六月的麻糖——满行

六月的斑鸠——不知春秋

六月的鞋子——拖拖拉拉

六月的腊肉——有言(盐)在先

六月的瘟猪——死不开口

六月的粪车——走到哪儿臭到哪儿

六月的粪缸——越弄越臭、越掏越臭、越搞越臭

六月的暴雨——一阵儿、猛一阵

六月贴年画——还差半年、晚了半载

六月贴春联——还差半年

六月穿皮袄——反常、不分四季、不对时节、不是时节、自找罪受、自找难受、里外发烧、武(捂)汉(汉)

六月穿棉袄——不是好人

六月做年糕——差着半年

六月借扇子——不识时务

六月烤火笼——在奇不在暖

六月烘火囱——冷热不分

六月喝冷水——点点凉在心头

六月腊猪油——腻得人难开口

六月裹被窝——里外都是火

六月蒸年糕——还差半年

六月戴毡帽——不识气候、不是时候

六月戴棉帽——不识时务、乱套、硬套

六月反穿皮袄——野外发火

六月的苞谷粑——黄的

六月的西红柿——又酸又贱

六月的皮芽子——皮干肉烂心(芯)不死

六月的冷空气——反常

六月的鸡子儿——坏蛋

六月的狗肉汤——老味了

六月的剩稀饭——变味了

六月的梨疙瘩——有点酸

六月蚊子遭扇打——为嘴伤身

六月的榆木疙瘩——难批(劈)

六月的天,孩子的脸——说变就变

六月的云,八月的风——不好捉摸、可晴可阴、捉摸不透、难捉摸、捉摸不定

六月的云,少女的心——变化多端、变幻无常

六月的干鱼打不得糕——打了坏子

六月的黄瓜九月的椒——老而不中用、要下世(市)

六月的日头,后娘的拳头——毒得很

六月里下雪——怪事

六月里皮袄——没寒

六月里吃杏——一捏两半(瓣)

六月里吃姜——服(伏)啦(辣)

六月里围炉——冒火

六月里的云——捉摸不定

六月里的肉——放不得

六月里的狗——不惜皮毛

六月里的债——还得快

六月里的粪——沤到了劲

六月里响雷——不稀罕、没啥稀奇

六月里送炭——不领你的情

六月里结冰——宁(凝)夏

六月里蛤蜊——开口臭

六月里糖瓜——准粘

六月里下冰雹——冷一阵、热一阵

六月里长疥疮——热挠、热闹(挠)

六月里生老小——孽(热)障(涨)

六月里生孩子——孽(热)障(涨)

六月里吃生姜——服(伏)啦(辣)、热乎乎

六月里吃西瓜——甜在心、甜在心上、甜透了心

六月里吃冰棒——冷到心、凉了一大截

六月里吃冰糕——痛快

六月里吃凉粉——凉心

六月里吃萝卜——图新鲜

六月里吃雪水——惬意

六月里吃薄荷——凉透心、凉在心里、良(凉)心、好良(凉)心、冷透心

六月里冻死羊——说来话长

六月里卖火盆——热心的人

六月里卖毡帽——不识时务、冷背货

六月里吹南风——热对热

六月里狗吐舌——热出来的

六月里的大虾——臭透啦

六月里的太阳——火辣辣

六月里的日头——毒极了

六月里的冬瓜——越大越不值钱

六月里的火炉——无人亲、远点待着、谁想(向)你、谁来顾你、谁凑合你

六月里的火腿——走油啦

六月里的皮袄——闲起来了

六月里的死尸——熏人

六月里的庄稼——一蹿一蹿的

六月里的鸡蛋——乱了黄

六月里的庙堂——鸦雀无声

六月里的鱼汤——不动（冻）

六月里的虾米——一团糟

六月里的枸桃——算不上水菜

六月里的面杏——一掰两半（瓣）

六月里的高粱——拔节往上长

六月里的荞菜——假有心（芯）

六月里的韭菜——不论（嫩）

六月里的蛤蜊——死不开口

六月里的蚊子——咬死人、叮住不放、钉（叮）死了、跟人跑

六月里的荷花——开得俊、众人共赏

六月里的蒿瓜——不算果木

六月里的稻谷——一天一个颜色

六月里的鸭蛋——空头大

六月里的扇子——借不得、家家忙

六月里的厕所——越掏越臭

六月里的腊肉——有言（盐）在先

六月里的萝卜——少（烧）交（窖）

六月里的葡萄——一串一串、一咕噜、一咕噜一串串

六月里的蛤蟆——大嘴张着、死不开口

六月里的黄蜂——欲凶无力

六月里的雷雨——来得猛，去得快

六月里的雷响——不稀奇

六月里的粪缸——越掏越臭

六月里贴对子——还差半年

六月里贴门神——差了半年

六月里贴吊钱——晚了半年

六月里穿毛衣——热心

六月里穿皮袄——反常、不分四季、不对时节、不是时节、不识时务、自找罪受、自找难受、里外发烧、各人的喜欢、热上加热、武（捂）汉（汉）

六月里穿棉袄——不是好汉、不知冷热、各人的喜欢、武（捂）汉（汉）、热上加热

六月里穿棉鞋——不识时务

六月里送棉衣——够热心的

六月里结冰霜——宁(凝)夏

六月里挂吊线——还差着半年

六月里做棉衣——早准备

六月里喝糖水——又甜又解渴

六月里烤火炉——在奇不在暖

六月里烧鲜鱼——懂(冻)也不懂(冻)

六月里借凉扇——你凉我晒

六月里借扇子——等着、等着吧、不识时务、咋张的嘴

六月里蒸年糕——差着半年、相差半年

六月里孵小鸡——坏蛋多

六月里戴手套——保守(手)

六月里戴皮帽——无(捂)法(发)、不识时务、乱套、硬套

六月里戴毡帽——无法(捂发)、乱了套、乱套了

六月里戴棉帽——不识时务、乱套、硬套

六月里反穿皮袄——里外发火

六月里冻死胡羊——说来话长、屈天屈地

六月里冻死绵羊——话头长

六月里的干鸭子——一张嘴

六月里的苞谷粑——外行(黄)、黄的

六月里的旱鸭子——一张嘴

六月里的烂韭菜——臭得很

六月里的剩稀饭——倒掉

六月里的梨疙瘩——有点酸、有点儿酸

六月里的雷阵雨——来得猛,去得快

六月里井水洒胸膛——心里阴当当

六月里的青纱枣子——(涩)蛋蛋

六月里穿两件皮袄——倒行运

六月里黄瓜遭了霜——耷拉了头

六月里的鸡蛋不出鸡——坏蛋

六月间下雪——难得

六月间生的——没把手脚包好

六月间响雷——不稀奇

六月间吃薄荷——良(凉)好

六月间吃凉粉——良(凉)好

六月间抓汤圆——有点烫手

六月间卖烂肉——满街臭

六月间的太阳——好歪

六月间的毛栗——不好开口

六月间的牛肉——放不得

六月间的冬瓜——越大越不值钱

六月间的火炉——谁想你

六月间的苞谷——抹不脱

六月间的肉汤——不动(冻)

六月间的闷雷——轰轰响、轰隆隆响

六月间的阵雨——来得猛,去得快

六月间的豆子——挂了牌的

六月间的庙堂——鸦雀无声

六月间的春官——春(伏)说

六月间的荷花——众人共赏

六月间的桃花——谢过了、卸(谢)过了

六月间的烘笼——无用

六月间的萝卜——不清(青)头

六月间的葡萄——没得几跋(拽)

六月间的扇子——家家忙、离不了、离不得、离不远

六月间的粪缸——越掏越臭

六月间穿皮袄——称家之有、显他屋头有

六月间烤烘笼——使得出奇

六月间喝冰水——寒心

六月间掰苞谷——赶大势

六月间孵小鸡——坏蛋多

六月间做棉袄——早做准备

六月间戴毡帽——不合时宜

六月间吃烧苞谷——又吹又拍

六月间的泔水桶——又酸又臭

六月间的烧火棍——干过性子

六月间狗吐舌头——热出来的

六月天——说变就变

六月天下雪——少有、稀罕事、得之不易、怪事、难得、没这回事、没有这回事

六月天发抖——不寒而栗

六月天的雨——有回数

六月天晒瓦——坏了胚(坏)子

六月天下大雨——就那么一阵

六月天下暴雨——猛一阵子、就这么一阵

六月天长疥疮——热闹（挠）

六月天吃冰棒——正好、冷到心、凉了一大截

六月天吃凉粉——良（凉）好

六月天吃萝卜——图新鲜

六月天吹南风——热对热

六月天吃薄荷——风凉外热

六月天寻雪花——好难

六月天找雪花——哪有这么便当

六月天走娘家——拿着底儿

六月天坐火炉——又热又熏

六月天身发抖——不寒而栗

六月天斩窦娥——老天也寒心、老天也寒了心

六月天卖毡帽——就不往你摊上看

六月天的大虾——臭透啦

六月天的冷饭——抓不拢

六月天的炭盆——热腾腾

六月天的猪肉——有气

六月天的剩饭——敢莫要搜（馊）

六月天穿毛衣——热心

六月天穿皮袄——里外发火、耐寒将军

六月天穿棉袄——不是好人、乱了季节

六月天冤窦娥——老天也寒心

六月天看历书——日子长得很

六月天送棉袄——用不上

六月天孩儿脸——捉摸不定

六月天孩子脸——说变就变

六月天烤火炉——又热又熏

六月天烤炉子——可火热啦

六月天烧炉子——可热火啦、热火得很

六月天烧烘笼——怪事、怪事一桩

六月天孵小鸡——坏蛋

六月天戴手套——保守（手）

六月天吃冰淇淋——美透了

六月天吃萝卜——图新鲜

六月天的山后雪——早完了

六月天晒裂了瓦——坏胚(坯)子
六月天喝酸奶子——又解渴又解饿
六月天穿狍皮大袄——不是时候
六月天掉在水缸里——凉了半截
六月天掉进水缸里——凉了半截
六月天剩的隔夜饭——敢莫要搜(馊)
六月天里狗吐舌——热出来啦
六月田里收苞谷——一派黄色
六月屯儿的旗杆——短粗儿
六月六看谷穗——出了头
六月初六卖菖蒲——过时货

五画

正月的门神——一个向东,一个向西
正月的萝卜——空了心
正月间的龙灯——有人肘起耍
正月间走亲戚——礼尚往来、有来有去、有来有往
正月间穿单衣——为时过早
正月里穿单衣——为时过早
正月里的龙灯——由人耍
正月里的萝卜——空了心
正月里看大戏——凑热闹、凑凑热闹
正月里盼着桃花开——不到时辰
正月里生,腊月里死——两头忙、两头儿忙
正月初一拜年——净拣好话讲
正月初一登山——节节高
正月初一见明月——机会难得、难得的机会
正月初一打平伙——穷到一块了
正月初一打灯笼——年年如此、年年都一样
正月初一过生日——双喜临门
正月初一吃饺子——都一样,今年头一回
正月初一吃扁食——头一遭
正月初一吃酒酿——第一遭(糟)
正月初一吃粽子——还早了点

正月初一贴门神——死对子

正月初一卖门神——过时货、没人过问

正月初一看历书——日子还长

正月初一看皇历——日子长得很

正月初一看粮食——东西多没有日子多

正月初一穿大衫——一个样

正月初一吃元宵——个个好、只只好、都是好

正月初一催年猪——说早也早，说迟也迟

正月初一翻皇历——日子还长着哩

正月初一早晨吃饺子——都一样

正月初一早晨吃的饺子——全一个样

正月初二出太阳——狂火旺

正月初二拜丈母——正是时、正适时

正月初二拜丈母娘——正适时

正月初五跳神——门里跳到门外

正月十五观灯——眼花缭乱

正月十五拜年——晚半月

正月十五才拜年——晚了半月

正月十五下小秧——为时过早了

正月十五云遮月——不露脸

正月十五打灯笼——年年都一样

正月十五打牙祭——一年一回

正月十五去拜年——晚了半月了

正月十五写春联——过时了

正月十五买门神——不及时

正月十五卖门神——过时、迟了一步、迟了半个月、赶到哪儿啦

正月十五卖元宵——抱成团

正月十五卖灶爷——留神

正月十五的月亮——光明正大

正月十五的龙灯——任人耍、由人玩耍

正月十五的灯笼——任人摆弄

正月十五的高跷——半截不是人

正月十五的蒸笼——没空

正月十五放烟火——一冒几丈高、好景不长、热闹一阵、热闹一阵儿

正月十五送对联——晚半月

正月十五送财神——赶到最后一天

正月十五贴门画——晚了半月零一天

正月十五贴门神——过景了、晚了半月、误了时辰、晚了半个月、晚了半个月了、晚来了半月

正月十五贴年画——迟了半个月

正月十五贴对子——晚了半个月

正月十五贴春联——迟了、晚半月了、晚了半月了、晚了半个月了

正月十五赶庙会——随大流（溜）

正月十五耍猴儿——小打小闹

正月十五看花灯——走着瞧

正月十五借蜡台——你忙人家也忙

正月十五做年糕——迟了半月

正月十五烧麦糠——冒火、跳冒火

正月十五煮元宵——滚蛋

正月十五舞龙灯——热闹一阵、热闹一阵子

正月十五蹦高高——闹元宵

正月十五走马灯——到处见、到处转、转不赢、反复无常

正月十五的蜡尾巴——着不了几时、着不了几时了

正月十五的小叫老虎——耍货

正月半写春联——过了时

正月半卖门神——过了半个月

正月十六走娘家——老好、正好

正月十六贴门神——误了半月了

正午往南走——看不见影、看不见影儿

正午的太阳——不红了

正午瞧太阳——难（南）看

过了正午的太阳——日已西斜

过了正午的日头——偏西了

正晌午的太阳——光辉普照

正晌午往南走——看不见影儿、没有钱（前）影儿、没影儿的事

正晌午朝南走——没影儿的事

东风吹马耳——无动于衷

借东风杀曹操——间接害人

不是东风压了西风——就是西风压了东风

东北风里带小刀——又刺又扎、又刺又刮

打春的萝卜——没人理睬

打春的萝卜立秋的瓜——变味了

打雷不下雨——放空炮、光想(响)有么用、虚张声势

只打雷不下雨——空叫、放空炮

光打雷不下雨——只说不干、有名无实、空想(响)一场、图个好听的、虚张声势

去年的日历——今年翻不得

去年的挂历——过时货、用不得了、废话(画)

去年的皇历——不中用、不能使、背时、翻不得、今年使不上了

去年的皇历——背时、翻不得、翻不得了

去年的棉衣今年穿——老一套、定了型、定型了

去年的棉袄今年穿——老一套

北风刮蒺藜——又讽(风)带刺、连讽(风)带刺

北风头上点芝麻——种得多,收得少

北斗七星——保持一定距离

四月的杏——一股酸味儿

四月吃毛桃——太早了、还早了点

四月的冰河——开动(冻)了

四月的花园——有理(李)有性(杏)

四月的青蛙——叫一阵子、还能叫一阵子

四月的果园——有条(桃)有理(李)、有理(李)有性(杏)

四月的荔枝——还是亲(青)的

四月的桃花——过景了

四月的梅子——多少带点亲(青)

四月看龙舟——不是时候

四月的雷雨天——阴云夹着火气

四月里挖地——触霉(麦)头

四月里的青蛙——叫一阵子

四月里的梅子——多少带点亲(青)

四月天的麦子——黄了

四月间吃毛桃——还早了点

四月间的果园——有条(桃)有理(李)

四月间的桃花——谢了

四月间的蛤蟆——叫得憨扎劲

四月间的黑龙江——开动(冻)了

四月间晚上的蛤蟆——叫个不停

四月中旬的黑龙江——开动(冻)

四九天喝凉水——点点滴滴在心头

四九天里喝凉水——寒心、真够寒心的、滴滴寒在心

四时无寒暑——温州

四更天起来上厕所——出早工(恭)

四季开花——长春

四季如春——温州

四季风和日丽——长春

四季里花红柳绿——长春

四六级风——刮起来没完

四月十八赶庙会——纸糊箧扎

仨月不梳头——不顾脸面

白天见鬼——心虚了、心里有病、有你心里的病

白天捉鬼——没影儿的事、没影子的事

白天点灯——无用、多余、白费蜡、多此一举

白天掏蜜——找(招)蜂子叮

白天做梦——胡思乱想

白天打电筒——多此一举

白天打灯笼——白搭(打)、没用

白天出星星——不可能、没有的事

白天的蚊子——躲在暗处

白天的蟑螂——躲躲藏藏

白天盼月亮——甭想、莫想、休想

白天照电筒——多事、多此一举

白天的萤火虫——不亮、没用、没有量(亮)

白天的猫头鹰——睁眼瞎、看不见啥

白天烧香,晚上越墙——伪君子、阴一套阳一套

白天的太阳,夜晚的月亮——独一无二

白日见鬼——玄乎、心里有病、自家心里的病

白日行劫——明目张胆

白日做梦——胡思乱想、幻想不可能实现

白日做梦——胡思乱想、异想天开、幻想不可能实现

白日烧香夜为盗——伪君子

白昼点灯——多此一举

白露雨——下一场少一场

白露寒露——两路(露)子的事

白露的雨水——下到哪里坏到哪里、到一处坏一处、落到哪儿坏到哪儿

白露后看庄稼——一天不如一天

白露过后的庄稼——一天不如一天

白露麦子立冬种——处上那一堆了

过了白露的蚊子——伸腿了

过了白露的毒蛇——躲进洞里

白露天的雨——下到哪里坏到哪里

白露节气的雨——到一塘坏一塘

白露里的雨——下一场少一场、下到哪里坏到哪里、落到哪里坏到哪里、到一处坏一处、到一塘坏一塘

白露里的雨水——到一处坏一处、落到哪里坏到哪里、到一塘坏一塘

白露水——毒过鬼

喝了白露水的知了——叫不了几天

白露雨——下一场少一场

下白霜打死黄鼠狼——垂头丧气

冬天打雷——不可能、没有的事、罕见、祸从天降

冬天卖醋——寒酸

冬天的床——瀑（铺）布

冬天的狼——爪子细着呢

冬天的蛇——不露面、长眠不醒

冬天的蟒——大懒蛇

冬天喝水——寒心

冬天烤火——红光满面

冬天不戴帽——动动（冻冻）脑筋

冬天打雨伞——二凉

冬天喝冷水——凉透心啦、一直凉到心、点点记在心、点点滴滴在心头、滴滴在心头

冬天喝冰水——寒心、点点滴滴记在心、点点滴滴在心头

冬天吃冰块——一直凉到心、太心寒了

冬天吃冰棍——一直凉到心、里外凉、凉透心、凉透心啦

冬天吃冰棒——直凉到心、里外凉、凉透心啦

冬天吃冰糕——一下凉到心、一直凉到心、不看节气、直凉到心、凉透心啦、里外都凉

冬天喝凉水——凉透心啦、一直凉到心、点点记在心、点点滴滴在心头、点点滴滴记在心

冬天吃沙子——寒碜

冬天吃柿子——美滋滋

冬天吃梅子——寒酸

冬天吃棒冰——一直凉到心、不看节气

冬天吃葡萄——寒酸

冬天买扇子——备用、不合时宜

冬天吞沙子——寒碜

冬天坐长椅——冷板凳、坐冷板凳

冬天坐椅子——冷板凳

冬天卖冰水——不合时宜

冬天卖凉粉——不识时务

冬天卖扇子——不合时宜、过时货、没人过问

冬天卖醋子——寒酸

冬天抱火炉——暖前不暖后

冬天贩冰棒——不识时务、不懂买卖经

冬天的大葱——皮黄根枯心（芯）不死、皮黄根烂心（芯）不死、皮干根烂心（芯）不死、皮干叶烂心（芯）不死、身焦叶烂心（芯）不死、根焦叶烂心（芯）不死、根焦叶枯心（芯）不死、叶黄根枯心（芯）不死、叶黄根烂心（芯）不死

冬天的太阳——寒暄

冬天的手套——保（包）守（手）

冬天的气温——升不上去

冬天的长虫——懒虫

冬天的牛油——动（冻）得快

冬天的牛粪——取暖是一宝

冬天的石头——冷冰冰，硬邦邦

冬天的北风——满天飞

冬天的西瓜——没有市场

冬天的竹笋——出不了头、来春才敢见人

冬天的芦苇——心（芯）不死、不死心（芯）、杆黄叶落心（芯）不死、杆黄叶落根不死

冬天的知了——一言不发、一声不响、钻到地下去了

冬天的青蛙——躲起来、躲起来啦、躲进泥窟窿里

冬天的枯草——没生气

冬天的炉子——闲不着

冬天的啤酒——不用添

冬天的蚊子——销声匿迹、销声匿迹了

冬天的苍蝇——躲在墙缝里去了

冬天的窗户——互（糊）助（住）了

冬天的萝卜——酷（空）心

冬天的棕熊——睡不醒

冬天的毒蛇——好对付、装死

冬天的扇子——无用、没人爱、没人要、没人喜欢、没用处、没得用、尽受冷落、用不着你靠边站

冬天的旋风——成不了气候
冬天的梧桐——没了生气
冬天的雪人——见太阳就流汗、一见太阳就流汗
冬天的雪花——遍地白
冬天的葡萄——寒酸
冬天的梅花——独开天下
冬天的蚂蚁——不露头、露不得头
冬天的树枝——冷冰冰,硬邦邦
冬天的腊鸡——死撑、硬撑
冬天的腊鸭——死撑、硬撑
冬天的葱头——皮烂心(芯)不死
冬天的蛤蟆——动(冻)手动(冻)脚的、闭上嘴、一肚子气
冬天的蟒蛇——有气无力
冬天的螃蟹——看你横行到几里、横行不了几时
冬天泡桐树——光棍一条
冬天穿汗衫——心里明白、冷暖自己知
冬天穿单衣——冷不冷自己知道
冬天穿单裤——冷暖自己知
冬天穿单褂——冷暖自己知
冬天穿单衣——邯(寒)郸(单)
冬天种红薯——怪哉(栽)
冬天种冬瓜——哪是时候
冬天种麦子——怪哉(栽)
冬天啃黄连——寒苦
冬天喝冰水——心都凉了
冬天喝冷水——一直凉到心、点滴记在心
冬天喝汽水——点点滴滴在心头
冬天喝凉水——心都凉了、冷透心了、凉透了心、寒心、点点记(激)在心、点滴记在心、滴滴在心
冬天做凉粉——不看天时
冬天堆雪人——一道风景线
冬天撞木钟——闷声不响
冬天摇蒲扇——不知春秋、不是时候
冬天滚雪球——越滚越大
冬天戴手套——保(包)守(手)
冬天戴皮帽——不动(冻)脑筋

冬天不戴帽子——动(冻)脑筋、动(冻)脑袋、动(冻)动(冻)脑筋(比喻认真思考)

冬天用鼓风机——吹冷风

冬天衣改夏帽——不知春秋

冬天吃冰淇淋——冷透心

冬天吃薄荷冰——冷透了心

冬天进豆腐房——好大的气

冬天的干牛粪——一点就着、见火就着

冬天的皮芽子——皮烂心(芯)不死

冬天的西北风——刺人、丝儿丝儿响

冬天的泡桐树——光棍一条

冬天的变色龙——懒蛇

冬天的豆腐房——好大的气、见火就着

冬天的蛇不动——僵化

冬天的枯树枝——冷冰冰,硬邦邦

冬天的温度计——天天下降

冬天的狼毒草——叶枯毒还在

冬天的落叶树——一片萧条、毫无生气

冬天的暖水瓶——外冷内热

冬天的癞蛤蟆——装死

冬天火炉夏天扇——人人爱、人人用得、人人用得上、人人欢喜人人爱、个个喜爱、个个喜欢、个个欢喜、个个用得上、用得上、受喜爱

冬天吃菜不怕冷——冬瓜

冬天进了灶房门——净是气

冬天躲在雪地里——找死、送死、寻死、自己找死、自找死路

冬天躺在雪地里——难活命、性命难保、自找死路

冬天的火炉夏天扇——谁见谁喜欢

冬天的茅草夏天的葱——叶枯根烂心(芯)不死

冬天穿袄,夏天吃瓜——什么时候说什么话

冬天的火炉夏天的扇——人人爱、人人用得、人人用得上、人人欢喜人人爱、个个喜爱、个个喜欢、个个欢喜、用得上、受喜爱、谁见谁喜欢

冬天屋檐下的洋葱头——根焦叶烂心(芯)不死

冬天的扇子,夏天的火炉——没人要、没人爱

冬天的扇子,夏天的烘炉——无用

冬天里的蝉——不叫唤

冬天里的甘蔗——甜在心上、甜透了心

冬天里摇蒲扇——不知春秋

冬月卖扇子——过时货

冬月里甘蔗——甜在心上、甜透了心

冬月里的甘蔗——甜在心上、甜透了心

冬月间莲花白——裹得紧

冬仁月的活——能干多少干多少

冬成天吃冰糕——不看节气

冬成天吃凉粉——心都冷了

冬成天吃葡萄——寒酸

冬成天的棕树——该驳(剥)

冬至已过——来日方长

冬至起数——九

冬至数的——九

过了冬至种小麦——赶不上节气

犯风的灶火——倒爷(烟)

半天下雨——不知来头

半天抓云——难、一句空话、一句空话飞了天

半天吊灯笼——无依靠

半天的灰尘——在飞哩

半天放箜头——露了马脚

半天掷骰子——虚邀(幺)

半天掉下石头——晕(陨)死(石)

半天打不出喷嚏来——难受

哭了半天不知谁死了——自作多情

半天上拍巴掌——高手

半天中抓云——难哪(拿)、一句空话

半天中吊铃铛——无牵无挂

半天中盖房子——劳神

半天中撒小米——为(喂)谁呀

半天里下雨——没来头

半天里抓云——难哪(拿)、一句空话

半天里吊灯笼——无依无靠

半天里吹喇叭——啦(哪)哩(里)啦(哪)哩(里)

半天里抓云彩——赤手空拳

半天里抹糨子——胡(糊)云

半天里的风筝——有线牵着

半天里的灰尘——在飞

半天里放炮哩——想(响)得太高

半天里掷骰子——虚邀(幺)

半天里翻跟斗——不着实地、终究要落地

半天里开杂货铺——有卖主没买主

半天里飞个雕溜溜——一声好叫唤、就是一声好叫唤

半天里掉下块石头——到底是怎么回事、到底是咋回事儿

半天里掉下一块石头来——到底是怎么回事、到底是咋回事儿

半天空跑马——腾云驾雾

半天空挂口袋——装疯(风)

半天空挂地皮——大话(画)(四川)

半天空中长草——破天荒

半天空中开当铺——难来往

半天空中划龙船——高化(划)角色

半天空中扭秧歌——空欢喜

半天空中的仙鹤——高高在上

半天空中挂口袋——装疯(风)

半天空中挂乌龟——高扒

半天空中挂剪刀——高才(裁)

半天空中翻跟斗——终归要落地(湖北)

半天空中伸出巴掌来——高手

半天空中伸出个巴掌来——高手

半天空里失火——天然(燃)

半天空里挂灯——高明

半天空里宴客——空席(袭)

半天空里接客——空席(袭)

半天空里点灯——高明

半天空里敲锣——想(响)到云彩里去了、想(响)到云彩眼里去了

半天空里开当铺——难来往

半天空里打灯笼——高明

半天空里打算盘——算得高

半天空里吹喇叭——空想(响)、想(响)得高

半天空里吊口袋——装疯(风)

半天空里吊孩子——天生的

半天空里吊铜铃——无依无靠

半天空里抹糨糊——胡(糊)云(指乱讲话、乱说话。)

半天空里抹糨子——胡(糊)云

半天空里的火把——高明

半天空里挂口袋——装疯(风)、会装疯(风)

半天空里挂布袋——装疯(风)

半天空里挂地皮——大话(画)(四川)

半天空里挂灯笼——高明

半天空里掉小孩——天生的

半天空里掉孩子——天生的

半天空里骑仙鹤——远走高飞

半天空里掷骰子——虚邀(幺)

半天空里翻跟斗——终究要落地

半天空里伸出手来——送吃喝来了

半天空里飞个雕溜溜——一声好叫唤

半天空里伸出巴掌来——高手

半天空里飞过一只鸟——一晃闪、一晃就不见了

半天云宴客——空席、空席(袭)

半天云吊口袋——装疯(风)

半天云吹唢呐——哪(那)里哪(那)里

半天云吹喇叭——哪(那)里哪(那)里

半天云挂口袋——装疯(风)

半天云打马锣子——响当当

半天云上长草——破天荒

半天云上唱戏——下不了台

半天云上打灯笼——高明

半天云中打靶——放空炮

半天云上的雨——成不了气候

半天云中放炮——想(响)得高

半天云中点灯——高明

半天云中跑马——要露马脚、露了马脚

半天云中吊口袋——装疯(风)

半天云中吊钟铃——无处挂

半天云中吊铃铛——无处挂

半天云中吊铜锣——落到哪里都响当当

半天云中打算盘——算得高

半天云中吊铜铃——无依无靠

半天云中吹唢呐——哪里哪、你还在哪里哪

半天云中吹喇叭——高调、隔得远、想(响)得高

天文类歇后语

半天云中扭秧歌——空欢喜

半天云中伸巴掌——高手

半天云中拍巴掌——高手

半天云中的铜锣——落到哪里都当当响、落到哪里都响当当

半天云中放炮火——高明(鸣)

半天云中耍剪子——裁缝(风)

半天云中挂口袋——装疯(风)

半天云中挂剪刀——高才(裁)、裁缝(风)

半天云中挂剪子——高才(裁)、裁缝(风)

半天云中跑牲口——要露马脚

半天云中翻跟斗——不着实地、终究要落地

半天云里开车——没辙

半天云里打闪——高明

半天云里打拳——高招

半天云里打靶——放空炮

半天云里失火——天然(燃)

半天云里吃喝——空喊

半天云里吆喝——空喊

半天云里伸手——要求太高

半天云里拉车——高运

半天云里的雨——不成气候、成不了气候

半天云里放屁——臭气熏天

半天云里放炮——想(响)得高

半天云里练拳——高手

半天云里赴宴——空欢喜

半天云里骂架——吵翻了天

半天云里唱歌——空喜欢、调子太高

半天云里点火——高明

半天云里点卯——名号响当当的

半天云里点灯——高招(照)、高明

半天云里宴客——空席、空席(袭)

半天云里请客——没人赴宴

半天云里跑马——露马脚、露了马脚、露出马脚、要露蹄脚

半天云里推掌——出手很高

半天云里敲锣——想(响)到云彩眼里去了

半天云里聊天——高谈阔论

半天云里开吊车——谢(卸)天谢(卸)地

半天云里长满草——破天荒

半天云里公鸡叫——高明(鸣)

半天云里打电话——空谈

半天云里打灯笼——高明、高明又高明、糟(照)糕(高)

半天云里打哈哈——苦气冲天

半天云里打金锣——天下扬名(鸣)

半天云里打铜锣——天下闻名(鸣)、四方闻名(鸣)、四海扬名(鸣)、当当响、响当当

半天云里打麻雀——空对空

半天云里打算盘——算得高

半天云里出亮星——吉星高照

半天云里用蒸笼——气冲斗牛、气冲霄汉、好阔气

半天云里写文章——空话连篇

半天云里动锅铲——吵(炒)翻了天

半天云里吊口袋——装疯(风)

半天云里吊帐子——落不得脚

半天云里吊铜铃——无处挂、无依无靠

半天云里吊铜锣——落到哪里都响当当

半天云里吹唢呐——想(响)得高、调子太高、哪里哪里、还在哪里哪、你还在哪里哪、九州十府都闻名(鸣)

半天云里吹喇叭——哪(呐)里(哩)哪(呐)、哪(呐)里(哩)哪(呐)里(哩)、你还想哪里哪、你还想哪(呐)里呢、想(响)得高、隔得远

半天云里讲道理——空论

半天云里扭秧歌——空喜、空欢喜(比喻白白地高兴一场,并没有达到目的。)

半天云里抛棉花——肯定落空

半天云里作演说——高论、高谈阔论

半天云里伸巴掌——高手

半天云里坐轿子——抬得太高

半天云里找对象——要求太高

半天云里找物件——要求太高

半天云里拍巴掌——空想(响)、高手

半天云里拉家常——空谈

半天云里抹糨糊——胡(糊)云

半天云里抹糨子——胡(糊)云

半天云里卖黄金——高贵得很

半天云里要锅铲——吵翻(炒飞)了天

半天云里金钟响——名（鸣）声远扬、远近闻名（鸣）

半天云里的风筝——有线牵着、由不得己、半点不由己

半天云里的铜锣——四海扬名（鸣）、落到哪里都当当响

半天云里使锅铲——吵（炒）翻了天

半天云里放椅子——空坐（做）

半天云里挂口袋——装疯（风）、会装一个疯（风）啦

半天云里挂布袋——装疯（风）哩

半天云里挂电灯——高灯远照

半天云里挂地皮——大话（画）

半天云里挂帐子——没处落脚、落不得脚、差一大截、差一截子、差了一大截

半天云里挂剪刀——高才（裁）

半天云里挂剪子——高才（裁）、裁缝（风）

半天云里挂锅铲——吵（炒）翻（飞）了天

半天云里挂漏袋——装不成疯（风）

半天云里要吃喝——空喊

半天云里贴告示——空话连篇

半天云里响炸雷——耸人听闻、惊天动地

半天云里响爆竹——放空炮

半天云里响鞭子——放空炮

半天云里响鞭炮——放空炮

半天云里喊口号——呼声很高

半天云里射靶子——高见（箭）

半天云里骑仙鹤——远走高飞

半天云里看厮杀——袖手旁观

半天云里佬旧账——招招都落空

半天云里做衣服——高才（裁）

半天云里做报告——净是空话

半天云里做账簿——算计高

半天云里做演说——高论

半天云里搭草棚——想骗了牛鼻子

半天云里烧柴禾——心（薪）高气傲

半天云里飘气球——高高在上、没着落

半天云里跑牲口——要露马脚、露了马脚、马脚全露出来了

半天云里装喇叭——想（响）得高、想（响）得远

半天云里栽跟斗——不能脚踏实地

半天云里掷骰子——空邀（幺）

半天云里敲大鼓——空想(响)

半天云里踩钢丝——提心吊胆

半天云里想办法——主意高

半天云里演杂技——全靠艺高、艺高胆大、艺高人胆大

半天云里装喇叭——响得高、想(响)得高

半天云里翻账簿——算得高

半天云里翻跟头——不着实地、终究要落地、高难动作

半天云里翻筋斗——八处不沾边、终究要落地(比喻早晚要跌跟头。)

半天云里飞的风筝——有线牵着

半天云里打小九九——算得高

半天云里打马锣子——响当当

半天云里打九归九除——算得高

半天云里伸出个巴掌——高手

半天云里的没壳核桃——无人(仁)

半天云里悬着的风筝——不大踏实

半天云里掉下块石头——到底是咋回事儿

半天云里伸出一个巴掌——高手

半天云里伸出来一个巴掌——高手

半天云里掉下一块石头来——郧阳(地名)

半天云里头吹唢呐——想(响)得高、调子太高、哪(呐)里(哩)哪(呐)里(哩)、还在哪里哪、你还在哪里哪

半云里掉下块石头——到底是怎么回事、到底是咋回事儿

半云空上长草——破天荒

半云空中长草——破天荒

半云空里失火——天然(燃)

半云空里开吊机——谢(卸)天谢(卸)地

半云空里长草——破天荒

半空请客——高酒席

半空拍巴掌——高手

半空的云彩——变化多端、变化莫测

半空的龙蛇——张牙舞爪

半空挂口袋——装疯(风)

半空点蜡烛——高明

半空铰衣服——高才(裁)

半空落大雪——天花乱坠

半空踩钢丝——左右摇晃

谚语歇后语大全

天文类歇后语

半空荡秋千——不落实

半空剪衣服——高才(裁)

半空数指头——算计高

半空翻跟斗——不着落地、早晚落地、早晚要落地

半空上的土——离(犁)不得

半空中长草——破天荒

半空中的土——离(犁)不得

半空中点灯——高明、高招(照)、高盼

半空中挂画——大话(画)

半空中倒水——下流

半空中跑马——腾云驾雾、要露马脚、要露蹄脚、露了蹄、露了马脚

半空中骑马——腾云驾雾、露了蹄

半空中跳马——要露马脚、要露蹄脚、露了蹄、露了马脚

半空中开吊车——谢(卸)天谢(卸)地

半空中打把式——栽大跟头、栽个大跟头

半空中打灯笼——糟(照)糕(高)

半空中打筋斗——打脚不着实地

半空中打算盘——算得高

半空中用蒸笼——气冲霄汉

半空中吊帐子——不着实地

半空中吹喇叭——空喊

半空中抹糨子——胡(糊)云

半空中伸巴掌——高手

半空中拍巴掌——高手

半空中的云彩——变化多端

半空中的火把——高明

半空中的气球——上不着天,下不着地、闲(悬)着哩、悬着哩、高高在上

半空中的秋千——空晃荡

半空中放风筝——有线牵着、总有牵线人

半空中放鞭炮——想(响)得高

半空中放爆竹——想(响)得高

半空中挂地皮——大话(画)

半空中挂灯笼——无依无靠

半空中挂帐子——落不得脚

半空中挂剪刀——高才(裁)

半空中挂锄头——罪恶滔(掏)天

半空中响喇叭——空喊

半空中响锣鼓——名(鸣)声远扬、远近闻名(鸣)

半空中荡秋千——不落实

半空中盖房子——无处落脚、没处落脚、落不得脚

半空中赶牲口——露马脚、要露马脚

半空中挂口袋——装疯(风)

半空中挂灯笼——无依无靠、上不着天,下不着地、糟糕(照高)

半空中挂锅铲——吵(炒)翻了天

半空中挂蒺藜——讽(风)刺

半空中挂锄头——罪恶滔(捣)天

半空中掷骰子——空邀(幺)

半空中数指头——算得高

半空中落大雪——天花乱坠

半空中翻跟斗——不着实地、早晚要落地、终究要落地

半空里哨响——想着得(鸽)自(子)事

半空里跑马——露了马脚

半空里开吊车——谢(卸)天谢(卸)地

半空里找灯笼——高招(照)

半空里打灯笼——糟(照)糕(高)

半空里打秋千——悬荡

半空里呼哨响——想着各(鸽)自(子)的事

半空里的气球——悬着、悬着呢

半空里的龙蛇——张牙舞爪

半空里的妖怪——无法无天

半空里挂电话——高明

半空里挂地皮——大话(画)

半空里掷骰子——空邀(幺)

半空里翻跟斗——不着实地、早晚要落地、终究要落地

半空里飞过一只鸟——一晃闪

半空里飞个雕溜溜——一声好叫唤

半空云里伸出个巴掌来——高手

半晌打不出喷嚏来——难受、干难受

半夜下雨——下落不明、不知下落、不知来头

半夜打雷——一鸣惊人、扰人美梦、不让人安宁

半夜叫花——哪里讨

半夜叫狗——恶(屙)啦

半夜甩涕——乱达

半夜出世——害(亥)人、害(亥)死(时)人

半夜出生——害(亥)人、害(亥)死(时)人

半夜地震——想逃也来不及

半夜杀猪——瞎杀、瞎刮

半夜找人——暗中查访

半夜进宫——必有急事

半夜鸡叫——不晓、不知丑、不知分晓、乱了时辰

半夜拔河——暗中使劲

半夜拉屎——无人承认、迫不得已

半夜爬山——不知高低

半夜的鸡——乱叫

半夜和面——瞎捣鼓

半夜绣花——越看越模糊

半夜掐谷——岁(穗)儿大了

半夜看天——没亮、没量(亮)

半夜屙屎——等不得

半夜捉鱼——暗中下手

半夜偷鸡——看不见的勾当

半夜掘墓——捣鬼

半夜登门——不怀好意

半夜登山——处处小心

半夜弹琴——暗中作乐

半夜梳头——早得很

半夜摘瓜——不分老少

半夜撞钟——早出名(鸣)

半夜推车——暗中使劲

半夜搓绳——想么(麻)了

半夜逮猪——不摸向(象)

半夜烫猪——瞎刮

半夜聊天——瞎说、捉迷藏

半夜敲钟——一鸣惊人

半夜下馆子——吃闭门羹

半夜下饭馆——吃闭门羹、有什么算什么

半夜上饭堂——吃闭门羹

半夜开窗户——心(星)在外头、心(星)挂外头

半夜打脱牛——到哪里找

半夜打跑牛——哪里找、到哪里找去

半夜叫工夫——蒙事

半夜叫草铺——为(喂)你

半夜叫城门——找钉子碰、找着钉子碰、早晚碰钉子、自找钉子碰

半夜甩鼻涕——乱达

半夜出的世——害(亥)死(时)人

半夜包饺子——深耕(更)细作

半夜会认黑——瞎熬眼

半夜吃小鱼——不知头尾、囫囵吞、首尾分不清、摸不着头尾、摸不着头脑

半夜吃甘蔗——不知头尾

半夜吃米粉——不知头尾

半夜吃饺子——好饭不怕晚

半夜吃柿子——专拣软的捏、单拣软的捏

半夜吃香蕉——专拣软的捏

半夜吃馆子——闭门羹、有啥吃啥

半夜吃烧鸡——思(撕)思(撕)想(响)想(响)

半夜吃桃子——专拣软的捏、按着软的捏、按倒软的捏、净找软货

半夜吃黄瓜——不分老嫩、不知头尾、不知头和尾、头脑不清、头脑分不清、摸不着头尾、饿急眼了

半夜吃黄连——暗中叫苦

半夜收玉米——瞎掰

半夜吹笛子——暗中作乐

半夜会认黑——瞎熬眼

半夜找绳子——暗中摸索

半夜床动弹——上下人哩

半夜时涨水——没人见

半夜走山路——见一步走一步

半夜的风雨——下落不明

半夜的龙灯——玩转去了

半夜的肉档——空架子

半夜使唤驴——摸不着套

半夜查户口——好梦做不成

半夜穿衣服——为时尚早

半夜赶黑路——碰着鬼

半夜捅鸡窝——暗中捣蛋

谚语歇后语大全

天文类歇后语

半夜拣爬犁——总有唠（捞）的
半夜吃红柿——拣软的捏
半夜喝恶水——瞎巴咽
半夜喝墨水——黑吃黑
半夜做生意——赚黑钱
半夜做买卖——暗中交易
半夜做念珠——暗中使劲
半夜做噩梦——一场虚惊、虚惊一场
半夜做噩梦——一场虚惊、虚惊一场
半夜弹钢琴——暗中取乐
半夜烧票子——受穷等不到天明
半夜捅鸡窝——暗中捣蛋
半夜捉虱子——瞎摸
半夜捉蚯蚓——摸不清头尾
半夜修水桶——瞎估（箍）
半夜请大夫——厉害了
半夜摸小肚——赶死（屎）
半夜摸黄瓜——不知头尾
半夜摸帽子——早（找）哩
半夜捡黄瓜——摸不着头尾
半夜睡不着——心邪
半夜睡磨盘——想转了
半夜涨大水——没人见
半夜想猪蹄——尽想好事
半夜摘茄子——不知老嫩、老嫩一起摸
半夜敲城门——硬找钉子碰
半夜翻箱子——想（箱）不开
半夜子时捣谷——有几个岁（穗）哩
半夜叫草料铺——为（喂）你
半夜过独木桥——步步小心
半夜吃西红柿——拣软的捏
半夜吃萤火虫——心里明
半夜吃烤红薯——净拣软的捏
半夜闹阎王殿——暗中搞鬼
半夜起来唱戏——谁听你的
半夜起来屙屎——等不得

半夜起来烧水——渴极了、渴急眼了、渴急了眼

半夜起来救火——手忙脚乱

半夜起来锄草——早(找)产(铲)

半夜起来嚼馍——为(喂)儿为(喂)女

半夜捅城隍庙——暗中捣鬼

半夜珠子放光——活宝

半夜摸烧火棍——乱耍叉

半夜喝顿面条——赶(擀)那儿啦

半夜睡不着觉——心邪

半夜敲敬德门——寻着挨疙瘩鞭

半夜翻箱倒柜——要命钱被人偷了

半夜不见枪头子——攘到贼肚里

半夜打雷不担惊——问心无愧

半夜打雷心不惊——问心无愧

半夜打雷心勿惊——问心无愧

半夜叫大姑娘门——存心不善、来者不善

半夜叫姑娘的门——来者不善

半夜出门做生意——赚黑钱

半夜出来的鬼魂——见不得阳光

半夜回家不点灯——乌龟(归)、瞎摸

半夜杀猪分下水——都挂心肠

半夜爬起来锄草——早(找)产(铲)

半夜洗衣月上晒——明是阳来暗是阴

半夜床上捡银子——白想

半夜牵来一头猪——哪里来的蠢货

半夜起来去要饭——摸不着门、摸索不着门

半夜起来开窗子——心(星)挂在外头

半夜起来当皇帝——痛快一时、痛快一时是一时

半夜起来吃红柿——拣软的摸

半夜起来吃面条——饿的

半夜起来吃桃子——按着软的捏

半夜起来吃黄瓜——饿极了、不知头尾

半夜起来收玉米——瞎干

半夜起来抱草料——为(喂)你

半夜起来放火炮——一鸣惊人

半夜起来放炮仗——一鸣惊人

半夜起来放鞭炮———一鸣惊人

半夜起来背粪筐——找死(屎)、寻死(屎)

半夜起来穿衣服——为时过早

半夜起来骂阎王——等死等不到天亮

半夜起来喊城门——找些钉子来碰

半夜起来借便壶——不看时候

半夜起来喝凉水——烧心不过、凉快一阵是一阵

半夜起来吃面条——赶(擀)哪啦、赶(擀)软的捏

半夜起来喝稀饭——迷迷糊糊

半夜起来等天明——早着哩

半夜起来捉虱子——摸不到

半夜起来做皇帝——快活一时是一时

半夜起来摸裤子——理当(裆)

半夜起来掐谷子——有几岁(穗)

半夜起来摸粪筐——找死(屎)、寻死(屎)

半夜起来望天光——早哪、时候还早

半夜起来摘茄子——不管老嫩

半夜起来摘桃子——赶哪啦、按着大的捏、按着大把的捏、按着熟的捏、净拣软的捏

半夜起来翻箱子——想(箱)不开

半夜喊开敬德门——寻着挨棒、找着挨鞭

半夜做了场噩梦——一场虚惊

半夜做梦当佛爷——老不死

半夜做梦啃牛排——尽想好事、想得倒美、嘴馋

半夜做梦啃猪蹄——尽想好事、想得倒美

半夜做梦娶新娘——尽想好事、想得倒美

半夜跑肚惊了贼——碰巧

半夜梦见做皇帝——快活一时是一时、登了一会儿金銮殿

半夜摸烧火棍子——乱耍叉

半夜熬锅萝卜菜——煞那儿了

半夜敲门不慌张——无亏心事、没做亏心事

半夜敲门心不惊——问心无愧、不做亏心事、没做亏心事、没做亏心事

半夜敲门要评理——瞎折腾人

半夜不见了枪头子——攘到贼肚里

半夜叫大姑娘的门——来者不善

半夜叫草料铺的门——为(喂)你

半夜吃了个烧山药——灰心(星)入肚

半夜起来抱草料铺——为（喂）你

半夜起来摸烧火棍子——乱耍叉

半夜里下雪——下落不明

半夜里上天——想得高、想到高处了

半夜里打嗝——哪来的食气

半夜里出生——害（亥）死（时）人

半夜里杀猪——闹得四邻难安

半夜里尿床——流到哪来算哪、流到哪儿算哪儿

半夜里尿炕——流到哪来算哪、流到哪儿是哪儿

半夜里伸腿——猛一蹬

半夜里鸡叫——不晓、不知丑、不知分晓

半夜里鸡啼——不晓、不知丑、不知分晓

半夜里拔河——使暗劲、暗里使劲

半夜里和面——瞎鼓捣

半夜里放炮——一鸣惊人

半夜里要饭——上哪儿讨去、向哪儿讨、向哪儿去讨、往哪里去讨

半夜里赶集——起得不晚、起来得不晚

半夜里看钟——观点不明

半夜里套驴——摸不着套

半夜里逮牛——不摸角

半夜里掘墓——捣鬼

半夜里绣花——越看眼越花、睡醒来精神了

半夜里弹琴——暗中作乐

半夜里偷猫——迷（咪）啦

半夜里涨水——没人见、罕（汉）人见

半夜里梳头——出暗计（髻）

半夜里聊天——瞎说

半夜里磨牙——想吃人、心有不平事

半夜里耕地——摸不着四边

半夜里铡草——为（喂）你、摸不着

半夜里攒笤——瞎箍

半夜里下饭店——有啥吃啥

半夜里下饭馆——有么儿算么儿、有什么是什么、有啥吃啥、有啥算啥、吃闭门羹

半夜里下馆子——吃闭门羹

半夜里打烧饼——摸清面性啦

半夜里打算盘——另有打算

谚语歇后语大全

天文类歇后语

半夜里收玉米——瞎掰

半夜里吃西瓜——饥极了

半夜里吃柿子——拣软的捏、专拣软的捏

半夜里吃虾子——摸不着头脑

半夜里吃桃子——按着软的捏

半夜里吃黄瓜——不知头尾、不知头脑、头脑不清、摸不清头尾

半夜里叫城门——自找钉子碰、找着碰钉子、碰了个大钉子

半夜里寻锻房——找挨钻子哩

半夜里抢大斧——瞎侃(砍)一通

半夜里扯裹脚——有一条是(撕)一条、扯起一条是(撕)一条、想起一条是(撕)一条

半夜里扯脚布——提起一条是一条

半夜里拍屁股——好大的面子

半夜里玩龙灯——往回走

半夜里拉庄稼——冒估铺

半夜里的被子——没人理

半夜里的被窝——正热乎、正在热乎劲上

半夜里的雪花——下落不明

半夜里的猪食——害(亥)臊(溲)

半夜里的铺盖——没人理

半夜里的寡妇——难过

半夜里捉虱子——瞎摸、摸不着

半夜里捉迷藏——瞎摸、摸不着

半夜里捉麻雀——捣窝儿

半夜里响炸雷——一鸣惊人

半夜里弹琵琶——暗中作乐

半夜里修水桶——瞎估(箍)

半夜里哭老妗——想起一阵是一阵

半夜里哭妈妈——想到哪说到哪

半夜里吃面条——赶(擀)到那儿啦

半夜里喝糊涂——哪里来的豆呀

半夜里拾红包——谁来数你

半夜里喊城门——找钉子碰

半夜里飘大雪——下落不明

半夜里做窝头——瞎捏巴

半夜里摘茄子——不分老嫩、不论老嫩

半夜里摘桃子——拣熟的捏

半夜里摘辣子——不管老嫩
半夜里摘辣椒——老嫩不分
半夜里穿衣服——为时尚早
半夜里摸屁股——好大的面子
半夜里摸帽子——早（找）呢、早（找）哪、早（找）着哩、太早了、为时过早
半夜里耕坟地——摸不着四边、摸不着四周
半夜里照镜子——想起一阵子
半夜里睡不着——心酸、新（心）鞋（邪）、新（心）鲜
半夜里睡磨盘——想转了
半夜里撒呓挣（熟睡时说话或动作）——迷迷糊糊
半夜里翻箱子——想（箱）不开
半夜里吃萤火虫——心里明
半夜里叫草料铺——为（喂）的是谁
半夜里叫草料铺——为（喂）的是你
半夜里打砻房门——倒（稻）来了
半夜里起来坐着——早啦
半夜里起来烧水——渴急眼了
半夜里起来屙屎——等不得
半夜里起来锄草——早（找）产（铲）
半夜里捡得封包——谁来数你
半夜里闹阎王殿——暗中捣鬼
半夜里梦见结婚——快活一刻是一刻
半夜里梦做皇帝——快活一时算一时、快活一霎算一霎
半夜里吃顿面条——赶（擀）那啦、赶（擀）到那儿啦
半夜里摸捅火棍——摸不着头尾
半夜里摸烧火棍——乱耍叉
半夜里睡不着觉——新（心）鞋（邪）
半夜里不见了枪头——攘到贼肚里了
半夜里不见枪头子——攘到贼肚里
半夜里不怕鬼敲门——没做亏心事
半夜里打雷心不惊——问心无愧
半夜里扯开裹脚布——想起一条是一条
半夜里叫开草料铺——为（喂）你
半夜里闯来一头猪——哪里来的蠢货
半夜里回家不点灯——乌归（龟）
半夜里抱住砂缸啃——不嫌碜

半夜里洗衣月下晒——明是阳来暗是阴

半夜里起来吃烧鸡——思思想想（撕撕响响）

半夜里起来坐等明——早着哩

半夜里起来借便壶——不看时候

半夜里起来摸裤子——理当（裆）

半夜里起来摘桃子——拣软的捏、按着软的捏

半夜里起来摸帽子——找着呢、找到头上来了

半夜里起来糊元宝——替鬼弄钱

半夜里梦见做皇上——快活一时是一时、快活一时算一时、快活一刻是一刻、快活一霎是一霎、登了一阵金銮殿、登了一会儿金銮殿

半夜里梦见做皇帝——快活一时是一时、快活一刻是一刻、快活一霎是一霎、登了一阵金銮殿、登了一会儿金銮殿

半夜里做梦当佛爷——老不死

半夜里杀出个程咬金——位不正，品不高

半夜里摸出个菜盘子——间（见）谍（碟）

半夜里跑进城皇庙——见神见鬼

半夜里敲饭馆的门——吃闭门羹

半夜里不见了枪头子——攘到贼肚里去了

半夜里吃了颗烧山药——灰心（星）入肚

半夜里摸出个菜盘子——间（见）谍（碟）

半夜里做梦娶亲拜堂——想得美哩

半夜里杀出来个程咬金——位不正，品不高

半夜三更上吊——等死不到天明

半夜三更上茅房——迫不得已

半夜三更上厕所——迫不得已

半夜三更放火炮——一鸣惊人

半夜三更放鞭炮——一鸣惊人

半下午打更——还早

半悬空中刮蒺藜——讽（风）刺

立春响雷——一鸣惊人

立春的响雷——一鸣惊人

立夏穿纱——不是时候

立夏以后的烂毛笋——直坏到骨节里

立夏后的葡萄——越结越多

立秋的瓜——没人理睬

立秋的蛇——僵了

立秋的石榴——光点子、点子多、满脑袋点子、满脑袋的点子

立秋的瓜花——光开不结瓜子、华而不实

立冬的蛇——僵了

立冬出彩虹——越哄(虹)

立冬抱火笼——为时尚早

闪电当作天裂缝——异(一)想(响)天开

闪电娘娘丢了鞋——不知在云里还是在雾里

对天发誓——赌咒

对天讲话——不知高低、空谈、空话连篇

对天说话——不知高低、空谈、空话连篇

对天鸣枪——吓唬人

对天吹喇叭——想(响)得高

对空放炮——无目标

对空射击——热火朝天

对空撒灰——害人害己、害人先自己、害人先害自己

对时的疟疾——躲不脱

对时的摆子——躲不脱

六画

西风扫落叶——秋了、秋去冬来

西北风扫蒺藜——连讽(风)带刺

西北风刮麦芒——连讽(风)带刺、连讽(风)带刺儿

西北风刮荆棘——连讽(风)带刺、连讽(风)带刺儿

西北风刮蒺藜——连讽(风)带刺、连讽(风)带刺儿

喝西北风长的——没点热乎气

喝西北风长大的——没点热乎气

喝西北风打饱嗝——硬挺

喝西北风堵嗓子——真倒霉、倒霉透了

芒种前的麦地——一天一个成色

百日无雨——久有情(晴)

百日不下雨——久情(晴)

百年歪桃树——定型了

百年的大树——根深蒂固

百年的歪脖树——定了型、定型了

百年的歪脖子树——定型了

百年的乌龟下卵子——老坏蛋

百年的瓜子千年的树——根深蒂固

老天失火——赵(照)云

老君炼出来的孙悟空——火眼金睛

过午的牵牛花——全败了

过时的药——失效了

过时的萝卜——枉(网)操心

过时栽萝卜——枉(网)操心

过时的历书——无用、不中用、没用处、没得用、翻不得

过时的皇历——无用、不中用、没用处、没得用、翻不得

过云行雨——不长久、难长久

过云的雨——一阵子

过冬的蛇——折(蛰)服(伏)

过冬的大葱——叶烂心(芯)不死、叶烂皮干心(芯)不死、皮焦根枯心(芯)不死

过冬的狗熊——自己吃自己

过冬的毒蛇——折(蛰)服(伏)

过冬的麻雀——难找食

过冬的咸菜缸——泡着、泡着吧、泡着去

过冬的瘪臭虫——等死

过冬的楝树里——不好吃

过冬的田螺遇春水——扬眉吐气、活动起来了

过年鸡——等着杀

过年见面——都讲好话

过年的猪——活不久、活不长、早晚得杀、肥啦

过年写对联——弃旧图(涂)新

过年吃豆渣——穷极了

过年吃饺子——都是一家人

过年的日历——没用场

过年的皇历——没用场

过年的肥猪——没命了、早晚得杀、活不长、宰杀不过年、等着挨刀

过年借礼帽——不识时务

过年敲锅盖——穷得叮当响

过年接媳妇——双喜临门

过年嗑瓜子——找人(仁)

过年娶媳妇——双喜临门

过年打个麻将——有你不多,无你不少

过年吃团圆饭——济济一堂、围着圆桌坐一圈

过年吃豆腐渣——没啥

过年买盘橘子——图吉利

过年的贮藏室——满了

过年不知扁食味——苦熬岁月

过夜猪肉——有气

过夜的猪肉——有气儿

成天弄蚕茧——吵(缫)来吵(缫)去

成天想蚕茧——只顾私(丝)、净顾私(丝)

早穿棉袄午穿纱——冷热不均

早上没刷牙——嘴巴不干净

早上的露水——见不得阳光

早上炸油条——只香一阵子

早上的林中鸟——各是各的调、各唱各的调

早上打发闺女,中午接媳妇——双喜临门

早开的红梅——一枝独秀

早起开门窗——换换空气

早起碰见抬轿的——出门见喜

早春的桃花——红不久、红不了多久

早晨的雾——一会儿就散

早晨吃晌午——打破常规

早晨卖豆腐——走到哪里吃喝到哪里

早晨的太阳——蛮红火

早晨的云雀——展翅飞翔

早晨的鸟儿——各是各的调子

早晨的星星——寥寥无几、数量有限

早晨的雾气——一会儿就散

早晨的露水——不长久、不久长、见不得太阳、见不得阳光、难长久

早晨的露珠——不长久、不久长、见不得太阳、见不得阳光、难长久

早晨的洗脸水——摆不长

早晨起来河边站——操余(鱼)心

早晨碰见抬轿的——开门见喜

早晨的天,婆婆的脸——说变就变、转眼就变、变化无常

早晨嫁闺女,中午娶媳妇——双喜临门

早晨打发闺女,中午接来媳妇——双喜临门

早晨打发闺女,中午娶来媳妇——双喜临门

听风就是雨——瞎起哄

当风扬灰——一哄而散、一吹而散

当天工作当天完——不拖拉

当天落雨出太阳——应(阴)变

当年的羊羔——一滚就熟

当年的狗崽子——没人勒

当年的鸡娃儿叫鸣咧——差巧着哩

当夜捉贼,当夜送衙——马上行事

伏天买鱼——不知好坏、难知好坏

伏天的雨——来得凶,去得快

伏天烧窑——红彤彤,热烘烘

伏天下暴雨——阵势大、来得凶,去得快

伏天出乌云——没有根

伏天吃西瓜——痛快

伏天的太阳——真毒、最毒、毒极了

伏天的庄稼——一天一个样

伏天的知了——叫得最响

伏天的烂鱼——臭货、肮脏货

伏天的阵雨——来得凶,去得快

伏天的黄狗——伸着舌头喘粗气、直喘粗气

伏天的蝈蝈——叫得欢、欢叫

伏天穿皮袄——赁来的

伏天喝井水——点点滴滴凉在心

伏天戴棉帽——乱套

伏天的温度计——只见长,不见落

伏天的温度表——只见长,不见落

伏天的雷暴雨——来得猛,去得快

伏天的黄豆棵——先别炸

伏天吃薄荷水——满肚子舒服

伏天吃沙瓤大西瓜——甜美

伏里的凉风——不过瘾

年过花甲得子——老来喜

年好过,月好过——日子难过

年过花甲不成才——虚度年华、枉活了大半辈子

年近古稀嗅觉低——老鼻子啦

过了年的历书——翻不得

年下的凉房——满了

年下的粮仓——满了

年下的煎糕——人有我有

年年十八——无长进、没长进

年年丰收——常熟

年年十八岁——无长进、没长进

年前的水仙——金贵、身价百倍、身价倍增、抬高身价

年前的山兔子——只会走老路

年晚煎堆——人有我有

年卅拨盘——满打满算

年卅的灶膛——越烧越旺

年卅的案板——不得空、借不得

年卅晒衣裳——今年不干明年干

年卅借菜刀——不是时候

年卅吃团圆饭——皆大欢喜

年三十讨口——丢人现眼

年三十讨债——催命鬼

年三十挖河——民不聊生

年三十要账——催命鬼

年三十逼债——催命鬼

年三十讨蒸糕——丢人

年三十吃酒饭——头一遭

年三十的砧板——不得空、借不得

年三十的案板——不得空、借不得

年三十放炮仗——想(响)到一块儿

年三十看历头——没日子啦

年三十看皇历——好日子过完了

年三十借炊具——不是时候

年三十借菜刀——不是时候

年三十晒衣裳——今年不干明年干

年三十喂肥猪——来不及了

年三十望月亮——办不到的事

年三十吃团圆饭——皆大欢喜

年三十的灶王爷——没处安身

年三十逮个兔子——有它也过年,没它也过年

天文类歇后语

年三十背枪打兔子——有它过年，没它也过年

年三十晚剃头——三刀两刮

年三十晚谢灶——好做唔做

年三十晚打兔子——有它过年，没它也过年

年三十晚的粑粑——你有我也有

年三十晚看月亮——失望

年三十晚洗衣服——今年不干明年干

年三十晚唱梆子腔——真红火

年三十晚上投井——账逼的、活不到明年

年三十晚上剃头——三刀两刮

年三十晚上打兔子——有它过年，没它也过年

年三十晚上吃饺子——没有外人

年三十晚上进厨房——大家都忙、你忙我也忙

年三十晚上的砧板——借不得

年三十晚上的爆竹——不住点

年三十晚上看月亮——没有指望

年三十晚上洗衣服——今年不干明年干

年三十晚上逮个鳖——有它过年，无它也过年

年三十晚上翻日历——没时间了

年三十晚上翻皇历——没时间了

年三十夜拨算盘——满打满算

年三十夜的年糕——人有我有、你有我也有

年三十夜的灶膛——越烧越旺

年三十夜的钵头——难借

年三十夜看月亮——失望

年三十夜望月亮——办不到的事

年三十夜喂过年猪——再迟不过了

年初——日新月异

年初一——日新月异

年初一见面——尽说好话、净说好话

年初一蜡烛——就上

年初一吃饺子——没外人

年初一吃酒酿——头一遭（糟）

年初一当当头——头一票

年半的牛犊——就是不愿上绳儿

年尾打山猪——见者有份

年底送灶君——不留神

多天的开水——没有热气

多年邻居——变成亲

多年的开水——没有热气

多年的杨树——坏完了心

多年的师傅——老把式、老把式经验丰富

多年的陈账——难讨、翻不得

多年的朋友——老交情

多年的寡妇——老手(守)

多年的旧被絮——老套子

多年的老歪树——直不起来了

多年的泡桐树——空心货

多年的菩萨轴子——老相

多云天气——不阴不阳

多雾的天空——朦朦胧胧

后半夜走路——步步光明

后半夜的灯盏——没多少油水、油水不多

后半夜做美梦——好景不长

向阳石榴——红似火

向阳花木——早逢春、易为春

向阳的花木——早逢春

向阳的石榴——一片红火、红似火、红火一片

向阳的桃子——透身红

向阳的雪莲——不怕动(冻)

行云流水——不好捉摸、难以捉摸

行夜路,吹口哨——自己壮胆、壮自己的胆子

冲天放铳——直筒子

冲天啐唾沫——弄了满脸、正好落在自己脸上

宇宙里行船——利(离)水

宇宙飞船上喝汽水——有水平(瓶)

冰冻三尺——非一日之寒、不是一天的功夫

冰冻豆腐——太冷淡、变硬了

冰炭同炉——两不相同

冰嘎屁股——站不稳

冰炭交朋友——势不两立

冰冻的豆腐——难办(拌)

冰冻豆腐调小葱——不好办(拌)

吃冰拉冰——没话(化)

冰上打架——狡(脚)猾(滑)

冰上走路——小心在意

冰上站人——久不了

冰上长豆芽——冷了心

冰上的爬犁——滑得快、溜得快

冰上的雪橇——滑得快、溜得快

冰上的鱼儿——没活头、活不久

冰上赶鸭子——你滑我也滑

冰上骑毛驴——走不了、路难行

冰上盖房子——不牢靠

冰前刮雪——冷上加冷

冰面上站人——长不了

冰面上盖房子——不牢靠

冰冻豆腐——太冷淡

冰冻的豆腐——难办(拌)

冰冻见了太阳——浑身都融化

冰冻箱里放灶君——凝神

冰天雪地发牢骚——冷言冷语

冰雨洒窗——东两点、西两点

冰雪埋到肚子上——冷了半截、冷了大半截、凉了半截、凉了大半截

冰雪流到肚皮上——凉了半截

冰雪埋到了肚子上——冷了半截、冷了大半截、凉了半截、凉了大半截

冰雪地里埋死人——冷处理

冰块当拐杖——扶不起来

冰块压胸口——令人心酸、叫人寒心

冰块放锅里——水瓢也省了

冰块见了太阳——浑身就融化

冰块掉进醋缸里——寒酸

冰块上睡觉——浑身凉透了、浑身没点热气

冰块上面睡觉——凉透了、浑身凉透了

冰雹打人——祸从天降、老天不长眼、只能怨天

冰雹砸荷叶——不堪一击、打个粉碎、打你个粉碎、落花留(流)水

冰雹砸破脑袋——祸从天降

冰雹过后洪水来——多灾多难

冰雹砸了棉花棵——尽光棍、尽是光棍、全是光棍

冰雹砸了棉花棵子——尽光棍

冰凌当拐杖——不可靠、靠不住、扶不起来

冰凌拌黄瓜——拌丝甘脆

冰凌调豆腐——难办(拌)

冰凌挂胸口——冷透了、冷透了心、凉透心、凉透了心

冰凌煮黄连——同甘共苦

冰凌窝里打哈哈——冷笑、想得离奇

冰凌上跑马——站不住脚

冰凌上睡觉——没点热气、浑身没点热气、浑身凉透了

冰凌上摔一跤——拉巴不起来

冰凌上撒黍子——滑子(籽)

冰霜打过的甘蔗梢——伤(霜)透了心(黎族)

冰缝里捞鱼吃——辛苦掐来快活用

冰槽里冻黄瓜——干干脆脆

冰槽里的冻黄瓜——干脆

冰山——不可靠

冰山上作画——好景不长

冰山上画画——好景不长

冰山上雪莲——动(冻)了心

冰山上栽树——不知死活

冰山上烧水——缺的是才(柴)

冰山上聊天——尽是冷言

冰山上吃杨梅——寒酸

冰山上的来客——真假难分、有真有假

冰山上的梅子——寒酸

冰山上的雪莲——冻了心

冰山上放豆腐——由软变硬

冰山上跑火车——行不通、走不通

冰山上埋白骨——实在难找

冰山上埋死人——冷处理

冰大板上的驴子——四脚朝天

冰岛上的土地爷——没人拜、没人败(拜)

冰河解冻——开封、看化了

冰河上架屋——白搭

冰河上盖屋——塌下水了

冰河上赶鸭子——大家耍滑

冰滩上的驴——四脚朝天、扶不起来

冰滩上的鱼——由（游）不得你了

冰滩上栽信杆——光棍

冰窖着火——天意、没见过

冰窖出来进蒸笼——忽冷忽热

冰窖里嬉耍——冷笑

冰窖里打哈哈——冷笑

冰窖里面烧大火——越烧越险

冰库里说话——冷言冷语

冰库里点蜡——洞（冻）房花烛

冰库里睡觉——暖不热窝

冰库里藏皮球——动（冻）气

进冰场穿冰鞋——马上就溜

阴干兔子——难扒

阴天不说——请（晴）讲、请（晴）说

阴天打伞——多此一举

阴天走路——没影儿、连个影儿也不见

阴天打阳伞——多此一举

阴天打跟斗——没影

阴天打旱伞——多此一举

阴天打粮食——潮种

阴天打孩子——闲着没事干、闲着也是闲着、闲得没事干

阴天出太阳——假情（晴）

阴天出爷儿——假情（晴）（河北）

阴天吃凉粉——不合适（时）、不看天气

阴天驮穰草——越拖（驮）越重

阴天走长路——配吃鱼（雨）了

阴天卖泥人——趁早收场

阴天折跟头——没影儿

阴天的泥人——都是晴天做下的

阴天洗衣服——总有一天干、凉（晾）起来了

阴天洗被褥——不尴（干）尬（盖）

阴天洗棉袄——早晚也是干

阴天看月亮——假惺（星）惺（星）

阴天晒衣服——不睁眼

阴天晒衣裳——白搭

阴天晒被子——不是时候、白搭

阴天晒棉衣——白搭、闲得没事干、早晚也是干

阴天晒铺盖——不是时候、白搭

阴天晒褥子——不是时候

阴天树旗杆——四下不见影

阴天做凉粉——不看气候

阴天栽跟头——没影儿

阴天望太阳——尽干不露脸的事

阴天露日头——假情(晴)(山东)

阴天戴凉帽——多此一举

阴天戴草帽——多此一举

阴天下雨管孩子——趁工夫

阴天空中跑白云——情(晴)可知

阴天院里翻跟头——影子也没有

阴天里吃凉粉——不看天气

阴雨天赶路——想吃鱼(雨)啦

阴雨天落雪——空想(响)

阴雨天拉稻草——越拖越重

阴雨天拖稻草——越拖越重

阴雨天的芝麻——难开口

阴雨天的蛤蟆——蹦叫得欢

阴雨天的霹雳——大发雷火

阴雨天观景致——看不清、模糊不清

阴雨天的花生米——皮了

阴雨天过后出太阳——开云见日、重见天日

阴雨天气——不开朗

阳光下请客——有情(晴)有义

阳光下的水珠——不长久

阳光下的冰凌——长不了

阳光下的影子——明摆着的

阳光下的雪人——化了

阳光下的夜猫子——装迷糊

阳春三月——风光无限

阳春三月的麦苗——节节长

阳春三月的桃花——一片红火、红火一片、越来越红火、越老越心红、看得见,数得清

阳春三月的桃花苞子——一片红火、越来越红火

红日西沉——洛（落）阳

红日快下山——洛（落）阳

一轮红日出东方——光明正大

七画

抢风扬谷——秕者先行

抢风使簸箕——一物降一物

严冬过后——春天来

严冬过后长草木——有生机

严霜——单打独根草

严霜给太阳翁拜年——白送死

远空的星斗——众人仰望

求雨到了火神庙——认错了菩萨

求雨来到火神庙——找错了庙门

求雨求到火神庙——找错了庙门

求雨求到了火神庙——认错了菩萨

连天的阴雨——少情（晴）

连天晌午放焰火——等不到黑

连阴天——无情（晴）无义（日）、无情（晴）无意（日）

连阴天看乏云——晴天有日

连夜赶路——走一步算一步

旱天竹笋——嘴尖皮厚

旱天的井——水平低、水平太低、水准低

旱天掏井——急功近利

旱天的井水——不满、日日低

旱天的水井——不满、日日低

旱天的田螺——有口难开

旱天的庄稼——要死不活

旱天的鱼虾——活不下去了

旱天的蛤蟆——没啥奔（蹦）头、没啥奔（蹦）头啦

旱天送甘露——大恩大德

旱天逢甘霖——正合适、正适时

旱天的庄稼苗——不死不活、要死不活、死不死，活不活

旱天刮西北风——干吹

旱季的天气——多情（晴）

旱季的池塘——水平起来越低

听风就是雨——瞎起哄

狂风暴雨——来得猛

狂风吹翻打鱼船——海南（难）岛（到）

狂风上的灯笼——摇摇晃晃

狂风中的海浪——不敢当（挡）

狂风中的破草棚——摇摇欲坠

迎风吐口水——湿自己的脸

迎风吐唾沫——自作自受

迎风吃炒面——糊涂嘴、难开口、难张口、张不开嘴

迎风扬沙子——睁不开眼

返潮的大果子——老皮条

初一拜年——彼此一样、彼此彼此、家家串

初一吃饺子——没外人

初一走夜路——黑漆漆的

初一的晚上——处处不明

初一的潮水——看涨

初一吃月半粮——前吃后空

初一的晚上走路——漆黑一片

初一吃十五的饭——后头空、前吃后空、前吃后亏空

初一用了十五的饭——前吃后空、前吃后亏空

初一吃了十五的饭——前边吃了后边亏空

初一就吃十五的饭——后头空

做得初一——就做得十五

初一天夜里——出（处）处不明

初一五更月亮——少见

初一早上放鞭炮——正适时、正是时候

初一晚上走路——漆黑一片

初一夜里——处处不明

初一夜里出门——处处不明

初一夜里等月亮——一场空

初一天夜里——出（处）处不明

初一十五开的庙门早了——放出些小鬼来

初二生下十四死——没见过初一和十五

初二、十二不吃肉——赖婚（荤）

初二、十六不吃肉——赖婚（荤）

初二、十六打牙祭——老规矩

初二三的月亮——不明不白、有和没有一个样

初二三的夜晚——处处不明

初三的月亮——缺得太多

初三、二十七的镰钩月——有角有尖好刺人

初三月亮——有一搭无一样

初三月亮圆——没有的事

初三夜里的月亮——有当无、缺得太多

初七八的月亮——半边阴

初八当重阳——不久（九）

初八的月亮——还差一半

初八过重阳节——不久（九）

初十的月亮——不圆

除夕晚上看月亮——不是时候

初春的竹笋——一节一节往上长、节节拔高

初春的蝙蝠——不爱飞

初夏的天气——不冷不热

初夏的天空——多情（晴）

初秋的天空——多情（晴）

初冬的薄冰——一戳就破

初晴露太阳——开云见日、重见天日

闰八月的月亮——圆了又圆

冷了的炉膛——没货（火）

冷却的钢锭子——变不了

冷却了的钢锭子——错不了

又冷又饿——日子难过

冷天观螃蟹——看你横行到几时

冷天买方巾——包头

冷天的茶壶——只出嘴

冷天贩冰棒——不知买卖经

冷天喝滚汤——热心

冷天戴手套——保守（手）

冷天吞了热汤圆——心上甜滋滋、身上暖烘烘

冷天吞下热汤圆——心里热，嘴上甜

冷天热天是寒暑——真情假意是人情

冷水入口——滴滴在心

冷水发面——没劲、没多大长进(劲)

冷水齐腰——凉了半截

凉水和面——就劲儿

冷水沏茶——无味、无味道、不起色、乏味、没味、没味儿、泡着吧、泡起来看、硬充(冲)、等着吧、慢慢来、慢慢浓、慢慢弄(浓)、淡而无味

冷水泡茶——无味、无味道、不起色、乏味、没味、没味儿、泡着吧、泡起来看、硬充(冲)、等着吧、慢慢来、慢慢浓、慢慢弄(浓)、淡而无味

冷水洗头——清醒清醒

冷水待客——冷淡

冷水浇头——让人清醒、凉了半截

冷水梳头——一时光

冷水调米——不粘(沾)

冷水淘米——涮涮锅再蒸饭

冷水烫鸡——一毛不拔

冷水烫猪——一毛不拔、白出力、无效果、不来气

冷水褪鸡——一毛不拔

冷水不解渴——须时能活命

冷水洗下身——越洗越缩

冷水洗脑壳——凉透了

冷水洗玻璃——清清白白

冷水泡牛皮——越泡越韧

冷水泡豌豆——冷处理

冷水泼藕粉——硬冲

冷水浸牛皮——没有朝气

冷水煮鳅鱼——快活不久

冷水搅铁沙——合不拢

冷水调米粉——不粘(沾)

冷水烫牛皮——你急它不急

冷水浇进油锅里——炸了锅了

冷水喷在热油上——炸了

冷水滴进滚油锅——炸了

冷水锅里放馄饨——沉下去浮不起来

冷水浇进了热油锅——炸了锅了

冷水里泡豌豆——冷处理(白族)

冷凉水就生蒜——没滋味

冷热世间事——人心皆分明

冷热疼痒不相关——是路人，不是朋友

冷时须冷，热时须热——见机行事

冷时须加衣，热时须减负——不能颠倒

冷灰里提出热栗子——怪事、怪事一桩、意想不到

冷灰里爆出热栗子——怪事、怪事一桩、意想不到

冷灰里冒出个热豆子——出乎意料、出人意料

冷库里的五脏——心肠硬

冷铁打钉——硬捶

冷炉打铁——打不成

冻僵的蛇——不死不活、要死不活、死不死，活不活、还能还阳、可怜不得

冻僵的长虫——不死不活、要死不活、死不死，活不活、还能还阳、可怜不得

冻僵的蟒蛇——可怜不得、动弹不得

冻地皮上甩豆腐——稀巴烂

冻河上赶鸭子——大家耍滑

冰库里点蜡——洞（冻）房花烛

灵霄殿的公事——先（仙）来先（仙）办

灵霄殿比土地庙——一个在天，一个在地

灵霄殿比无底洞——高的太高，低的太低

灵霄殿长草——慌（荒）了神

灵霄殿打锣——想（响）高

灵霄殿伸手——要求太高

灵霄殿上散步——不踏实

灵霄殿的台阶——最高级的了

灵霄殿的音乐——不同凡响

灵霄殿里吃喝——空喊

灵霄殿里敲钟——空想（响）

灵霄殿里除草——破天荒

灵霄殿里弹琴——高声、调子高

八画

雨大伞小——没法遮拦

雨止伞到——无济于事

雨打风筝——一败涂地

雨打沙滩——万点窝

雨打青蛙——眨眨眼

雨打秋头——无水喂牛

雨打棺材——娇(浇)死人

雨过送伞——不领情、虚情假意

雨过天晴——重见光明

雨停伞到——来迟了

雨淋牛粪——满身花

雨淋火山——灭其气焰

雨无尿裤子——里外一样

雨打破船板——难听

雨过送蓑衣——假人情

雨浇的秫秸——扔货

雨浇泥菩萨——土气大、土里土气

雨落沙滩上——点点是坑

雨落拖被絮——越背越重

雨淋过的红纸——大为失色

雨落在池塘里——溜(流)不掉

雨落在沙滩地——点子多

雨淋菩萨两行泪——假慈悲

下过雨的花园——万紫千红

求来的雨——落不大

着了雨的劈柴——点不着

着了雨的房梁苗——噌噌往上蹿

淋了雨的老绵羊——无精打采

淋了雨的高粱苗——呼呼地往上蹿

淋了雨的熟石榴——咧开了嘴

淋了雨的湿劈柴——点不着

雨水煎茶——天上的味儿

雨水打在鸭背上——不透心

雨水滴在坛子里——乐(落)在其中

雨天长跑——难免摔倒

雨天打伞——轮(淋)不着了

雨天出门——难行

雨天出海——敢冒风险

雨天共伞——同党(挡)

雨天走路——没影、没影儿、轮(淋)上了

雨天浇地——多此一举

雨天打小孩——闲着没事干了

雨天打的砖——坏了坏

雨天打孩子——闲着没事干了

雨天出太阳——假情(晴)

雨天尿裤子——里外一样

雨天驮棉被——越拖(驮)越重

雨天驮穰草——越拖(驮)越重

雨天观天象——无心(星)

雨天卖泥人——收篓

雨天拖絮棉——越拖越重

雨天背棉絮——越背越重

雨天背稻草——越来越沉、越背越重

雨天的芝麻——闭了嘴

雨天的麦垛——发了

雨天的蛤蟆——叫欢了、叫得欢

雨天放风筝——没法提升

雨天晒衣裳——干不了

雨天穿皮鞋——拖泥带水

雨天穿单鞋——哪只脚跑哪只烂

雨天洗衣服——拿不出来

雨天洗床单——不是时候

雨天挑灰担——越挑越重

雨天挑棉花——越走越沉

雨天挑稻草——越挑越重

雨天走土马路——和稀泥

雨天的房檐水——下流

雨天的癞蛤蟆——叫得欢、四处出动

雨天打在鸭背上——不透心

雨天走路不打伞——必有所失(湿)

雨天拿着把破伞——称他(它)

雨中开车——前途渺茫

雨中送伞——真解急需

雨中相亲——失(湿)恋

雨中撒网——点子多，漏洞也不少

雨中出太阳——有情（晴）

雨中的浮萍——身世飘零

雨中的寒鸦——沾事（湿）发抖

雨中挑稻草——越挑越重

雨里送伞——来得正好

雨里挑灰担——越挑越重

雨点打石头——不在乎

雨点落在火星上——巧、巧极了、巧得很、真巧

雨点落在沙滩上——点子不少、点子多

雨点落在香头上——巧、巧极了、巧得很、真巧、正巧打中了

雨点落到香尖上——巧、巧极了、巧得很、真巧、正巧打中了

雨点滴在香头上——巧、巧极了、巧得很、真巧、正巧打中了（比喻十分巧合。）

雨点滴在坛子里——乐（落）在其中

雨点儿落在沙地上——净是坑

雨珠落在干土上——没有踪影

雨后山洪——冲劲大

雨后太阳——特别猛

雨后天晴——渐渐明白

雨后打伞——无济于事

雨后出虹——有情（晴）

雨后花园——万紫千红

雨后收葱——连根拔

雨后竹笋——一天一个样

雨后送伞——晚了、不及时、不领情、白费心、白费劲、白费工夫、空头人情、过时了、枉费工、多此一举、没派上用场、假人情、假关心、假仁假义、假情假意、虚情假意、谁领你情、谁承你那份空头情啊

雨后春笋——一天三蹿、一天一个样、长得快、发得快、节节高、层出不穷

雨后彩虹——五颜六色

雨后出太阳——有情（晴）、发得快、还是有情（晴）、果是真情（晴）

雨后地面湿——不足为奇

雨后收大葱——连根拔

雨后送斗笠——假人情

雨后送蓑衣——用不上

雨后拔大葱——连根起

雨后披毡衫——时过境迁

雨后的太阳——凶得很、够热情(晴)的、热劲不小

雨后的花园——万紫千红

雨后的竹子——又长一级(节)

雨后的竹笋——节节高、节节上升

雨后的春笋——一日三蹿、节节高、全冒出来

雨后的彩虹——五光十色、时有时无、真有情(晴)

雨后的蒜薹——全冒出来

雨后穿皮鞋——拖泥带水

雨后的狗尿苔——冒出来了、蹿起来了

雨后的高粱苗——直往上蹿

雨前的青蛙——叫声不停

雨夜观天——没心(星)

雨夜打灯笼——经不起风雨

雨夜观天象——无心(星)

雨夜看月亮——大失所望

雨地里摊煎饼——骄(浇)傲(鏊)(鏊:鏊子,烙煎饼的炊具,生铁制。)

雨地里的薄纸片——一语(雨)道(捣)破

雨季的井——水平不断提高

雨季的天气——无情(晴)

雨季的池塘——水平越来越高

雨季的海面——动荡不安

青天白日打雷——不妨(防)

顶风扬帆——步步吃力、不辨风向、没辨风向、不辨方向、没辨方向、帮倒忙

顶风使船——着急也没用

顶风放火——烧自己、烧自身

顶风放屁——自臭自、自己臭自己、自己搞臭自己、把自己搞臭、把自己搞臭了

顶风破浪——开拓前进

顶风撑船——上劲、划不来

顶风吃炒面——张不开嘴、呛啦

顶风顶水行船——硬撑

顶风拉屎,顺风打旗——两面倒

顶风逆水行船——硬撑、冒风险

顶风顶水引船——死撑、硬撑、冒风险

顶风顶水行船——死撑、硬撑、冒风险

顶风顶水划船——死撑、硬撑、冒风险

顶风顶水撑船——死撑、硬撑、冒风险

顶风顶浪上水船——力争上游

顶风顶浪的水船——力争上游

担雪填井——久后分明、误人不浅、白费力、白费力气、白费气力、白费工夫、劳而无功、枉费工、越填越深、再没有个满的日子

担雪填海——劳而无功、白费力、白费力气、白费气力、白费工夫

担雪填深井——久后分明、误人不浅、白费力、白费力气、白费工夫、枉费工

玩月被云遮——扫兴

明月照都市——应（映）城

明日会——再见

刮风扫地——多余、多此一举、假积极

刮风不下雨——干吹、干吹一阵

刮风扫场院——闲的

刮风往家跑——里迷外不迷

刮风刮不掉草帽——疙料货

刮风扫地，下雨洒街——老天帮人干活

刮风扫地，下雨泼水——假积极

刮风扫地，下雨泼街——假积极、假招子

光刮风不下雨——干吹

刮风天挂旗子——随风摆、随风飘

刮风天卖石灰的碰上卖面的——一个见不得一个

刮风天卖面的碰上卖石灰的——一个见不得一个

刮大风打伞——支撑不开

刮大风上河岸——看浪、看浪哩

刮大风吃炒面——无法开口、没法开口、没法张嘴、怎么开口、怎么开口呢、咋张开口了、咋张开嘴、咋张开嘴了、张不开嘴、张不得口、张不得嘴、难张嘴

刮大风吹牛角——两头受气

刮大风卖门神——各招呼各的摊子

刮大风卖字画——各招呼各的摊子

刮大风卖年画——各顾各的摊

刮大风穿绸衫——抖起来了、抖得很

刮大风喃炒面——咋张开口啦、难张嘴

刮大风撒蒺藜——连讽（风）带刺

刮大风戴草帽——谁招呼谁、谁招呼谁的

刮大风时卖门神——各招呼各的摊子、各照顾各的摊子

刮大风戴草帽子——谁招呼谁的

刮大风下大雨打伞——支撑不开

刮大风看看老鸹窝——用不着你担惊操心

刮大风天卖面的碰上卖石灰的———个见不得一个

刮着大风扫院子——假积极

受旱的瓜菜——蔫了

受旱的苦瓜——熟得早

受冻的毒蛇——将(僵)住了

受热水银柱——一个劲儿往上升

受热的白菜——烧心

受潮的火柴——有火发不出、有火没处发

受潮的炮仗——闷声不响

受潮的盐罐——反撸(卤)

受潮的麻花——不干脆

受潮的鞭炮——放不响

受潮的米花糖——皮了

受潮的棉花弹棉絮——谈(弹)来谈(弹)去谈(弹)不拢

空中打拳——高手

空中飞人——上不着天,下不着地、众人仰望、杂技表演、高难动作

空中码头——高港

空中起楼——没有基础

空中跑马——露马脚

空中图案——天花

空中楼阁——上不着天,下不着地、不着实地、可望不可即、没基础、高明通达、虚无缥缈

空中掌灯——高明

空中悬河——滔滔不绝

空中打算盘——算得高

空中伸巴掌——高手

空中的气球——难落实、飞得越高,炸得越快

空中的彩虹——样子货

空中的柳絮——总会有着落、飘飘然、飘落泊无定

空中放爆竹——响彻天地、响得高

空中建楼阁——劳而无功、没基础

空中掉馅饼——绝技、喜从天降

空中倒马桶——臭气熏天、臭遍天下

空中挂灯笼——玄(悬)了、悬

空中挂剪刀——高才(裁)

空中踩钢丝——左右摇摆、软功夫、超人绝技、摇摆不定

空中的肥皂泡——吹起来的、很快就会破灭、眼看就破灭

空中飞人翻跟头——玩的是本事

空中伸出个巴掌来——高手

空中的雁水里的鱼——看得见、抓不着、捞不着

空中的雁水底的鱼——看得见、摸不着、捞不着

空中的雁湖底的鱼——看得见、摸不着、捞不着

夜不关门——穷壮胆

夜观星象——眼睛看到天上去了

夜走薄冰——战战兢兢

夜战马超——明的不来暗地来

夜叫鬼门关——送死来了、送死、寻死、找死、自来送死、自己来送死

夜走独木桥——小心落水

夜闹阎王殿——暗中捣鬼

夜过坟场吹哨——自壮胆、自己壮胆(比喻使自己胆量增大)、自己给自己壮胆、为自己壮胆、给自己壮胆

夜尽更深去赶路——有事在急

夜过巴州收颜良——粗中有细

夜过坟地吹口哨——给自己壮胆、自己给自己壮胆儿

夜过坟场自唱歌——自壮胆、自己壮胆、自己给自己壮胆、为自己壮胆、给自己壮胆

夜过坟场吹口哨——给自己壮胆、自己给自己壮胆儿

夜过坟场吹哨子——自壮胆、自己壮胆、自己给自己壮胆、为自己壮胆、给自己壮胆

夜过坟场唱山歌——自壮胆、自己壮胆、自己给自己壮胆、为自己壮胆、给自己壮胆

隔了夜的火笼——外面温温热热,里头全是火

夜里开灯——明了

夜里出行——方向不明

夜里出城——找不着北

夜里打粉——瞎摸

夜里讨饭——向哪儿去要

夜里行车——静悄悄

夜里行船——摸不住边、摸不到边、摸不着边儿

夜里吸烟——红光满脸

夜里过河——摸索前进

夜里进城——不知哪头是门、打钉子碰、摸不着门路

夜里的粉——不用茶(搽)、不用茶(搽)了

夜里烧炕——不能忘(旺)

夜里渡河——不知在哪下脚

夜里开火车——前途(头)光明

夜里开汽车——小心为好

夜里见太阳——痴心妄想

夜里久走路——必定遇着鬼

夜里打兔子——瞎摸

夜里丢了船——天晓得

夜里出太阳——没有这码事

夜里吃甘蔗——暗暗地甜在肚中

夜里吃汤圆——心里有数

夜里吃桃子——软的遭殃

夜里吃黄瓜——不知头尾、摸不着头脑

夜里坐磨子——想转了

夜里的风雨——下落不明

夜里的雨雪——不知下落、下落不明、不知在哪下脚

夜里响黄瓜——摸不着头脑

夜里看电灯——忘(望)光(比喻全忘了)、忘(望)光了、忘(望)忘(望)光了

夜里说梦话——不知在叽里咕噜个啥、难理会

夜里鬼叫门——要命的来了

夜里借电筒——人家也要用

夜里喝墨汁——黑吃黑

夜里攀险峰——不顾生死

夜里拣个黄瓜——摸不着头尾

夜里上了鬼门关——自己找死

夜里打雷心不惊——问心无愧

夜里捡得个黄瓜——摸不着头脑

夜里睡在磨盘上——推醒

夜里过坟场吹口哨——给自己壮胆

夜半开船——没行(航)道

夜半讨口——你向谁要去

夜半进庙——看不清佛像

夜半进城——摸不着门路

夜半挖坟——捣鬼

夜半吃桃子——专拣软的捏、专门欺负软的、净拣软的捏

夜半吃黄瓜——没头没尾

夜半进城门——专找钉子碰

夜半的风雨——下落不明

夜半的霜雪——下落不明

夜半惊了爹——吓（黑）老子一跳

夜半坐在磨盘上——想转了

夜间失眠——睡不安

夜间劫营——攻其不备

夜间的猫——犀利的眼光

夜间停电——漆黑一片

夜间走路唱歌——壮胆

夜间九点多出生——害（亥）死（时）人

夜晚怕出门——心中有鬼

夜晚的蝙蝠——见不得阳光

夜晚打雷心不跳——问心无愧

夜晚夕看电灯——望光

夜空的星斗——众人仰望

夜空上找金星——大处着眼

夜空中的月亮——大家都沾光

夜空中的流星——一闪即逝、一落千丈、不知落在何方、还有一线光明

夜空上的萤火虫——肚里明

炎夏天打冷战——不寒而栗

炎夏天的火炉子——讨人嫌

炎夏天洗冷水澡——真快活、快活极了

经霜的庄稼——不长了

经霜的青松——越久越坚

经霜的兔子——老黄脚

经霜的红薯叶——褪色了

经霜的黄豆角——四分五裂

终年百花放——长春

终年积雪岭——长白山

九画

春到成都——锦上添花

春种夏耘秋收冬藏——因时制宜

过了春的大白菜——不吃香、不吃香了

春分得雨——正逢时

春分的日子——黑白一样长

春天打雷——不妨(防)

春天的风——没定准

春天的猫——尽对儿、尽找对儿、尽是对儿、成双成对

春天河边——富有诗(湿)意

春天打兔子——不是季节

春天的大雁——头朝北

春天的小葱——一天一个样

春天的气候——孩儿脸、一天三变

春天的竹笋——无依、节节高、节节向上

春天的老鸹——好攀高枝

春天的鸟儿——没单、成双成对

春天的羊绒——赶时髦(毛)、尽赶时髦(毛)

春天的杨柳——分外亲(青)、节节长、节节往上蹿

春天的笋子——天天向上

春天的树尖——一天变个样

春天的草芽——自发

春天的韭菜——一时新鲜

春天的果园——有条(桃)有理(李)、有道(桃)理(李)

春天的雪堆——靠不住

春天的柳枝——一插就活

春天的柳絮——随风飘扬

春天的蛤蟆——净对儿

春天的榆树——有余(榆)钱

春天的萝卜——心虚、心里虚、空心、空了心啦、糠心不好吃

春天的菠菜——发威(味)头子

春天的树尖——一天变个样

春天的蜜蜂——不识闲、闲不住

春天孩儿脸——一天三变、一天变几变、一天变三变

春天孩子脸——一天三变、一天变几变

春天望田头——专挑茬儿

春天的山茶花——一时鲜

春天的毛毛雨——贵如油、贵似油

春天的石榴花——心红、一片红、火红一片

春天的百灵鸟——一肚子委屈(曲)

春天的竹笋子——拔尖儿

春天的冰雪堆——靠不住

春天的杨柳枝——落地生根、插在哪里就在哪里生根发芽

春天的柳树枝——落地生根

春天的树条子——岔(叉)子儿多

春天的嫩韭菜——一时鲜

春天的雷,涨潮的水——留不住、难久留

春天的画眉秋天的雁——应节气来的

春天里开花——看不及

春太阳底下的露水——要干

春三月开桃花——你不让我,我不让你

春风——吹不入驴的耳朵

春风不到——草芽不发

春风刮驴耳——一点儿听不进去

春季的韭菜——一时新鲜

春汛的鱼虾——随大流

春夏秋冬——年年有

春耕夏耘秋收冬藏——因时制宜

春秋望田头——专门找差(茬)儿

春雨落地——草苗一块长、草苗一块儿长

春雨落在大池塘——溜(流)不掉

春节看灯——观光、忘(望)光

春节前卖水仙——提高身价

春节前的年货——满街满巷

春节后的水仙——没有市场

毒太阳下的露水——马上就干、经不住考(烤)

毒太阳底下的露水——要干、就要干、就要干了

毒日头下的雪人——快垮了

毒日头下的雪人——快跨啦

南风天石头出汗——回潮、回潮了

南风天的石头出汗——回潮、回潮了

南天门打闪——来神啦、冒出个仙来

南天门打伞——一路同行、一路邪气、来神啦、冒出个仙来

南天门打碗——没处找碴

南天门作揖——高情(擎)难(南)领(岭)(比喻十分感激。)

南天门着火——慌了神、聊(燎)天

南天门涨水——滔天大祸

南天门唱戏——没声没影

南天门摆阵——天兵天将

南天门敲鼓——名(鸣)声远扬、远近闻名(鸣)

南天门吹唢呐——名(鸣)扬天下、想(响)得高

南天门吹喇叭——想(响)得高、那里差太远

南天门吹鼓手——那里差太远

南天门坐轿子——抬得太高

南天门的土地——高高在上、管得宽、管得那么宽

南天门的冬瓜——皮子厚

南天门的过木——干板直正、爱过风吹雨打的

南天门的灯笼——高明、高招(照)、照得高

南天门的杨树——顶天立地

南天门的椓杆——光棍、光棍一条、直杠一条、直杠杠的、直通通的、孤零零的、孤零零的一根

南天门的旗杆——光棍、光棍一条、直杠一条、直杠杠的、直通通的、孤零零的、孤零零的一根

南天门种南瓜——难(南)上难(南)、难(南)上加难(南)、难(南)

南天门搭戏台——唱高调

南天门挂灯笼——高明、高招(照)、四方有名(明)、照远不照近

南天门摆战场——各显神通

南天门踩高跷——高高在上

南天门的土地爷——管得宽、从地管到天

南天门的喇叭响——神吹

南天门挂个驴蹄子——不是凡角(脚)

南天门上打闪——来神了

南天门上打伞——一股邪气、一路邪气

南天门上打拳——有高招

南天门上打锣——响声高、想(响)得高

南天门上打鼓——名(鸣)声远扬

南天门上拉屎——声名俱臭、臭得远、臭得很、臭名远扬、好高的眼子

南天门上卖货——价格高

南天门上放哨——高瞻远瞩、警惕性高

南天门上挥手——高招

南天门上读书——文化高

南天门上请客——高朋满座

南天门上唱戏——没声没影

南天门上跳伞——实在是高

南天门上截肢——手段(断)高

南天门上演戏——唱高调

南天门上演说——高调、高调儿、高谈阔论

南天门上敲鼓——名(鸣)声远扬、远近闻名(鸣)

南天门上长大树——顶天立地

南天门上用蒸笼——气冲牛斗、气冲霄汉

南天门上打烂碗——没处找碴(渣)

南天门上吊南瓜——难(南)上加难(南)

南天门上吹唢呐——名(鸣)扬天下、想(响)得高

南天门上吹喇叭——想(响)得高

南天门上做演说——高谈阔论

南天门上坐轿子——抬得太高

南天门上找对象——要求太高

南天门上抖裹脚——臭得远

南天门上的土地——处在高位、高高在上、管得宽、管得那么宽

南天门上的玉柱——光杆杆、光杆杆一条

南天门上的瓜篓——悬蛋一个

南天门上的台阶——高级、级别高

南天门上的寺院——高妙(庙)

南天门上的竹子——顶天立地

南天门上的灯笼——高明、照得远

南天门上的过木——老干板

南天门上的茄子——悬蛋一个

南天门上的蚂蚁——爬得高

南天门上的旗杆——光棍、光棍一条、直杠一条、直杠杠的、直通通的、孤零零的、孤零零的一根

南天门上的警察——管得宽

南天门上的猴子——爬得高

南天门上放风筝——起点高、直上蓝天

南天门上耍唢呐——神吹

南天门上看云彩——眼光太高

南天门上种南瓜——难(南)上难(南)、难(南)上加难(南)、难(南),难(南),难(南)

南天门上种番瓜——难(南)上加难(南)

南天门上挂白嘴——高中

南天门上挂灯笼——照得远、照远不照近

南天门上挂牌子——好大的一块匾额

南天门上挂镜子——赵（照）云

南天门上栽杏树——兴（杏）高得很

南天门上搭台子——唱鬼戏

南天门上搭戏台——唱高调、唱高调儿

南天门上捅窟窿——塌天大祸、惹下滔天大祸

南天门上解裹脚——臭得远

南天门上唱大戏——高腔高调

南天门上唱京剧——南腔北调

南天门上踩高跷——高高在上

南天门上任的土地——从地管上天、从地管到天

南天门上种湖南瓜——难（南），难（南），难（南）

南天门上热爱窟窿——塌天大祸

荒年旱月的苞米楼子——空的

挑雪填井——白费劲、日久自明、劳而无功、枉费心、枉费心机

挑雪堵洞——劳而无功

挑雪去填井——没有满的日子

挑雪堵窟窿——久后分明、枉费心

挡风板做锅盖——受了冷气受热气

歪风吹——邪气

（昨天：今天的前一天。）

昨天的戏票——过时了

昨天剩的干饭——吵（炒）啦

昨日里的干饭——吵（炒）啦

昨夜睡在碓窝里——春醒了

映日的红枫——分外红

响雷打雨不下——一场虚惊、虚惊

响晴天冷不防打炸雷——惊得全呆了

冒雨打鱼——有得有失（湿）

冒雨出差——有得有失（湿）

冒雨插秧——快哉（栽）快哉（栽）

冒雨担稻草——越挑越重

冒雨捡破烂——得不偿失（湿）

冒雨挑稻草——越挑越重

天文类歇后语

冒雨拜菩萨——精(惊)神失(湿)常(裳)

冒雨踢足球——不怕摔跟斗

星期六剧院——座满

星期天的剧院——满座

星星之火——可以燎原

星星和月亮——永久的伙伴

星星跟着月亮——借光

星星跟着月亮走——沾光、沾光不浅

看星星想月亮——贪得无厌、贪心不足

看着星星想月亮——贪得无厌、贪心不足

看着星星想着月亮——贪得无厌、贪心不足

追星星赶月亮——往高处比

星宿子跟着月亮走——沾光

星球大战——惊天动地

背阴的李子——青疙瘩、酸透了心

急风知劲草——日久见人心

急雨打在水缸里——乱了点、净冒泡、翻起了泡、心里翻起了泡泡

急雨打在水汪里——净冒泡、尽冒泡

急流放排——不怕赖(濑)、势不可当

顺风吹火——不费力气、用力不多、使不上多大的劲儿

顺风行船——用力小收效大

顺风划船——又好又快、又快又省力、费力不多

顺风扯蓬——正及时

顺风放屁——臭名远扬

顺风撑船——不费力、不用费力、用力不多

顺风下水船——留不得

顺风不见风——宝贵不知富

顺风扯满蓬——一帆风顺、越跑越快

顺风行船船不动——风头不对

顺风顺水船不动——不对头

秋去东来——年年都一样

立了秋的瓜——没人理睬

立了秋的打瓜——没有甜头

秋八九月的大闸蟹——壮得没骨

秋天的云——变化多端

秋天的风——凉了

秋天的枣——心硬了

秋天的姜——越老越辣

秋天的蝉——自鸣得意

秋天的雾——迷蒙一时

秋天的蝉——自鸣得意

秋天落叶——自然而然

秋天开樱花——气候反常

秋天卖凉粉——不识时、不识时务、不识事(时)务、过时了

秋天典棉衣——当不长

秋天的大葱——连根拔

秋天的虫子——没有混头

秋天的石榴——合不拢嘴、满肚子花花点子

秋天的丝瓜——越老越空、越老心越空、起来越空、越高越空

秋天的红薯——又甜又面

秋天的花椒——黑心、黑了心、黑心肠

秋天的谷穗——弯腰又低头

秋天的知了——尽会聒噪

秋天的枫叶——红起来了

秋天的树叶——怕风吹

秋天的柿子——自来红、越老越红

秋天的蚂蚱——不长久、不久长、长不了、难长久、蹦不了几天

秋天的韭菜——耍杆子(指耍手腕、耍花招。)

秋天的茭白——黑心

秋天的辣椒——红角儿、越老越辣

秋天的高粱——上了红、上下红、从头红到底、红到项了、捆起来

秋天的野鼠——见啥要啥、见啥啃啥

秋天的黄瓜——就这一茬

秋天的黄蜂——欲凶无力

秋天的蛤蟆——呱呱叫

秋天的菊花——经得起风霜

秋天的葡萄——一串串的

秋天的鲤鱼——可肥了、正肥

秋天的瞎佬——见甚都往回拉

秋天的螃蟹——看你横行几时

秋天的棉桃——大张口、合不拢嘴、咧开了嘴

秋天的葵花——低下了头

秋天的潮水——忽起忽落

秋天的露水——早晨的事

秋天刮北风——一天比一天凉、一天更比一天凉

秋天剥黄麻——扯皮、净是扯皮事（壮族）

秋天的木棉花——老来红

秋天的苞米粑——外行（黄）

秋天的苞谷粑——外行（黄）

秋天的玉米粑——外行（黄）

秋天的高粱秸——戳在那里

秋天的哈密瓜——甜透了

秋天的梧桐叶——黄了

秋天的野兔子——撒欢、又撒起欢儿来

秋天的野耗子——见啥都胡搂

秋天的嫩冬瓜——胎毛还没退

秋天的嫩黄瓜——胎毛还没退

秋天九月的大闸蟹——壮得没骨

秋天里卖凉粉——不识时务

秋天地里的草人——该烧

秋风过耳——一点不留、早休休

秋风扫落叶——一吹一大片、满目凄凉

秋风刮黄叶——吹了

秋风上的羽毛——左右摇摆、摇摆不定

秋风中的羽毛——没主见、左右摇摆、摇摆不定

秋风里的黄叶——枯萎凋零

秋后上地——专找岔（茬）、专找岔（茬）儿

秋后开花——屎瓜子、哪有什么好结果

秋后的天——变化多端

秋后的瓜——过市了

秋后的枣——心硬了

秋后的雨——下一场少一场

秋后的蝉——叫不了几声了

秋后的锄——挂起来

秋后扇子——无人过问

秋后高粱——从头红到脚

秋后蝉鸣——声嘶力竭

秋后螃蟹——顶盖儿肥

秋后拔萝卜——再硬也要碰

秋风到地里——专门找岔(茬)儿、专门找碴(茬)儿

秋后茄子皮——七松八紧

秋后的大蒜——不甘(干)心

秋后的大葱——不甘(干)心

秋后的大雁——长不了、呆不了几天、难(南)来难(南)去

秋后的土豆——抖了出来

秋后的山药——拖儿带女

秋后的山蝉——叫不了几声、叫不了几声啦

秋后的山雁——看不见影子

秋后的马蜂——等着死、凶不了几天了、厉害不了几天了、紧折(蜇)腾、横行不了几天

秋后的甘草——甜秧子

秋后的甘蔗——一节更比一节甜

秋后的石榴——一肚子红点子

秋后的玉兰——有了不多了

秋后的田鼠——老偷手、偷粮食的能手

秋后的瓜棚——空架子

秋后的冬瓜——毛嫩

秋后的芝麻——挨敲打、光挨敲打

秋后的庄稼——变色了

秋后的丝瓜——一肚子私(丝)、满肚子私(丝)

秋后的老鼠——忙起来、肥吃肥喝

秋后的虫子——瞎唧唧

秋后的苍蝇——长不了、扇不动了、自找安身、还能嗡嗡几天、没多大活头

秋后的芭蕉——一串一串的

秋后的杏核——害人(仁)、苦人(仁)儿

秋后的兔子——又欢起来、见过世面、见过世面的、硬了毛、跑过几垄地,听过几声响、撒欢、撒起欢儿来了

秋后的蚊子——又欢起来了、凶不到几天了、没有几天咬头了、没几天嗡嗡、没几天嗡嗡了、没几天嗡嗡头了、叫不了几天、紧盯(叮)神气不了几天、神气不了几天了、闹腾不了几天了、销声匿迹、横行不了几天了、临死还要咬几口、嗡不了几天、嗡嗡不了几天、嘴巴硬

秋后的知了——没几天叫头、寒碜(蝉)

秋后的茄子——子(籽)多、蔫了、红得发了紫

秋后的苞米——掰了

秋后的青蛙——销声匿迹

秋后的松球——炸开了

秋后的枫叶——红得很

秋后的狐狸——少打(搭)架、变了样、放起臊来

秋后的蚂蚁——末日来临

秋后的蚂蚱——一个草坑里瞎蹦跶、不久长、寿命不长、没几天蹦头、甩了子了、难长久、跳不久、跳不了几天了、横行不了几天、蹦不了几天、蹦跳不几下了、蹦跶达不了几天、蹦跶不了几天了

秋后的蟑螂——老对儿

秋后的马蜂——无精打采

秋后的南瓜——皮老心不老、越老越红

秋后的荞麦——三棱子脑袋、话(花)不稀

秋后的莠子——直了脖

秋后的树叶——黄了、归根了、没几天晃头

秋后的高粱——老来红、从头红到脚、根红穗也红、捆起来

秋后的葫芦——少打(搭)架、脸皮厚

秋后的毒蛇——蹿不了几天

秋后的枯叶——随风跑、随风飘、没几天晃头

秋后的莲藕——满是私(丝)心

秋后的野鼠——见异思迁

秋后的蝉儿——叫不了几声

秋后的蝉鸣——声嘶力竭

秋后的蛤蟆——没几天叫头、没几天叫头了、跳不了几天

秋后的蚱蜢——蹦不了几天了、失去了心劲

秋后的扇子——扔一边、用不着了、无人过问、没人过问

秋后的萝卜——拔了

秋后的核桃——满人(仁)、满人(仁)了、挤满了人(仁)

秋后的辣椒——红角儿、越老越红、越老越辣

秋后的蝈蝈——没几天吱吱了、没几天吱吱头、没几天吱吱头了

秋后的黄瓜———一茬子、大肚儿、有前劲，没后劲、有前劲儿，没后劲儿、拉了架、拉了架啦、闹了个大肚子、晚嫁(架)、落了架、蔫了、嫩着、嫩着呢

秋后的黄蜂——欲凶无力、厉害不了几天、厉害不了几天了

秋后的扇子——无人过问

秋天的燕子——插翅难(南)飞

秋后的锄头——挂起来了

秋后的螳螂——干瘪

秋后的蟋蟀——叫不了几天了

秋后的螃蟹——顶盖儿肥、没有几天活头

秋后刮北风——一天比一天凉

秋后刮西风——一天凉过一天

秋后看庄稼——专找岔(茬)儿

秋后种荞麦——完(晚)不了

秋后望田头——找岔、找碴(茬)儿、一片片茬儿

秋后的丁香树——没味道

秋后的大白菜——心满意(叶)足

秋后的玉兰花——不那么香了

秋后的大麻杆——花肚皮白了心、一肚皮花花点子

秋后的大麻籽——一肚皮花花点子

秋后的山楂果——里外红

秋后的木棉花——老来红

秋后的西红柿——里外红

秋后的茄子皮——七松八紧

秋后的菖子棵——满身是刺

秋后的哈密瓜——甜透了

秋后的树叶子——晃不了几天了

秋后的黄豆角——四离五散、长大成人(仁)

秋后的棒子地——好硬的碴(茬)子

秋后的棒子秸——耍光杆(秆)子

秋后的蝈蝈儿——没几天吱吱了

秋后到了地里——专门找岔(茬)子

秋后霜打的草——老蔫

秋后地里拾柴禾——专门找岔(茬)儿

秋后的云,少女的心——变化多端

秋老虎——热得很

重阳节上山——登高望远、站得高,看得远

亮天星子——显眼

亮月星子——显眼

亮月下走路——有点影子

亮月下点灯——空挂名(明)

亮月下耍大刀——明侃(砍)

亮月下头点灯——空挂的名(明)

亮月下头打杈子——迟早有场、迟早有一场

逆风扬土——迷了自己的眼

逆风放火——自焚、自烧身、引火烧身、惹火烧身

逆风点火——自焚、自烧身、引火烧身、惹火烧身

逆风起帆——不知讲退、想倒退

逆风逆水行舟——顶风顶浪

迷露中的王八——务（雾）必（鳖）

迷露中的胡子——务（雾）虚（须）

迷露天放鸽子——有去无回

迷雾天放鸽子——有去无回、有去无来

迷雾里死人——吝（淋）啬（湿）鬼

前晌栽树后晌乘凉——没那么快当

除夕守岁——迎新送旧、送旧迎新

除夕洗衣——今年不干明年干

除夕吃年饭——皆大欢喜

除夕进厨房——你忙我也忙

除夕的月亮——躲起来了

除夕洗衣服——今年不干明年干

除夕看日历——最后一天

除夕吃团圆饭——皆大欢喜

除夕夜守岁——送旧迎新

除夕夜的月亮——不见影

除夕夜里的蒸笼——同时忙、谁都想要

除夕夜里看日历——没日子了

除夕夜里咽了气——活不到大年初一

除夕晚上投井——活够了、活得不耐烦、活得不耐烦了

除夕晚上的小锅——又吵（炒）起来啦

除夕晚上的月亮——不知道躲到哪儿去了、无影无踪、没有了踪迹

除夕晚上的案板——不得闲

除夕晚上看月亮——不是时候、没有指望

除夕晚上看皇历——没时间了、没有时间了

除夕晚上洗衣服——今年不干明年干

除夕晚上盼月亮——不见影、没有指望

除夕晚上借砧板——不看时候、不是时候

陨石打人——天不长眼、只能怨天、祸从天降

陨石砸房子——只怨天

昼夜里吃藕——看穿了

十画

夏天打抖——不寒而栗

夏天发抖——不寒而栗

夏天的雨——说来就来

夏天吃凉粉——顺口

夏天抱火炉——不识时务

夏天抱火罐——热上加热

夏天的风雨——容易来,也容易去

夏天的火炉——讨人嫌、没有靠(烤)、挨不得

夏天的云彩——变化莫测

夏天的竹笋——节节高

夏天的阵雨——突如其来、暂时现象、来得快去得快

夏天的青笋——蹿得快

夏天的凉茶——不怕没销路

夏天的兔子——有了藏身之地

夏天的烘笼——无用、没用处、挂着、挂起来、挂起来了、没得用

夏天的蛙蛤——死不开口

夏天的扇子——人人要、人人欢喜、个个喜爱、不撒手

夏天的袜子——可有可无

夏天的暴雨——一阵儿

夏天的蘑菇——嫩

夏天放风筝——尽栽跟头

夏天送木炭——不是时候

夏天穿皮袄——反常、背时、不知冷热、不是时候、不懂时令、出色(湿)

夏天穿皮袍——显示我有

夏天穿袜子——可有可无

夏天穿棉衣——不看时候、不懂时令

夏天穿棉袄——反常、背时、不知冷热、不是时候、不懂时令、出色(湿)

夏天盖被子——武(捂)汉(汗)

夏天做棉衣——早做准备

夏天的头阵雨——下过地皮干

夏天的冰棒箱——外面热,里面冷

夏天的萤火虫——肚里明、若明若暗、明一下，暗一下

夏天的温度表——直线上升

夏天穿棉袄过河——一错再错

夏天的扇子，冬天的火炉——各有各的用处

夏天的棉衣，冬天的扇子——全用不了啦

夏天穿皮袍，冬天穿短衫——四季不分

夏夜走棋——星罗棋布

夏夜的青蛙——叫得欢、呱呱叫

夏夜的鬼火——听其自然(燃)

夏夜刮北风——冷暖无常

夏夜的萤火虫——明一下，暗一下

夏至的狗——无处走

夏至插田——迟了、晚了

夏至插秧——迟了、晚了

夏至栽秧——迟了、晚了

夏至的狗——无处走

夏至榴花——照眼红

夏至的太阳——下地了

热中送扇雪中送炭——急人之所急

热天下大雨——就这一阵、就这一阵儿

热天吃西瓜——一刀见红白

热天吃冰棍——凉到心、冷在心里

热天吃冰棒——凉到心、冷在心里

热天吃面包——越吃越干

热天的纺绸——人人爱穿

热天的柿子——酸溜溜的

热天的扇子——家家忙

热天炒冷饭——多此一举

热天穿皮袄——赌有、寒暑不懂

热天叫人烤火——不得人心

热天吃冰棍儿——凉到心、冷在心里

热天里的脚——拖拖拉拉

热水开锅——沸腾起来了

热水泡黄连——凄(沏)苦

热水泼老鼠——一窝拿

热水烫脚气——舒适

热水锅里炸麻花——干脆得很

热水里打浆——面熟陌(沫)生

热水里打糨子——面熟陌(沫)生

热气换冷气——白费唇舌

热时扔了热水袋——忘恩负义

热暑天吃了根凉黄瓜——心里凉爽爽的

烈日炎炎照雪山——开了动(冻)

烈日下插秧——快哉(栽)快哉(栽)

烈日下的水珠——不抹自干

烈日下的蜡人儿——瘫倒了

起风又下雨——双管齐下

起西风下雨——浑老天爷

起五更赶背集——自作慌张

晒麦掂把杈——反(翻)常(场)

晒小麦掂把叉——反(翻)场(常)

晒衣服遇阵雨——赶快收拾他(它)

晒鸡毛遇阵雨——不好收场

晒谷子遇阵雨——手忙脚乱

晒面粉遇大风——吹啦

晒蔫了的烟叶——慌(黄)了

晒稻秆遇阵雨——草草收场

晒鸡毛遇上刮大风——不可收场

晒干的牛筋——坚韧得很

晒干的牛粪——文(纹)诌(绉)诌(绉)、文(纹)不文(纹)武(路)不武(路)的

晒干的红枣——缩成一团

晒干的松明——一点就亮

晒干的萝卜——蔫了

晒干的蚯蚓——变硬了、动弹不得了

晒干的蛤蟆——干瞪眼、白瞪眼

晒干的麻秆——干脆、宁折不弯、脆弱、脆而不坚

晒干的黑枣——缩成一团

晒干的馒头——变硬了

晒干的稻草——太枯燥、全黄了

晒干的爆竹——有火就大叫

晒干的蘑菇——泡不开

晒干的死蛤蟆——跺三脚也不吱声、踏在脚下也不吱声、踏在脚下跺三脚也不吭声

晒干的高粱叶子——耷拉下了、耷拉下来了

晒过的牛筋——坚韧得很

晒过的麻秆——宁折不弯

晒裂的葫芦——开窍了

逢年过生日——双喜临门

逢年过节的砧板——忙不开、忙不过来

借风过湖——趁机行事

倾盆大雨——天水

透过高云看蓝天——目光远大

高空作业——危险

高空放火——气焰万丈

高空跳伞——一落千丈

高空的鸟儿遇老鹰——没活路

高空中演杂技——众人仰望

高温锅炖鸡——散了架

高温车间干活——考(烤)人

凌钩子揩屁股——惊(冰)人

凌冰窝里打哈哈——冷笑

凌冰缝里捞鱼吃——辛苦挣来快活吃

海风阵阵——一波未平,一波又起

海风赶浪——一波未平,一波又起

海浪摇船——动荡不安

海市蜃楼——虚幻世界、虚无缥缈

海市蜃楼,天涯彩虹——虚的虚,空的空

海啸雪崩——声势吓人、惊天动地

浮云无雨枉遮阴——空过一回

涝天锄地——草搬家

流星不叫流星——贼性(星)

疾风暴雨——声势浩大

疾风知劲草——日久见人心

疾风扫秋叶——力量强大、进展迅速、所向无阻

烧火云不叫烧火云——添(天)美

通天的深井——摸不透底、摸不透它的真底、摸不着底

通天大一口坑——南(难)平

通宵营业——夜店

十一画

黄昏的燕子——不想高飞、不再想高远的事、没什么远大志向

黄昏的坟场——暮(墓)气沉沉

黄昏瞧影子——又长又瘦

黄昏走到悬崖边——日暮途穷

黄昏时的燕子——不想高飞

黄昏时分的群鸟——纷纷归巢

黄昏时分到悬崖——日暮途穷

黄梅天水发——一时深

过了黄梅天买衰衣——迟了、晚了、不识时务

落了三年黄梅雨——绝情(晴)

梅雨下了三百六十天——反常

雪堆的人——见不得太阳

雪埋秤砣——软中有硬

雪堆狮子——见不得太阳

雪落东海——无影无踪

雪隐鹭鸶——飞始见

雪做的菩萨——见不得太阳

雪做的馒头——令人齿冷

雪堆的英雄——经不得考(烤)

雪堆的将军——冷阴角落里的英雄

雪堆的假山——好景不长、好景不长了

雪堆的狮子——见不得阳光、见不得太阳

雪塑的花瓶——好看一对

蘸雪吃冬瓜——淡而无味

雪上加霜——又加一层、更加冷、冷过节了

雪上尿尿——惶(黄)恐(孔)

雪上浇尿——惶(黄)恐(孔)

雪中送炭——及时、正及时、正是时候、助人为乐、暖人心、急人所急、急人所难

雪中看月亮——明明白白

雪里送炭——正及时、正是时候、承情不过、暖人心、急人所急、温暖到家啦

雪里埋人——久后分明、久后自明、日后分明、瞒不过去

雪里埋尸——遮掩不住、难遮掩、将来要见实(尸)、瞒不过去

雪里梅花——饱经风霜啦

雪里的青松——巍然挺立

雪里挑盐包——一步重一步

雪里埋小猪——总要露蹄脚、总会露出蹄脚来、终归露出个蹄脚来

雪里埋石头——柔中有刚、软中有硬

雪里埋死人——不久便分明、早晚现世(尸)、早晚要出事(尸)、早晚要露尸、瞒藏不住、藏不住

雪里埋死马——总会露出马脚来

雪里落乌鸦——鸟飞蹄印在

雪里埋个死孩子——见不得太阳、没有化不出来的

雪花落水——不见踪影、无声无息、融为一体、毫无反响

雪花落水里——不声不响、无声无响

雪花落房顶——不声不响

雪花落猪背——黑白分明

雪花飘下河——不声不响

雪花飘下海——不留痕迹

雪花落在地上——一声不响

雪花落进水里——不声不响

雪花落在大水塘——一声不响、不声不响

雪花落在大海里——不声不响

雪花落在水塘里——无影无踪

雪花落在激流中——化掉了

雪花落进大水塘——一声不响、不声不响

雪花落进大海里——不声不响

雪花落进水塘里——无影无踪

雪花落进激流中——化掉了

雪花落到大水塘——一声不响、不声不响

雪花落到大海里——不声不响

雪花落到水塘里——无影无踪

雪花落到激流中——化掉了

雪花儿落地——一声不响

雪天行路——一步一个脚印

雪天的鸟——踪影全无

雪天开梅花——俊杰(洁)

雪天的狗子——特别有劲

雪天落树挂——白搭

雪天过独木桥——小心过活(河)

雪天走独木桥——小心过活(河)

雪天里的狼——白吼叫

雪山日出——天明地白

雪山埋尸——掩盖不住

雪山翻脸——崩了

雪山的佛爷——愣(冷)神

雪山的菩萨——愣(冷)神

雪山上的红松——枝红叶红根也红

雪山上的莲花——纯洁

雪山上的菩萨——愣(冷)神儿

雪夜上梁山——逼急了

雪坡上擦滑——出溜到底了

雪窝里埋猪——终究会露出蹄爪来

雪窝里埋死尸——掩不住

雪球揩勾子——屁话(化)

滚雪球——越滚越大

雪地画梅——狗脚板

雪地挂彩——伤寒

雪地野炊——取材(柴)难

雪地画梅花——狗脚板、狗腿子

雪地的麻雀——尽扑空

雪地滚雪球——越滚越大

雪地上开车——进退两难

雪地上生火——不那么容易

雪地上走路——一步一个脚印、难免摔跤

雪地上的蛇——僵住了

雪地上野炊——困难重重

雪地上照脸——没影、没影儿、没影的事

雪地上聊天——白说

雪地上推车——白费劲

雪地上堆煤——黑白分明

雪地上丢珍珠——埋没了

雪地上埋大象——难掩盖

雪地里开车——进退两难

雪地里乌鸦——一点黑

雪地里走路——一步一个脚印

雪地里埋人——久后自明、过后分明、瞒不过去、瞒不过去的

雪地里说话——冷言冷语

雪地里戴孝——白来白去、简直白完了

雪地里麻雀——再喳喳也无人撒食

雪地里照脸——没影、没影儿、没影的事

雪地里滚球——越来越大、越滚越大

雪地里戴孝——白来白去、简直白完了

雪地里开鲜花——动了春心、露了春心

雪地里长青草——情(青)意浓

雪地里打电筒——亮对亮

雪地里吃冰棍——凉透了

雪地里抓逃犯——跟踪追击

雪地里的乌鸦——一点黑

雪地里的石头——又冷又硬

雪地里的坟丘——露头、露着头

雪地里的坟墓——也有出头之日、露了头

雪地里的青松——巍然挺立

雪地里的兔子——蹦不起高来

雪地里的萝卜——早动(冻)了心啦

雪地里的雪人——经不住考(烤)

雪地里的麻雀——再喳喳也无人撒食

雪地里埋死人——瞒不住、早晚要暴露的、终究要露头

雪地里埋死尸——久而自明、瞒不住

雪地里埋死马——露马脚、要露马脚

雪地里埋牯牛——瞒(埋)藏不住

雪地里埋橛子——冰凉梆硬

雪地里滚雪球——越滚越大

雪地里的叫花子——放挺了

雪地里的松毛虫——活不长、活不久、活不了几天、没几天活头、没几天活头了、没有
几天活头

雪蛋擦腚——屁话(化)

雪蛋擦嘴——糊门画(化)

雪疙瘩擦腚——屁话(化)

盛夏的蚊蝇——闹嚷嚷

盛夏的荷花——满堂(塘)红

919

盛暑穿棉袄——武(捂)汉(汗)

晨雾炊烟——一吹就散

晚上干活——披星戴月

晚上赶集——散了

晚上开火车——前途光明

晚上的肉档——空架子

晚上的青蛙——一个比一个喊得响亮、一个比一个嗓门高、喊得一声比一声高

晚上的橘花——分外香

晚上的昙花——转瞬即逝

晚上看电灯——忘(望)光了

晚上的月季花——变色、变色了

晚上的萤火虫——肚里明白

晚上看书用台灯——只顾眼前

晚秋的枫叶——红透了

晚秋的蟋蟀——看你还能叫几天

斜阳照身影——自看自高

斜阳下照身影——自看自高

斜阳下面照身影——自看自高

彩虹和白云谈情——一吹就散

银河开闸——天水

银河的星光——闪闪烁烁

望着银河摘星星——眼高手低

银河里洗澡——高炮(泡)

银河里翻船——天知道怎么搞的

银河里的星星——光辉灿烂、数不清、天知道有多少

寅吃卯粮——预支、前吃后空

寅时吃卯年的粮——越吃越空

寅时不把，卯时还——少不了两个时辰

寅时吃饭，卯时上阵——说干就干

寅时点兵，卯时上阵——说干就干

寅时点灯，卯时上阵——说干就干

寅年吃卯年的粮——越吃越空

寅年点兵卯时上阵——说干就干

密云不雨——闷人

旋风吹到嘴里——邪风入内

旋风钻到嘴里——邪风入内

旋风刮到腚眼里——鬼迷心了
望风扑影——一场空
望风捕影——一场空
深秋的天气——多情(晴)
深秋的瓜棚——空架子
深秋的枫叶——戏起来了、黄了
深秋的蝉儿——自鸣得意
深夜闯门——来者不善
深夜里分娩——晚生
深夜里失身——晚节不保
深夜里捉贼——没几个人回应
深夜里拜堂——晚婚
深夜里渡江——摸到来
深夜里的风景——晚景
深夜里的边界——晚境
深夜里的母亲——晚娘
深夜里的老婆——晚期(妻)
深夜里的相片——晚照
深夜里的徒弟——晚生
深夜里的盲人——晚霞(瞎)
深夜里的刘皇叔——晚辈(备)
清早出门遇狐狸——倒霉透了、真倒霉
清早走进剃头铺——挨刀
清早栽树下午乘凉——哪有这么快当
清晨吃午饭——早呢
清晨吃晌饭——早呢
清晨的云雀——展翅飞翔
清晨的太阳——红彤彤、红彤彤一片、蛮红火
清晨吃晌午饭——早呢
清明祭祖——不忘根本
清明的木棉——红起来了
清明的杜鹃——红起来了
清明的韭菜——头刀
清明撒谷种——还能误了节气
过了清明不结蕾——再开花也无春意啦
清明后的麦子——一夜一节、一夜一节子

清明里的韭菜——头刀
清明节上坟——干鬼事、哄鬼、骗鬼、哄死人、怀念亲人
清明节卖历书——过时了
清明节的竹子——节节高
清明节的韭菜——头刀
清明节的青蛙——呱呱叫
清明节的笋竹——节节高
清明节放风筝——玩上了天
清明节的竹笋子——节节高
清明时节黄梅雨——年年如此
过了惊蛰的蛇——就要爬出洞了
惊蛰后的长虫——势起来、又欢畅起来
惊蛰后的青蛙——又蹦跳起来
蛰蛰后的蜈蚣——越来越凶、越来越毒
惊蛰后的青竹蛇——越来越凶、越来越毒
惊蛰后的青竹索——越来越凶
惊雷疾雨——其(气)势逼人
常年吃饭堂——从不动火
望远镜观天——一孔之见
望远镜照人——把人看小了
望远镜看风景——近在眼前
望远镜照花园——美不胜收
望远镜照粪坑——死(屎)在眼前
望远镜照太平洋——一望无际
望远镜对着城门洞——看穿了
用望远镜相亲——看得远离得近
望远镜里观景——看得远看得清、清清楚楚
望远镜里观察——清清楚楚
隆冬穿背心——邯(寒)郸(单)

十二画

落雨打伞——不顾后
落雨打土坯——没有好货
落雨立当院——轮(淋)到头上

落雨立院中——轮(淋)到头上

落雨出太阳——假情(晴)

落雨收柴草——手忙脚乱

落雨背柴禾——这把火烧不着了

落雨背蓑衣——越背越重

落雨担稻草——越担越重

落雨的太阳——假情(晴)

落雨往家跑——怕轮(淋)上你(上海)

落雨拖被絮——越拖越重

落雨挑灰担——越挑越重

落雨不戴斗笠——临(淋)到头

落雨往家里跑——怕轮(淋)上你

落雨躲进山神庙——轮(淋)不着

落雨天打砖——坏胚(坯)子

落雨天打麦——难收场

落雨天和泥——拣省事的干

落雨天寻牛——看脚印

落雨天的伞——闲不着

落雨天打土坯——没好的、没有好贷

落雨天出太阳——假情(晴)

落雨天出彩云——假情(晴)

落雨天过山坡——从头凉到脚

落雨天寻牛犊——看脚印

落雨天收柴禾——手忙脚乱

落雨天担禾草——担子越来越重、越担越重

落雨天担稻草——越担越重

落雨天担棉花——越背越重、越担越重

落雨天的芝麻——口难开、不好开口、难开口

落雨天挑禾草——担子越来越重、越挑越重

落雨天穿蓑衣——越背越重

落雨天扛棉花套——越背越重

落雨天过冰大坂——从头凉到脚

落雪天过山坡——从头凉到脚

落雪天过斜坡——从头凉到脚

落雪天喝冰水——从头冷到脚

落雪天过冰大板——从头凉到脚

蓑衣

落潮的大虾——没几天蹦头、蹦跶不了几天

灿烂的朝霞——红红火火

朝天一箭——无的放矢

朝天泼水——不成气候、成不了气候

朝天拉弓——高见(箭)

朝天放枪——空想(响)

朝天的牛角号——尽管吹

趁风扬灰——一哄而散、掩人耳目

趁风扬石头——裹乱

趁风扬石灰——白来混

趁风敲梨子——落到我身上来了

趁热打铁——正好、正在火候上

趁热吃豆包——粘手

暑天干柴——一点就着

暑天下大雪——少见、少有

暑天下冰雹——一冷一热、忽冷忽热

暑天的老鸹——叫得凶

暑天借扇子——不识时务

暑天烘红炭——真热火

暑天隔夜的猪肉——有气儿

暑天里的温度计——直线上升

暑伏天气猴子脸——说变就变

晴带雨伞饱存粮——有备无患

晴带雨伞饱带干粮——长远之计、有备无患

晴带雨伞饱存饥粮——有备无患

晴带雨伞饱带饥粮——有备无患

晴天打伞——当(挡)样(阳)哩、有备无患、遮阳

晴天打雷——干想(响)、不妨(防)、空想(响)、空喊、离奇、太离奇、罕见、出人意料、来得突然

晴天买伞——有备无患、多此一举

晴天送伞——多此一举、空头人情

晴天带伞——有备无患

晴天霹雳——难以防备

晴天下大雪——明白、明明白白

晴天下冰雹——来得突然

晴天下雹子——大难临头、灾祸临头、冷不防

晴天开水路——无事生非

晴天不赶路——等着雨淋头

晴天打雨伞——多此一举

晴天打霹雳——不足信、信不得、没人信、惊天动地、光打雷不下雨

晴天的蚂蚱——手忙脚乱

晴天带雨伞——多此一举

晴天响霹雳——不足信、信不得、没人信、惊天动地、光打雷不下雨

晴天盼下雨——没指望

晴天挂月亮——一清(青)二白

晴天修雨伞——闲时办着急时用

晴天里下雨——没指望

晴天里打雷——不妨(防)

晴天里送伞——多此一举、空头人情

晴天里下雹子——财(灾)到

晴天里不赶路——等着雨淋头

晴天晌午往南走——没有钱(前)影、不见钱(前)影儿

跑雨尿裤子——反正都是湿了

遇雨的风筝——不可收拾

黑摸半夜——来路不明

黑天过河——不知深浅

黑天走路——路不平、不知高低

黑天捉牛——摸不着角

黑天摸地——漆黑一团

黑天吃黄瓜——不知头尾、不知哪是头哪是尾

黑天的星星——显眼

黑天捉老鼠——找不到窟窿、找不着窟窿

黑天摸黄鳝——不知长短、难下手

黑天摘黄瓜——不分老嫩

黑天进玉米地——瞎掰

黑天做投机生意——看不见的勾当

黑夜过河——看不出深浅

黑夜走路——没影子、没影的事

黑夜作揖——各尽其心、没人领情

黑夜点灯——只看脚下

黑夜吃黄瓜——不知头尾、不知哪是头哪是尾

黑夜抢大斧——瞎砍一通

黑夜走山路——没影子

黑夜摸黄瓜——无头无脑、没得数

黑夜海鸥惊飞——必有来头

黑夜中初见一线曙光——值得人们正视

黑夜里追人——无影无踪

黑夜里走路——没影子

黑夜里张弓——暗藏杀机

黑夜里点灯——只看脚下

黑夜里逮人——无影无踪

黑夜里抡大斧——瞎砍一通

黑夜里吃黄瓜——不知头尾、不知哪是头哪是尾

黑夜里照镜子——踪影全无

黑夜里摘黄瓜——不分老嫩

黑夜里摸黄瓜——无头无脑

黑夜里的萤火虫——亮晶晶

黑夜天摘黄瓜——不分老嫩

黑处作揖——各人凭心、各尽其心、没人领情

黑地里打恭——不领情、没人领情、没有人领情

黑地里打躬——不领情、没人领情、没有人领情、自个瞎低头

黑地里作揖——不领情、没人领情、没有人领情

黑地里张弓——暗藏杀机

黑地里穿针——难过、瞎戳

黑地里吃黄瓜——不知头尾

黑地里打躬作揖——不领情、没人领情、没有人领情

黑洞里裹脚——瞎缠

黑洞里缠脚——瞎缠

黑屋打算盘——暗算、暗中盘算、暗中算计、看不见的勾当

黑屋里做活——瞎干

黑屋里打算盘——暗算、暗中盘算、看不见的勾当

黑屋里找算盘——暗中盘算

黑屋里找东西——没处寻、难寻、瞎摸

黑屋里做活路——瞎干

黑屋子做工——瞎干

黑屋子里做活——摸着干

黑屋子里找东西——没处寻、难寻、瞎摸

傍晚的雾——暮气沉沉

腊月打汤——图新鲜(咸)

腊月打雷——少见、少有、反常、空想(响)

腊月萝卜——欠教(窖)、闲(咸)操心

腊月河涨——没那一想(响)

腊月的羊——各顾各

腊月的葱——皮干叶枯心(芯)不死、叶黄根枯不死心(芯)

腊月种瓜——不是时候

腊月打赤脚——心里有火

腊月喝凉水——点点记在心

腊月吃凉粉——不看天气

腊月买纸扇——不识时务

腊月卖冰棒——不问时令

腊月卖凉粉——不是时候

腊月的大雪——铺天盖地

腊月的门神——一个向东,一个向西

腊月的山风——上下翻腾

腊月的天气——动(冻)手动(冻)脚、动(冻)手动(冻)脚的

腊月的井水——热乎乎、热气腾腾

腊月的火车——忙点

腊月的包菜——心(芯)中有心(芯)

腊月的冬笋——别想出头露面、别想出头露面了

腊月的白菜——动(冻)了心

腊月的萝卜——少教(窖)、动(冻)了心

腊月的庙堂——动(冻)物(佛)

腊月的柿子——老来红、越老越红

腊月的苦瓜——心里红

腊月的骨头——有咸味,没啃头

腊月的莲藕——又鲜又嫩

腊月的黄汤——良(凉)久(酒)

腊月的蔓菁——受罪的疙瘩

腊月的碾子——昼夜不停

腊月的镰刀——闲挂

腊月放爆竹——想(响)得太早了

腊月贴门神——一个向东,一个向西

腊月种小麦——外行

腊月盼打雷——空想、不识时务

腊月借用钱——款冬花

腊月喝冰水——心凉了、令人心寒

腊月喝凉水——令人心寒、点点记在心

腊月摇扇子——反常（壮族）

腊月的山谷风——上下翻腾

腊月的马蜂窝——空空洞洞

腊月的西北风——越刮越紧

腊月尽看皇历——没日子了

腊月天吃西瓜——想得甜、如今不稀罕

腊月天吃冰棒——从肚子里往外放冷气

腊月天进桑园——没事（椹）找事（椹）

腊月天找杨梅——得之不易、难得

腊月天卖凉粉——不赶个时候、过时货

腊月天卖蒲扇——也没看到啥季节

腊月天找杨梅——难得、得之不易

腊月天钓田鸡——白费劲、白费工夫、枉费工

腊月天的梧桐——光棍

腊月天剃光头——冻（动）脑

腊月里下河——散冰（兵）游泳（勇）

腊月里打雷——罕见、少得很

腊月里出门——动（冻）手动（冻）脚

腊月里出胎——动（冻）了手脚

腊月里生的——动（冻）手动（冻）脚

腊月里生蛆——少见

腊月里讨饭——饱经（进）风霜

腊月里赤膊——动（冰）身

腊月里的蛆——难活几天了

腊月里种瓜——不是时候

腊月里萝卜——动（冻）个心

腊月里梅花——傲霜斗雪

腊月里生孩子——动（冻）手动（冻）脚

腊月里吃凉水——滴滴在心头、点点记在心

腊月里吃冰砖——心发凉

腊月里吃凉粉——不看天气

腊月里吃冰棒——心发凉、手凉脚凉心更凉

腊月里吃黄连——寒苦

腊月里买铲把——不识时务

腊月里伸拳头——动(冻)手了

腊月里卖凉粉——不是时候、时候不对、过时货

腊月里卖扇子——没人要

腊月里卖铲把——不迎时

腊月里卖镰把——知冬不知夏

腊月里的大葱——叶烂心(芯)不死

腊月里的井水——热乎乎、热气腾腾

腊月里的年猪——活到头了

腊月里的豆腐——冷冰冰、冷冰冰的

腊月里的娃儿——动(冻)手动(冻)脚、动(冻)手动(冻)脚的

腊月里的娃子——动(冻)手动(冻)脚、动(冻)手动(冻)脚的

腊月里的萝卜——动(冻)了心

腊月里的梅花——傲霜斗雪

腊月里的黄鲇——感(干)动(冻)

腊月里送蒲扇——不识时务

腊月里种麦子——不识农时

腊月里借扇子——不识时务、火气太大、冷不防、自家不蠢人说蠢

腊月里喝糖茶——又热又甜

腊月里遇上狼——冷不防(比喻意料外的。)

腊月里遇见狼——冷不防

腊月里遇着狼——冷不防

腊月里扇扇子——火气太大、冷不防

腊月里遇到狼——冷不防

腊月里不穿棉袄——缩手缩脚

腊月里不穿帽子——缩头缩脑、缩头缩脚

腊月里下海逮鱼——白费劲

腊月里的马蜂窝——空心

腊月里的包白菜——心(芯)中还有心(芯)

腊月里的冻豆腐——难办(拌)

腊月里啃冻萝卜——咯嘣儿脆

腊月里下海逮墨鱼——白费劲

腊月间待客——冷遇

腊月间吹电扇——净吹冷风

腊月间吃凉水——点点记在心、滴滴记心头

腊月间吃冰糕——寒心啦

腊月间的井水——热乎乎的

腊月间的白菜——动(冻)心了、外表冷心肠也冷

腊月间的梅花——傲霜斗雪

腊月间的核桃——动(冻)人(仁)

腊月间的萝卜——动(冻)心

腊月间扇扇子——火气太大

腊月间的冻白菜——心变得又冷又硬

腊月间的冻包子——心硬

腊月间的冰窟窿——冷眼

腊月间的猪板油——看到都够(垢)

腊月间掉进冰窖里——里里外外都凉透了

腊月间洗冷水澡——动(冻)人、心都凉透了

腊月初三打春雷——少有的事

腊八生的——老动(冻)

腊八儿出生——动(冻)手动(冻)脚

腊八枣子粥——撵(粘)你(泥)哩

腊八放鞭炮——想(响)得太早

腊八放爆竹——想(响)得太早

腊月十五的门神——热门货、热家货

腊月二十日的灶神——上天了

腊月二十三打粑粑——糟(早)糕

腊月二十三的灶王——要上天了

腊月二十三的灶君——要上天了

腊月二十三送灶王——只能说好,不能说坏、好话多说,坏话别说、好话多说,瞎话少说

腊月二十三送灶君——只能说好,不能说坏、好话多说,坏话别说、好话多说,瞎话少说

腊月二十三看月亮——没盼头

腊月二十三谢灶司——要早不得早

腊月二十三的灶王爷——要上天了、离板了

腊月二十三的灶神爷——要上天了、离板了

腊月二十四的灶神——上天了

腊月二十五谢灶司——要早不得早

腊月二十五谢灶君——要早不得早

腊月三十借刀——不是时候

腊月三十打兔子——有没有都过年、有你没你都过年

腊月三十吃年饭——团圆

腊月三十吃饺子——你有我也有

腊月三十的萝卜——操淡心

腊月三十收雪花——白忙了一年

腊月三十贴对子——一年一回

腊月三十贴对联——一年一回

腊月三十贴春联——一年一回

腊月三十洗长衫——今年不干明年干、今年不干来年干

腊月三十洗衬衫——今年不干明年干、今年不干来年干

腊月三十送门神——正当时候

腊月三十送财神——明年的事

腊月三十烧葫叶——没指（纸）

腊月三十看皇历——没日子了

腊月三十借菜刀——不是时候

腊月三十熬药罐——好不了人、好不了的人

腊月三十卖完门神——脱祸（货）求财

腊月三十逮个兔子——有你没你都过年

腊月三十逮只兔子——有它过年，没它也过年

腊月三十将粮吃光——没打算过年

腊月三十晚上卖门神——太晚了

腊月三十晚上看皇历——没日子了、没有日子了

腊月半的门神——热门货

腊月尾正月头——不愁吃、不愁吃的、跨年吃不愁

腊月底看农历——没日子啦、没期啦

腊月底看皇历——没日子了

腊月底看皇历——没日子了

寒天吃冰水——简直凉了心、滴滴凉心头

寒天吃冰棍——心里有火

寒天喝冷水——点点在心头

寒天换毛的鹧鸪——没几天蹦头、还能跳几跳、蹦跶不了几天

寒天里头背酸菜——一身寒酸相

寒冬下雨——尽泼冷水

寒冬三尺雪——不是一日之功

寒冬的电扇——令人生畏

寒冬饮冷水——点点滴滴在心上

寒冬饮凉水——滴滴在心头

谚语歇后语大全

天文类歇后语

寒冬喝冰水——简直凉了心

寒冬喝冷水——点点在心头

寒冬腊月打仗——冷战

寒冬腊月打雷——不成气候、成不了气候

寒冬腊月生的——动(冻)手动(冻)脚的

寒冬腊月吵架——冷言冷语

寒冬腊月讲话——冷言冷语

寒冬腊月演讲——冷言冷语

寒冬腊月请教——动(冻)问

寒冬腊月不穿鞋——自动(冻)自觉(脚)

寒冬腊月发暗箭——冷射

寒冬腊月发雷霆——动(冻)怒

寒冬腊月吃冰水——点点入心、点点滴滴记在心

寒冬腊月吃冰粉——心都凉了

寒冬腊月送扇子——不识时务

寒冬腊月的大葱——叶黄皮枯心(芯)不死

寒冬腊月的椅子——冷板凳

寒冬腊月捞红鱼——不是时辰、不是时候

寒冬腊月穿绸衫——抖得很

寒冬腊月晒太阳——得过且过

寒冬腊月喝冷水——点滴记在心

寒冬腊月喝冰水——心都凉了、肚里有火、凉到心窝

寒冬腊月喝凉水——点滴记(激)在心、点点滴滴记在心、点点滴滴在心头

寒冬腊月扇扇子——火气大

寒冬腊月搬鸟巢——动(冻)窝

寒冬腊月戴手套——保守(手)

寒冬腊月吃冰棍儿——凉透了

寒冬腊月发表演说——冷言冷语

寒冬腊月判斩立决——动(冻)刑

寒冬腊月的马蜂窝——空洞、空空洞洞、空巢穴

寒冬腊月的老婆婆——动(冻)态(太)

寒冬腊月的屋檐水——结棍

寒冬腊月摆龙门阵——冷言冷语

寒流消息——冷言冷语

寒流来了吹暖气——冷嘲(潮)热讽(风)

寒流过了来暖流——冷嘲(潮)热讽(风)

寒潮新词——冷言冷语

寒潮消息——冷言冷语

寒潮来了吹暖风——冷嘲(潮)热讽(风)

寒露和白露——两路(露)

寒露的大葱——不甘(干)心

寒露的烟叶——干晒

寒露的螃蟹——净壳儿

过了寒露的螃蟹——净空壳儿

寒露天换毛的鹧鸪——还能跳几跳

寒暑表——一冷一热、有升有降、知冷知热、忽冷忽热

寒暑表测温度——算说不算,天说了才算

寒暑表的水银柱——能上能下

寒暑表里的水银——时高时低

寒暑表里的水银柱——能上能下

赏月偏遇连阴雨——扫兴

温水泡茶——有色无味、慢慢浓

温水烩饼——皮热心凉

温水烫鸡——一毛不拔

温水泡茶叶——有色无味

温水洗肚皮——不热心

温水烩饼子——皮热心凉

温水烫鸡毛——难扯

温水煮板栗——半生不熟

温开水洗脸——不冷不热

温热水烫猪——够扯

温炖水——不冷不热

温度计——冷暖自知

温度计掉冰箱——一下子凉了半截子、直线下降

温度计插冰里——直线下降

温度计掉在开水里——直线上升

温度计掉在冰窖里——一下子凉了半截子、直线下降

温度计掉到冰箱里——一下子凉了半截子、直线下降

温度计插在开水里——直线上升

温度计插进冰箱里——一下子凉了半截子、直线下降

温度计里的水银柱——能上能下

温度表掉在冰窖——直线下降

温度表掉在冰窖里——直线下降

温室里的花——经不起风吹雨打

温室里育秧——新道道

温室里的花朵——风不得风雨、经不起风雨、经不起风吹雨打

温室里的花草——经不起风霜

温室里的鲜花——经不起风霜、没有经过风雨

温室里种庄稼——旱涝保收

温室里栽的花——经不起风吹雨打

温泉里洗澡——冷暖自己知、泡病号

隔天韭菜——出了头了(北京)

隔天的韭菜——出了头

隔日的传票——盯(钉)上了

隔年历本——不适用、不用翻了

隔年陈秧——一眼吭用

隔年苍蝇——老不死

隔年的云——早没影了

隔年的酒——有喝头

隔年蚊子——老口

隔年春节——无用

隔年葫芦——不进油盐

隔年皇历——看不得了、瞧不得了

隔年桃符——没用处

隔年旧历本——过时

隔年老皇历——过时

隔年的大豆——皮儿红

隔年的日历——不适用了、用不上了、用不着了、翻不得、翻不得了、还翻它干什么

隔年的历本——不适用、不用翻了、没用了、没得看头、翻不得了

隔年的灶爷——老陈货

隔年的苍蝇——老不死

隔年的陈酒——胜过新酿

隔年的金子——顶不上现铜

隔年的蚊子——老口、老吃客

隔年的浮云——早没影了、没影的事

隔年的胡豆——不进油盐、不进油酱

隔年的韭菜——脱裤儿了

隔年的皇历——不中用了、不适用、不适用了、不起作用了、不管使了、不能再翻、用

不着了、过时了、过时货、还有啥用、还翻它干什么、没得看头、看不得、瞧不得了、翻不了、翻不开、翻不得、翻不得了

隔年的春联——无用、没用处、没得用

隔年的挂历——废话(画)、尽废话(画)、净废话(画)

隔年的核桃——旧人(仁)、旧时人(仁)

隔年的桃符——没用处

隔年的葫芦——不开瓢

隔年的浮云——没影的事、早没影儿了

隔年的皇历——不中用了、不管使了、不起作用了、不用翻了、不能再翻、还有啥用、过时的、过时货、看不得、瞧不得了、翻起有啥用

隔年的黄豆——不进言(盐)了、不进油盐、不进油酱、油盐不进

隔年的馒头——早发了、早发的、年三十到初三没几天

隔年的臭虫——瘪了、瘪皮了

隔年的腊肉——干巴巴、有言(盐)在先、新鲜货

隔年的蘑菇——泡不开、难泡开

隔年蚕做茧——无心(新)思(丝)

隔年的鸡子儿——坏蛋

隔年的蚕做茧——无心(新)思(丝)

隔年的兔儿节——老陈人了、陈人儿

隔年的小树长成材——添枝加叶

隔夜米汤——醒水了

隔夜豆角——一肚子气

隔夜冷饭——捏不拢

隔夜饭馊——格外香

隔夜油条——炸不大、炸不开

隔夜油团——见风消

隔夜摘果——手伸得长

隔夜馊饭——要不得

隔夜馊粥——要不得

隔夜的牛肉——烂心里

隔夜的冷饭——抓不拢、捏不拢

隔夜的豆角——一肚子气

隔夜的豆腐——变了味

隔夜的油条——不干脆

隔夜的油饼——变软了

隔夜的现饭——捏不拢

隔夜的鱼眼——红得发紫

隔夜的饭菜——不新鲜

隔夜的菠菜——不水灵

隔夜的韭菜——脱裤了、脱裤儿

隔夜的烧猪——疲(皮)软了

隔夜的馊饭——要不得

隔夜的馊粥——要不得

隔夜的猪头——冷脸

隔夜的剩饭——捏不拢、难捏合

隔夜油炸鬼——无火气

隔夜的肥头子——闪了粘儿了

隔夜的猪下水——有气儿

隔夜的死鱼眼睛——红紫紫的

隔夜炉灶吹起火——好大的气

隔夜风炉吹得起火——好大气

隔宿猪头——冷脸

十三画

摸黑做事——暗中干

摸黑猜拳——听嘴喊、瞎搞

摸黑吃桃子——拣软的捏、专拣软的捏、只拣软的捏

摸黑走山路——不知高低

摸黑儿打耗子——到处碰壁、摸索着干、稳稳当当

雷打庄稼——不留情(青)

雷打芝麻——专拣小的欺

雷打土地庙——上神压下神、天上的神压地上的神

雷鸣闪电下大雨——有声有色有点

光打雷不下雨——有名无实、只说不干、空想(响)一场、图个好听、图个虚名、虚张声势

只打雷不下雨——干吓唬

雷声大,雨点小——有名(鸣)无实、起了空头阵、虚张声势

雷雨天下冰雹——一落千丈

雹打的高粱——光杆一条

雹打的高粱秆——光棍一条

雹子砸棉花——光杆司令、成了光杆司令

雹子砸了棉花棵——光杆司令

雾天看海——前途渺茫

雾天看远山——朦朦胧胧

雾中观花——不赏光

雾中追车——路线不明

雾中照相——眉目不清

雾中鲜花——模糊不清

雾中的鲜花——看不清、模糊不清

雾中看碟花——终隔一层、模糊不清

雾里行军——选的不是时候

雾里划船——不知往哪好、不知往哪儿好、偏差蛮大

雾里找路——糊里糊涂

雾里作战——难分敌我

雾里拣鸡——糊里糊涂

雾里看花——隔一层、隔着一层、终隔一层、辨(瓣)不清、朦朦胧胧

雾里瞧花——看不真切

雾里的太阳——躲躲闪闪

雾里看大水——前途渺茫

雾里看牡丹——花了眼

雾里看指纹——看不出道道

雾里望指纹——看不出道道

雾露里划船——不知往哪好、不知往哪儿好、偏差蛮大

雾露里找路——糊里糊涂

雾露里拣鸡——糊里糊涂

蓝天的鸿雁——展翅飞翔、名(鸣)声大

蓝天里的鸿雁——名(鸣)声大、展翅飞翔

蓝天上的云彩——随风飘

蓝天上的气球——轻飘飘的、随风飘

蓝天上的白云——自由自在

蓝天上的鸿雁——名(鸣)声大、展翅飞翔

零时——子夜

暗度陈仓——明人做暗事

暖房里的菜畦——四季常青

暖房里做冰棒——冷热结合

躲雨躲到城隍庙——尽见鬼

数九天掉到冰窖里——从头顶凉到脚心

数九寒天一盆火——人人欢喜、个个喜爱

数九寒天穿裙子——抖起来了

数九寒天掉到冰窖里——从头顶凉到脚心

满天星星——顶不过一个月亮、顶不上月亮亮、数不清

满天下咸水——流言(盐)蜚语(雨)

满天飞乌鸦——一片黑、漆黑一片

满天飞老鸹——一片黑、漆黑一片

满天飞馅饼——意外之财

满天的飞饼——没落(烙)儿找

满天的乌鸦——一片黑

满天的星星——顶不过一个月亮、顶不上月亮亮、数不清

满天抹浆子——唬(糊)天

满天抹糨糊——胡(糊)云

满天抹糨子——胡(糊)云

满天刷糨糊——沾不着边、胡(糊)云、糊哪一块

满天刷糨糊——胡(糊)云

满天挂渔网——遮不住太阳、难遮脸面

漫天大雪飞舞——天花乱坠

满天稻黍花子——土气太大

满天浮动的云霞——经不起风雨、经不起风吹雨打

满天地里烤火——一面热

新春的横批——万事如意

十四画

端午节划龙舟——载歌载舞

端午节划龙船——同心协力

端午的粽子——一串儿

端午节拜年——不是时候

端午节赛马——走着瞧

端午节包粽子——个个带角、有棱有角

端午节吃饺子——与众不同、各有各的讲究

端午节吃粽子——年年如此、皆大欢喜、屈死了、屈冤(原)死了

端午节卖日历——过时了、过时货

端午节卖历书——过时了、过时货

端午节卖粽叶——过时货

端午节的黄鱼——在盛市上

端午节的菖蒲——过时候不顶用

端午节的粽子——一串儿

端午节的蛤蟆——早躲了、躲过初一，躲不过十五

端午节划龙舟——载歌载舞

端午节的蒜头——独种

端午节贴春联——跟不上形势

端午节裹粽子——新鲜不了几天

端午节赛龙舟——千舟竞发、传统节日、争先恐后

端午节才贴对联——跟不上形势

端午节后布谷叫——迟了、晚了、过时啦

端午节后卖粽叶——过时货

端午节后的粽叶——过时货

端午节的黄花鱼——正在盛势(市)上

端午节的癞蛤蟆——躲节子

过端午的龙头——光耍嘴、只要嘴、只去要那张嘴、就要那两片嘴

漫天讨价——哆(多)嗦(索)

瞒天过海——没有边际

漫天要价——哆(多)嗦(索)

漫天撒网——没目标

漫天云挂喇叭——天下人都知道

漫天云里打麻雀——放枪不得鸟

漫天空里挂碓杵——云里雾里推

漫天地里叫姐夫——野舅子

漫天地里找孩子——乱喊一气

十五画

暴雨——一阵儿

暴雨洗山——山更秀

暴雨打花枝——结果可想而知

暴雨浇水缸——心里冒泡

下暴雨泼污水——销(消)赃(脏)

下暴雨戴草帽——且顾眼前

乘着暴雨过河——浑水摸鱼

暴雨前的闪电——大发雷霆

暴风雨中的航船——顶风破浪

黎明的觉,半道的妻,羊肉饺子清炖鸡——难得的好处

十六画

整天看书——狠毒(读)

整天加工铜匙——错(锉)得很厉害

整天拥抱孔方兄——铜臭味太浓

整天想着阎王爷——心里有鬼

薄冰上走人——经不住、经不起

薄冰上走路——脚落空、战战兢兢

薄冰上迈步——胆战心惊、战战兢兢

踏在薄冰上——好险、冒险、危险

十七画

霜打草——蔫了、蔫啦

霜打大葱——心(芯)不死

霜打瓜秧——垂头丧气

霜打茄子——低了头、软不拉叽、软不拉耷、蔫头蔫脑

霜打秧苗——蔫头蔫脑

霜打油条——老不发作

霜打油菜——老不发作

霜打的草——蔫了

霜打地瓜秧——抬不起头来

霜打迎春花——整(正)在春头上

霜打的瓜秧——抬不起头来、蔫头蔫脑

霜打的庄稼——耷拉着脑袋

霜打的豆荚——不见天日、难见天日

霜打的青草——垂了头

霜打的茄子——瘪了、瘪啦、蔫了、蔫啦、软不拉耷、了阵容红、一阵紫

霜打的荞麦——垂了头、垂下了头

霜打的柿子——不懒(涝)、甜透了、甜上甜、甜上加甜

霜打的烟叶——蔫了

霜打的黄瓜——蔫了、蔫了头、皱巴巴的、皱皱巴巴的

霜打的黄豆——四分五裂

霜打的菠菜——越绿

霜打的野花——低了头

霜打的麻叶——蔫了、蔫蔫的、垂头丧气

霜打的桑叶——软绵无力

霜打的寒叶——垂了头

霜打的辣椒——蔫了

霜打的嫩苗——奄奄一息

霜打了的蚂蚱——蹦跶不起来了

霜打过的菜叶——蔫了

霜打后的黄瓜——没精打采

霜打的红柿子——甜透了

霜打的红薯叶——褪色了

霜打的高粱苗——抬不起头来

霜打的倭瓜秧——垂头蔫脑

霜下到驴粪蛋上——外白里黑、外面白,里头黑

打了霜的烟叶——蔫了

经霜的青松——越久越坚

挨了霜的狗尾巴草——蔫了

遭霜打的毒草——殃了头

霜后蚂蚱——蹦不了几天

霜后的大葱——不死心(芯)、心(芯)不死、软不拉耷

霜后的小葱——软不拉耷

霜后的毛栗——心甜皮扎手

霜后的萝卜——动(冻)了心

霜后的桑叶——没人睬(采)、没人睬(采)你啊、谁睬(采)你啊

霜后的蝈蝈——没几天叫头

霜后的秋蚂蚱——浑身瘫软

霜天的弓——越拉越硬、越拉越紧

霜降的蚂蚱——蹦跶到头了

霜降的萝卜——动(冻)了心了

霜降的蚊子——哼不了几天

霜降的柿子——不懒(娄)

过了霜降收玉米——迟了、晚了、晚了三秋

过了霜降收玉茭——迟了、晚了、晚了三秋

过了霜降割豆子——晚了三秋

霜降后的蚂蚱——蹦不了几天了、蹦跶到头了

霜降后的萝卜——动(冻)了心

霜降后的蝈蝈——没几天叫头、蹦跶到头了

霜降后的红薯叶——蔫了

檐头雨滴从高下——一点也不差

十八画

霹雳打雷公——自惊自

露天石臼——人人可用

露天过夜——一头雾水

露天的石臼——人人可用

露天的盘子——大家都看得见的东西

露水伙伴——长不了

露水泡茶——难得尝、得之不易、解不了渴

露水见太阳——没了

露水的钉子——挨敲打的货

露水盼阳光——活够了

第九章　地理类歇后语

一画

一石砸死三只鸟——一举多得

一园萝卜——个个是头

一面墙倒——四面透风

一点水一个泡——说话算话

一点水滴在油瓶里——眼巧

一滴水一个泡——一报还一报

一滴水流进大海——有了归宿

一滴水流进大海里——有了归宿

一滴水滴在香头上——碰巧了

一滴水滴在油瓶里——真巧

一塘的鸭子——呱呱叫

一窑烧的缸钵——一色货、一样的货色

一江春水向东流——滚滚向前、无穷无尽

吹皱一池春水——干卿何事、多管闲事、与你何干

二画

二门的门神——次一等

二门吊棒槌——来回打人

二门上吊棒槌——来回打人

二门上的门神——次一等

二门上的钥匙——不当家

二门上的腰闩——没力的棍

二门上的棒槌——敲里打外

二门口上栽瓜蒌——里外不清秧

二龙坑的鬼——跟上啦(北京)

二亩地不种——闲了、闲着、慌(荒)了、寒(闲)了

二亩地不耕——闲了、罢(耙)了

二亩地一棵苗——缺物

二亩地点棵豆角子——大系种

卖二亩地带棵树——土木相连

二亩半地一根豆角——独个一条、独条一个

二亩半地长根豆角——独个一条

二郎庙的和尚——没有问神的了

二郎庙坐个孙大圣——是那个门,不是那个神了二闸打锣——浪来了

二闸翻船——浪催的

二闸吃螺蛳——绕个弯儿

二闸的窝铺——下梢里等你二闸里翻船——浪吹的

十字口的茅房——臭四街

十字口搭扑扒——分不清东南西北

十字路口分手——各奔前程

十字路口打锣——闻名(鸣)四方

十字路口行车——四通八达

十字路口烧香——你敬谁哩

十字路口敲锣——闻名(鸣)四方

十字路口开肉店——牵心挂肠

十字路口生孩子——出于无奈

十字路口迷了向——不分东西、不知走哪条路、晕头转向

十字路口迷了路——不分东西、不知走哪条路、晕头转向

十字路口迷了道——不分东西、晕头转向

十字路口贴告示——众所周知

十字路口造凉台——方便众人

十字路口造凉亭——方便众人

十字路口跌一跤——八下扑、四下扑

十字路口搭扑扒——分不清东南西北

十字路口栽芭蕉——四处多交(蕉)(壮族)

十字路口遇亲人——巧相逢

十字路口逢亲人——巧遇

十字路口摔跟头——分不清东西南北、摸不清东西南北

十字路口的红绿灯——有目共睹

十字路上摔一跤——正南正北

十字街唱戏——热热闹闹

十字街牌坊——个个仰望

十字街打大锣——闻名(鸣)四方

十字街上跌跤——四下划拉、正南正北

十字街上的砖头——蹾打出来了

十字街上贴告示——众所周知

十字街上摔一跤——正南正北

十字街口停车——不知走哪条道好

十字街口开肉店——牵心挂肠

十字街口生孩子——出于无奈

十字街口迷了路——不分东西

十字街口的茅房——臭四街

十字街口挂钟表——群众观点

十字街口逢亲人——巧遇

十字街口死个罪犯——坏人当道

十字街头跺脚——四方震动、四方震荡

十字街头募捐——多多益善、来者不拒

十字街头演戏——没后台

十字街头开饭店——四方吃得开

十字街头的告示——众所周知

十字街头的瞎子——分不清东南西北、摸不着东南西北

十字街头贴告示——众所周知

十字街头挂钟表——群众观点

十字街头迷了向——晕头转向、糊涂东西

十字街头摆擂台——没有能耐别上来

十字街头遇亲人——巧相逢

十字街头舞狮子——面面可观

十字街头的广告牌——有目共睹

十字街头的水银灯——大家沾光

十字街头放个喇叭——谁会吹就吹

十字街头放个琵琶——大家谈(弹)

十字街头卖狗皮膏药——公开行骗

十字大街开染房——可该摆布你啦

十字大街打筋斗——四下里扑

十字大街贴告示——众所周知 十字坡的男人——怕老婆

十字坡的饭馆——黑店

十亩竹园一根笋——格外珍贵

十亩田种十亩粮——不留余地

十亩田种九亩粮——留有余地

十亩田里一棵谷——稀罕

十亩地一棵苗——缺货(禾)

十亩地一棵芝麻——缺苗

十亩园里一棵苗——缺物

十亩园里一棵草——单根独苗

十亩园里一棵树——独苗

十里地赶集——一天的事儿

十里地扛槽子——为(喂)的就是你

十里长街摆地摊——一路货

十里高山观景——站得高,看得远

十里高山望平地——要看远景、眼收远景

十里高山望平原——要看远景、眼收远景

十里凉亭送友——难分难舍、难舍难分

十三陵的石头人——站惯了

十三陵的石人张大嘴——没话

十八庙地里一棵谷——独根苗

十八里地保——管得宽

十八亩地一根苗——单根独苗

七里岗放风筝——由它去、由它去吧、随它去、随它去吧

七里岗上的凉亭——没门儿

七里岗上的野花——谁爱采就采、谁都可以采

七里岗上放风筝——由它去、随它去

七里镇卖疥疮药——一把抓

七里铺家进秀才——没想

八角亭里挂老鼋——八面光

八里庄的萝卜——心里美

八亩田种一棵蒜——是根独苗苗

八亩地种一棵蒜——独苗、独苗苗

八亩地里一谷子——难得这一个、就是一个、就这一个

八亩地里一棵谷——就这一个

八亩地里一棵苗——娇贵无比

八亩地里一棵蒜——独苗苗

八百亩地的一棵苗——独生

八宝山上挑宝——越挑越眼花

八宝山上挑八宝——越挑越眼花

八卦沟的臭虫——肥得尾巴都涨红了

九天庙的和尚——那是自然

九里山前摆战场——四面楚歌

九条江河流两处——五湖四海

九华山的菩萨——照远不照近

九溪十八涧的山水——冲来的

九十二州单八县——一百成（城）

入市乌龟——得缩头时且缩头

入市的乌龟——得缩头时且缩头

入山不忘虎——警惕（壮族）

入山的老虎——威风起来了、威风起来啦

入窑的金银——动不得

三画

三门峡的石峰——中流砥柱

三元宫土地——锡（惜）身（广东）

三亚市的冬天——好过

三里地两头走——磨蹭

三亩竹园出棵笋——独一无二、格外珍贵

三亩园里一根笋——独一无二

三亩地一棵苗——单根独苗

三亩地里一根草——独苗苗

三亩地里一棵谷——单根独苗

三亩地里二亩苗——缺子（籽）

三十亩地一头牛——安居乐业

三十亩地一棵谷——单根独苗

三角大楼的出口——邪门

三角坟地——缺德

三角坟地跑火车——缺德带冒烟儿

三角砖头——摆不平

三间房看着两间半——小量

中华传世藏书 谚语歇后语大全 地理类歇后语

947

三间房里两头住——谁也不清楚谁

三间房子不开门——怪物(屋)

三间房子两头住——谁也不认谁、谁也不知道谁

三间房子没有架——缺窑

三间房子都没门——怪物(屋)

三间房子挂棒槌——由人摆

三间房子挂棒槌——由你甩

三间房子不安兽头——一抹光脊

三间瓦房不开门——怪物(屋)

三间屋盘了一台大炕——打开滚、伸开有脚

三间屋子两头住——谁也瞒不了谁

三牌坊的石狮子——老得大不得

三棱子石头——不好琢(凿)磨

三峡流水——一泻(泄)千里

三峡出平湖——举世瞩目

万人坑的耗子——红眼

万人坑里的耗子——红了眼

万人坑里响唢呐——死快活、死中作乐

万人坑里梆子响——死鬼作乐

万丈狂涛——来势汹涌

万丈高楼上电梯——是得快

万丈高楼没电梯——慢慢地上吧

万丈高楼刚打好地基——工程大着哩

万丈高楼失足,扬子江心翻船——好险、危险、危险极了、冒险

万丈陡崖上折牡丹——贪花不要命

万丈陡崖上摘牡丹——贪色不顾命

万丈悬崖上折牡丹——贪花不要命

万丈悬崖上的鲜花——没人睬(采)

万丈悬崖上的鲜桃——没人睬(采)、没人尝过

万丈悬崖上摘牡丹——贪色不顾命

万丈崖的野葡萄——够不着

万丈崖上的鲜桃——摘不到

万丈崖上的野葡萄——够不着

万年寺的灯杆——照远不照近

万年寺的灯笼——照远不照近

万寿山弯腰——顶上见

工地上打夯——靠猛劲

土做的人——实(石)心眼

土搭房子——言(檐)浅

土做的人儿——实(石)心眼

出了土的笋子——冒尖

出土的甘蔗——节节甜

出土的陶俑——总算有了出头之日

出土的竹笋——捂不住

出土笋子逢春雨——节节高

土中曲蟮——满肚子疑(泥)心

土中的曲蟮——满肚疑(泥)心

土里埋金——有内才(财)

土里埋金子——有内才(财)

土里埋黄金——有内才(财)

土里的线虫——成不了龙、疑(泥)心、满肚疑(泥)

土里的曲蟮——疑(泥)心

土里的蝼蛄——叫不叫顶啥用

土块揩屁股——不干不净

土山上的兔子——没地方转悠

土岗子上闹旱灾——山穷水尽

土庙里——敬不下洋神

土地庙求子——错了地方

土地庙没顶——神气通天

土地庙供菩萨——庙小神灵大

土地庙的泥胎——死哑巴

土地庙的菩萨——从来没有过大香火

土地庙的蜡烛——一对儿

土地庙的横批——有求必应

土地庙盖在山沟里——怪清静,就是领不到香火

土地庙修在蒸笼上——真(蒸)妙(庙)

土地庙上开窗——神气通天

土地庙上开天窗——神气通天

土地庙里长草——慌(荒)了神

土地庙里拉弓——色(射)鬼

土地庙里放屁——精(惊)神

土地庙里立扫帚——充的哪位大神

土地庙里供灶王——安错了神位

土地庙里的泥胎——死哑巴、是个死哑巴

土地庙里的旗杆——光棍、光棍一条

土地庙里的菩萨——没见过大香火

土地庙里敬观音——找错了菩萨，烧错了香

土地庙里敬观世音——烧错了香

土地庙内敬观世音——菩萨不对、找错了菩萨，烧错了香

土地庙后烧香——净办外行事

土地堂竖庙——起什么作用

土地堂的额子——有求必应

土地堂的横园——有求必应

三个土地堂——妙（庙）妙（庙）妙（庙）

土地堂里的额子——有求必应

土地堂里填窟窿——不（补）妙（庙）（陕西）

土坷垃当手纸——泥门儿

土坷垃擦屁股——迷门子了

土疙瘩揩屁股——迷门了、糊眼子

土基见水——反本还原

土粉子染老鸹——白不了多少

土坯柱子——不顶

土坯掉进水池里——酥啦、闹粗啦

土塍上搭桥——不是路

土楼里造飞机——异想天开

土墙上推小车——磨不开把

干土移花——不活、栽不活

干土移花木——活不久、活不长

干土移栽花木——不易成活、活不久、活不长

干地拾鱼——白捡、白拣

干地移花——不活、栽不活

干池里的泥鳅——能滑到哪里去

干池塘里的青蛙——盼下雨

干池塘里的泥鳅——能滑到哪里去、滑不到哪里去

干水坑里的泥鳅——没处滑了

干水池子的泥鳅——滑不了多远、滑不到哪里去

干水池里的泥鳅——滑不脱、滑不到哪里去

干水塘的泥鳅——滑不到哪里去（比喻再狡猾也逃脱不掉。）、能滑到哪里去

干水塘里的泥鳅——滑不到哪里去、能滑到哪里去

干沟里的泥鳅——自身难保,还耍滑头

干河撒网——空扑一场、呆子、瞎张罗

干河里撒网——瞎张罗

干河里的泥鳅——滑不到哪里去

干河沟的鱼——跑不了、跑不掉、跑不脱、游不动、跑不了

干河沟的泥鳅——自身难保还耍滑头

干河沟的鲫鱼——放扁了

干河沟里的鱼——跑不了

干河沟里逮鱼虾——没来路

干河沟里撒渔网——瞎张罗

干河坝撒网——瞎张罗

干河滩撒网——空扑一场、枉费工、瞎张罗

干河滩上撒网——白费工夫、白费劲、枉费工、瞎张罗

干河滩里栽牡丹——好景不长、好景难长

干河滩里露牡丹——好景不长

干塘抓鱼——一条不剩、人人有份儿

干塘捉鱼——一条不剩、人人有份儿

干塘抓野鱼——人人有份

干塘捉野鱼——人人有份

干塘水捉鱼——只图一回、不顾后患

干塘里挖藕——心眼多

干塘里抓鱼——人人有份

干塘里的泥鳅——看你滑到哪里去、滑不到哪里去

干塘里的鲤鱼——没几天蹦头、没有几天蹦头、没几天蹦跶头、蹦跶不了几天、瞟眼看人

干塘里捉野鱼——人人有份

干塘里捉鲤鱼——人人有份儿

干塘里摸鲤鱼——难得、得之不易

干塘灰里撒尿——不贱(溅)、勿溅

干沙面捏蛋蛋——拢不到一块儿

干泥做汤圆——捏不拢、搓不圆、有点搓不圆了

干泥巴做元宵——搓不圆、有点搓不圆、捏不拢

干泥巴做汤圆——捏不拢、搓不圆(四川)、有点搓不圆了

干泥块做汤圆——搓不圆

干坝里的河沙——捏不到一块、捏不到一块儿

中华传世藏书 谚语歇后语大全 地理类歇后语

951

干潭里摸鱼——难得

干潭子摸鱼——难得、得之不易

大门歪挖——自己坑自己

大门不走走狗洞——摸不着门路

关了大门演皇帝——自家看自己的戏、自家看自家的戏、自家人看自家戏、妄自尊大

关了大门做皇上——自尊自大

大门上挂画——美名在外

大门上插秧——有门道（稻）

大门上栽秧——有门道（稻）

大门上的门神——是外人

大门上的马桶——臭名在外

大门上的对联——一对红

大门上的春联——一对红

大门上贴对联——一对红

大门上贴画儿——美名在外

大门上贴春联——一对红

大门上挂灯笼——光照别人、光耀门楣

大门上挂扫把——少（扫）脸、挡脸、臊（扫）脸

大门上挂画儿——美名在外

大门上挂粪桶——臭名在外

大门上挑灯笼——光耀门庭、光耀门楣

大门上挂粪簸箕——臭名在外

大门口插身——门道（稻）多、门道（稻）不少

大门口栽秧——有门道（稻）

大门口插秧——门道（稻）多、门道（稻）不少

大门口敲锣——里外响

大门口吊马桶——臭名在外

大门口的春联——年年有

大门口挂红灯——美名（明）在外

大门口挂灯笼——一对儿、空的、光照外人、光耀门庭、美名（明）在外

大门口挂彩灯——好名在外

大门口挂草帘——难看不暖和

大门口挂箩筐——假充灯

大门口挂粪桶——臭名在外

大门口绷绳索——使绊子

大门口的石狮子——摆设、十分稳重、成双成对、明摆着的、装门面的

大门口挂的灯笼——一对红

大门里种南瓜——难(南)上加难(南)

大门外的砖——踢出来的

大门外点灯——给别人照明

大门外的砖头——踢出来的

大门外挂灯笼——给人照明、给别人照明的、给别人最亮、给路人照明、照外不照里

大门外挂纱灯——好名在外

大门外挂彩灯——美名在外

大门外挂的灯笼——给人照亮的

大门前挂灯笼——给人家照明的

大门板改棺材——屈才(材)、有些屈才(材)

大门板做棺材——屈才、用材不当

大门框脱坏——大模大样

大门楼下挂纱灯——一对红

大门楼里放马桶——里外臭

大门楼里敲锣鼓——里外有名(鸣)声

大门洞上挂灯笼——内外明亮

大门洞内打锣——里外有名(鸣)声

大厅里生火炉——满堂红

大厅里放盆火——满堂红

大厅里挂字画——客观

大厅里挂咸鱼——不像话(画)

大厅里燃篝火——满堂红大厅中央挂字画——堂堂正正

大戈壁——长沙

大戈壁做鬼脸——海市蜃楼

大辽河的王八——净等吃食

大市口的山芋——学(削)出来了

大石沉海——一落千丈

大石投海——一落千丈

大石压死蟹——以势压人

大石砸乌龟——不知死活

大石碰死睡虎——碰巧

滚大石——绝无回头的可能

大石头沉海——一落千丈

大石头掉井——不(扑)懂(通)

大石头压死蟹——以势压人

大石头掉下井——不(扑)懂(通)

大石头压在王八背上——挤出来的也不好

大石板压蛤蟆——鼓不起劲来

大石板上青苔毛——长不了

大田里的苗苗——得雨露早

大地回春——百花齐放、欣欣向荣

大地春回——百花齐放、欣欣向荣

大地旅行——陆游

大青山的花椒——够味

大青山的兔子——一个岭上来的

大青山的老虎,砚台山的猴——谁也不认识谁

大青山上捉鱼——满天撒网

大自然的风——来去匆匆

大西北的冬天——尽吹冷风

大西洋行船——外行(航)

大观园里的闺秀——四体不勤,五谷不分

大观园里哭贾母——各有各的伤心处

搬进大观园——都姓假(贾)了

大草原上吹喇叭——想(响)得宽

大草原上喊口令——一声贯到底

大沙漠里找泉水——难得很

大苇坑蛤蟆——干鼓肚

大苇坑的蛤蟆——干鼓肚

大苇坑里的蛤蟆——干鼓肚

大堤上磕头——为何(河)

大堤上抓老鼠——捅到漏子上

大墙上推小车——磨不开把

大街挂钟——方便群众

大街捡烟头——找抽、找来抽

大街跑车子——笔直冲

大街得信小街传——道听途说

大街得讯小巷传——道听途说大街上相亲——一厢情愿

大街上卖钟——群众观点

大街上弹琴——听不听随你

大街上掉裤——会(快)计(系)

大街上挂钟——群众观点

大街上卖杂碎——提心吊胆

大街上卖笛子——自吹

大街上的乞丐——蓬头垢面

大街上的门面——贪（摊）大

大街上的布告——众所周知、有目共睹

大街上的行人——有来有往

大街上的时钟——群众观点

大街上的花展——众人共赏

大街上的疯子——惹不得

大街上的挂钟——群众观点

大街上贴标语——就是要宣扬

大街上搞募捐——多多益善、越多越好

大街上掂杂碎——提心吊胆

大街上撒传单——白给

大街上生私生子——当众出丑

大街上的广告版——有目共睹

大街上的红绿灯——有目共睹

大街上的杂货店——酸甜苦辣样样有

大街上的霓虹灯——光彩夺目、引人注目

大街上耍剃头刀子——算哪出戏

大街上掉了裤腰带——会（快）计（系）

由大街转入胡同——路子越走越窄

由大街转入巷子——路子越走越窄

大理石铺路——大材小用

大理石铺地板——其实（石）挺好

大理石做门匾——牌子硬

大理石压咸菜缸——大材小用

大理石压酸菜缸——大材小用

大王庙里的门神——只凶不怕

大庙不收小庙不留——无路好走

大庙里娘娘——有求必应

大庙里的娘娘——有求必应

大庙里的泥神——只收香烟

大佛寺的大佛——半身金装

大佛殿的罗汉——一肚子泥、满肚子泥

大佛殿的菩萨——满肚子泥

大佛殿里的罗汉——满肚子泥

大成殿的佛像——一肚子泥

大仓里一颗谷子——有你不多，无你不少

大堂围篱笆——让大老爷过不去

大堂上摆碟子——与老爷动词(瓷)

大堂上的水火棍——红黑都该挨

大楼的电梯——能上能下

大楼改意见箱——成(盛)老问题了

大厦将倾——一木难支、独木难支

大梁做板凳脚——太亏材料

拆了大梁当长枪——大干一场

拆下大梁当长枪——大干一场

大梁柁削筷子——大材小用

大梁柁做文明棍儿——大材小用

大水推沙——容易

大水冲河坝——没提(堤)

大水冲菩萨——留(流)神

大水冲猪屎——捞不回肥水

大水淹观音——留(流)神

大水冲了河坎——没提(堤)

大水冲了菩萨——绝妙(庙)

大水冲土地庙——慌了神

大水冲了龙王庙——不认自家人、一家不认一家、一家人不认一家人、一家人不认得一家人、一家不认你一家、自己给自己过不去、自家人不认自家人、自家人不识自家人、自家人不认得自家人、自家不顾自家

大水冲走土地庙——留(流)神

大水冲走龙王庙——不认自家人、一家不认一家、一家人不认一家人、一家人不认得一家人、自己给自己过不去、自家人不识自家人、自家不顾自家

大水冲走禹王庙——神气流了

大水冲垮土地庙——慌了神

大水冲倒龙王庙——不认自家人、一家不认一家、一家人不认一家人、自己人不认自己人、自己给自己过不去、自家人不认自家人、自家不顾自家、自家人不顾自家人

大水冲倒土地庙——慌了神

大水冲倒关帝庙——慌了神

大水冲崩关帝庙——慌了神

大水冲塌龙王庙——不认自家人、一家不认一家、一家人不认一家人、一家人不认得

一家人、自己给自己过不去、自家人不识自家人、自家不顾自家

大水冲走了菩萨——留(流)神

大水推倒龙王庙——不认自家人、一家不认一家、一家人不认识一家人、自己给自己过不去、自家人不识自家人、自家不顾自家、自家人不顾自家人

大水淹了龙王庙——一家人不认一家人、一家人不认识一家人、不认自家人

大水淹到屋脊上——漂亮(梁)

大水冲走过鹅卵石——磨掉了棱角

大水冲走的鹅卵石——没有了棱角

大水冲垮了龙王庙——一家人不认一家人

大水漫过的二荒地——啥都没剩

发大水出丧——天灾人祸、天灾人祸齐来

发大水放排——随波逐流

发大水放木排——随波逐流

发了大水放木排——随波逐流

发大水上下来的擀面杖——久串江湖的大棍头

大水泊的鸭子——煮烂身子煮不烂嘴

大江东去——无休止、永无休止

大江流水——没完没了、滔滔不绝

大江捉鱼——人人有份

大江的水泡——渺小

敢过大江——不怕小河

大江边的小雀——见过风浪、见过些风浪

大江边的麻雀——见过风浪

大江边上的小雀儿——见过些风浪

大江里抓鱼——人人有份

大江里走路——厉(履)害(海)

大江里撑船——探不到底

大江里一泡尿——有你不多,无你不少、有你不多,没你不少

大江里一桶水——有你不多,无你不少

大江里撒泡尿——有你不多,无你不少

大江里漂浮萍——随波逐流

大江大海一浪花——渺小

大河无水——小河干

大河有水——小河满

大河的水——畅通无阻、管得宽

大河流水——管得宽、没完没了

大河涨水——泥沙俱下

大河决了堤——放任自流、任其自流

大河漂油花——一星半点

大河边上望江亭——近水楼台、近水楼台先得月

大河边上的望江亭——近水楼台、近水楼台先得月

大河里洗手——干干净净

大河里洗澡——充(冲)人

大河里涨水——小河里满、泥沙俱下

大河里一泡尿——显不着、有你不多,没你不小

大河里洗床单——刘(流)备(被)

大河里洗脸面——宽绰

大河里洗煤灰——闲着没事干、闲得没事了、干闲得没事干

大河里洗煤炭——闲着没事干、闲得没事了、干闲得没事干

大河里漂床单——刘(流)备(被)

大河里漂油花——一星半点

大河里的小旋涡——早晚要随上大流

大河里的水旋涡——迟早要随大流

大河早的水漩涡——迟早要随大流

大河里的水向东流——无法挽回

大河里淌下卧单来——刘(流)备(被)

大河道儿拣芝麻,小道儿上洒香油——大处不算小处算

大河滩里拣干鱼——上手就抓

大黑河的王八——少见

大海的水——用之不竭

大海捞针——一场空、从何下手、无从下手、无处寻、无处寻找、无处着手、无寻处、不可能、不知何处下手、不知从何处下手、不知从哪里开始做起、白费心机、枉费心、没那么容易、毫无希望、难、难得

大海退潮——水落石出

大海涨潮——步步高

大海游泳——摸不着底

大海一滴水——渺小

大海的泥鳅——翻不起巨浪来

大海的脾气——时好时坏

大海的潮水——时起时落

大海退了潮——水落石出

大海当中打捞剑——唠(捞)叨(刀)

大海当中打落剑——唠(捞)叨(刀)

大海翻了豆腐船——水里来,水里去

大海漂来个木鱼子——久闯江湖

对着大海撒尿——不缺你这点水大海中寻剑——唠(捞)叨(刀)

大海中的小舟——不着边际、不知漂向何方

大海上行船——乘风破浪、漫无边际、摸不着边、摸不着边际、哪能不沾水、善于见风使舵

大海上的小舟——风浪里来,风雨里去

大海上起风暴——波澜壮阔

大海里乌贼——会放烟幕

大海里小船——风雨飘摇

大海里丢针——没处寻、难寻、无处寻、无处寻找、无寻处

大海里行船——怕暗礁、乘风破浪、漫无边际、摸不着边、摸不到边、摸不着边际、哪能不沾水

大海里走路——厉害(履海)

大海里的水——要多少有多少、到哪哪嫌(咸)、到哪里哪里嫌(咸)、到哪里都是嫌(咸)、到哪都显(咸)、流到哪儿哪儿显(咸)

大海里的鱼——经过风浪

大海里放鱼——各走一方、各奔一方、各奔四方

大海里刮风——浪冲天

大海里荡舟——划不来

大海里捞针——一场空、白搭工、无处寻、无寻处、无法摸到底、不知从何下手、不知从何处下手、劳而无功、没头绪捞、难寻、难得、难上难、难捉摸、哪里找去

大海里浪涛——波澜壮阔

大海里摸针——白劳碌、摸不着

大海里摸鱼——蒙顶啦

大海里摸鳖——难摸

大海里撑船——点不到底、点不着底

大海里礁石——时隐时现

大海里撒尿——不缺你这点水

大海里一片叶——漂浮不定

大海里下竿子——不知深浅、深浅说不出

大海里扎猛子——有本事尽管使

大海里吐唾沫——不显眼

大海里的小舟——不着边际、不知漂向何方

大海里的小船——风雨飘摇

大海里的水雷——一触即发

大海里的灯塔——光芒四射、指引航程、指明航程

大海里的沙砾——数不清

大海里的沙粒——有的是、数不清

大海里的沉船——一落千丈

大海里的浮萍——没着落

大海里的航船——不稳定

大海里的浪涛——波澜壮阔

大海里刮大风——浪冲天

大海里刮旋风——谁(水)也转

大海里放浮萍——捞不回

大海里放鸭子——难收回、收不回来

大海里建澡堂——多余(鱼)

大海里遇旋风——谁(水)也转

大海里捞到针——难得

大海里腌咸菜——白费劲、白费工夫

大海里漂油花——星星点点

大海里漂挺杆——不是撞出来的光棍

大海里撒纸钱——连个响也听不见

大海里撑篙子——点不到底

大海里的一滴水——渺小得很、有你不多没你不少、增一滴不见其多,减一滴不见其损

大海里的水萍花——多深的水里都漂流过

大海里的浮萍草——没着落、漂到哪儿算哪儿

大海里的黄花鱼——忍不了大浪、掀不起大浪、翻不了大浪

大海里的几条小鱼——翻不起什么浪

大海里淌下卧单来——刘(流)备(被)

大海里漂的木鱼子——闯江湖的老梆子

大海里翻了豆腐船——汤来水去、汤里来水里去

大海里行船,草原上放牧——不着边、漫无边际

大海里捕鱼,深山里打猎——各吃一方

无边的大海——不知深浅

大海大洋里的小舟——不着边际

大浪打翻满船鱼——水里来水里去

大坝上挖坑——想冤(淹)死人

大粪池里游泳——不怕死(屎)

大粪池塘游泳——不怕死（屎）

下水放船——一帆风顺

下水洗澡——自知冷暖

下水卷裤管——没到深处

下水摸馒头——劳（捞）模（摸）

下水不戴帽子——轮（淋）到头上

下水的船儿走不动——风头不顺

下水道安灯——照管

下山担柴——一心（薪）挂两头

下山顺着上山道——走老路

下井取月——想得

下田向上田放水——倒（道）流（留）不流（留）

下坡的驴——一步赶不上一步

下坡赶路——就劲儿

下坡的车难刹闸——身不由己

下坡不赶，次后难逢——机不可失，时不再来

下河淹死，上河捞尸——泍上水

下河淹死人，去上河捞尸——泍上水

下塘挖藕——追根

下梁不正——上梁歪倒下来

下滩的鸭仔——莫望了

上下华山——一条路

上吐下泻——两头儿忙、两头难、够你受的

上下一条心（芯）——卡死（字）

上这山看那山高——见异思迁

上不着天，下不着地——两头悬、两头不落实、梁上君子

上山打鸟——见者有份

上山的茧——满口诗（丝）

上山捉蟹——难、难啊、难寻、没处寻

上山捉鳖——难、难啊、难寻、没处寻

上山钓鱼——呆子、财迷转向

上山容易——下山难

上山打老虎——高名在外、高名在外头

上山打杏核——全是苦人（仁）

上山打野猪——见者有份

上山扛毛竹——顾得了前面，顾不了后面

上山采竹笋——拔尖、拔尖儿

上山刨黄连——自讨苦吃

上山爬台阶——步步登高、步步高升

上山挖竹笋——拔尖

上山挖黄连——找苦来吃

上山背毛竹——顾前不顾后（比喻考虑不周到。）

上山背石头——真笨

上山采竹笋——拔尖

上山穿高跟鞋——自己跟自己过不去

上山入海全无敌——降龙伏虎

上山打柴，下河摸鱼——见机行事、自食其力

上山钓鱼，下河打猎——搞错了路线、路线错了

上山要柴，下河摸鱼——自食其力

上山砍柴，过河脱鞋——到哪说哪

上山砍柴卖，下山买柴烧——多一道手续

上山就打柴，下河就脱鞋——到哪里说哪里的话

上门买卖——不做不成、好做

上门的买卖——不做不成、好做

上面千线——卜面一根针

上面一个屁——下边一台戏

上面一句话——下面一台戏

上面敲水桶，底下放爆竹——想（响）到一块儿了

上茅房吃甘蔗——不是滋味、越嚼越不是滋味

上坟的羊——豁出去了、豁出去啦

上坟祭祖——不带外人

上坟不烧纸——惹老祖宗生气

上坟买馍馍——先人后己

上坟烧纸钱——自家哄自家、自家人哄自家人、哄死人的

上坟烧杨叶——没指（纸）了

上坟不带刀头——哄鬼

上坟不带纸钱——惹老祖宗生气、想哄鬼

上坟不带烧纸——惹祖宗生气、惹老祖宗生气、净惹祖宗生气、净惹老祖宗生气

上坟不摆刀头——想哄死人

上坟找不见坟堆——瞎恭敬

上坟不摆刀头肉——哄鬼、骗鬼、哄死人、哄老哩

上庙烧香——必有所求

上庙不烧香——两眼无神、眼里没神

上庙求菩萨——你没烧香，我不出签

上岸的船——撑不动

上岸的鱼虾——干蹦干跳

上岸的蚌壳——不开口

上岸的螃蟹——横行霸道

跳上岸的大虾——慌了手脚、离死不远

上河下河——上下两合（河）、两相合（河）

上市的乌龟——缩头缩脑、得缩头时且缩头

上市的鸭子——一对儿

上市的螃蟹——横行不了几天、看你还能横行到几时

上市的猪崽子——拴上了

上市的糖葫芦——成串

上炕不点灯——瞎搞上气、瞎摸

上房拆梯子——断了后路

拆了上房益门楼——挡人眼、硬充门面

上屋的螃蟹——横行到家了、横行到顶了

上滩的老虎蟹——还能爬几步

上游放船——顺风顺水

向上游撑船——逆水行舟

上楼吃甘蔗——步步高节节甜

上楼撤梯子——断他的后路

上梁不正——下梁歪、下梁跟倒歪

上梁请铁匠——找错了人

上梁请了箍桶匠——找错了人

上街不带钱——闲溜、看热闹

上街打警察——没事找事

上街买萝卜——心里美、要的心里美

上街买帽子——对头

上街买眼镜——对光、对光就要

上街的宠物——受牵制

上街的疯狗——人人喊打

上城头学喇叭——本事不高吹得高

上坡的柴车——冲不得，退不得

上海五香豆——越嚼越香

上海的游民——瘪三

上海的鸭子——呱呱叫

去上海往西走——方向错了

上元县的照壁——板的(南京)

山再高——总有人敢攀

山不叫山——一堆石头

山字垛山字——请出

山字重山字——请出

山字摞山字——请出

山高皇帝远——管不到

山要崩拿绳捆——白费劲

山要崩拿绳索捆——白费工夫、白费劲、枉费工

山要崩拿绳子箍——枉费心机

下了山的老虎——不如狗

上这山看那山高——见异思迁

出山的太阳——一片火红、火红

刚出山的太阳——红光满面

担山填海——力不能及、力不从心、心有余而力不足

闹山的麻雀——凭张好嘴壳

山上鹰——真刁(雕)

山上石头——有的是

山上打钟——有名(鸣)声、名(鸣)声远扬

山上发水——来势凶猛

山上有虎——不要往上爬

山上钓鱼——财迷、财迷转向

山上的树——高高在上、起点高

山上爬树——起点高

山上放炮——躲开为妙

山上砍柴——实登实

山上楠竹——不实心

山上唱歌——调子高、调子太高

山上烧火——就地取材(柴)

山上倒水——下流

山上跑马——路子不平、绕着山路转

山上溜冰——滑坡

山上开梯田——步步高

山上无大树——茅草也当林

山上无凤凰——麻雀做王、麻雀来做王、麻雀做主
山上无老虎——猴子称霸王
山上扔坏盒——破罐破摔
山上发洪水——不敢当(挡)
山上找鱼虾——没影的事、没影的事儿
山上找珍珠——白辛苦
山上拉胡琴——高调
山上的小羊——就怕狼
山上的石头——久经风霜
山上的竹子——内部空虚、高风亮节
山上的竹笋——尖到了头
山上的茅草——心中没数
山上的松柏——四季青、四季常青、根深叶茂、饱经风霜
山上的狐狸——又馋又猾、又馋又狡猾
山上的虎豹——凶狠无比
山上的枯藤——腐朽
山上的砖头——充实(石)
山上的泉水——有缘(源)、见缝就流
山上的破庙——坏事(寺)
山上的核桃——打着吃的货
山上的猛虎——不露形迹
山上的野花——谁都可以采
山上的黄猄——专走老路
山上的猴子——爬得高
山上的粪堆——陡上去了
山上的蘑菇——独根儿
山上放风筝——起点高
山上盖房子——基础厚实
山上喝泉水——捧得高
山上滚石头——实(石)打实(石)、眼看着下去了
山上开的棱石——锋芒锐利
山上的大青松——饱经风霜
山上的黄鼠狼——专走弯路
山上的野葡萄——根蒂酸尖尖甜、根蒂酸来尖尖甜
山上石头滚下坡——实(石)打实(石)
山上喊话山下答——遥相呼应

山上打柴,过河脱鞋——到哪说哪话、到哪儿说哪儿话

山上的石头,田里的莠草——不足为奇

站在山上看马斗——踢不着,咬不着(比喻不参与一些事,只站在旁边观望。)

山中打猎——见者有份

山中楠竹——不实心

山中无甲子——寒尽才知年

山中无老虎——猴子称大王、猢狲也成精

山中的小溪——掀不起大浪

山中的火把——耀眼

山中的老虎——不是玩意儿

山中的鲜花——自然美

山中的饿虎——穷凶极恶

山中的瘦虎——雄心在

山中的野猪——嘴巴厉害、嘴巴好厉害、嘴巴子厉害、嘴巴子好厉害

山中野芋头——个个麻

山中的老虎食——凶得不要命

山中老虎吃豆腐——口诉(素)

山中无老虎,猴子便疯狂——妄想称王

山头打虎——高名在外

山头留门——不是好物(屋)

山头打老虎——高名在外

山头放纸鸢——出手高

隔着山头拉手——差得远、差远了、差远啦

隔着山头亲嘴——差得远、差远了、差远啦

隔着山头赶车——鞭长莫及

隔着山头赶羊——鞭长莫及

隔着山头吹喇叭——对不上号

山头上打虎——高名在外

山头上对歌——一唱一和

山头上吹号——名(鸣)声远扬

山头上的灯——照得远

山头上的草——根子硬

山头上放矢——高见(箭)

山头上唱歌——调子高、调子太高、唱高调、高唱入云

山头上聊天——高谈阔论

山头上播音——想(响)得高

山头上吹喇叭——名(鸣)声远扬、名(鸣)声在外、站得高,想(响)得远

山头上看飞机——高瞻远瞩

山头上唱"少年"——调子高

山头上搭戏台——高高在上

山头上开拖拉机——跑不开

山头上的花梨树——头(蔸)硬

在山头上唱歌——调子太高

山尖上放风筝——由他(它)去

山尖上摘月亮——办不到、办不到的事、没法办

山后的茄子——阴蛋一个

山后的蝈蝈——老油子了

山后头的蝎子——恶蜇、饿(恶)着(蜇)

山里回音——一呼百应

山里行军——弯多

山里竹子——节节高

山里竹笋——头尖根粗腹内空

山里的鹰——真刁(雕)

山里席芨——闻风而动

山里敲鼓——处处有回声

山里的长虫——没数儿

山里的石头——有的是、数不清、雷打不烂、风吹不动

山里的竹笋——钻劲大、有股钻劲、嘴尖皮厚

山里的狐狸——狡猾透了、狡猾得很

山里的胡桃——瞒(满)人(仁)

山里的核桃——瞒(满)人(仁)、挨打的货、少不了挨打、砸着吃

山里的黄羊——野种、没数儿

山里的野猪——嘴巴子厉害

山里的蝈蝈——光叫唤不干活

山里的五步蛇——毒极了、最毒

山里的野葡萄——一串一串的

山里的石榴剥了皮——点子多

山里头打锣——有回音、回音缭绕

山外青山楼外楼——层出不穷

山北的蜈蚣——阴毒得很

山北的蝎子——阴毒得很

山北的悬崖——阴险得很

山谷的回声——不平则鸣
山谷里喊话——空喊、一呼百应
山谷里敲鼓——处处有回音
山谷里敲锣——处处有回音
山谷里喊号子——一呼百应
山沟的石头——变不成鸡蛋
山沟里打鼓——回想(响)
山沟里叫喊——有回音
山沟里放牛——两边吃
山沟里刮风——成不了气候
山沟里喊叫——有回音
山沟里敲鼓——处处有回声、回想(响)
山沟里开澡堂——外行
山沟里的人家——零零散散
山沟里的田鸡——目光短浅
山沟里的住户——稀稀拉拉
山沟里的杏子——苦人(仁)儿
山沟里的狐狸——又馋又猾、又馋又狡猾
山沟里的住户——稀稀拉拉、零零散散
山沟里的蚂蟥——盯(叮)住不放
山泉出洞——细水长流
山泉里撒网——什么也捞不着
山间小泉——细水长流
山间竹子——节节高
山间竹笋——节节高、腹中空、嘴尖皮厚腹中空
山间的竹笋——节节高、剥了一层又一层、嘴尖毛长
山间的泉水——畅通无阻
山间的流水——源源不断
山间的溪水——浅薄、放任自流
山间小路——坎坷不平
山涧水磨转——闷声闷气
山涧发洪水——势不可挡
山涧里坐船——行不通、走不通
山涧里竹子——嘴尖皮薄腹中空
山洞装电灯——照里不照外
进了山洞出不来——摸不着门路

山洞里开河——只进不出
山洞里比武——难找高手
山洞里打拳——无用武之地
山洞里抬头——不见天日
山洞里的风——无孔不入、够硬(阴)的、成不了气候、有回旋的余地
山洞里的灯——装的
山洞里说话——随声附和
山洞里唱戏——没出头露面
山洞里看天——所见有限
山洞里聊天——净讲风凉话
山洞里捉赌——一锅端
山洞里密谈——天知地知你知我知
山洞里探险——步步深入
山洞里往外走——渐走渐亮
山洞里的小草——难见天日
山洞里的泉水——通行无阻、畅通无阻
山洞里的蝙蝠——见不得阳光、见不得太阳、不知天高地厚
山洞里放风筝——上不了天、无法升高
山洞里放鞭炮——反响强烈
山洞里迷了路——摸不清方向
山洞里捉迷藏——难免碰壁
山洞里翻跟斗——怎不碰壁
山洞里灭了火把——只能暗中摸索
山洞里的黄鼠狼——又毒又诡、又狠毒又鬼祟
山坡的竹笋——越嫩越尖
山坡滚石头——砸啦
山坡上拔河——难得公平
山坡上烤火——就地取材(柴)
山坡上烧火——就地取材(柴)
山坡上烧荒——然(燃)也(野)
山坡上开梯田——层层上升
山坡上扭大膀——半途而废
山坡上吹喇叭——邪(斜)气十足
山坡上的石头——数不清
山坡上的竹笋——越嫩越尖
山坡上的弯树——长不直、不会长直了

山坡上的雪橇——滑得快

山坡上弯腰树——直不起来、伸不直腰、难治（直）

山坡上晒太阳——有靠了

山坡上栽跟头——摔得不轻

山坡上盖楼房——根底硬

山坡上落凤凰——罕见

山坡上凿石碑——就地取材

山坡上滚皮球——永不回头、决不回头

山坡上滚鸡蛋——半途而废

山坡上打退堂鼓——半途而废

山坡上的弯腰树——直不起来、直不起腰、伸不直腰、伸不起腰、难治（直）

山顶乘凉——占上风

山顶唱歌——高调、高调儿

山顶的辣子——红透了

山顶的蘑菇——根子硬

山顶摘月亮——办不到

山顶滚石头——实（石）打实（石）

山顶石头掉进沟——一落千丈

山顶喊话山下答——上下呼应、遥相呼应

上了山顶想上天——不知足、人心不足

爬上山顶纳凉——走上风、尽走上风

爬上山顶打铜锣——站得高，想（响）得远

到了山顶想上天——贪得无厌

站在山顶赶大车——鞭长莫及

登上山顶望平地——回头见高低

山顶上打井——白费劲、白费工夫、枉费力、枉费工、枉费劲、徒劳无益

山顶上打屁——臭气熏天

山顶上打拳——高招

山顶上打锣——四方闻名（鸣）

山顶上打鼓——惊动四方

山顶上鸟叫——高鸣

山顶上立正——站得高

山顶上讲学——高谈阔论

山顶上拉屎——臭气熏天

山顶上的草——根子硬

山顶上点灯——四方有名（明）、高明

山顶上鸡叫——四方闻名(鸣)
山顶上观景——高瞻远瞩
山顶上的树——清(青)高
山顶上放屁——想(响)得高
山顶上放炮——响得高
山顶上看戏——高看
山顶上乘凉——占上风
山顶上唱歌——高腔高调
山顶上野炊——火气冲天
山顶上摘星——还差一大截
山顶上演戏——高看
山顶上敲锣——名(鸣)声远扬、远近闻名(鸣)
山顶上扔石头——一下子就准、抛到九霄云外
山顶上吹喇叭——名(鸣)声远扬
山顶上吹螺号——远近闻名(鸣)
山顶上安电扇——占上风
山顶上做报告——高谈阔论
山顶上的大树——根深蒂固
山顶上的毛竹——虚心
山顶上的电线——高价(架)
山顶上的竹子——高风亮节
山顶上的衣橱——高贵(柜)
山顶上的寺院——高妙(庙)
山顶上的厕所——臭气熏天
山顶上的哨兵——眼观六路,耳听八方
山顶上的暖壶——高水平(瓶)
山顶上的蘑菇——根子硬
山顶上放风筝——好高骛远
山顶上放衣橱——高贵(柜)
山顶上放焰火——天花乱坠
山顶上放炮仗——四方闻名(鸣)
山顶上放爆竹——想(响)得倒高
山顶上放鞭炮——想(响)得高
山顶上放粪桶——臭气远扬
山顶上放爆竹——想(响)得高、想(响)得倒高
山顶上练嗓子——净拉高调

山顶上练嗓门——唱高调

山顶上看云彩——眼光太高

山顶上看风景——高瞻远瞩

山顶上唱京剧——调子高

山顶上奏笛子——吹得太高

山顶上捉虾子——干闹（捞）

山顶上搭虾子——干闹（捞）

山顶上搭虾米——干闹（捞）

山顶上晒衣服——高高挂起

山顶上晒腊肉——高高挂起

山顶上喊口号——呼声很高

山顶上盖房子——图风流

山顶上盖凉亭——图的是风流

山顶上盖楼房——根基厚实

山顶上倒粪桶——臭气远扬

山顶上做衣服——高才（裁）

山顶上煮稀饭——高傲（熬）

山顶上摆暖壶——高水平（瓶）

山顶上滚石头——实（石）打实（石）

山顶上的屎壳郎——臭名远扬

山顶上的瞭望台——站得高看得远

山顶上的高音喇叭——远近闻名（鸣）

山顶上喊话山底答——上下呼应

山顶上的石头掉进沟——一落千丈

山洪冲石子——不滚也得滚

山洪暴发——来势汹汹、势不可挡

山腰的枯树——七枝八杈

山腰里遭雨——上下为难

山腰里一片云——不成气候、成不了气候

山半腰遇大虫——心惊肉跳

山半腰遭雨淋——上下为难、上下两难

山崖上的松柏——饱经风霜

山崖上的葡萄——一串一串的、一提一大串、一提就是一大串

山崖上滚鸡蛋——没有一个好的、没有一个好货

山崖上的野葡萄——一串一串的、一提一大串、一提就是一大串

山坳上的松树——饱经风霜

爬上山巅——上等(顶)

山旮旯打鼓——名(鸣)声在外

山旮旯的刺猬——刺碰刺

山脚下的泉水——阴凉、清凉

山脚下的庙神——开门见山

山林中的葛藤——依附着大树向上爬

山东棒子——老犁头

山东的红枣——特别好

山东的夜壶——一张好嘴、好嘴儿

山东到山西——两省

山东跑到山西——两岔

山东驴子变马叫——学不来

山东驴子学马叫——学不来

山东的骡子学马叫——南腔北调

山东驴子学广西马叫——南腔北调

山东的驴子学广西的马叫——南腔北调

山西老乡——爱吃醋

山西的老鸹——白脖

山西的农村——好处(醋)多

山西的胡桃——满人(仁)、满人(仁)儿

山西的核桃——满人(仁)、满人(仁)儿

山西到山东——两省

山西猴子河南耍——各有拿手好戏

山西的骡子不拉车——由了你的蛮性子

山西猴子河南人耍——各人拿手好戏、各有拿手好戏

喝了一坛子山西醋——酸心透了

毛坯制成品——一模一样

么店子的新闻——道听途说

千条江河归大海——大势所趋

千里江陵一日还——一帆风顺

广西老乡——贵(桂)人

广西的别称——贵(桂)

广西的沙田柚——果真不错

广东牙刷——一毛不拔

广东麻绳——难(南)说(索)

广东加海南——两省

地理类歇后语

广东的狮子——舞嘴

广东耍狮子——舞嘴

广东到广西——两省

广东搞改革——一马当先

广东舞狮子——舞嘴

广州的花市——实在可观

广州的深秋——不冷不热

广州的糯米鸡——与众(粽)不同

广州的癞蛤蟆——难(南)缠(蟾)

广场上用灯笼——好阔气

广场上的旗杆——直性子

广场上的塑像——形象高大

广场上摆擂台——没能耐别上来

广场里打筋斗——宽天宽地

广场里翻筋斗——阔天阔地

门小车大——推不出去

门开一条缝——没关系(细)

关上门打狗——想咋打就咋打

关上门吃饭——没外人

关上门唱戏——自家听

关上门起年号——自己称王称霸

关上门捉麻雀——看你往哪儿逃

关起门来做皇帝——没人朝拜

门上没闩——硬顶

门上没栓——硬顶、硬顶哩、顶上门杠

门上加双锁——过分小心

门上的春联——一对红

门上的封条——扯不得、扯不断、别乱扯、莫扯

门上贴灶神——错安了神位

门上贴春联——一对红、喜迎春

门上贴封条——推不开

门上挂扫把——扫嘴又扫脸

门上挂斧头——高作(斫)

门口挂笊篱——小店

门口挂粪桶——臭名在外

门口挂箩圈——小店儿

门口喜鹊叫——红运将至

门口的石狮子——有嘴没嗓、守门不看门

门口拴了个阎王——鬼都躲开

门口里挂纱灯——外面亮堂里面空

门外打拳——功夫不到家

门外加门——层层设防

门外吹喇叭——想（响）得开

门外钉插销——想不出了、不想出门了

门外挂纱灯——外面挺红里面空

门里反锁——推不开

门里出身——自会三分、强人三分

门里金刚——自高自大

门里打筋斗——门外出身

门里的金刚——自大

门里放鞭炮——名（鸣）声在外

门里点蜡看秦桧——洞烛其奸、洞察其奸

门里头打筋斗——门外出身

门里头打跟头——门外出身

门里面打跟头——外行出身

门头上的电灯——高明

门头上的笋叶——吓鬼

门头上的席子——不像话（画）

门头上挂鸡笼——假充灯

门头上挂斧头——高作（斫）

门头上挂席子——不像话（画）（云南）

门头沟打官司——没（煤）的事、摇（窑）头

门头沟的财主——摇（窑）头

门头沟的骆驼——倒霉（煤）

门闩做牙签——大材小用

门角安电扇——背地里扇

门角挤核桃——崩了

门角里打拳——有力使不上

门角里耍拳——摆不开架势

门角里来风——歪风邪气

门角里装灯——关照

门角里睡觉——光棍

门角里轧核桃——崩了

门角里的军师——阴猜测

门角里晾衣裳——阴干

门角里推磨子——半转不转、想他(它)转,他(它)转不过来

门角里簸簸箕——背后咯

门角里放的磨子——推它不转

门角里藏着诸葛亮——暗算、暗中盘算

门角边打拳——施展不开

门角落拉屎——不顾天亮、怕羞不知丑(臭)

门角落里打拳——有力使不上

门角落里装灯——关照

门角落里撒尿——总有晓得的日子

门角落里的秤砣——死(实)心眼

门角落里放爆竹——荆(惊)门

门角落里藏着诸葛亮——暗算、暗中盘算

门角落头撒尿——囫囵天亮

门前发大水——浪到家啦

门前挂箩筐——假充灯

门前底烧炮仗——见声不见影

门后放两瓮——闲(咸)谈(坛)

门后的垃圾——不错(撮)

门后耍大刀——假勇、不是真功夫

门后贴对联——不是地方

门后挂葫芦——装种

门后也有铁将军——理(里)所(锁)当然

门后面的扫帚——专拣脏事做

门后面的垃圾——端出去

门后面的将军——阴恻恻

门后头烧香——少找你这样的

门后里竖口袋——装人(仁)

门背后拉稀——把里面搞臭

门背后耍拳——暗角落里伸手

门背后抹死人——提心吊胆

门背后的光棍——捞不出来

门背后的扫帚——风尘仆仆、满脸灰尘、专拣脏的做、专拣脏事做、专拣脏活做、尽做拣脏事情

门背后放花儿——等不到晚
门背后挂死人——提心吊胆
门背后晒衣服——阴干
门背后伺候死人——提心吊胆的
门坎剁萝卜——一刀两断
隔门坎倒屑子——没远送
门坎上切萝卜——干干脆脆
门坎上的小鸡——两边叨
门坎上的鸡蛋——滚进滚出
门坎上绊了脚——进门先磕头
门坎上剁萝卜——里外各半
门坎上砍索索——一刀两断
门坎上砸核桃——崩了
门坎上横石磙——难管(关)
门坎上砍狗尾巴——一刀两断
门坎上面切藕——藕断丝连、藕断丝不断
门坎上面切萝卜——两边各半
门坎儿上推车子——进退两难
门坎儿上的鸡啄米——两边叨
门坎下的砖头——踢进踢出
门坎里耍弯刀——歪不出门
门坎后面耍弯刀——歪不出门
门拐角挤核桃——不紧不阳、恰到好处
门扇当床板——使人感到不平
拿着门扇当窗户——门户不对
门洞里躲雨——躲过一时是一时
门洞里敲锣——里里外外名(鸣)声大
门洞里敲鼓——里里外外名(鸣)声响
门洞里敲锣鼓——里外响、里外名(鸣)声大
门缝瞅人——把人瞧扁了、把我瞧扁了
对门缝吹号——名(鸣)声在外
隔门缝看人——把人给瞧扁了、给瞅扁了
隔门缝看女人——小瞧穆桂英了
隔门缝看戏——见的没有听的多
隔门缝瞅人——看扁了
隔门缝瞅诸葛亮——瞅扁了英雄

隔门缝看吕洞宾——小看小仙啦、小看了神儿、小看了神仙、小看仙人

隔着门缝看人——小瞧人、看扁了、把人看扁了

隔着门缝看吕洞宾——小看贤(仙)人、把神仙看扁了、看扁了活神仙

隔着门缝瞧包公——小看大人

隔着门缝瞧诸葛亮——瞧扁了英雄

门缝里看人——把人看扁了、目光狭小、看扁人

门缝里看天——目光狭小、目光狭窄、目光狭隘、眼光狭小、眼光狭窄、眼光狭隘、眼界不宽、眼界太窄、眼界狭隘、眼界狭窄

门缝里撒尿——冲出去了

门缝里瞅人——把人看扁了

门缝里瞧人——把人看扁了

门缝里夹卵蛋——进出都是死

门缝里夹鸡子——完蛋、进出都完蛋

门缝里夹鸡蛋——完蛋、完蛋了、进出都完蛋

门缝里夹鸡卵——完蛋、完蛋了、进出都完蛋

门缝里夹卵蛋——进出都是死

门缝里吹喇叭——名(鸣)声在外

门缝里看大街——眼光狭窄

门缝里照镜子——把自己看扁了、把自己给瞧扁了

门缝里瞧西瓜——原(圆)形毕露

门缝里夹鸡子儿——完蛋

门缝里看诸葛亮——把英雄看扁了

从门缝里看人——把人看扁了

从门缝里看大街——眼光太窄了

门板支罗锅——胡折腾、瞎折腾

门板上画鼻子——好大的脸、好大的脸啦

门板上画个鼻子——好大的面子、好大的脸皮、好大的脸啦

门牌上画个鼻子——好大的脸面、好大的脸皮、好大的脸啦

门框脱坯——大发啦、大胎(滩)、大模大样

门框脱坯子——大模大样

门框脱了坯子——大模大样

门框上挂镰刀——险门

门框上挂烂席子——真不像话(画)

门楹上砍麻绳——一刀两断(湖南)

门槛剁萝卜——一刀两断(段)

门槛砸核桃——崩了

三尺门槛——高抬不上

丈二高的门槛——难进

门槛儿拴鸭子——里外浪出

门槛儿砸核桃——崩了

门槛子改匣子——成（盛）人了

门槛上拉车——进退两难

门槛上拉屎——里外臭

门槛上拉稀——里外都搞臭了

门槛上推车——进退两难

门槛上切萝卜——一刀两断（段）、干干脆脆

门槛上拉稀屎——里里外外都搞臭了

门槛上的小鸡——两边叽

门槛上的鸡蛋——滚出滚进

门槛上剁萝卜——一刀两断（段）、里外各半

门槛上砍索索——一刀两断（段）

门槛上砍绳子——一刀两断（段）

门槛上砍萝卜——一刀两断（段）

门槛上砍稻草——一刀两断（段）

门槛上搁板凳——立不住脚、站不住脚

门槛上搁粪叉——蹩脚

门槛上推车子——进退两难

门槛上横石磙——难关（管）

门槛上砍狗尾巴——一刀两断（段）

门槛上面切藕——藕断丝连、藕断丝不断

门槛上面睡觉——里外半截子

门槛上面切萝卜——两边滚

门槛下的砖头——踢进踢出、任人踢进踢出

门槛后面耍弯刀——歪不出门

门槛角砸核桃——崩了

门槛里耍弯刀——歪不出门

门楼挂纱灯——外明里空

门楼上吹喇叭——想（响）得高

门楼上的灯笼——高明

门楼上挂红灯——高明、喜事来临

站在门楼上尿尿——谁也不在眼里

门楼房的石狮子——有嘴没嗓

门旮旯打拳——拉不开架势

门旮旯耍拳——兜不开势

门旮旯吹喇叭——名(鸣)声在外

门旮旯的扁担——想要就拿

门旮旯放焰火——外人看不见

门旮旯簸簸箕——不出面

门旮旯儿耍拳——抖不开架势

门旮旯里烧饭——不远送

门旮旯里伸拳头——使暗劲、暗中使劲、暗里使劲

门旮旯里的簸箕——背地里扇

门旮旯里放柴禾——卡出去

门脚上砍萝卜——一刀两断

门脚上砍稻草——一刀两断

门墩上坐牌位——放不下你

门墩上的狗尿苔——一下雨他(它)就冒出来

门墩子做牌位——放不下你

门铃坏了——靠推敲

小山冈上做买卖——商丘

小山沟里的泥鳅——翻不了大浪

小水凿穿石——不在力大,贵在坚持

小水沟里撑大船——异想天开

小巷子赶车——转不过弯来

小巷子赶马车——难转弯、转不过弯来

小巷子抬大梁——直来直去

小巷子里赶猪——直来直去

小巷子里抬大梁——直进直出

小巷子里赶马车——转不过弯来

小巷子里面扛扁担——顺着来才行

小巷里赶猪——端出端入

小巷里扛竹竿——直来直去、转不过弯来

小巷里扛扁担——顺着来

小巷里背毛竹——直来直去

小巷里抬竹竿——直来直去、转不过弯来

小胡同扛毛竹——难转弯、转不过弯来

小胡同走扁担——直来直去

小胡同赶骆驼——直来直去

小胡同里赶牛——直来直去、直进直出、直出直入

小胡同里赶车——路子窄了点

小胡同里赶猪——直来直去、直进直出、直出直入

小胡同里跑马——路子太窄

小胡同里扛拖担——直进直出、直来直去

小胡同里赶大车——拐不过弯来、没法转弯

小胡同里遇仇人——冤家路窄

小庙的鬼——上不了琉璃大殿

小庙的神——没见过大香火、没有大道行

小庙和尚——没见过大香火、没见过大烟火

小庙神仙——道行不大

小庙的麦秸——拨拉拨拉掐出去

小庙的和尚——没见过大香火、默默无闻

小庙的神台——没见过大供

小庙的菩萨——没见过大香火

小庙儿着火——慌了神、慌了神啦

小庙子鬼——没见过大佛、没见过大香火、没见过大烟火

小庙里干架——鬼打鬼

小庙里失火——慌了神

小庙里的鬼——进不得大殿、没见过大菩萨、没见过大神仙、没见过大阎王、受不起大香火

小庙里的神——没见过猪头三牲

小庙里起火——慌了神

小庙里打群架——伤神

小庙里的和尚——见不了高人、没见过大香火、没见过大烟火、没见过大佛、难得一见高升(僧)、没见过大道场、默默无闻

小庙里的神仙——没见过大佛、没见过大香火、没见过大烟火、没有大道行

小庙里的神灵——没见过大佛、没见过大香火、没见过大烟火

小庙里的菩萨——吃不成大猪头、吃不到大猪头、没见过大牢是什么样、没见过大神仙、没见过大香、没见过大道行、没有大贡献、受不起大香火

小庙后打井——挖土地爷的根

小房里生煤球炉——乌烟瘴气

小屋子里摆擂台——施展不开手脚

小屋子里面耍拖担——四处碰壁

小铁锤敲铜钟——当当响

小窟窿——掏不出大螃蟹

小沟里刮鱼——段段清

小河淌水——川流不息

小河通大江——细水长流

小河上没桥——将就过吧、将就得过

小河里行船——平平安安

小河里没桥——将就得过（江苏）

小河里驾舟——不怕翻了船

小河里撑船——一竿子到底

小河里走大船——行不通

小河里的流水——弯路多

小河沟里撑船——一竿子插到底

小河溪里开轮船——转不过弯

小坑里的草鱼——呼啦呼啦攉出去

小池里撒网——一网打尽

小池塘撒网——一网打尽

小池塘里养鲸鱼——行不通

小涝池里行船——支撑不开

小浪底大坝开工——腰斩黄河

小港里没桥——将就得过

小港里撑船——直来直去

小港子里撑船——直出直入、直去直回、直来直去、直进直出

小港湾没有船——将就着过

小港湾里撑船——直出直入、直去直回、直来直去、直进直出

条条小溪流大江——大势所趋

小塘里的泥鳅——翻不起大浪

小铜钱还炉——改志（铸）

马王堆的文物——该进博物馆

马王堆里的文物——全是老古董

马来西亚的咖啡——耐人寻味

马兰峪的猴儿——串气儿跟斗

女儿国办婚事——难得有一回

女儿国招驸马——一厢情愿

飞来峰的老鸦——专一啄石头的东西

四画

天安门的石狮子——对摆着

天安门上的狮子——对摆着

天安门上张灯结彩——庆贺

天安门前的旗杆——正直

天安门前的狮子——一对儿、明摆着、明摆着的

天山大牧场——好处（畜）多

天山上扔碗——对不上碴

天山顶上点灯——名头大

天山顶上一棵草——有你不多，无你不少

天桥把式——光说不练

天桥的把式——光说不练、就那几下子

天桥儿把式——净说不练

天桥儿的把式——净说不练

天井里捉鱼——没来路

天井里捉鱼儿——没来路

天井里捉鱼虾——没来路

天井里栽菊花——满屋香

天井院里的瞎子——处处碰壁

天井院里竖竹竿——无依无靠

天津萝卜——不辣不要钱

天津的包子——狗不理

天津的萝卜——心（芯）里美

天津自行车——飞鸽牌

天津的鸭梨——上等货、水分多

天津卫的鱼——口口香

天津卫的包子——狗不理

天津卫的姥姥——你（泥）小子

天津卫的鸭子——海逛

天津卫的豆腐干——压了个透、压了一个透

天花板上挂棋盘——一子全无、一个子儿也没有

天府花生——好人（仁）多

打开天窗——说亮话（比喻不必遮掩，直截了当。）

打破天窗——说亮话

天窗下谈天——说亮话

打开天窗说亮话——直率

推开天窗说亮话——直言不讳

天主堂搬家——端身架

天主教堂搬家——还拿架儿呢

走遍天涯海角——广州(走)

无水捞鱼——干想心思

(无底:没有底部。形容极深。)

无底口袋——装疯(风)

无底皮包——装不满

无底棺材——难成(盛)人

无底的口袋——装疯(风)

无底的皮包——装不满

无底的古井——难测

无底儿的皮包——装不满

无底洞——深得很、深不可测、深奥莫测

无底洞起火——怪哉(灾)

无底洞里开会——问题研究得深

无底洞里打锣——想(响)得很深

无底洞里打拳——功夫深

无底洞里相亲——爱情深

无底洞里购物——低消费

无底洞里探险——步步深入

无底洞里摸鱼——陷得深

无底洞里推掌——出手太低

无底洞里撑船——滑(划)得深

无底洞里灌水——再多也填不满、填不满的窟窿

无底洞里吹喇叭——格调太低

无底洞里的石阶——低级得很

无底洞里的老鼠——钻得深

无底洞里的泉水——不知来龙去脉

无底洞里的美女——不可取(娶)

无底洞里的暖壶——水平(瓶)太低

无底洞里往下坠——越陷越深

无底洞里看文章——太深奥

无底洞里雕标记——深刻

无底洞里学三字经——文化太低

无底洞里的老鼠精——钻得深

无家有疯狗——到处咬

无锡的雾——迷路(露)

无锡泥人——经不起风吹雨打

无锡的泥人——随便捏弄、经不起风雨、经不起风吹雨打

无锡的娃娃——泥小子

无锡的大阿福——肥崽

无锡的泥人儿——随人家捏

戈壁上找水——难啊、难极了、难得很、困难得很

戈壁上找泉水——难啊、难极了、难得很、困难得很

走戈壁滩没干粮——喝西北风

戈壁滩上开车——没辙

戈壁滩上找水——难啊、难极了、难得很、困难得很

戈壁滩上做客——喝西北风

戈壁滩上放牧——要水没水,要草没草

戈壁滩上着火——烧啥(沙)哩

戈壁滩上旅游——没看头

戈壁滩上为难事——找泉水

戈壁滩上找泉水——难啊、难极了、难得很、困难得很

戈壁滩上的石头——明摆的、明摆着

戈壁滩上的灾难——沙尘暴

戈壁滩上的沙子——要就只管拿去

戈壁滩上的居民——喝西北风

戈壁滩上的泉水——格外珍贵

戈壁滩上的黄沙——无穷无尽、一眼望不到边

戈壁滩上起风暴——沙尘蔽日、最怕迷路

戈壁滩上缺干粮——喝西北风

戈壁滩上盖大厦——底子差、底子不行、没有基础、根基不牢、基础差、基础要打牢

戈壁滩上盖大楼——底子差、底子不行、没有基础、根基不牢、基础差

戈壁滩下有一宝——石油

戈壁滩下的泉水——格外甘甜

开山平地——积少成多

开山的镐——两头忙

开山炸石——反响很大

开山放瞎炮——不想（响）

开沟挖井——步步深入、层层深入

开河塌坝——难收场、收不了场

开河塌堤——难收场、收不了场

开河塌了堤——难收场、收不了场

开闸的水——想（响）得花（哗）花（哗）的

开闸的春水——漫不完了

开闸的洪水——通行无阻、畅通无阻

开荒种果树——底子硬

开滦打官司——没（煤）的事

开封到洛阳——咕（古）嘟（都）咕（古）嘟（都）

开封府的包公——铁面无私、青天大老爷

开封府的包青天——铁面无私

开封的潘杨二湖——两水相邻，清浊自分

开封府里的包公——铁面无私

井淘三遍——好吃水

井水浇坟——欺（沏）了祖

井水烧茶——欺（沏）了祖（煮）啦

井水与河水——不相往来、两不相犯、沾不上边

井水流河里——深远

井水管河水——犯不着

井水不犯河水——互不相干、互不干涉、各不相干、两不相犯

井水流到河里——深远

井水挑到江边卖——白费劲

井水挑到河边卖——没点希望

井水不犯河水，南山不靠北山——各过各的、各管各的

井水里放糖——甜头大家尝

井水流河里——深远

井水里照人——看得清

井边打水——不能松手、不能手软

井边卖水——多此一举

井边梳头——没劲（镜）

井边担水江边卖——贱货

井边担水河边卖——贱货

井边上放屁——吹得不浅

井上的辘轳——来回转、缠不完

井上辘轳卧婴儿——危险

井头的蚂蟥——起不倒坎、只见过簸箕大个天、目光短浅

井中失火——天意该然(燃)

井中栽花——没有出头日

井中看星星——渺渺无几

井内打消江中放——白淘神费力

井里行船——无路可走

井里划船——无出路、支撑不开、没有出路、前途不大

井里寻针——难得见

井里的水——难满足

井里钓鱼——枉费心机

井里放屁——文(闻)气深、有原(圆)因(音)

井里放炮——有原(圆)因(音)

井里放糖——甜头大家尝

井里捉鱼——白费力气

井里捞刀——寻短见(剑)

井里救人——往上调(吊)

井里栽花——根子深、永无出头之日、没有出头之日、没有出头日子

井里蛤蟆——没见过碗大的天

井里敲锣——响(想)不开

井里撑船——无路可走、前无进,后无退、四下无门、四路远门、进退两难、前途不大

井里丢石头——不(扑)懂(通)

井里打扑腾——死不死、活不活

井里扔石头——沤不出四两麻

井里投砒霜——害人不浅

井里拔木头——直上直下

井里吹喇叭——低声下气

井里的扑腾——死不死,活不活

井里的吊桶——任人摆布、由人摆布

井里的住户——没有出路

井里的青蛙——有也是个别的

井里的蛤蟆——见不得天、没见过风浪、不知天高地厚、目光短浅、说天只有磨盘大、
就会嚼舌头、眼界小、看不开

井里放糖精——甜头大家尝

井里放炮仗——有原(圆)因(音)

井里放鞭炮——有原(圆)因(音)

井里放爆竹——有原(圆)因(音)

井里捞月亮——毫无结果、枉费心机

井里栽黄连——苦得深

井里淹死人——没处推

井里有水无桶——不能提啦

井里蛤蟆干鼓肚——白听(挺)着

井里蛤蟆酱里蛆——算不了一回事、算不了一回事儿

井里长出一棵树来——根子深

井里打水往河里倒——多此一举、胡折腾、瞎折腾

井里的蛤蟆往外爬——生疏

井里的蛤蟆挨石头——闷腔了

井里的蛤蟆跳上山——开了眼界

井里的蛤蟆戴草帽——没见过蓝天

井里的蛤蟆挨了一砖——不咕哇

井里的月亮墙上的饼——好看不好吃

井里的蛤蟆酱里的蛆——把你没看在眼里、算不了什么、自来的

井里捞起又掉进井里——躲了一灾又一灾、祸不单行

井里捞起又掉进塘里——躲了一灾又一灾、祸不单行

井里丢石头,蛤蟆跳上鼓——两不(扑)懂(通)

井里爬出来又掉进池里——一个样、一模一样、没什么两样

井里爬出来又掉进塘里——一个样、一模一样、没什么两样

井里爬出来又掉进池里头——一个样、一模一样、没什么两样

掉在井里打扑腾——不死不活、要死不活、死不死,活不活

掉到井里打扑腾——不死不活、要死不活、死不死,活不活

跌到井里的牛——有劲使不上

跳进井里的牯牛——有力气也用不上

井里头打水——一个劲地往上拽

井里头吹喇叭——低声下气

井里头的蛤蟆——就会嚼舌头

井里头打水往河里倒——胡折腾、瞎倒腾

井底之蛙——见不得天、见识短浅、所见不大、不知天有多大、不知天高地厚、没见过
大天

井底木棍——漂不远

井底行船——处处碰壁

井底划船——没有出路

井底青蛙——小天小地、目光短浅、不知天高地厚、没见过世面、没见过簸箕大的天、

筛子大个天地

井底看天——所见不广、所见有限

井底栽花——根子深、没有出头之日、永无出头之日

井底捞鱼——一场空、毫无结果

井底蛤蟆——没见什么天日

井底撑船——无路可走

井底雕花——深刻(比喻触到事情或问题的本质。)

井底出太阳——深情(晴)

井底丢石头——不(扑)懂(通)

井底丢砖头——不(扑)懂(通)

井底吹喇叭——低声下气

井底拔木头——直上直下

井底的木棒——漂不去、漂不远

井底的瓦片——永世难翻身、永世不得翻身

井底的邮包——深信

井底的青蛙——小天小地、目光短浅、不知天高地厚、没见过世面、没见过簸箕大的天、没有见过簸箕大的天、筛子大个天地

井底的蚂螂——目光短浅、没见过簸箕大的天

井底的蛤蟆——见识少、飞不上天、目光短浅、就会嚼舌头、没见大天、没见过大天、没见过大世面

井底的壁砖——深厚

井底放磨盘——深重

井底砌房子——深造

井底掏钥匙——没门儿

井底栽黄连——苦得深

井底结蜘蛛网——值(织)得深思(丝)

井底的蛤蟆上井台——大开眼界

井底的蛤蟆向上看——一线天

井底的蛤蟆想上天——白日做梦

井底的蛤蟆被扔一砖——闷腔了(比喻由于情况突变,一下子静了下来。)

井底的癞蛤蟆向上看——一线天

井底的蛤蟆被扔了一砖——闷腔了

井底子泥——越捞越深

井底子蛤蟆爬上岸——方知天外有天

井底下打拳——功夫深

井底下划船——处处碰壁、走不出小圈子、前途不大

井底下剁肉——深切
井底下放炮——有原(圆)因(音)
井底下看书——学问不浅
井底下谈情——爱得深
井底下栽花——永无出头之日、难出头、根子深
井底下写文章——学问不浅
井底下吹号角——有原(圆)因(音)
井底下吹唢呐——格调太低
井底下吹喇叭——低声下气
井底下的青蛙——只看见簸箕大的一块天、没见过世面、不知天高地厚
井底下放邮包——深信
井底下种花生——根底深、处处碰壁
井底下敲锣鼓——响不上天
井底里扑腾——死不死,活不活
井底里划船——没有出路(比喻没有前途。)
井底里看天——站得低、看不远
井底里拉弦——有原(圆)因(音)
井底里栽花——无出头之日、没有出头之日、根子深
井底里放糖——甜头大家尝
井底里放炮——有原(圆)因(音)
井底里雕花——深刻
井底里撑船——无路可走、不能转弯、四面无靠、四处碰壁、没有出路
井底里的木棒——漂不远
井底里的邮包——深信
井底里的鱼儿——游不远
井底里放火炮——有原(圆)因(音)
井底里捞月亮——白搭工
井底里蛤蟆酱里蛆——算不了一回事
井底里爬出又掉池里头——一个样
井底里面照镜子——亮对亮
井台上的驴——不逼不肯抬腿
井台上的辘辘——摇摇摆摆
坐在井沿上放屁——臭得不浅
井栏儿当戒指——大指头
井栏圈当戒指——大指头、好大的手
井眼里敲锣——想(响)不开

井眼里雕花——深刻

井眼里放火炮——有原(圆)有因(音)

井圈上滚鸡蛋——危险

井陉的事——倒霉(煤)

木兰山的菩萨——看远不看近、验远不验近

木马山的地瓜——又白又嫩

木马山的地瓜儿——又白又嫩又泡梢

木门对木门——富配富

木楼上吊秤砣——左右捣眼窝

木楼上穿铁鞋——当当响

木梁上挂的葱——叶黄心(芯)不死

云南走贵州——两省

云南的茶花——千姿百态、品种繁多

云南抓药止血——效果好、灵得很

云南老虎蒙古骆驼——素不相识、谁也不认谁、谁也不认识谁

云南的老虎,蒙古的骆驼——素不相识、谁也不认谁、谁也不认识谁

云贵边境的金三角——没人管

丰都的买卖——打鬼主意

丰都城献酒——醉鬼

丰都城唱戏——鬼闹

丰都城开大会——鬼话连篇

丰都城开当铺——鬼遇见鬼

丰都城开饭店——鬼来吃、鬼才上门

丰都城里说大书——鬼话连篇

丰都城里唱大戏——鬼听

太平洋的水——无量、难得平静

太平洋的底——宽厚

太平洋搬家——翻江倒海

太平洋的巡警——管得宽

太平洋的村长——管得宽

太平洋的底子——宽厚

太平洋的浪涛——一波未平,一波又起

太平洋的海鸟——胆子大、经过了大风浪

太平洋的海鸥——胆子大、经过了大风浪

太平洋的舰艇——见过了大风大浪

太平洋的警察——管得宽

喝了太平洋的水——宽大无边

太平洋上行船——海阔天空

太平洋上的官——管得宽

太平洋上放屁——阔气

太平洋上海鸥——胆子大

太平洋上晕船——洋昏了

太平洋上开作坊——宽敞了

太平洋上的小舟——风雨飘摇

太平洋上的马路——宽阔

太平洋上的公安——管得宽

太平洋上的巡警——管得宽

太平洋上的房子——宽敞

太平洋上的海鸥——见惯了大风大浪、胆子大、经过风浪

太平洋上的海燕——大风大浪见多了、什么大风浪没见过

太平洋上的麻雀——经过大风大浪

太平洋上的警察——管得宽

太平洋上敞衣襟——心宽

太平洋上船失火——水火交加

太平洋上的小渔船——疯(风)疯(风)癫(颠)癫(颠)

太平洋上的打鱼船——随波逐流

太平洋上的官老爸——管得宽

太平洋里水——无量、不可估量

太平洋里的水——无量、不可估量

太平洋里洗脚——浩浩荡荡

太平洋里游泳——够扑腾的、够你扑腾的、看你能够挣扎到几时

太平洋里潜水——太深了

太平洋里一滴水——微不足道、微乎其微

太平洋里下钩子——放长线钓大鱼

太平洋里开工厂——尽整水货

太平洋里的鲸鱼——屁(皮)儿大

太平洋里的礁石——经得起风吹雨打

太平洋里放长线——想钓大鱼

太平洋里解扣子——宽衣

太平洋底的马路——厚道

太平洋底的爱情——厚爱

太平洋底的脸面——厚颜

太平洋底的磨盘——宽厚老实(石)

太平洋底埋死人——厚葬

太平洋上空的海鸥——什么风浪没见过

登太行望运河——远水不解近渴

太行山的蚂蚱——吃到边界外头去了

太行山看运河——远水不解近渴

太行山上的松——稳不住神(身)

太行山上绣花——又大又细

太行山上的松涛——稳不住神(身)

太行山上看运河——远水不解近渴

太和殿的匾——无依无靠。

太湖萝卜——吃一段洗一段

太湖的虾子——白忙(芒)

太湖里失火——当然(燃)、荡然(燃)

太湖里洗脚——浩浩荡荡

太湖里推磨——谦(碾)虚(水)

太湖里撒尿——不觉得

太湖里的虾子——白忙(芒)

太湖里洗了脚——浩浩荡荡

太湖里倒马桶——宽宽绰绰、野豁豁(苏州方言:形容讲话不着边际,或事情差距很远。)

太湖里荡马桶——野豁豁

太湖里翻豆腐船——汤里来,水里去

太湖里翻了豆腐船——汤里来,水里去

太湖石怀里揣——心眼不少

五丈原死孔明——一代人杰升天

五丈原孔明逝世——一代人杰升天

五圣堂失火——妙(庙)哉(灾)

五圣堂里遭火烧——妙(庙)哉(灾)

五台山的木鱼——不敲不响、闭不上嘴、挨打的梆子

五台山的莽和尚——横头横脑

五台山上拜佛——烧高香

五台山上的和尚——清规戒律多

五台山上的莽和尚——横头横脑

五洲加一洲——溜(六)走(洲)

五里地放两炮——二里扑腾

车沟里翻船——不可能、不可能的事、没人见过、没有的事

车道沟里写文章——不合辙

车道沟里的长虫——装硬骨头

车道沟里的泥鳅——兴不起大浪、掀不起大浪、翻不了大浪、翻不起大浪、翻不起什么大浪

瓦漏用棍通——小窟变大窟

瓦上霜——不长久、见不得阳光

瓦上的霜——见不得阳光

瓦上结霜——不久长、难长久

瓦上落雪——站不住脚

瓦上的晨霜——怕见阳光

瓦上的窟窿——漏洞

瓦上的霜雪——见不了阳光

瓦上晒胡椒——十有九跑、十有九粒跑(抛)

瓦上晒黄豆——十有九跑

瓦上晒豌豆——没一个留得住的

瓦上煮稀饭——两头流

瓦上的白头霜——见不得阳光

瓦片砌墙——两面三刀

瓦片凿洞——捅娄子

瓦片落水——不服(浮)

瓦片煮稀饭——两头流

瓦片上的青苔——根底浅

瓦片上烧开水——两头流

瓦片上凿洞儿——捅娄子

瓦片子刷锅——呱(刮)呱(刮)叫

瓦片子揩屁股——刮毒

瓦房上盖蒿草——怪物(屋)

瓦房顶上盖草席——多此一举

瓦屋上盖蒿草——怪物(屋)

瓦屋檐前水——点滴不离窗

瓦沟滚胡桃——咯咯咯的没个完

瓦沟里滚核桃——咯啦啦儿、咯咯咯的没个了

瓦背上的胡椒——两边滚

瓦石榴——看得吃不得

瓦碴擦屁股——硬茬、只是一下

瓦碴子揩屁股——只是一下

瓦窑点火——乌烟瘴气

厅里的彩电——明摆着的

厅里放暖壶——有水平(瓶)

厅里摆兰花——高雅

厅顶吊对联——不是话(画)

厅堂里挂条幅——玄(悬)之又玄(悬)

厅堂里挂兽皮——不像话(画)

厅堂里挂挂历——高不成低不就

厅堂里的老古董——摆设

厅堂里放个醋缸——酸味太浓

厅堂里挂霓虹灯——大家脸上光彩

厅堂里放盆君子兰——高雅

拆了厅堂放风筝——只顾风流不顾家

中国的功夫——名不虚传

中国的万里长城——闻名遐迩

中国崛起世界间——华雄

中正街的驴子——谁有钱谁骑

中堂夹条幅——话(画)里有话(画)

中堂挂草荐——不是话(画)、不像话(画)

中堂挂草席——不是话(画)、不像话(画)

中堂改了灶披间——无话(画)

中堂里长草——谎(荒)话(画)

中堂里夹条幅——话(画)里有话(画)

中堂里挂草帘——不像话(画)

中堂里挂碾盘——实(石)话(画)

中堂后挂像——话(画)中有话(画)

中堂背后贴灶爷——话(画)里有话(画)

岗地——旱涝保收

冈地下大雨——随便溜(流)

内蒙古的马——高个子、又高又壮

日本鞋——提不得

日本投降——无条件

日本的轮船——完(丸)满

日本的相扑手——粗人、大块头、受(瘦)不了

日本的内务部长——内向(相)

日本的外交部长——外向(相)

少林寺的功夫——不含糊

少林寺的弟子——强手如林

少林寺的武功——第一流

少林寺的和尚——全(拳)是好的、全(拳)是好样的、名扬四海

少林寺的罗汉——各有姿态

少林寺的高僧——身手不凡

少林寺的拳师——硬功夫、软硬功夫都有

少林寺的拳脚——硬功夫

少林寺的老方丈——德高望重

少林寺的十八铜人——个个都是厉害角色

长安街上摆地摊——一路货、一路货色

长沙问路——一(益)样(阳)

长兴客人卖小猪——另开算账

长春的君子兰——风行一时

长江出口——海了

长江的水——川流不息、后浪推前浪、源远流长

长江流水——一泻千里、无穷无尽、一去不复返、滔滔不绝

长江口开船——外行(航)

长江的出口——海啦

长江的浪头——一浪推一浪、后浪推前浪、后头推前头

长江的流水——一泻千里、无穷无尽、一去不复返、滔滔不绝

长江涨大水——来势凶猛、波涛汹涌

长江牌商品——全国一流

长江水万里流——波涛汹涌、波涛滚滚

长江水万里浪——波涛汹涌、波涛滚滚

长江后浪推前浪——一波未平一波又起

喝长江水的——想得长远

隔长江扯媚眼——无人理会、谁理睬你

隔长江抛媚眼——无人理会

隔着长江握手——办不到、没法办、差得太远、够不着

长江上漂木头——付(浮)之东流

长江里水——面上平静

长江里投信——付(浮)之东流

长江里的浪头——后头推前头

长江里的木片——随大流

长江里的水花——一个比一个低

长江里的石头——不圆也滑、经过风浪、是经过大风浪的

长江里的流水——一泻千里、川流不息、无穷无尽、后浪推前浪

长江里的波涛——一个比一个高、一浪高一浪、一浪高过一浪、一浪跟着一浪、后浪推前浪

长江里的浪头——一个比一个高、一个跟着一个走、一浪跟着一浪、后头推前头、后浪推前浪

长江里漂木头——付(浮)之东流

长江里的小木片——随大流

长江黄河流入海——殊途同归

长江黄河里的水——无穷无尽、源远流长

长白山的人参——天生的、来之不易、久负盛名、越老越红、越老越好

长白山的大雪——满天飞、满天飞舞

长白山的葡萄——滴啦嘟噜

长白山野人参——得之不易

长白山的野人参——难得、真难得、得之不易、越老越好

长白山上架梯子——越爬越高

长坂坡的赵云——单枪匹马、孤军作战

长坂坡上的赵云——单枪匹马、孤军作战

长坂坡上的赵子龙——孤军作战

长坂坡里的赵云——单枪匹马

长坂坡前的赵云——孤军作战、单枪匹马

长坂坡前的曹军——战不战,退不退

长坂坡前的赵子龙——孤军作战

长城上卖肉——架子大

长城上的砖——有厚度、久经风雨、不知经过多少风雨

长城上跑步——大有奔头、起点高

长城上的炮楼——根基厚实

长城上摆摊儿——架子真大

长城口上摆地摊——架子好大

公土打公墙——个人不吃亏

公园的大门——进出自由

公园的围墙——不要乱猜(拆)

公园的花,宾馆的菜——人见人爱

公园里划船——悠哉游哉

公园里的花——众人共赏

公园里散步——悠游自在
公园里的石凳——谁都可以做（坐）
公园里的菊展——名目繁多
公园里的游客——三五成群
公园里的猴子——众人共赏
公园里看灯展——走着瞧
公园里开碰碰车——难免相撞
公园里的长颈鹿——就你脖子长
公园里的跷跷板——此起彼落
午门外喊救人——刀下留人
午门外蹿出个黑旋风——刀下求人
午河港里撒网——瞎张罗
风门上的皮条——来回拽
风化石磨刀——快不了
风化石磨钢刀——快不了
凤凰山上没凤凰——徒有虚名
乌江岸上困霸王——四面楚歌
不到乌江——心（芯）不死
茅坑里的石头——又臭又硬
牛滚凼里洗澡——越搞越浑
牛腿凼里的鱼——无处可走
火山爆发——惊天动地
火山上栽树——没一棵成材
火山上捡田螺——难找
火山口上放火——火上加火
火焰山上的西瓜——又稀罕又解渴
火焰山上做游戏——不是好玩的
火烧岭上拣田螺——难得寻
火烧岭上捡田螺——没处寻、难寻、难得寻
火石上磨刀——一碰就着、光火
火镰脾气——一碰就冒火
火镰对火石——一碰就发火、一碰就冒火星
火镰碰火石——一碰就着
火镰敲木板——没碰着
火塘里的灰——吹也吹不得，捧也捧不得
火塘里加湿柴——马上冒烟

火塘里的火苗——虚着哩

火塘里的兔子——蹦不火坑去

火塘里放湿柴——光冒烟,不起火、直冒烟

火塘里一块湿柴——光冒烟,不起火

火塘里的铁钳,汤锅里的马勺——成年累月在水深火热中

火塘边的猫——伸伸缩缩

火塘边烤红薯——一面熟

火塘边睡的猫——伸伸缩缩

火塘边吃烧土豆——又是吹又是拍

火塘边上的酥油——化了

火塘边上吃烧山药蛋——吹吹打打、吹吹拍拍

火砖共瓦——窑货

火坑——一头热

火神庙求雨——走错了门、走错了门儿、找错了门、找错了门儿

火神庙着火——玩火者自焚

火神庙出了雷神爷——一家人不一样、一家人两个样、老子和儿子一样

火神庙里点灯——惹祸(火)

火神庙里求雨——找错了门儿

火神庙里出了雷神爷——一家人不一样、一家人两个样、老子和儿子一样

火葬场加温——热乎死的

火葬场刮旋风——还有点人味

火葬场伸出手来——抓死的

火葬场里唱大戏——悲喜交加

文庙里卖《四书》——冒充圣人

文庙背后的屎巴牛——文蛋蛋

方瓜地里打鸣——算个什么嘎咕鸟

方梁刻图章——大材小用

方梁做椽子——屈才(材)

六郎庄的田薯——穷秧子

水后泥——进退两难

水的皮——波

水打灯草——留(流)心(芯)

水过鸭背——不留痕迹

水过滩头——劝不回

水多米少——熬得稀

水多面少——和得稀

水洗萝卜——一尘不留、白白净净

水洗荸荠——去掉土气

水进葫芦——吞吞吐吐、沉不了底

水来开沟——趁势冲

水泡豆子——自大、自粗自大、自我膨胀

水泡黄豆——自大、自粗自大、自我膨胀、涨(胀)了

水泼蒸笼——妖(浇)气

水洗玻璃——一尘不留

水流东海——不回头

水流鼓槌——浪荡光棍

水湿麻绳——一步紧一步、步步紧

水湿鸭背——无意义

水烧开了——气直往上冲

水浇鸭背——一过就干、不湿皮毛、白费力气

水浸生鸡——不敢提(啼)

水浸麻绳——步步紧

水浸菩萨——一摊泥

水淋鸭背——不入心

水堆泥沙——挡不住

水滴石穿——贵在坚持

水滴沙滩——斑斑点点

水煮石头——难熬、非一日之功

水煮饺子——不用争(蒸)

水煮蚕茧——有勇(蛹)气

水煮鸭蛋——越煮越硬

水推菩萨——绝妙(庙)、妙(庙)绝了

水过三亩三——你来迟了

水过地皮湿——经手三分肥、经手应得三分利、印象不深

水泡豆腐渣——轻松

水往低处流——顺其自然、到处一样

水动蚂蟥起——来得真快

水退石头在——有理讲不坏

水洗红萝卜——外红里面白

水浇石灰船——没得救、没有救

水流乱石滩——净钻空子

水淹了颈子——快到头了

水淹龙王庙——一家人不认一家人、一家人认不到一家人、一家人认不得一家人

水浸石灰舱——炸开了

水浸老牛皮——泡不开

水浸缸瓦铺——盆满钵满

水煮驴皮胶——难熬

水漫鸭子背——一点也记(激)不住

水滴进油锅——炸开了

水落捡大鱼——弄个巧食吃吃

水推龙王走——自顾不暇、自己顾不了自己

水到屋边帆到瓦——水涨船高

水浇的萝卜缨子——支楞起来

水淹田园再筑坝——晚了

水淹洞穴的蚂蚁——有进没出

水滴石板穿,绳锯木头断——日久见功夫

浸了水的木头——点不起火

浸了水的木鱼——敲不响

浸了水的烟花——不声不响

浸了水的炮仗——一声不响、不声不响

浸了水的爆竹——一声不响、不声不响

浸了水的麻花——不干脆

浸了水的麻绳——越来越紧

浸了水的大鼓——打不响

浸了水的鼓皮——不想(响)了、敲不响

浸了水的亚麻丝——软下来

浸了水的金黄瓜——外面好看里面空

浸水的炮仗——一声不响、不声不响、无声无息

喝水塞牙缝,放屁扭了腰——该倒霉

水上开车——没辙、不留痕迹

水上分别——游离

水上拔河——没听说过

水上的油——轻浮

水上砍刀——没伤痕

水上点灯——上下明亮

水上油花——轻浮、漂在面上、漂在面儿上

水上浮油——有也不多

水上浮萍——无依靠、行无踪迹、任风吹荡、没生根、没生根处、没有根的、没根没底、

沉不下去、根基不稳、来去不一定、到处飘、随风飘、抓不着根，摸不着底、东来西去不自由

水上葫芦——不沉、不成（沉）、沉不了底

水上漂油——表面亮光

水上长浮萍——根底浅、漂泊不定

水上打一棍——深不进去

水上打一棒——没痕迹、没个痕迹、没有痕迹、空想（响）

水上画画儿——劳而无功、有劳无功

水上的木偶——沉不下去

水上的气球——太轻浮

水上的皮球——随波逐流

水上的青蛇——扭扭捏捏

水上的油花——轻浮、到处漂流、点滴有限、漂在面儿上

水上的油珠——轻浮、漂在水面

水上的浮泡——无依靠

水上的浮萍——轻浮、扎不下根、没落脚之处、没生根、没根没底、沉不下去、到处晃荡、到处飘

水上的葫芦——不沉、沉不下去、两边摆、老浮着、随大流

水上的鸭子——暗中使手脚、面上平稳，暗中活动

水上的鸳鸯——一会也离不开

水上砍一刀——不断、无伤痕

水上按皮球——压一压下去，一松手又浮上来

水上浮油花——有油也有限

水上漂浮萍——没根基

水上漂擂槌——浪荡光棍

水上的烂木头——漂来漂去

水上一根烂木头——东漂西漂、浪里去，浪里来、越漂越没有好下场

水中打拳——难以施展

水中芭蕾——新花样

水中求财——潜在的力量

水中投石——试深浅

水中放屁——自己知道

水中捞月——一场空、无处寻、白费劲、看得见，摸不着、可望而不可即、拿不稳、淹死了自己

水中相亲——爱得深

水中倒立——难度大

水中栽花——劳（涝）死

水中摸蚌——捏硬的

水中龙王庙——这神顾不上那神

水中吃荸荠——说不出味道、食而不知其味

水中的月亮——捞不起

水中的葫芦——不成(沉)、沉不了底

水中的鸳鸯——成双成对的

水中的螃蟹——没有心肠

水中泡黄豆——自大

水中看木桩——变形了

水中捉黄鳝——滑不溜秋

水中捞月亮——拿不稳

水中捞明月——有影无踪

水中荡葫芦——两边摆、两边摇摆

水中月,镜中人——看得见,摸不着

水中月,镜中饼——看得着,摸不着、看得见,捞不着、看得着,捞不着

水中的鱼,天上的鸟——自由自在

水中的鳄鱼,山上的虎豹——凶的凶,狠的狠

水中月,镜中花——看得见,摸不着

水井放糖精——甜头大家尝

水井投石块——无风起浪

水井捞月亮——妄想

水井里耍猴——吃不开

水井里的蛤蟆——叫唤不够、没见过簸箕大的天

水井里放糖精——甜头大家尝

水井里插扁担——直捅

水井里飘葫芦——四面摆

水边砍树——无处藏身

水边放岩炮——无处藏身

水边砍倒树——无处藏身

水边养绿萍——浮在上面

水边建磨坊——全靠冲劲

水边盖楼房——首当其冲

到水边才脱鞋——事到临头

水边上盖楼房——首当其冲

水面砍刀——无伤

水面浮萍——没有根基

水面打一棒——无伤痕、无痕迹

水面砍一刀——无伤痕、毫无损伤

水面养绿萍——浮在上面

水面浮油花——有也有限

水面上的风——一晃而过

水面上的油——轻浮

水面上砍刀——无损伤

水面上看人——看倒了

水面上看天——清(青)高

水面上造屋——起脚难

水面上滴油——浮一层

水面上聊天——泛泛而谈

水面上浮萍——根基不牢

水面上打一鞭——无伤痕

水面上丢石头——一圈圈地扩大

水面上拍皮球——谈(弹)不起来

水面上画花纹——白费工夫

水面上的油花——轻浮、漂浮

水面上的浮萍——不扎根

水面上的葫芦——不稳

水面上看影子——清高

水面上浮秤砣——不可能、没影的事

水面上的乒乓球——轻浮

水里打屁——浪荡、有泡、往上冲、直往上冲、乱想(响)、乱鼓一通、只有你自己知道

水里打锣——根本不想(响)

水里打拳——有劲使不上

水里石子——雷打不烂

水里石头——雷打不烂

水里加油——浮在上面、漂在上边

水里求财——有去无回

水里纳瓜——格格不入

水里拉尿——谁也没看见

水里的油——浮在上面

水里放屁——咕冬汤、实(屎)毒(嘟)、乱鼓气、咕噜咕噜的、直往上冲

水里放油——浮在表面

水里蚂蟥——你躲它,它躲你

水里葫芦——不见底、两边摇摆

水里弹琴——不文(闻)明(鸣)

水里捞鱼——一场空

水里捞盐——没结果、蚀煞老本

水里插棍——拔了没印

水里鲜花——好看不好摘

水里摸鱼——靠双手

水里推掌——出手不高

水里照影——倒过来看

水里吹笛子——不文(闻)明(鸣)

水里吹喇叭——不文(闻)明(鸣)

水里抓泥鳅——滑不溜丢

水里拖稻草——越拖越重

水里的月亮——看得见,摸不着

水里的鱼儿——摇头摆尾

水里的泥鳅——抓不着、滑得很

水里的蚂蟥——粘上便难脱

水里的葫芦——大事在后头、两边摆、两边摇摆、根性不定、没有定居之处、老是在上面浮着、浮在上面

水里的浮萍——随风摆、没有根儿

水里的鸭子——嘴壳硬、嘴壳子硬

水里的鸳鸯——交头接耳、成双成对、难分难舍

水里的黄鳝——滑不溜丢的

水里的蛤蟆——一鼓作气

水里泡雪花——下去就没影儿

水里按葫芦——按倒这个,浮起那个、此起彼落、你起我落

水里捞日头——看着捞不着

水里捞月亮——一场空

水里捞竹竿——一节一节往上拔

水里捉乌鳢——黑不溜秋

水里捉鳝鱼——滑不溜丢

水里煮石头——熟不了、一辈子熟不了

水里摸泥鳅——滑不溜秋

水里摸螺蛳——得(逮)硬的

水里脱裤子——反正没人看见

水里舞大刀——施展不开手脚

水里照镜子——倒过来

水里翻跟头——再累也没人知道

水里的海参地里的蚯蚓——没骨头的东西

往水里投石——听响动

水底打拳——有劲使不上

水底放屁——咕噜

水底唱歌——不好开口

水底捞月——一场空、白费心机、看得见,捞不着

水底捞针——没希望

水底推船——暗里使劲

水底吹喇叭——光出气,不出声

水底的月亮——看得见,捞不着

水底捉游鱼——难摸索

水底捞白头——看着捞不着

水底捞汤圆——糊涂到底

水底捞月,天上摘星——可望而不可即、想得到办不到、想到做不到、想得到做不到

水底下推船——使暗劲、暗里使劲、卖力看不到,成功不叫好

水田的鳝鱼——没见过江河

水田里种麦——怪哉(栽)

水田里种稻——灾(栽)殃(秧)

水田里插秧——直往后退

水田里的青蛙——只知道呱呱呱

水田里的泥鳅——没见过世面、翻不起大浪

水田里的蚂蟥——你不找他,他找你

水田里的秧苗——保持一定的距离

水田里的莲藕——天生虚心、心虚、心眼多、节外生枝、净是小心眼、空心货、没心没肝、真是虚心、没有心肝的东西、横生枝节

水田里的菱角——刺人的货

水田里的蛤蟆——没多深的城府

水田里的黄鳝——老想着钻营、没见过江河

水田里的鳝鱼——没见过江河

水田里种花生——怪哉(栽)

水田里种麦子——怪哉(栽)

水田里种稻子——灾(栽)殃(秧)

水田里搭笊篱——捞稻草

水洼里的泥鳅——掀不起大浪来、翻不起大浪来

水道口贴对子——门头不高

水道口贴对联——门头不高

水道口上贴门神——算哪一门人

水道眼贴对子——门头不高

水道眼上贴门神——算哪一门人

水道眼上贴对子——门头不高

水道眼儿贴对子——门头不高

水道眼儿贴对联——门头不高

水道眼里贴对子——门头不高

水道眼里贴对联——门头不高

水湾里照影子——倒过来

水沟的泥鳅——成不了龙

水沟里的泥鳅——成不了龙、滑得很、掀不起大浪、翻不了大浪

水沟里放木排——回头难、难回头

水沟里的篾片——总有翻身日

刚从水沟里钻出的泥鳅——黑不溜秋（比喻言行举止不大方。）

水池里长草——荒唐（塘）

水池里的鳖——走不了

水池里的海豹——有两下子

水池里拾蟹子——十拿九稳

水坑里的蛤蟆——叫唤不停

水坑里的癞蛤蟆——叫个不停

水凼凼里的鱼——翻不了大浪

水库开了闸——滔滔不绝

开了闸的水库——滔滔不绝

水库边种田——有吃有喝

水库边的稻田——旱涝保收

水渠开闸——想（响）得花（哗）花（哗）

水洞里的水獭——进退两难

水塘里挖藕——心眼多、心眼不少

水塘里的泥鳅——光溜溜

水塘里捞芝麻——难得、得之不易

水汪塘里许心愿——听腻了

水泥浇地——一回头

水泥卸车——一代（袋）一代（袋）往下传

水泥楼房——没板

水泥做电杆——伸伸展展

水泥地上的蚯蚓——等死

水泥地上的耗子——无处藏身

水泥地上穿冰鞋——能溜就溜

水泥柱的钢筋——出劲不露面、使暗劲、暗中出力、暗中使劲、光出力不出面、光使劲儿不露面儿

水泥柱当顶门杠——大老粗

水泥柱子——干巴结实

水泥柱里的钢筋——使暗劲、暗中出力、暗中使劲、光出力不出面、光使劲儿不露面儿、光出劲不露面

水泥楼——没板

水泊梁山的兄弟——越打越亲热

水浒梁山的兄弟——越打越亲热

水银柱——不稳定

水银泻地——无孔不入、见缝就钻

水银落地——无孔不入、见缝就钻、钻空子、光钻空子、形影全无、眨眼不见

水银温度计——能上能下

水银落筛子——无孔不入

水银倒在地上——无孔不入

水银柱泡进滚水里——飞快上升

水银柱放进热水里——直线上升

水晶木梢——扛不起，放不下

水晶灯笼——里外明

水晶肚子——看透了

水晶肚皮——心肝皆见(四川)

水晶棺材——透明

水晶菩萨——神明

水晶瓶里装清水——里外全看透了

水晶石——透亮

水晶宫的西墙壁——东海岸

离了水晶宫的龙——寸步难行

水晶宫里钓鱼——招引出祸水

水塔顶上的灯光——四处没名(明)

水磨石地板涂蜡——滑上加滑

引水入墙——自招祸灾

引水灌井——填不满的窟窿

孔庙里的神像——圣人

五画

玉娘峰上立暖壶——水平(瓶)高、高水平(瓶)

玉上涂白漆——多余、装贱

玉石烟袋——好嘴

玉石娃娃——宝贝蛋

玉石店里的珍品——精雕细刻

玉石上绣花儿——精雕细刻

玉器失手——可惜

玉器涂白漆——内中有宝、内贵外贱、多余、装贱

玉皇殿里开会——神谈一气

平川跑马——漫无边际

平地打夯——一下一个印子、一下一个脚印

平地骡子——不懂坎儿

平地的骡子——不懂坎儿

平地起孤堆——无中生有

平地搭梯子——无依无靠

平地不走爬大坡——自讨苦吃、自找罪受

平地老虎浅水龙——没威风了、抖不起威风

平地上的骡子——不怕坎、不怕坎儿

平地里挖坑——叫人栽跟头

平地里放堆坟——无中生有

平地里起坟堆——无中生有

平坝头躲壮丁——无地容身、无地藏身

平原跑马——易放难收

平原上跑马——有奔头

平房不漏雨——有言(檐)在先

平房上放风筝——起手就高、出手就高一层

平房门前不漏雨——有言(檐)在先

本土的麻雀——帮手多

本地姜——不辣

本地的姜——不辣

本地的麻雀——帮手多

本地产的胡椒——不辣

正堂里长草——荒芜(堂)

正屋里长草——荒唐(堂)

正定府里的大佛——就数他富

甘露寺招亲——弄假成真

甘露寺的伏兵——假(贾)话(化)

甘露寺里的刘备——安然无恙

东去的江水——留(流)不住

东来的和尚——一伙强盗

东扯葫芦西扯瓢——碰到什么抓什么、碰着什么抓什么、有意打岔、逮住啥说啥、胡拉乱扯、胡拉乱扯的耍贫嘴、想到哪说到哪、半天没一句正经话、耍嘴皮子、卖狗皮膏药、瞎嚼舌头惹是非

东按葫芦西按瓢——碰到什么抓什么、碰着什么抓什么

东拉西扯论家常——说不着的废话

东结葫芦西跑架——转圈来了

东街发货西街卖——不图赚钱只图快

东放一枪西打一棒——声东击西

东方欲晓——渐渐明白

东方破晓——渐渐明白

东方亮下大雪——又明又白、明明白白、也白了也明了

东方打雷西方雨——声东击西

东方天亮下大雪——又明又白、明白、明明白白

东方不亮西方亮——各奔其主、黑了南方有北方

东西厢房——门当户对

东西耳朵南北听——横竖听不进

东西丢了打瞎子算卦——闹了个白瞪眼

东西路南北拐——走邪(斜)道

东山太阳西山雨——各有天地、天老爷的事、一个有情(晴),一个无情(晴)、有情(晴)

东山日头一大堆——来日方长

东山打过狼,西山打过豹——见过点世面

东山放过驴,西山打过虎——见过阵仗的

东山跑过驴,西山打过虎——见过点阵势

东山撵过狼,西山打过虎——见过阵仗的

东山迎太阳西边送太阳——向阳花

东山坡上落凤凰——罕见

出东门往西拐——糊涂东西

东门上来了辆自行车——稀(西)奇(骑)

东北的二人转——一唱一和

东头的火神爷——到西天就不灵了

东头拜堂,西头出丧——唱对台戏、演对台戏、生死对台戏

东边下雨西边晴——各有天地

东边不亮西边亮——各奔其主

东边太阳西边雨——有情(晴)、一方有情(晴)一方无情(晴)

东边日出西边雨——一边有情(晴)、说他无情(晴)又有情(晴)、道是无情(晴)却有情(晴)

东边来辆自行车——稀(西)奇(骑)

东边打雷西边下雨——声东击西

东园桃树西园柳——好不到一块儿

东园的蔓子西园的藤——扯不到一起

东岳庙的匾——善恶有报

东岳庙的二胡——鬼扯

东岳庙的小鬼——老瞪眼,不开腔、光瞪眼不开腔、老瞪眼睛不开腔

东岳庙走到城隍庙——处处有鬼、到处撞鬼、横竖都见鬼、横竖都闯鬼、横竖都撞鬼、横竖都遇上了鬼、横竖都见鬼、横竖都闯着鬼、横竖都闯鬼

东岳庙里的小鬼——老瞪眼不开腔、光瞪眼不开腔

东岳庙里遇见城隍爷——横直都闯着鬼

东岳庙里碰见城隍爷——横直都闯着鬼

东街发货西街卖——不图赚钱只图快

东篱补西壁——顾此失彼

拆了东篱补西壁——穷凑合、顾此失彼

扯东篱围西壁——顾此失彼

拆东墙——补西墙

拆东墙补西墙——穷折腾、将就着过、来回折腾、凑合着过、顾此失彼、堵不完的窟窿

东厢房看西厢房——门当户对

东沟摸鱼西沟放生——白忙、白忙活、白忙一场

东海鳌鱼脱钓钩——再不回头

东海洋里的黄沙——经不起浪来磨

东湖塘爆竹——一响头

石打的锁——没眼

石沉大海——不回头、无影无踪、杳无音信、有去无回

石打的眼睛——有眼无光

石冷偏烧湿柴禾——对着吹

滚石下山——一砸到底

敲石出火——一闪即灭

石子烧豆腐——软硬不匀（比喻相差悬殊。）

石子戴草帽——凑人头

石子投进水里——没有回响

石子掉进油篓里——滑蛋

石山上打井——难度大

石山上滚碌碡——实（石）打实（石）

石山头的草——根子硬

石头锁——没法开

石头心肠——又冷又硬

石头出汗——回潮了

石头打的——没眼儿

石头打汤——不进油盐、油盐不进

石头生病——不可救药

石头再硬——也得挨锤子

石头当饭——神了

石头美人——实（石）心眼儿

石头娃子——一点心眼也没有、实（石）心眼儿

石头做饭——蒸不熟，煮不烂

石头做梦——瞎编

石头脑袋——不开窍

石头棒槌——没心眼

石头锁子——一点心眼也没有、缺少心眼、没心眼、没法开、没眼儿

石头落水——不服（浮）、沉默（没）

石头落海——一落千丈、硬到底

石头榨油——白费劲、白费工夫、枉费工、没人见过、没有的事

石头垒墙——好面在外头、好一面在外头、好的一面在外头

石头砌墙——好面在外头、好一面在外头、好的一面在外头

石头滚坡——越往下越厉害

石头扎针灸——没反应

石头打上天——总要落地

石头打的锁——不开窍、难开窍、没眼儿、没心没眼

石头打锁子——不开窍

石头打酒缸——一下漏汤

石头打墙脚——底子硬

石头打磨盘——实(石)打实(石)

石头打磨扇——实(石)打实(石)

石头扔大海——一落千丈

石头对烂板——数不到一块、数不到一块儿

石头压咸菜——一言(盐)难尽(进)

石头钉钉子——硬对硬、硬斗硬

石头沉大海——没有回想

石头做扑克——硬牌

石头做的心——无情无义、冷酷无情

石头做枕头——自讨苦吃

石头做材料——硬件

石头做拜垫——硬碰硬

石头做屋基——永世不得翻身

石头脑瓜子——难开窍

石头烧豆腐——软硬不均

石头砸酒缸——一下漏汤

石头砸王八——硬碰硬

石头砸玻璃——干脆

石头砸碾盘——实(石)打实(石)、实(石)对实(石)、硬碰硬

石头砸碾扇——实(石)打实(石)

石头砸磙子——实(石)打实(石)

石头碰石头——一碰就响、实(石)打实(石)

石头碰鸡蛋——好危险

石头腌咸菜——是个不进油盐的东西

石头剪刀布——一物降一物

石头掉井里——不(扑)通(咚)

石头滚上坡——运气来了

石头擦桌子——硬碰硬

石头磨桌子——硬挺硬

石头雕的人——实(石)心眼儿

石头打成的锁——不开、没眼儿

石头打的锁子——没心眼、没眼儿

石头扔进灶膛——砸锅

石头往山上背——凑多

石头朝山上背——凑多

石头掉下粪坑——激起民愤(粪)

石头掉在水里——不(扑)懂(通)

石头碰水泥地——都是兜底硬

石头落在锣上——响当当

石头开花马生角——没人见过、没有的事、难啦

石头打着乌鸦嘴——硬顶硬、硬碰硬

石头打着老鸹嘴——硬顶硬、硬碰硬

石头扔到棉花上——没回音(比喻没有音信,或没有答复。)

石头放在鸡窝里——混蛋

石头绕在牛桩上——胡缠、胡搅蛮缠

石头脑袋看棺材——把人往死处看了

石头脑袋秤砣心——死心眼儿

石头掉在水潭里——不(扑)懂(咚)

石头掉在碾盘上——实(石)打实(石)

石头掉进大粪坑——又硬又臭、又臭又硬

石头掉进茅坑里——又硬又臭、又臭又硬

石头掉进茅缸里——又硬又臭、又臭又硬

石头掉进刺林里——无挂无牵

石头掉进粪坑里——又臭又硬

石头掉到碾盘上——实(石)打实(石)

石头碰在钢板上——硬碰硬

石头碰到钢板上——硬碰硬

石头碰着老鸦嘴——硬斗硬

石头落在碓窝里——实(石)打实(石)

石头落到斜坡上——步步往下步步低

石头墙上挂门帘——没有门

石头掉在棉花堆上——没一点儿声响

从石头里挤水——办不到、没法办、万难做到、万万办不到

吃石头找头——多余

吃石头拉硬屎——死顽固、顽固到底、顽抗到底

买石头砸锅——自寻倒灶

顶石头上山——多此一举

背石头下河——摸底

背石头上山——自找麻烦、硬吃亏、出力不讨好、出力不落好、寻亏吃、硬吃亏、为的哪一起、有力无处使

背石头上泰山——受累不讨好

背起石头上山——多余

背着石头上山——费力不讨好

背着石头上泰山——出力不落好、受累不讨好

背着石头上积石山——受累不讨好

抬石头上山——吃力不讨好（云南）

抬石头过河——稳稳当当

抱块石头打秋千——图稳当

抱着石头跳深渊——死不回头

挑石头登泰山——谈何容易

摸石头过河——稳稳当当、摸索着干

摸着石头过河——稳稳当当

搬起石头打天——办不到、办不到的事、蠢想、自不量力

搬起石头打脚——自讨苦吃

搬起石头进山——出的闲劲、有力气出闲劲

搬起石头打月亮——不知天高地厚

搬起石头砸脚——自讨苦吃、自找倒霉、自找罪受、自找难受、自作自受

搬起石头砸脑袋——自己整自己

搬起石头砸自己的脚——自作自受、自讨苦吃、自找罪受、自讨苦吃

搬起石头打自己的脚——势所必然、自找苦吃、自讨苦吃、自作自受

搬起石头打了自己的脚——自作自受

搬石头上山——又蠢又笨、费力不讨好、吃力不讨好、费劲不落好

搬石头打天——自不量力、不自量、办不到、办不到的事、够不着、蠢想

搬石头打脚——自作白受

搬石头打月亮——不打高低轻重

搬石头打脑壳——自讨苦吃、自讨苦吃过不去、自找苦吃、自己给自己过不去

搬石头打脑袋——自讨苦吃、自讨苦吃过不去、自找苦吃、自己给自己过不去

搬石头打自己的脚——自作自受

搬石头进山——出的闲劲

搬石头砸天——办不到的事儿

搬石头砸脚背——自找苦吃

搬石头砸脚面——自找苦吃

搬石头砸够天——不上

撑石头打浮秋——干稳当事

撑了石头打浮秋——干稳当事的

踩着石头过河——脚踏实地

石头上长草——根子硬、根底硬、根不深

石头上打靶——净放空炮
石头上的草——根子硬
石头上放秤——过硬
石头上种瓜——枉费工、赔本的买卖
石头上种花——难
石头上种葱——白费劲
石头上浇水——识（湿）不透
石头上跑马——无印子
石头上跳绳——硬蹦
石头上绣花——开头难、起头硬、起头难、难起头
石头上耕地——白费力气
石头上栽花——得不偿失、无扎根之处、赔本的买卖
石头上栽葱——白费劲、白费工夫、劳而无功
石头上磨刀——硬对硬
石头上安橛子——钻不进
石头上钉钉子——白费劲、白费工夫、硬碰硬
石头上的蚯蚓——无缝可钻
石头上种黑豆——白糟蹋东西
石头上摔乌龟——硬碰硬
石头子孵小鸡——一成不变
石头子地里摔跤——碰得头破血流
石头山——根子硬
石头山上的草——根子硬
石头底下蟹——硬受压
石头底下的蟹——隐伏一时
石头里想榨油——难啦、异想天开
从石头里挤水——办不到、没门儿
石头板上钉钉子——硬斗硬
石头后面的芽芽——见太阳迟
石头缝里长树——根子硬
石头缝里挤水——异想天开
石头缝里捉鳖——十拿九稳
石头缝里蹿笋——今世总归冒出来
石头缝里栽花——根基不稳
石头缝里长山药——两头受夹（白族）
石头缝里长竹笋——憋出来的、硬是挤出来了

石头缝里长竹筒——硬是挤出来了

石头缝里长青藤——两受夹、两头受挤、根子硬

石头缝里寻草籽——闲得没事干、真是闲得没事

石头缝里的山药——两头受夹、吃不成,抠个稀烂

石头缝里的笋条——根子硬

石头缝里捉螃蟹——十拿九稳

石头缝里逮螃蟹——十拿九稳

石头缝里塞棉花——软硬兼施

石头缝里的荆疙瘩——根子硬

石头缝里的常春藤——两受夹、两头受挤、根子硬

石头蛋腌咸菜——一言(盐)难尽(进)

石头蛋子生病——不可救药

石头蛋子落地——邦邦硬

石头蛋子腌咸菜——一言(盐)难尽(进)

石头柱戴凉帽——凑人头

石柱子戴草帽——凑人头

石柱子戴凉帽——凑人头

石扎子穿针——没眼

石门的核桃——满人(仁)儿

石台阶上乌龟翻身——硬碰硬

石梯下发的芽——受尽阶级压迫苦

石灰见水——龇牙咧嘴

石灰布袋——处处有印、处处留迹、到处有迹、到处留迹

石灰写的——净是白字

石灰点眼——自找难看、自找难受

石灰进眼——有危险

石灰抹墙——图(涂)表面

石灰抹嘴——白吃、白说

石灰泥墙——又光又滑、表面光、外光里不光

石灰涂嘴——白说

石灰浸水——一身松

石灰袋子——放一个地方一个印

石灰垫路——白跑

石灰垫道——白走了

石灰蒲包——到处留痕迹

石灰掺墨——黑白不分、混淆黑白

石灰箩筐——到一处白一处、放到哪里哪里有印

石灰铺路——白走

石灰撒路——白行、白走

石灰擦牙——白吃(齿)

石灰写标语——别(白)字

石灰泡鸡蛋——不要骚(烧)

石灰抹眼睛——白瞎

石灰抹嘴巴——白吃(齿)

石灰拌白糖——分不清、两不分明

石灰拌煤球——混淆黑白

石灰刷烟囱——表里不一

石灰捏的猫——白受(兽)

石灰捏的兽——白受(兽)

石灰点眼睛——自找难看、自找难受

石灰遭毒打——平白无故

石灰擦屁股——白门

石灰不叫石灰——白捡(碱)

石灰路上散步——白走一趟

石灰木炭一把抓——黑白不分、混淆黑白

石灰进了火盆子——留得清白在人间

石灰进了火盆里——留得清白在人间

石灰店里买眼药——找错了门、找错了门儿、走错了门、走错了门儿、摸错门儿

石灰店里卖面粉——合不到一块儿

石灰倒在煤场里——黑白不分、混淆黑白

卖石灰碰见卖面的——谁也见不得谁

石灰里充泥——下沙

石灰里洗墨汁——混淆黑白

石灰里浇墨汁——混淆黑白

石灰堆里起火——白着

石灰堆里的耗子——白眼看人

石灰水涮墙——意在粉饰

石灰水刷标语——净写别(白)字

石灰水泼到青石板——清清(青青)白白

石灰水泼到青石板上——清清(青青)白白

石灰浆写字——尽是白字

石灰浆写文章——尽是白字、净写别(白)字

石灰浆刷标语——净是别(白)字

石灰石进了火窑里——要留清(青)白在人间

石灰场上举重——白费劲

石灰场上做事——白干了

石灰房里做事——白干了

石灰窑里扔砖——白气冲天

石灰窑里过夜——一身洁白

石灰窑里过路——一身洁白

石灰窑里打筋斗——空进白出、空进白出走一趟

石灰窑里打跟头——白走一遭

石灰窑里出来的——一身清白

石灰窑里安电灯——明白、明明白白

石灰窑里造房子——白手起(砌)家

石灰窑里装电灯——更加明白

石灰窑里撒一砖——大动一场白气

石灰窑里装电灯——更加明白

石灰窑里翻筋斗——空进白出走一趟

石杵捣石臼——硬对硬、实(石)打实(石)

石杵子舂米——实(石)打实(石)

石杵子捣石臼——硬对硬、实(石)打实(石)

石佛寺长老——请着你就张罗

石臼捣蒜——吃力不讨好

石臼当帽戴——难顶难撑

石臼放鸡蛋——稳稳当当

石臼做帽子——顶当不起、难顶难撑

顶着石臼做戏——吃力不讨好、费劲不落好、费力不讨好

扳倒石臼吓婆婆——泼妇

戴石臼玩狮子——劳而无功、有劳无功

戴着石臼拜年——吃力不讨好、费力不讨好

石臼里捣水——白费力、白费劲、白费功夫、胡闹台

石臼里栽葱——硬到底

石臼里的泥鳅——无路钻、只有挨抓的份、只有挨捉的份

石臼里放鸡蛋——稳稳当当

石臼里放栲栳——稳牢牢

石臼里装阎罗——捣鬼

石臼里舂夜叉——捣鬼

石臼里舂线团——捣乱

石臼里掷骰子——没跑、跑不了

石臼子砌烟囱——不成功、不会成功

石块落在头顶上——大难临头

石块落在头脑上——灾祸临头

石块落在脑袋上——大祸临头

石板剖鱼——难下刀

石板插花——站不住

石板栽花——不可靠、靠不住

石板做的心——冷酷无情

石板砌当街——这是正路

石板上打井——开不了口

石板上钉钉——硬碰硬

石板上的鱼——任人宰割

石板上斩鱼——难下刀

石板上砍鱼——难下刀

石板上剖鱼——难下刀

石板上炒豆——蹦起来、熟一个蹦一个

石板上烙馍——面生

石板上种瓜——难发芽、有心（芯）难发芽、有籽难发芽

石板上种菜——劳而无功

石板上种蒜——劳而无功

石板上刻字——记得清楚、要费点劲

石板上跑马——不留痕迹、没痕迹

石板上跑步——留不下脚印

石板上栽禾——扎不下根

石板上栽花——扎不下根、扎不下根儿、没活头、靠不住、赔本的买卖、难扎多深的根

石板上栽秧——没缝

石板上栽稻——没缝儿

石板上栽葱——无法生根

石板上插种——碰运气

石板上植树——劳民伤财

石板上磨刀——图利、不快也要快、总会快一些

石板上雕花——硬碰硬

石板上雕图——越久越鲜

石板上生蚯蚓——不可能的事、没人见过、没有的事

石板上甩乌龟——硬碰硬

石板上钉钉子——硬对硬、钻不进去

石板上斩狗肠——一刀两断

石板上剁猪头——难下刀

石板上的乌龟——硬碰硬

石板上的豆芽——扎不下根、没的根本

石板上的青苔——根底浅

石板上的泥鳅——钻不进、钻不进去、钻不动、无处藏身、该溜、该往哪溜往哪溜

石板上的蚯蚓——无缝可钻

石板上炒豆子——一熟就蹦了、熟了就蹦、蹦起来

石板上砍骨头——硬碰硬

石板上耍瓷坛——硬功夫、玩硬把戏、玩的硬把戏

石板上种大葱——空劳碌

石板上种花生——扎不了根

石板上种庄稼——有籽儿难发芽儿

石板上烙馒头——面生

石板上倒羊油——冷清

石板上栽菠菜——没门的事

石板上栽小葱——生不了根

石板上栽葱子——找不到生根的地方

石板上插杨柳——不生根、生不出根

石板上撂乌龟——硬碰硬

石板上摔乌龟——实（石）打实（石）、硬碰硬

石板上摔砂锅——烂到底了

石板上摔玻璃——没有不破的、粉身碎骨

石板上的小泥鳅——无处藏身

石板上砍剁猪头——难下刀

石板上耍开瓷坛——硬功夫、玩硬把戏、玩的硬把戏

石板上的泥鳅灰里的鱼——没有多大的扑棱头

石板底下发芽——受尽压迫

石板底下的蛆——钻不出来

石板底下栽花——没活头

石板底下的竹笋——甭想出头、冒不了尖

石板底下的苦笋——伸不起腰、直不起腰、总受压

石板底下的草苗苗——硬是伸不了头

石板地上插杨柳——难生根

石盘子下的竹笋——难出头、永无出头之日

石坊里的石磨——道道多

石斧开山——实(石)打实(石)

石岩压住嫩枝芽——抬不起头

石蛋碰鸡蛋——好险

石锤打石柱——实(石)打实(石)

石锤捣蒜臼——硬对硬

石锤子捣石钵子——实(石)打实(石)

石榔头敲石柱——实(石)打实(石)

石碓子敲鼓——想(响)来想(响)去想(响)不通(咚)

石碌碡——死心眼

石磙点灯——照常(场)

石磙搬家——改常(场)

石磙不转圈——狂(框)事(实)

石磙当凳子——难办(搬)

石磙做凳子——难办(搬)

石磙进商店——笨货

石磙闹罢工——反常(场)现象

石磙破两块——半转

石磙做蜡台——千稳百当

石磙砸碾盘——实(石)打实(石)

石磙碰碌碡——实(石)打实(石)

石磙碾芝麻——沾油

石磙搁在树杈里——滚动不了

搬起石磙砸天——不知天高地厚

搬起石磙砸碾盘——实(石)打实(石)

石磙上钉钉——硬斗硬

石磙上点灯——照常(场)

石磙上盖庙——渺(庙)小

石磙上安地雷——实(石)报(爆)实(石)销(消)

石磙上放灯笼——照常(场)

石磙上挂捞石——平常(场)

石磙上栽鸡毛——提(踢)不起来

石磙上面抹油——滑得很

石磙子脑壳——不开窍

石磙子脑袋——不开窍

石碌子做脑袋——不透气

石碾上钉钉——硬对硬

石缝里的米——生成鸡啄的

石缝里的笋——强出头

石缝里的草——变不了花

石缝里的山药——两受夹、两头受挤、两头受夹

石缝里塞棉花——软硬兼施

石壁泥鳅——无路蹿

石壁出泥鳅——没有此事

依着石碑烤火——一面热

石碑上的字——抹不掉的

石碑上刻字——不能手软

石碑上钉钉子——硬对硬、挤不进去

石碑下的乌龟——翻不过身来

石碑底下的乌龟——长年累月伸腰难

石碑楼避雨——看前是门进不去

石敢当砌街——正(镇)路、这是正(镇)路

石敢当搬家——挖墙脚

石墨拌石灰——黑白不分、混淆黑白

石地板,铁扫把——硬碰硬

石地堂,铁扫把——硬打硬

打麦场上撒网——空扑一场

打铁卖糖——各干一行

打铁掉地下——白搭一火

打铁不看火色——傻干

打磨厂的大夫——懂得帽(董德懋)

古井里竹竿——清水光棍

古井里蛤蟆——没见过大天下、没见过世面、没见过大世面、难见天日

古井里的蛤蟆——没见过大天下、没见过世面、没见过大世面、难见天日

古井里插竹竿——清水光棍

古庙的石像——老实(石)人

古庙的旗杆——独一根、独一无二、老光棍

古庙的佛顶珠——黯然无光

古庙里的钟——名(鸣)声远扬

古庙里的大钟——久闻大名(鸣)、名(鸣)声远扬、远近闻名(鸣)

古庙里的石像——老实(石)人

古庙里的旗杆——独一根、独一无二、老光棍

古庙里的签筒——大家抽、任人抽、任人抽的、众人求财问卜、香客抽签祈福避灾

古庙里的筒签——大家抽、任人抽、众人求财问卜、香客抽签祈福避灾

古庙里的佛顶珠——黯然失色、黯然无光

古庙里的泥菩萨——没人侍奉

古坟里起烟——鬼火直冒

古坟里的字画——该表(裱)了

古墓前站岗——守旧

古墓前的卫士——守旧

古墓前的岗哨——守旧

古墓里摇铃——和哄死尸

古楼上吹唢呐——调子太高

才出龙潭——又入虎穴

出得龙潭，又入虎穴——祸不单行、躲了一灾又一灾

龙泉驿的红苕——又红又脆又笃实

龙王庙里失了火——慌神

龙宫里造反——慌了神

龙门石窟的佛像——靠山硬

龙门石窟里的佛像——老实(石)人

世界地图吞肚里——胸怀全球

过街的老鼠——人人喊打

扑地的老鹰——有鸡叼鸡，无鸡叼草

四川的蚊子——吃客

四川的黄连——苦口良药

四川的榨菜——别有风味

四川的担担面——又麻又辣

四川的盖碗茶——泡起

四川的泸州特曲酒——有名气

四川的猴子服陕西人牵——一物降一物

跑到四川买黄连——苦差事

四下里没云——真情(晴)

四下里没云彩——真情(晴)

四面出击——没有重点

四面囤粮——周仓

四面楚歌——末日临头、走投无路了、形势危急、孤立无援、别无选择

四面打豆腐——八面光

四面脑勺子——没脸

四面下雨中间晴——好情(晴)难长

四面都是后脑勺——没得脸

四面撒网逮兔子——不留后路

四面八方都有客——朋友遍天下

四处无救兵——只好拼一命

四周的围兵——南(难)充(冲)

四牌楼的警察——管不着那一段

四十里地不换肩——抬杠的好手

四合院里无宁日——各家有本难念的经

田字写成由——只因爱出头

田字要出头——由不得你

田字不怕颠倒——上下一样、反正一样

田头训子——言传身教

田头上训子——言传身教

田头上放秤——过奖(耩)

田头上水轮泵——一进一出

田间老鼠——嘴尖牙利

田里蚯蚓——没骨头、滑头滑脑、满肚疑(泥)、满肚子疑(泥)

田里插秧——步步后退

田里蛐蟮——满肚子呢(泥)、满肚子疑(泥)

田里不装水——有路(漏)子

田里的甘蔗——一副甜心肠、老来甜

田里的庄稼——土生土长

田里的泥鳅——没见过大江河、滑头滑脑

田里的秧鸡——顾头不顾尾

田里的蚯蚓——没骨头、滑头滑脑、满肚疑(泥)、满肚子疑(泥)

田里的菩萨鱼——没见大世面、没见过大江河

田坎服水——道理服人

田坎上撒豆——一路

田坎上爬长虫——地头蛇

田坎上种豆子——一路、一路一路的

田坎上种黄豆——一路、一路一路的、靠边站

田坎上点豆子——一路

田坎上栽芋头——外行

田坎上锯甘蔗——锯一节,吃一节

田坎上修猪圈——肥水不落外人田

田坎里舞茅草——学剑哩

田沟里的蚂蟥——有血喝血，无血喝水

田坝里舞茅草——学剑哩

田坝上种豆——一路

田地里埋人——终究要露头

田埂建猪圈——肥水不外流

田埂上散步——路子多、迟早要弯腰、尽是弯路

田埂上踩车——转不过弯来

田埂上推车——当心、路子窄、路子太窄

田埂上爬长虫——地头蛇

田埂上的豆子——一路

田埂上的泥鳅——滑不了

田埂上的蚕豆——一路

田埂上种豆子——一路、靠边

田埂上种黄豆——靠边站

田埂上修茅厕——肥水不落外人田

田埂上修猪圈——肥水不落外人田

田埂上栽芋子——外行

田埂边栽洋芋——外行

田塍上搭桥——不是路

田塍上种黄豆——靠边站

田塍边栽洋芋——外行

田塍口边栽芋头——外行

田野地里老鼠上垛——外号（耗）成堆

北京的萝卜——心里美

北京的青萝卜——红心儿

上北京走怀柔——太绕

北京城里打死官——出产之地

北冰洋的风——太冷酷

北冰洋的梅子——寒酸

北冰洋的夜晚——冷静

北冰洋上乞讨——饥寒交迫

北冰洋上开店——只此一家

北冰洋上行船——风险太大

北冰洋上弹琴——没人听

北冰洋上聊天——全是冷言冷语

北冰洋里搞演讲——冷言冷语

北极的风——太冷酷

北极的山楂——寒酸

北极的冰川——顽固不化

北极的居民——冷酷无情、没人管

北极的夜晚——冷静

北极的梅子——寒酸

北极的另一端——难(南)极

去北极考察——任重道远

北极上弹琴——没人听、谁听你的

北极上用鼓风机——吹冷风

北方的冬天——尽吹冷风

北方缺竹子——哪来这么多的损(笋)、哪来那么多的损(笋)

北方地里种芝麻——种得多,收得少

北面开窗——不怕冷风、不怕吹冷风、不怕你说风凉话

北门外开米店——外行

北门外开粮店——外行

北门城外开米行——外行

北门城外开米店——外行

北塔寺上的果树——看得见吃不着

有北屋,有南墙——不成东西

北戴河的水——硬是爽身爽心

出门带伞——有备无患

出门见狐狸——一路晦气

出门两条腿——随人走

出门坐飞机——远走高飞

出门没车子——不(步)行

出门的猛虎——势不可挡

出门带条狗——随人走

出门带扁担——直出直入

出门捡棒槌——攥到手了

出门拾元宝——外财

出门骑骆驼——不用照料

出门逢债主——扫兴、闷损人、倒霉透了

出门戴口罩——嘴上一套

出门拾块元宝——外财
出门拾根火柱——真该倒（捣）霉（煤）
出门捡个水烟袋——别扭出弯来了
出门遇到出殡的——见财（材）
出门落个雨淋头——失（湿）意（衣）得很
出门遇到黑头翁鸟——回家转（佤族）
出门遇雨出海遇风——老是倒霉
出门逢债主，进门难揭锅——内外交困
出水的虾——又蹦又跳、连蹦带跳
出水的芙蓉——一尘不染、楚楚动人
出水的虾儿——又蹦又跳、弓腿弯腰、连蹦带跳
出水的虾子——又蹦又跳、连蹦带跳、活蹦乱跳
出水的虾米——又蹦又跳、连蹦带跳、活蹦乱跳
出水的莲花——一尘不染
出水的荷花——不染泥、见高低、参差不齐
出水的蛤蟆——头朝外
出水的螃蟹——慢腾腾地爬
出水才看两腿泥——走着瞧
出山的太阳——一片火红、火红、火红一片
出山的老虎——凶相毕露、威风不小
出山的猛虎——凶相毕露、势不可挡、威风不小
刚出山的太阳——红光满面
出土甘蔗——节节高、节节甜
出土竹子——节节高
出土笋子——先遭难
出土的木俑——老成（陈）人
出土的甘蔗——节节高、节节甜
出土的竹笋——节节高、捂不住、蹿得快
出土的春笋——捂不住、能顶千斤石
出土的树苗——顶不了大梁
出土的蒜头——多个心
出土的陶俑——可见了天日啦、总算有了出头之日
出土笋子逢春雨——节节高、节节高升、节节往上长
出土竹笋逢春雨——节节高、节节高升、节节往上长
出土的竹笋逢春雨——节节高、节节高升节节往上长
出土的秧苗遭霜打——难活、没活头

刚出土的树苗——当不了顶梁柱

出洞的老鼠——怕见人、心里有鬼、左顾右盼、东张西望

出洞的耗子——东张西望、先听动静

出洞的毒蛇——伺机伤人

出洞的狐狸——没好事儿、贼头贼脑

出洞的螃蟹——到处横行

出洞的黄鼠狼——又鬼祟又狠毒

出洞的老鼠见了猫——又缩回去

出国的大轮船——外行(航)

出窑的砖——定了型、定型了

出窑的石灰遭雨淋——四分五裂

出窑的石灰遭到雨——四分五裂

出窑的砖喝足了水——清一色

出墙的红杏——自我炫耀

出海捕鱼——多少总会有收获

出海带救生圈——有备无患

白水煮饭——无米之炊

白水下石膏——成不了豆腐

白水冲酱油——越来越淡

白水煮白菜——淡而无味

白水煮冬瓜——没味、没滋味、没啥滋味、没有多大油水

白水煮豆腐——淡而无味

白水煮萝卜——没有味道

白水锅里揭奶皮——办不到、没法办

白水锅里揭豆腐皮——办不到

白水里揭皮——做不到

白水里揭奶皮——办不到、没法办

白水里揭奶皮子——白费劲

白马河的潮水——长(涨)得凶猛

白门楼上绑吕布——叫爷也不饶

白墙写黑字——一清二楚、清楚、清清楚楚

白墙上的名字——明明白白

白灰墙上挂帘子——没门

白灰墙上的墨水——污点

白泥墙上的墨水——污点

白市驿的板鸭——干绷

白云山一担泥——眼阔肚窄

白洋河里的卵石——圆圆滑滑

白场上乘凉——音(影)头也没有

白岩头放在鸡窝里——混蛋

白壁上的微瑕——无伤大雅

包河里的藕——没私(丝)

处女地——有待开发

冬水田种麦子——怪哉(栽)

冬水田里种麦子——怪哉(栽)

片麻岩盖碉堡——其实(石)挺好

乐山的大佛——大手大脚、老实(石)人

乐陵的枣——小孩(核)

乐亭的卦——写得了不改

外面穿皮鞋——挡不住里面前是蒜瓣,后是鸭蛋

外面擦粉里面脏——坏人打扮好人样

外面得了一块板,屋里丢了双扇门——得不偿失

外屋里的灶王爷——独座儿、闹了个独座儿

生产队垛场院——公土打公墙

生水煮石——难熬

生石灰浇雨——熟了、成了熟的、成了熟的了

生石灰遇水——笑散了

生石灰拌凉水——冒起泡来

生地的黄瓜——上不了架

生铁地雷——一触即发

生铁补锅——本事降人、凭本钱挣钱、看各人的手段

生铁秤砣——老实疙瘩

生铁疙瘩——又冷又硬

生铁铁钉——靠不住

生铁犁头——宁折不弯

生铁没烧熟——不是好钢

生铁换豆腐——吃软不吃硬

生铁铸土地——硬神

生铁铸犁头——宁折不弯

生铁铸土地爷——硬撑(神)、硬撑神

生铁进了铁匠炉——挨锤的货、挨打的坯子、挨锤的坯子、等着挨打、等着挨锤

生铁杠子挂箩筐——一点弯不打

生红砖——没烧熟

生锈的锁——开不了窍

生锈的锁头——打不开了

生锈的剪刀——口难开、掰不开

生锈的螺丝——南(难)宁(拧)

生锈的铁锁儿——难开

半山崖的观音——老实(石)人

半山岩的观音——老实(石)人

半山坡上弯腰树——直不起来、值(直)不得

半山腰挨雨——上下两难

半山腰遇雨——上下两难

半山腰倒恶水——下流

半山崖的观音——老实(石)人

半江上盖房子——从何做起、从何砌起

半江中做房子——怎的砌、怎得砌来、怎砌得起

半江中盖房子——从何做起、咋个起(砌)法

半屏山的蝴蝶——花花世界

半岩上的土——离(犁)不得

半岩上扯葛麻——给他一顿

半岩上的葫芦——哪有这号种

半头砖炒豆腐——有软有硬

汉口蚊子——吃客的

汉口的木鱼——挖苦(空)

汉口不住住汉阳——见三爷、贱三爷、调皮

汉州的蚊子——吃客

汉白玉做栏杆——完全可靠

玄妙观的家当——头头是道

邙山看黄河——远水不解近渴

台湾的蝴蝶——多的是

对门的邻居——远不了

对门娶婊子——认货讨货

吃了对门谢隔壁——晕头转向

对岸上的公公——与己无关、与我无关

对面山上三座庙——妙(庙)妙(庙)妙(庙)

双扇门上贴门神——一对儿

辽天地烤火——一头热、一边热、一面热

辽天地摆箩筐——外行

尼姑庵对着和尚庙——没事也有事

尼姑庵里守青灯——哪来的福(夫)

尼姑庵里借木梳——办不到

尼姑庵里借梳子——找错门、没法办

尼姑庵里借篦梳——办不到

尼姑庵里藏和尚——不是好事

尼斯湖的怪兽——算什么东西

尼斯湖的奇兽——怪物

六画

百川归海——大势所趋、汇集到一处

百亩土地一棵苗——独苗

百亩田中长棵苗——独苗

百里草原一人家——孤孤单单

西来朝东——想(向)心(新)事(市)

西出日头倒流水——净是怪事儿

西天取经——任重道远

西天出太阳——不可能、反常、没的事、得之不易、难得、难得一回

西天路上的孙行者——劳苦功高

西山捉猴——摆圈想叫它往里跳哩

西山出太阳——难得

西山的核桃——满人(仁)、装人(仁)

西山的大核桃——满人(仁)、装人(仁)

西山猛虎不咬人——有假无真

西山着火东海打水——远水解不了近渴

西山着火黄河里挑水——远水解不了近渴

西山上的太阳——好景不长

西山观的和尚——入错行了

西方人名——后姓

西方日出水倒流——不可思议

西边出太阳——没有的事儿

西面的山坡——真邪(斜)

西面打锣东面响——声东击西

西面敲锣东面响——声东击西

西北的沙漠东南的海——互不相干

西河里的鱼虾——估不透

西湖的鸭子——一对儿

西湖的鸳鸯——成双成对

做梦游西湖——好景不长

西湖上划船——闹着玩哩

西湖边搭草棚——煞风景、大煞风景

西湖边的草房子——有点儿味道

西湖里划船——闹着玩的

西湖里的鸭子——一对、一对儿、一联

西南湖收豆子——好角(脚)、好角(脚)儿

西南湖的枪响——打发野鸭子起身

西域唱戏——净说胡话

西域的凤凰吵架——胡言乱(鸾)语

西域楼上的孔明——嘴上不怕,心里早吓坏了

西直门到海淀——拉啦(北京)

西班牙的风车——外貌威武

西城楼上的孔明——嘴说不怕心里惊

西城楼上唱空城计——嘴说不怕心里惊

西坡比东坡——差多

西街卖笼嘴子,东街插上嘴了——嘴长

地烧三尺——寸草不留

地做琴来路为弦——没人敢谈(弹)

地上的水银——无孔不入

地上的爬虫——没骨头

地上的砖头——踢一踢,动一动

地上的蚂蚁——数不清

地上的野草——除不尽

地上的影子——你走他也走、看得见摸不着

地上栽木桩——尖(坚)橛(决)

地上栽电杆——正直、刚直

地上跳到席上——不足为奇

地上滚到席上——高一皮篾

地上拣起来的饼——不干不净

从地上跳到炕上——不足为奇

从地上蹦到席上——高不了多少

从地上滚到席子上——高不了多少

泼在地上的水——难收拾、不可收拾

绣在地上的花——任人践踏、由人踩

地下活动——暗中行事

地下摆摊——不摆架子、没有架子

地下埋电线——要管

地下流出来的水——来路不明

地下爬到席子上——只高得一篾片

从地下跳到炕上——不足为奇

从地下蹦到席上——高一篾、高了一篾、高不了多少

从地下蹦到席子上——高了一篾

从地下滚到席子上——高了一篾、高了一篾片

从地下滚到竹席上——高了一篾片、高不了多少

从地下爬上簟子——只高一篾片

地面上的水——哪里低往哪里流

地面下是岩石——不能离(犁)

地里长花生——上面开花下面结果

地里发大水——蛤蟆蝌蚪一起来

地里拔刺菜——扎手

地里拔萝卜——硬往外拽

地里拾麦子——捡利(粒)

地里埋蚂蚁——容易掩盖

地里的冬瓜——滚来滚去

地里的竹笋——有股钻劲

地里的庄稼——土生土长

地里的物产——土货

地里的萝卜——上清(青)下不清(青)

地里的辣椒——老来红

地里的蚯蚓——土生土长、吃土屙土、也会叫两声、有钻劲、能屈能伸、成不了龙、满肚疑(泥)

地里的曲蟮——成不了龙、满肚疑(泥)心

地里的薤白——装蒜

地里栽木桩——尖(坚)橛(决)

地里的庄稼苗——顺风倒

地里的芦草芽——出了头、冒尖、往外钻、捂不住

地里的喇叭蛄——爱在夜间做坏事

地里的谷穗不昂头——有东西

地皮上割草——不去根、不除根

地皮上丢豆腐——稀巴烂

地皮上的野草——除不尽

地头的韭菜——去了一茬又一茬

地头的蚂蚁洞——闭着眼睛能摸到

地头的马粪包——啃扁了又鼓起来

地头上种庄稼——没几分

地头上的马粪包——啃扁了又鼓起来

地平线——天壤之别

地图展开——一目了然

制作地图——要有比例

踩着地图走路——一步十万八千里

看着地图摆阵势——纸上谈兵

地图上画圈——小中见大

地图上的距离——一长千里

地图上画个圈——谁知是多大、谁知道有多大

地图上量距离——咫尺万里

地质队的钻探机——深入下层

地府的房屋——阴森森的

进了地府才后悔——迟了、晚了、来不及了、后悔已晚、悔之莫及

进了地府才伤心——迟了、晚了、来不及了、后悔已晚、悔之莫及

地府里拉屎——懒鬼

地府里屙屎——懒鬼

地府里打官司——死对头

地府里打冤家——鬼打鬼

地狱的森林——阴森

地狱碰见救命菩萨——死里求生、死里逃生

下了地狱才后悔——来不及了

地狱里活命——难见天日

地狱里碰见救命菩萨——死里求生、死里逃生

地窖里抬头——不见天日

地窖里亮相——姿态不高

地窖里活命——不见天日、难见天日

地窖里抬头——不见天日

地窖里看书——眼光不高

地窖里聊天——说黑话

地窖里打灯笼——来明的

地窖里生孩子——低产

地窖里找对象——要求不高

地窖里的暖壶——低水平(瓶)

地窖里的橘子——阴险(鲜)

地窖里藏土豆——万无一失

地洞里打拳——出手不高

地洞里赌博——无法无天

地洞里聊天——尽讲黑话

地洞里聚赌——无法无天

地洞里的老鼠——见不得阳光

地洞里藏老鼠——见不得太阳、见不得阳光

地洞里的瞎老鼠——怕见太阳

地道里开车——暗中往来

地道里打拳——出手不高

地道里行凶——无法无天

地道里伸手——要求不高

地道里找人——暗中查访

地道里亮相——姿态不高

地道里点灯——实在不高明

地道里看书——眼光不高

地道里赌博——无法无天

地道里照相——脸上不光彩

地道里跑步——起点太低

地道里聊天——尽讲黑话

地道里测量——摸清底码

地道里唱歌——调子太低

地道里推掌——出手不高

地道里下台阶——步步深入

地道里布罗网——来一个捉一个

地道里生孩子——低产

地道里卖门神——看出来的好活(画)儿

地道里卖黄金——不见得高贵

地道里找对象——要求不高

地道里找绳子——暗中摸索

地道里的风筝——飞不上天

地道里的石阶——低级

地道里的暖壶——低水平(瓶)

地道里放瓦斯——气死人

地道里装机关——看谁敢来

地道里想办法——主意不高

地道里的处理品——低贱

地道里学《三字经》——文化太低

地球安把——没法提、提不得、提不起来、别提了、大梨、大梨一个 地球安棍——大梨、大梨一个

地球两极——一头冷,一头热

地救的卫星——跟着转

地球围着太阳转——周而复始

地球绕着太阳转——周而复始

地球绕着太阳自转——东方不亮西方亮

地墒沟里推车——不走正路

地墒沟里埋洋炮——闷(默)腔(枪)

爬地坑沟找豆包吃——没出息

地摊上卖书——没架子

地摊上卖肉——没架子

地摊上放书——没架子

地摊上卖暖壶——水平(瓶)有限

地板擦子刷地——拖泥带水、拖拖拉拉

地板上放书——没架子

地板上的骨头——没人肯(啃)

地板上铺地毯——不能拖

地垄边的葵花——整天望日头

圩堤上跑马——远兜远转

场上的石滚子——落地一个坑

老北京的烧卖馆——都一处

老庙里的古钟——远近闻名(鸣)

老爷庙求子——走错了门、找错门、找错了门、找错门了、错了地方

老爷庙的戏楼——有事(市)

老爷庙的香火——冷落

老爷庙的旗杆——独一根、独立一根、独根儿

老爷庙里求子——走错了门、找错了门、找错门了、错了地方

老爷庙里抬钟——罚(乏)人

老爷庙里的马——神气(骑)

老爷庙里放屁——真(震)神

老爷庙里撞钟——罚(乏)人

老爷庙里去求子——走错了门、找错了门、找错门了、错了地方

老爷庙里的古钟——远近闻名(鸣)

老君堂里的四大金刚——算哪个庙里的神像

老坟——不用怕啦

老坟地——动不得

老坟地的劈柴——丢料

老坟地里卖白布——鬼扯

老坟地里种西瓜——隔门隔代有瓜葛

老坟地里烂套子——没谈(弹)头

老坟地里造摆渡——祖传(船)

老坟山上冒烟——出鬼气

老坟山上放飞刀——穷鬼杀饿鬼

老坟头上拉屎——糟蹋祖先

老坟头上冒烟——出鬼气

老坟头上放飞刀——穷鬼杀饿鬼

老坟头里的尸骨——空架子

老坟茔里埋牛鞭子——俏出弯了

老城墙上的土——厚着呢

老墙豁子——谁也砌不得

老粪坑底子上挖出来的琉璃瓦罐儿——几百年交的老古董

夹巷赶狗——直来直去

死水上的破船——沉默(没)了

死水湾的泥鳅——掀不了大浪、翻不了大浪

死水湾里的泥鳅——掀不了大浪、翻不了大浪

死灰里冒烟——想复燃

死洞里抓蛤蟆——稳拿

死胡同——又回来了、走不通、此路不通

死胡同逮猫——没跑、跑不了

死胡同逮猪——看你往哪跑、看你往哪里跑

死胡同截驴——看你往哪里跑

死胡同走到头——又回来了、此路不通

死胡同的行人——又回来了

往死胡同里钻——前途有限

逃难跑到死胡同——绝路一条

死胡同里进出——活动范围太小

死胡同里走路——没前途

死胡同里逮猪——看你往哪跑、看你往哪里跑

死胡同里截驴——看你往哪跑、看你往哪里跑

死胡同里赶大车——行不通、走不通、此路不通、拐不过弯来

死胡同里截驴子——看你往哪钻、看你往哪里跑

寺里走火——妙(庙)哉(灾)、慌了神

寺里起火——妙(庙)哉(灾)、慌了神

寺里的木鱼——任人敲打、挨敲的货

寺里的铜锣——两面

寺里的木鱼儿——任人敲打、挨敲的货

寺后有个洞——妙(庙)透了

寺庙起火——妙(庙)哉(灾)

寺庙的木鱼——任人敲打

寺庙里的铜锣——两面不一样

寺庙里的菩萨——坐的坐一生,站的站一生

寺庙里断了香火的菩萨——冷冷清清

寺庙前的旗杆——光棍一条

寺堂坍方——妙(庙)绝了

寺院失火——妙(庙)哉(栽)

寺院的秘密——妙(庙)不可言

跑到寺院卖梳子——不对门路

寺院里涨水——藐(庙)视(湿)

寺院里插秧——妙(庙)哉(栽)妙(庙)哉(栽)

寺院里栽花——美妙(庙)

寺院里的大钟——不怕敲

寺院里的铜钟——早晚挨打

寺院里的弥勒菩萨——不知愁

寺墙上打洞——妙(庙)透啦

动物园里找猪圈——自找难看

动物园里的长颈鹿——心(身)高气傲

动物园里的饲养员——习惯与兽类打交道了

扬子江的水——下流

扬子江心打立水——紧溜子里为着人

扬子江里行船——内行(航)

过水的涵洞——传声筒

过江烧船——断后路、断了后路

过江遇渡船——正好、赶得巧

过河卒子——可以横行、没退路了

过河拆桥——不留后路、不翻退路、忘了前情、忘恩负义、净干绝事、阻挡敌人、断了后路、有意害后来人

过河没船——无法度(渡)

过河的牛——永不回头

过河尿尿——随大流

过河抽板——没良心

过河洗脚——一举两得

过河烧船——断了后路

过河翻船——人人落水

过河撒尿——随大流

过河不用船——懒的

过河打船工——恩将仇报、以怨报德、好心不得好报

过河打摆渡——好心没好报、恩将仇报

过河打渡子——好心没好报、好心恶报、好心没得好报、净干绝事

过河丢拐杖——忘本、忘恩负义、没依靠了

过河扯胡子——谦(牵)虚(须)过度(渡)

过河抽板子——不留后路

过河拆桥梁——自断后路

过河拉胡子——谦(牵)虚(须)

过河的水牛——没人牵头

过河的卒子——只进不退、有进无退、没退路、死不回头、死也要找一个来垫背、能进不能退、横行无阻、横竖都行

过河捉条鱼——我的下酒菜

过河拽胡子——谦(牵)虚(须)

过河拾元宝——汤(趟)水不亏人

过河挽裤腿——没到深处

过河遇渡船——正好、正巧、巧啦、巧极了、巧得很、难得、得之不易、凑巧了、赶得巧

过河摸头发——小心到顶、小心到顶了

过河摸屁股——小心太过、小心过度(渡)(山西)

过河摸脑壳——小心到顶了

过河踩石头——站不住脚

过河踩跳石——站不住脚

过河踩铁丝——太玄乎、玄乎着哩、高超杂技

过河踩钢丝——太悬乎、高超杂技

过河翻了船——人人落水

过河拉牛尾巴——迟了

过河的小卒子——当小车、当车用、只进不退、可以横行、有进无退、没退路、没退路了、能进不能退、死不回头、难回头、横行、横行无阻、横冲直撞、横竖都行

过河的牛尾巴——拽不动、拉不回头、拉不回来、拉不回来了

过河打摆渡的——好心没有好报

过河抽掉拉板——不留后路

过河桥上爬着走——小心过头了

过河卒子做生意——一卖(迈)到底

过河拾个大元宝——汤(趟)水不亏人

过河骑着水牛背——放牛娃有一招

过河的牛拽尾巴——拉不回头、拉不回来、拉不回来了

过河遇上摆渡人——正好、正巧、巧啦、巧极了、巧得很、难得、得之不易、凑巧了

过河遇着摆渡的——正好、正巧、巧啦、巧极了、巧得很、难得、得之不易、凑巧了

过河碰上摆渡人——正好、正巧、巧啦、巧极了、巧得很、难得、得之不易、凑巧了

过河碰上摆渡的——正好、正巧、巧啦、巧极了、巧得很、难得、得之不易、凑巧了

过河碰上个摆渡人——正好、正巧、巧啦、巧极了、巧得很、难得、得之不易、凑巧了、赶得巧

过河碰上个摆渡的——正好、正巧、巧啦、巧极了、巧得很、难得、得之不易、凑巧了、赶得巧

要过河——先搭桥

过街天桥——横穿马路

过街扯胡子——谦(牵)虚(须)

过街的老鼠——人人喊打

过界的蛮牛——想找顶角来的

灰土粪——论堆

灰沙地铁扫把——两家都是硬邦邦

灰沙地搪铁扫把——两家都是硬丁丁

灰尘上写字——没印头

灰堆吹喇叭——乌烟瘴气

灰堆烧山药——灰蛋

灰堆藏芝麻——没处寻、难寻、难找

灰堆戴芝麻——没处寻

灰堆扒出个烧红薯——又吹又拍、吹吹拍拍

灰堆里找针——难寻

灰堆里的鱼——没多大活头

灰堆里放屁——乌烟瘴气

灰堆里打哈欠——碰一鼻子灰

灰堆里打喷嚏——一脸黑、触一鼻子灰、碰一鼻子灰

灰堆里生豆芽——灰尖尖

灰堆里吹喇叭——乌烟瘴气

灰堆里的土豆——糊涂蛋

灰堆里的王八——爬不动

灰堆里的汤圆——没人吹捧、糊涂蛋

灰堆里的苍蝇——糊涂虫

灰堆里的泥鳅——滑不脱

灰堆里的螃蟹——横行不了

灰堆里的蟑螂——糊涂虫

灰堆里炸气球——乌烟瘴气

灰堆里烧山药——净是些灰疙瘩、都是些混(灰)蛋

灰堆里烧芋头——黏黏糊糊

灰堆里落芝麻——没法拣

灰堆里藏芝麻——没处寻、难寻、难找

灰堆里找绣花针——仔细观察

灰堆里烧山药蛋——净是些灰疙瘩、都是些灰疙瘩

灰堆里扒出烧红薯——又吹又拍、又拍又吹、吹吹拍拍

灰堆旁边打喷嚏——触一鼻子灰、碰一鼻子灰

灰窑里架电灯——更加明白

夹道里截驴——没有回头的余地

夹道里摆酒席——口上热闹

夹道里推车子——直出直入、进退两难、直来直去

成都走华阳——现(县)过现(县)

成天寺的大锅——三天不冷,三天不滚

吕祖庙里拜观音——找错了门

当方的土地菩萨——熟门熟路

当地人家——土生土长

当地老鸦——开口成祸

此地无银三百两——不打自招、自己哄自己、自欺欺人、欲盖弥彰、泄露了天机、隔壁

阿二未曾偷

　　吊井里放炮——闷想(响)

　　吊井里的泥鳅——钻研得深

　　吊井里的虾子——蹦不起来、蹦不了多高

　　吊井里面溺水——深沉

　　吊井里耍猴戏——施展不开手脚

　　吊井里雕乌木——深刻

　　吊井里的青皮蛤蟆——没见过簸箕大的天

　　曲阜的孔庙——净是圣人

　　吐鲁番的葡萄——甜透了、甜上加甜

　　回水湾里青石头——喊得应救不得命

　　光子岩滚到茅厕里——又硬又臭

　　华山一条道——绝境天险

　　华山一条路——绝境天险

　　华山自古一条道——绝境天险

　　自古华山一条路——别无选择、别无他途

　　做梦游华山——好景不长

　　华北平原的土地爷——管得宽

　　伊犁马——大个儿

　　舟山群岛——多余(鱼)

　　后山石头——死不开窍

　　后山的石头——死不开窍

　　后花园的果木——十(五)六(榴)(东北)

　　后花园中甜石榴——吃惯甜头找着的

　　自来水上楼——压出来的

　　自来水下河——回原位

　　自来水救火——没白流

　　自来水坏了龙头——放任自流、任其自流

　　自留地里拉屎——泄私愤(粪)

　　自留地里撒尿——肥水不落外人田

　　全国粮票——到处通行

　　全国通用粮票——到处吃得开

　　全世界都听到——奇(齐)文(闻)

　　全世界只有一个月亮——争也没用

　　合浦的珍珠——久负盛名

　　向后转——走回头路

向后转不靠腿——开路

向阳坡的竹子——节外生枝、横生枝节

向阳坡上的山茶花——火样红、劲头足

朱仙镇交战——锤对锤

名山的泉水——经得起吹捧

旮旯里藏毒蛇——不露头

农田长草——慌(荒)了

农村的老黄牛——苦了一辈子

农场捉黄连——有苦有甜(田)

农贸市场买东西——可以讨价还价

安徽的水蜜桃——甜甜蜜蜜

安哥拉兔子们——你算啥家伙

宅院修在城墙上——闹中取静

宅神堂里的鸡子——宝贝蛋

齐化门外的混混儿——光出脚

州里不打官司——现(县)哩(里)

州里买州里卖——不图赚钱只图快

州里官司不打——现(县)哩(里)

州里买了州里卖——不图赚钱只图快

江下号船——开溜

江流入海——不涨

喝江水说海话——无边无沿、没边没沿

江水里斩竹篱——两头不到岸

江中的鲤鱼——油(游)惯了

江中浪上兜圈子——团团转、替别人忙一场

江心石——不怕浪滔滔

江心补漏——不济事、无济于事、白费工夫、晚了

江心凿船——成心散班(板)子

江心的破船——顾得了这头顾不了那头

江心凿船底——你就不怕成心散班(板)子

江心断了帆桅——转了向

江心的破船儿——顾得了这头顾不了那头

江心客舱转回头——两耽误

江心折断帆桅——转了向

江边水碓——舂谷舂米又舂糠

江边卖水——不看地方、用不着、多此一举、没人要、没事找事、没事找事做、哪个要、

喊破喉咙没用场

    江边插柳——生了根、落地生根

    江边开染房——大摆布

    江边的蚊子——吃客、欺(吃)客

    江边的趸船——行不开

    江边的鹭鸶——老等(人们有时把鹭鸶称为"老等"。)

    江边洗萝卜——一个个来

    江边看水鸭——凄凉

    江边插杨柳——落地生根

    江边的弄潮儿——喜欢赶浪头

    江边的鹅卵石——圆滑

    江边冷眼看螃蟹——看你能横行到几时、看你能横行到哪里

    江边儿洗萝卜——一个个来

    江边上的水碓——舂谷舂米又舂糠

    江边上卖水——不看地方、用不着、多此一举、没人要、没事找事、没事找事做、哪个
要、喊破喉咙没用场

    江边上的蚊子——吃客

    江边上看水鸭——凄凉

    江边上洗萝卜——一个个来、一个一个来、一个一个地来

    江里木偶——随大流

    江里泡黄连——何(河)苦呢

    江里的木偶——随大流

    江里的浪花——不是吹的(比喻不是说大话所能办到的。)、随水开放

    江里的铜钱——何(河)必(币)

    江里的木脑壳——随大流

    江里洗脸,云里翻身——想得宽绰

    从江里跳到海里——湿了一身

    江河不曲——水不流

    江河决堤——鱼龙混杂、泥沙俱下

    江河茄子——倒开花

    江河流水——一去不复回、滔滔不绝

    江河涨水——谁(水)能不急

    江河发大水——一浪高一浪、后浪推前浪

    江河里行船——看风使舵

    江河里的水——谁都可以用

    江河里长大水——泥沙俱下

江河里的小泡泡——渺小

江河水向东流——一去不回头、永不回头

江岸插柳——扎下根了

江岸边卖水——多此一举

江海混鱼龙——贵贱不分

江湾请客——多余(鱼)

江滩上的石头——有的是

江山好改——本性难移

江山易改——本性难移、禀性难移

江尖渚上箍圈子——团团转

江苏到浙江——两省

江西的别称——干(赣)

江西的瓷器——名扬四海

江北的胡子——贼凶

江南碗——瓷好、词(瓷)好

江南茄子——倒开花

江南的花生——难(南)逗(豆)

江南的蛤蟆——难(南)缠(蟾)

江湖卖膏药——光耍嘴皮子

江湖黄六卖膏药——招摇撞骗

走江湖的买卖——骗人

走江湖的卖假药——招摇撞骗

江湖上卖膏药——由嘴儿现编

池子里拾蟹子——十拿九稳

池中捞藕——十拿九稳、拖泥带水

池中的乌龟——翻不起大浪来

池边洗萝卜——一个一个来

池里等湖干——痴心妄想

池里的王八塘里的鳖——一路货、一路货色

池塘藕——嫩了好

池塘干涸——露了底

池塘的藕——心眼多、嫩了好、土里生泥里长

池塘藕儿——嫩了好、嫩的好

池塘久旱不下雨——露底朝天

同池塘的水——一样咸淡

池塘边洗藕——吃一节洗一节

池塘里风波——大不了

池塘里没水——露了底

池塘里的水——掀不起浪

池塘里的鱼——游不走、没见过风浪

池塘里的萍——不扎根、浮在表面

池塘里的藕——心眼多、心眼儿多、心眼子多、心眼不小

池塘里洗澡——未必干净、未必就干净、水必须干净

池塘里起藕——拖泥带水

池塘里潜水——没深度

池塘里撒网——鱼虾兼收

池塘里的小鱼——尤(游)物、天生尤(游)物

池塘里的风波——大不了

池塘里的乌龟——称王称霸

池塘里的青蛙——会唱、叫个不停、叫起来没有个完、没见个风浪

池塘里的浮萍——不扎根、扎不了根、随风飘、浮在表面、小风不动大风飘

池塘里的荷叶——随风摆、随风飘

池塘里的荷花——出淤泥而不染、随风摆

池塘里的泥鳅——掀不起大浪、翻不了大浪、翻不起大浪

池塘里的鸭子——一对儿、不勇(用)敢(赶)、没人敢(赶)

池塘里的莲藕——嫩的好、一个在上，一个在下、土里生土里长

池塘里的麻雀——没见过风浪

池塘里的蛤蟆——叫个不停、叫个没完、叫起来没个完(比喻没完没了。)

池塘里摸菩萨——劳(捞)神

池塘里的莲藕花——出淤泥而不染

池塘里的癞蛤蟆——叫个没完、叫起来没个完、叫起来没有个完

污水坑里的蛆虫——臭货、肮脏货、龌龊货

污水坑里竖旗杆——臭光棍

污水塘里泡豆芽——变味了

污泥萝卜——揩一段吃一段

污泥塘里挖白藕——污泥是污泥，白藕是白藕

关门打狗——没跑、死挨揍、跑不了、走投无路、小心狗急跳墙

关门打狼——没跑、死挨揍、跑不了、走投无路

关门打锣——名(鸣)声在外

关门打鼓——名(鸣)声在外

关门打拳——里手

关门抓鸡——没跑、十拿九稳

关门放屁——暗中出气、偷偷消气

关门捉鸡——飞跑不掉、难道你能飞了

关门逮鸡——不过多扑棱一会儿

关门养虎——后患无穷

关门不上闩——顶住、顶住了

关门不上栓——顶住、顶住了

关门打老婆——家里横

关门打财神——财发足啦、害自身、穷极（急）了

关门打侉子——欺侮外乡人

关门打孩子——抓把痛快

关门打瞎子——没跑、没跑啦、没跑的儿、跑不了、跑不脱

关门过日子——自家知底细

关门抓瞎子——没有他跑的

关门挤鼻子——赶巧了、碰了个巧

关门卖疥药——痒者自来、爱来不来

关门的灯铺——不挂火

关门骂皇帝——家里横、不起作用

关门炒辣椒——够呛

关门唱山歌——自我欣赏

关门捉小鸡——跑不了

关门起年号——称王称霸、自己称王称霸

关门做皇帝——自封为王、自个儿称王、高兴一时是一时、快活一时是一时、窝里逞能

关门献土地——保佑自己平安

关门摸瞎子——没跑、跑不了

关门踩高跷——自看自高、只知道自己高、总觉得自己高

关门不上门闩——顶住了

关门打叫花子——拿穷人开心、拿苦家开心

关门打讨口子——作难穷人

关门打要饭的——苦治穷人、拿穷人开心、拿穷人解闷

关门卖虱子药——刺挠的自会来

关门挤了鼻子——赶巧了、碰了个巧

关门挤着鼻子——巧啦

关门掩着个耗子——急（挤）死了

关门挤着眼睫毛——巧了

关门掩着个耗子——急（挤）死了

关山坡讲话——鬼才听

关山坡卖布——鬼扯

关山坡卖酒——醉鬼

关山坡查户口——抓鬼

关山坡卖麻布——鬼扯

关东大侠——气概非凡

关东犁杖——外翻泥

关帝庙失火——慌了神

关帝庙求子——走错了门、找错了门、弄错了神、踏错了门、跨错了门、拜错了门、拜错了神

关帝庙的门槛——千人踏,万人跨

关帝庙的老鼠——肯(啃)叼(刀)

关帝庙的横批——亘古一人

关帝庙找美髯公——不落空、笃定、保你不扑空、保险你不扑空

关帝庙里求子——走错了门、找错了门、踏错了门、跨错了门、拜错了门

关帝庙里找云长——不落空、扑不了空、保你不扑空、保险你不扑空

关帝庙里拜观音——找错了门

关帝庙里找美须公——不落空、扑不了空、保你不扑空、保险你不扑空

关帝庙里找美髯公——不落空、扑不了空、保你不扑空、保险你不扑空

关帝庙里挂观音像——名不符实

关帝庙前耍大刀——自不量力

关爷庙的旗杆——独根儿

兴化的棺材——没地埋

兴安岭有大小——一山更比一山高

兴安岭上跑火车——心时宽松

兴安岭上的黑瞎子——不是好东西

冲沟里放牛——两边吃、两面受益、好处多

决堤的大坝——不敢当(挡)

凼里的蛤蟆——瞎咕咕

凼里的蝌蚪——没经过大风浪

凼里的鲤鱼跳水——成不了龙

阳山吃草,阴山拉屎——背地里坏

阳台上打拳——拉不开架势

阳台上看花——一目了然

阳台上种菜——收获不大

阳台上晒夜——举手之劳、高高挂起

阳台上跑步——没奔头、走投无路

阳台上栽花——没缘(园)、根底不深

阳台上栽树——成不了材(才)

阳台上跳舞——不是地方、束手束脚、没有回旋的余地

阳台上的小青蛙——不知他(它)是怎么上来的

阳沟种藕——难生根、扎不下根

阳沟的泥鳅——翻不起大浪、难翻大浪

阳沟并进阴沟里——同流合污

阳沟里失风——不可能的事

阳沟里种藕——难生根、扎不下根

阳沟里的鸭子——肥了肚啦

阳沟里的篾条——总有翻稍

阳澄湖里吹喇叭——名(鸣)声在外

阴沟种藕——难生根

阴沟积水——不通

阴沟洗手——假干净

阴沟篾块——总有翻转之时

阴沟的泥鳅——翻不起大浪、难翻大浪

阴沟的鸭子——肥了壮啦、肥了肚啦、顾嘴不顾身

阴沟的篾条——总有翻稍

阴沟石缝里的蛇蝎——暗伤人、暗里伤人

阴沟里开船——翻不上岸

阴沟里长大——翻不了船

阴沟里失火——不可能的事

阴沟里吊水——拎不清

阴沟里划船——翻不了

阴沟里行船——翻不了

阴沟里的水——干净不了、拎也拎不清

阴沟里泥鳅——没有大浪翻

阴沟里洗手——假干净、假充清洁、假爱清洁

阴沟里起火——暗中有鬼

阴沟里栽藕——底子臭、底子太臭、根子不净、臭底子、臭沟子

阴沟里撑船——小头子犯(翻)上、该倒霉、没得那么怪、施展不开、转不过头来、转不过弯来、翻不了

阴沟里翻船——小头子犯(翻)上、没想到的事、霉到家了

阴沟里开大船——行(航)道太小

阴沟里过鸭子——咬着嘴巴干

阴沟里的小鸡——学油（游）

阴沟里的瓦片——翻了飘

阴沟里的瓦块——终有见天之日

阴沟里的石头——又臭又硬、又滑又硬又臭

阴沟里的老鼠——暗中作祟、明的不行就来暗的、明的不敢来暗地里来

阴沟里的死水——臭不可闻

阴沟里的洋葱——皮焦心（芯）不死

阴沟里的泥巴——扶不上墙、糊不上墙、终有见天之日

阴沟里的泥鳅——臭滑头、滑得很、翻不起大浪

阴沟里的砖头——永世不得翻身、终有翻身之日

阴沟里的蚯蚓——成不了龙、翻不起多大浪

阴沟里的臭水——翻不了大浪、翻不起多大浪

阴沟里的篾片——迟早翻身、迟早要翻身、自有翻身之日、总有翻身之日

阴沟里的鸭子——肥了肚子、肥了肚啦、顾嘴不顾身、只顾嘴巴不顾尾巴

阴沟里的曲蟮——梦想成龙

阴沟里的旋风——刮不起来

阴沟里的淤泥——早晚被铲除

阴沟里的蛤蟆——不知天有多高、没见过大风大浪

阴沟里捉虾子——干捞

阴沟里洗衣服——拎不清

阴沟里荡舟船——寸步难行

阴沟里翻跟头——没影的事

阴沟里的灰菜草——死的死烂的烂

阴沟里的狗尿苔——见不得阳光

阴沟里出来的蛤蟆——一肚子的坏水、手脚不干净

阴沟里的泥鳅作龙——翻不起多大浪

阴沟里的蚯蚓作龙——翻不起多大浪

阴沟里的瓦片盖上房——翻了稍

阴沟里的蚊子不嗡叫——心毒

阴沟里头的篾片——迟早翻身、迟早要翻身、自有翻身之日、总有翻身之日

阴沟头的泥巴——糊不上墙、总有见天之日

阴沟头的鸭子——顾嘴不顾身

阴沟头的篾片——迟早翻身、迟早要翻身、自有翻身之日、总有翻身之日

阴沟边儿的青草——不长穗儿

阴沟石缝里的蛇蝎——暗伤人、暗里伤人、暗地里害人

阴沟水洗手——假充清洁

阴间出赏格——寻鬼

阴间当老鸨——下贱鬼

阴间里站岗——死守

阴间里打算盘——暗算

阴间里出赏格——寻鬼

阴间里立竿子——不见影

阴间里当妓女——下贱鬼

阴间里的奈何桥——死路一条

阴曹地府开饭店——鬼上门

阴曹地府打官司——净是鬼事、一溜鬼说鬼话、尽是鬼事、尽是鬼事情、尽是些鬼事情、鬼诉鬼判、鬼说鬼道、鬼给你讲理、冤仇结深了

阴曹地府挂日历——鬼扯

阴曹地府里打官司——净是鬼事、一溜鬼说鬼话、尽是鬼事、尽是鬼事情、尽是些鬼事情、鬼诉鬼判、鬼说鬼道、鬼给你讲理、冤仇结深了

观音山的轿子——人抬人

观音庙许愿——真心实意

观音庙烧香去——求人不如求神

观音庙里没观音——走了神、有名无实

观音堂着火——妙(庙)哉(灾)

观音堂里起火——妙(庙)哉(灾)

观音堂里着火——妙(庙)哉(灾)

观音堂里补窟窿——不(补)妙(庙)

观音堂里堵窟窿——不(补)妙(庙)

观音堂里填窟窿——不(补)妙(庙)

抓红土当朱砂——一桩糊涂事

抓把红土当朱砂——不识货、糊糊涂涂、糊里糊涂、做了一塌糊涂事

抓起红土当朱砂——不识货、做糊涂事

那迦寺大菩萨的眼睛——睁只眼,闭只眼

七画

花岗石烧火——其实(石)不然(燃)

花岗石脑袋——不开窍、死不开窍、死顽固、难开窍、顽固不化、至死不开窍

花岗石砌墙——非常坚硬

花岗石下油锅——扎(炸)实(石)

花岗石的脑袋——不开窍、死不开窍、难开窍、顽固不化、至死不开窍

花岗石放蒸笼——真(蒸)实(石)

花岗石做船桨——其实(石)划不来

花岗石盖楼房——其实(石)很好

花岗石铺地板——实(石)在好

花岗石雕人像——心肠硬、硬心肠

花岗石雕酒杯——成不了大器

花岗石雕菩萨——硬神

花岗石雕的脑袋——不开窍、死不开化

花岗岩烧火——其实(石)不然(燃)

花岗岩脑袋——不开窍、死不开窍、死顽固、难开窍、顽固不化、至死不开窍

花岗岩下油锅——扎(炸)实(石)

花岗岩的脑袋——不开窍、死不开窍、难开窍、至死不开窍

花岗岩做招牌——牌子硬

花岗岩做船桨——其实(石)划不来

花岗岩盖楼房——其实(石)很好

花岗岩铺地板——实(石)在好

花岗岩雕人像——心肠硬、硬心肠

花岗岩雕酒杯——成不了大器

花岗岩雕菩萨——硬神

花岗岩雕的脑袋——不开窍、死不开化

花园里喝蜜——又香又甜

花园里的牡丹——出类拔萃

花园里的蝴蝶——多姿多彩

花园里的荠菜——配角

花果山当当——穷候(猴)

花果山打锣——收猴、吓猴

花果山打雷——急(击)猴儿

花果山唱戏——美了猴子

花果山锣响——收猴

花果山的日子——猴年猴月

花果山的孙王——无(悟)空

花果山的孙猴——样丑本领高

花果山的猴子——无法无天、与世无争、活蹦乱跳

花果山的猴王——无(悟)空、不服天朝管

花果山的孙大圣——蹦跶的猴儿

花果山的孙猴子——称王称霸

花果山的美猴王——大闹天宫、个小本领强、个小儿本领强、本领大、随唐僧西天取经

花果山走了孙猴子——没了头

来到花果山——给吃不给担

花果山上唱戏——美了猴、美了猴子

花果山上没外姓——一窝孙

花果山上的孙猴——样丑本领高

苏州梨——撞不得皮

苏州大锣——包打不响

苏州眼镜——各人合眼

苏州梨儿——撞不得皮儿

苏州的麻绳——不打紧

苏州的蛤蟆——难（南）缠（蟾）

苏州的篦子——没比的

苏州的铛锣——一面子敲

苏州的粪船——装死（屎）

苏州买扬州卖——不为赚钱为图快

苏州音唱京戏——软腔硬调

苏州西院里的笑弥陀——整天开心

苏州老鼠走过杭州偷吃——走也走瘦了

苏州老鼠走到杭州偷吃——走也走瘦了

芦塘里的螃蟹——毛爪

芦苇墙上钉钉子——不牢靠

寿州城里的年糕——大求驾

村边的八哥——嘴皮儿薄

村庄上的狗——连声咬

村庄上的鼓——任人敲打、谁都能打

杏花村的酒——冲劲儿大、有后劲、后劲大

坝下赶会——口上热闹

坝上的镰刀——揽得宽

坎下赶会——口上热闹

坎儿井——翻不过来

上坟不带烧纸——惹祖宗生气

坟头地——没经（耕）过

坟头的地——没经(耕)过、没耕过

坟头的狗——假欢(獾)

坟头打箍——裂了

坟头打拳——吓鬼

坟头石碑——记生记死

坟头卧狗——假欢(獾)

坟头冒青烟——官运亨通

坟头种牡丹——死风流

坟头儿打箍——裂了

坟头儿的地——裂了

坟头儿不叫坟头儿——土包子

坟头儿上耍大刀——吓唬鬼哩

坟头上失火——烧包

坟头上打拳——吓鬼

坟头上打雷——吓死人

坟头上打箍——分(坟)裂、分(坟)裂了、裂了

坟头上找箍——分(坟)裂了

坟头上拉屎——肮脏死人、糟蹋死人、糟蹋死人了

坟头上起烟——鬼火冒

坟头上屙屎——臭死人、糟蹋死人

坟头上卧狗——假欢(獾)

坟头上烧火——热死人

坟头上烧纸——给活人争气、挡挡别人的眼

坟头上安大刀——吓死人

坟头上拉二胡——鬼声鬼气

坟头上的乌鸦——人人厌、人人憎、人人都憎、人人都恨

坟头上的狗屎——又臭又硬、臭硬

坟头上的鲜花——对死者的怀念

坟头上夜猫子——不是好鸟、不是正经鸟

坟头上耍大刀——吓鬼(比喻吓唬不了人)、吓死人、吓唬鬼

坟头上种牡丹——死风流、死了也风流

坟头上说相声——乐死人

坟头上垒丘子——气(砌)死人

坟头上捅杆子——搅死人

坟头上插雪茄——缺德带冒烟

坟头上插烟卷——缺德带冒烟

坟头上脱裤子——羞死人

坟头上跑火车——缺德带冒烟

坟头上煎豆子——吵(炒)死人了

坟头上舞大刀——吓死人

坟头上撒花椒——麻鬼

坟头上的干狗屎——又臭又硬

坟头上的乌鸦叫——人人憎恨

坟头上的夜猫子——不是好鸟、不是正经鸟

坟头上骑自行车——绕你祖宗

坟头上面倒大粪——臭死人了

坟里放炮——吓鬼

坟里点灯——照死人

坟里的长虫——地头蛇

坟里埋砒霜——阴毒

坟前石碑——记生记死

坟前烧纸——给活人争气

坟前的石碑——记生记死

坟坑里爬上来——死里逃生

坟地改菜园——拉平了

坟地改菜园儿——拉平

坟地改菜园子——没经(耕)过

坟地上打拳——耍什么鬼威风

坟地上的乌鸦——叫声惨人

坟地上冒青烟——阴阳怪气

坟地上睡个酒鬼——醉生梦死

坟地上躺个酒鬼——醉生梦死

坟地里打拳——吓鬼

坟地里拉弓——色(射)鬼

坟地里拉屎——臭死人

坟地里卖布——鬼扯

坟地里耍刀——吓鬼的

坟地里赶集——闹鬼

坟地里起烟——鬼火冒

坟地里唱戏——闹鬼

坟地里喝酒——醉鬼

坟地里浇醋——酸死人

坟地里酿酒——醉鬼、醉死人了

坟地里过摆渡——祖辈传（船）留（流）

坟地里冒青烟——阴阳怪气

坟地里夜猫子——不是个好鸟

坟地里架蒸笼——气死人

坟地里耍大刀——吓鬼

坟地里摆酒席——鬼作乐

坟地里撒花椒——麻鬼

坟地里撒砒霜——害死人

坟地里的大杨树——看着枝叶茂盛，都是空心子的

坟地里的夜猫子——不是鸟儿、不是好鸟、不是个好鸟、不是个好鸟儿、不是什么好鸟

坟地里放恐怖片——吓死人

坟地里睡个酒鬼——醉生梦死

坟地里躺个酒鬼——醉生梦死

过坟场吹口哨——给自己壮胆

进坟场吹口哨——自己给自己壮胆

坟场上打雷——吓死人

坟场上赶集——闹鬼

坟场上炖肉——闷（焖）死人

坟场上演戏——给鬼看

坟场上烧火——热死人

坟场上算命——哄鬼

坟场上扛石头——累死人

坟场上用蒸笼——气死人

坟场上动锅铲——吵（炒）死人

坟场上光屁股——丑死人

坟场上卖白粉——害死人

坟场上的乌鸦——人人都恨

坟场上说相声——乐死人

坟场上堆冰块——冷死人

坟场上舞大刀——吓死人

坟场上撒砒霜——害死人

坟场上放恐怖片——吓死人

坟场里下雪——冷死人

坟场里卖布——鬼扯

坟场里耍刀——吓鬼的

坟场里演戏——给鬼看

坟场里抬石头——累死人

坟场里摆酒席——鬼作乐

坟墓变庙宇——神出鬼没

坟墓里招手——把人往死路上引

坟墓里起烟——鬼火直冒

坟墓里埋砒霜——阴毒

坟墓里戴口罩——阴一套阳一套

坟墓里截木头——阴一句(锯)阳一句(锯)

坟墓里的棺材片——死板

坟墓边骑车——绕鬼

坟墓前的石碑——生死铭记

坟墓前的碑文——死者档案

坟窟窿里冒气——阴风

坟圈里拉弓——色(射)鬼

坟圈里放炮——吓鬼

坟圈子涨水——惯(灌)了鬼了

坟圈子拉弓——色(射)鬼

坟圈子放炮——吓鬼

坟圈子唱戏——闹鬼

坟圈子的夜猫子——不是个好鸟

坟圈子里拉弓——色(射)鬼

坟圈子里的狗——一出去就是一窝子

坟圈子里唱戏——闹鬼

坟圈子里划拳——苦鬼作乐

坟堆上点火——烧包

坟堆上放火——烧包

坟堆里敲锣——闹鬼

坟堆里的棺材——死板

坟堆里埋砒霜——阴毒

坟窟窿里冒气——阴风

坟窟窿里的骨头——你知他是什么

坟窟窿里逃出个兔子——没人形

坟窟窿里跳出个兔子——没人形

坟茔前立碑——记生记死

坟茔地唱戏——闹鬼

坟茔地拉弓——色(射)鬼

坟茔地耍大刀——吓唬鬼

坟阴堂支车——出轨(鬼)

坟阴堂的螺螺——鬼钻子

坟阴堂里拉二胡——阴腔阳调

坟丘山长起灵芝草——出奇

坟旮旯卖布——鬼扯

坟舍里的大路——鬼来鬼去

避坑落井——祸不单行、避开一害,又遇另一害

坑上的狸猫——坐地虎

坑里的长虫——地头蛇

坑里搭台子——眼前看

坑里搭戏台——到跟儿看

坑洞里的耗子——灰溜溜的

坑道里推炮——直插、直捅

坑缸里下棋——臭有趣

坑缸里的蛆虫——臭讲

坑缸门口扎彩球——臭架子

坑缸门口淌尿石——臭硬

坑缸板上唱山歌——臭不可闻

坑缸棚浪扎彩子——臭架势

坑缸棚上扎彩牌——臭架子

坑缸棚里摊铺——摆臭架子

坑缸棚里栽青菜——将就使(屎)

坑棚里的石头——又臭又硬

坑棚里拉胡琴——凑(臭)热闹

报国寺卖骆驼——没有那个事(寺)

报国寺里卖骆驼——没有那个事(寺)

护国寺西口——狗势(市)

护国寺西头——狗势(市)

护国寺买骆驼——没那个事(寺)

护国寺卖骆驼——没有那个事(寺)

护国寺里卖骆驼——没有那个事(寺)

护城河的王八——混年号

护城河的鸭子——各抱一角

投石下水——探探深浅、试探深浅

投石下河——探探深浅、试探深浅

投石问路——探探深浅、探其虚实

弄堂里打狗——夹起尾巴直溜、直来直去、直进直出、直出直入、闸(石)进闸(石)出

弄堂里打拳——拉不开架势

弄堂里跑马——题(蹄)难出

弄堂里扛木头——直来直去、直进直出、直出直入

弄堂里扛梯子——直来直去、直进直出、直出直入

弄堂里卖报纸——小道消息

弄堂里抬竹竿——直来直去

弄堂里挑担子——直来直去

两座山亲嘴——办不到、搬(办)不倒(到)

两条河里的船——总碰不到一块

两狼山中的杨老将——身入绝境

麦田捉鳖——十拿九稳

麦田捉田鸡——手到擒来

麦田里种蒜——一举两得

麦田里着火——茫(芒)然(燃)

麦田里的韭菜——难分色

麦田里种棉花——一举两得

麦田里捉田鸡——手到擒来

麦场上挂马灯——照常(场)

豆囤里抓豆——抓一大把

豆囤里拿豆——抓一把

豆地里吃瓜——自己找、自找、自找的

豆地里抓蝈蝈——听声来了

豆地里的叫蚱子——老油(蚰)子啦

豆地里的菟丝草——死缠

远水——不解近渴

远水救近火——来不及

远水不救近火——缓不济急

远处有灯——前途光明

远处看碱湖——白的

远地得家书——陡增欢喜

远来的和尚——好念经

运粮河里的蛤蟆——干鼓肚

运粮河里漂山楂——净充能豆子

连山的夜战——接到来

财神庙的土地——爱才(财)、爱财

旱田的螺蛳——有口难开

旱田里的鱼虾——九死一生、性命难保、活不长、难活命

旱田里的泥鳅——钻得深

旱田里的曲蟮——钻不透

旱田里的螺蛳——开不了口、有口难开、死眼子

旱地行船——推板不起

旱地拔葱——费劲

旱地鱼虾——活不下去了(比喻生活苦,不好活下去。)

旱地点播——不讲(耩)

旱地倭瓜——越老越红

旱地逢雨——点滴入土

旱地螺壳——不张嘴

旱地蛤蜊——不张嘴儿

旱地蛤蟆——干鼓肚、蹦不了几天

旱地的乌龟——无地容身、无处逃生、无处容身、无处藏身、没处躲、没处逃身

旱地的北瓜——越老越红

旱地的田螺——有口难开

旱地的泥鳅——钻得深

旱地的南瓜——越老越红

旱地的倭瓜——越老越红

旱地的鱼虾——九死一生、性命难保、活不长、难活命

旱地的蛤蜊——口难开、不张嘴、不好开口、死不张嘴、难开口、横行不了几天

旱地的蛤蟆——干鼓肚、没办法、蹦不了几天

旱地的螺蛳——开不了口、有口难开、死眼子

旱地改了户口——姓水

旱地的鱼虾遭天干——活不下去、活不下去了

旱地的葱,过道风,蝎子尾巴,财主心——又毒又辣又刺人

旱地的葱过道的风,蝎子尾巴财主的心——又毒又辣又刺人

旱地的葱过道的风,蝎子的尾巴财主的心——又毒又辣又刺人

旱地上插秧——不顾死活、难哉(栽)难哉(栽)

旱地上的泥鳅——钻得深

旱地上的蛤蜊——口难开、不好开口、不张嘴儿、死不张嘴、难开口、横行不了几天

旱地上的蛤蟆——干鼓肚

旱地上的螃蟹——横行不了几天、横行不了几时、横行不些日子

旱地上的螺蛳——开不了口、有口难开、死眼子

旱地里摸鱼——瞎费劲

旱地里插秧——不顾死活、难哉(栽)难哉(栽)

旱地里蛤蜊——口难开、不好开口、不张嘴儿、死不张嘴、难开口、横行不了几天

旱地里的乌龟——无地容身、无处逃生、无处容身、无处藏身、没处躲、没处逃身

旱地里的庄稼——稀稀拉拉

旱地里的泥鳅——钻得深

旱地里的蛤蜊——口难开、不好开口、不张嘴儿、死不张嘴、难开口、横行不了几天

旱地里的蛤蟆——干鼓肚、扑腾不了、蹦不了几天

旱地里的曲蟮——钻不透

旱地里的螃蟹——横行不了几天、横行不了几时、横行不了多时、横行不些日子

旱地里的螺蛳——开不了口、有口难开、死眼子

旱地里捉鸭子——干扑棱

旱地里栽水稻——遭殃(秧)

旱地里栽杨柳——能活就活,不活也不丢啥

旱地里栽柳条——能活就活,不活也不丢啥

旱地里的蛤蟆跑进菜园里——见讲(藕)了

旱池的鱼虾——九死一生、性命难保、难活命

旱池塘的鱼虾——活不下去、难活命

旱坡上划船——行不通、走不通

旱坡上的螺蛳——死眼子

旱塘里的青蛙——盼下雨

旱塘里的鱼虾——难活命

旱崖上的蛤蟆——干鼓肚

男僧寺对着女僧寺——没事也有事

吴淞口的水——下了海、只有下海

吴淞口的货轮——内通外国

吴淞口的客轮——内通外国

吴淞口的海拔——从 0 开始、等于 0

吴淞口的水入海——一去不复返、滚蛋(淡)

吴湖里行船——内行(航)

吸铁石不吸铁——没词(磁)

吸铁石吸芝麻——有粒(利)就粘

园中的韭菜——小撮一小撮的、你算哪一苑、割一茬长一茬

园里的花——向阳

园里韭菜——割一茬长一茬、越挑越差

园里挑瓜——越选越差

园里的韭菜——一小撮一小撮的、你算哪一蔸、割一茬长一茬

园里的橡胶树——任人千刀万剐

园外竹笋——外甥(生)

园子里的辣椒——红到顶了

园林场失火——果然(燃)

园林里挂钥匙——开花

园地里挖白菜——斩草除根

隔着围墙摘花——手伸得太长

囤顶插旗杆——尖上拔尖

囤顶上插旗杆——尖上拔尖

囤子顶上插旗杆——尖上加尖、尖上拔尖

岗上二亩水浇地——旱涝保收

皂君庙的狮子——缺对

秃山上的猴子——又饿又冷、没耍的、没啥要了

秃山下的贫矿——品位不高

秃山头上滚石头——无牵无挂

乱石缝中的草木芽——曲折地成长

乱尸岗上的西瓜皮——滑鬼

乱坟里划拳——苦鬼作乐

乱坟岗上卖布——鬼扯

乱坟岗上唱戏——闹鬼

乱坟岗上扔娃娃——去了个小人

乱坟岗里的鬼火——不是在这里出现，就是在那里出现

乱坟坑里的水汪——一摊鬼尿

乱坟堆里找人——都是死硬货

乱坟堆里唱戏——闹鬼、鬼才听哩、净见鬼

乱坟堆里掷骰子——净是鬼点子、鬼点子多

乱坟堆里摆龙门阵——鬼话连篇

乱葬坟上跳舞——鬼迷心窍

乱葬坟头撒花椒——麻鬼

乱葬坟里划拳——苦鬼作乐

乱葬坟里拉屎——臭鬼

乱葬坟里跳舞——鬼迷心窍

乱葬坟里敲锣——玩哩啥鬼呀

乱葬坟里放鞭炮——吓鬼、闹鬼

乱葬坟里春石臼——捣鬼

乱葬坟里掷骰子——净是鬼点子、鬼点子多

乱葬坟里撒花椒——麻鬼

乱葬岗子上找人——都是死硬货

乱葬岗子里砧子响——鬼打刀多

坐山观虎斗——观阵、想从中渔利

坐井观天——小天地、天无井大、见识不广、看不多远、没多大的块儿、所见有限、眼光短浅

坐井沿子丢照片——丢人不知深浅

佛店里的罗汉——一肚子泥

佛堂里的罗汉——一肚子泥

佛殿里的罗汉——一肚子泥

谷地里点玉菱——高出一截子

谷地里的高粱——出人头地、冒尖

角落里的蚊子——让他（它）多活几天、暂时不理他（它）

这边筛锣,那边敲鼓——一个点儿

灶坑烧螃蟹——没爬、没爬了

灶坑插杨柳——不死不活、死不死,活不活、要死不活

灶坑挖井,房顶开门——六亲不认

灶坑里扒红薯——拣软的捏

灶坑里扔扎枪——乱窜（穿）火

灶坑里烧王八——憋气又窝火、又憋气又窝火

灶坑里烧把火——不怕冷也见不得人

灶坑里插犁杖——跳（挑）糟（灶）、跳（挑）糟（灶）了

灶坑里劈柴火——不好使家什

灶坑里烧窝窝头——眼热

灶膛里老鼠——灰溜溜

灶膛里抡锤——砸锅

灶膛里添火——暗使劲

灶膛里抡锤子——砸锅

灶膛里的王八——拱火

灶膛里的火苗——通红透亮

灶膛里的老鼠——灰不溜溜

灶膛里的湿柴——有烟没火

灶膛里烧皮条——卷回来了

灶膛里烧麦秸——满膛火

灶膛里装门闩——横不好，竖不好

灶膛里摸家雀——不在这里

灶膛里扒出个烧馍——又吹又打、又吹又拍、吹吹拍拍

灶膛里扒出个烧馍馍——又吹又打、又吹又拍、吹吹拍拍

灶膛头扒出个烧馍馍——又吹又打、又吹又拍

羌寨的路——弯儿多

穷庙里的菩萨——空诉愿

穷山沟里盖宾馆——只能亏

冷溪沟里的水泡茶——全无气味

冷清殿里发火光——不知从何说起

沙打墙——白费力气

沙子垒坝——白费工夫、白费劲、枉费工

沙子垒墙——一碰便倒、一碰就倒、一推便倒、一推就倒

沙子筑坝——一冲便垮、一冲就垮、挡不住水、后患无穷、难上难、难上加难、硬冲垮

沙子拌水泥——涂墙抹壁、掺和一块儿干

沙子上盖房子——不牢靠

沙子里淘金——不大点、有不多、有也不多、没多大一点、越细越好、难得、得之不易、积少成多、总也不多

沙土井——淘不深（比喻进行不了，深入不进去。）

沙土里的花生——一串一串的、成窝成串的

沙土里的蝼蛄——到黄土地里拱不动、到黄土地里就拱不动了

沙土里的萝卜——一带就来

沙土地的蝼蛄——到黄土地里拱不动、到黄土地里就拱不动了

沙土地里的花生——一串一串的

沙土地里的萝卜——一带就来、一带就起、一带就出来

沙土包里放屁——孩子气

沙土地里的花生——一串一串的

沙土岗子发洪水——泥沙俱下

沙土窝里放屁——孩子气

沙包盛酒——不在乎（壶）

沙里淘金——不大点、不可多得、有不多、有也不多、没多大一点、越细越好、实在难得、难得、得之不易、积少成多

沙里澄金——轻重分开了

沙里数烟籽——难说（数）

沙里的泥鳅——钻得不远

沙井——掏不深

沙地的虾——跳不了、掀不起浪了、掀不起大浪

沙地拔萝卜——干脆利索、干净利索、干净利落、不费吹灰之力

沙地的萝卜——带倒就来

沙地栽杨桩——一插到底

往沙地泼水——白交（浇）

沙地上的草——根子不深

沙地上除草——连根拔掉

沙地上推小车——一步一个脚印

沙地里萝卜——清脆

沙地里栽葱——大辈（白）儿

沙地里的萝卜——一带就出来

沙地里晒芝麻——自找麻烦

沙坝上写字——不要就抹、要不得就抹

沙丘的家——不定、跟风走

沙丘上冒白烟——沙子飞扬

沙石打青石——实（石）打实（石）

沙石地里的水——清澈见底

沙岩打青岩——实（石）打实（石）

沙面捏窝窝——团不到一块

沙河掏井——越掏越深

沙河里的石头——又圆又滑、磨得没有棱角了

沙沟里的甲鱼——穿不起来

沙沟里的荸荠——讨扣

沙坑里挖藕——一无所获

沙缸里蒸馍——不用点火

沙缸子里盛水——存不住

漠钓鱼——不可能的事、没人见过、没有的事

沙漠上造船——没料

沙漠上种菜——别想活

沙漠上旅游——没看头

沙漠上做饭——确实很难

沙漠上推车——到处有阻力、很难前进一步

沙漠上的鸵鸟——顾头不顾尾、顾头不顾腚、藏头露尾

沙漠上穿高跷——迈不开步子

沙漠上搞野炊——要柴没柴，要水没水

沙漠上搭帐篷——过一时算一时

沙漠地刮大风——有眼难睁

沙漠里找水——吴（无）湖、点滴都可贵、渺茫得很

沙漠里钓鱼——不可能的事、没人见过、没有的事

沙漠里的水——点滴都可贵

沙漠里烤火——就地取材（柴）

沙漠里砸蒜——一锤子买卖

沙漠里播种——一无所获

沙漠里走夜路——认不出方向、认不准方向

沙漠里的舟船——寸步难行

沙漠里的红柳——不怕风沙、不怕风雪、不怕风霜

沙漠里的鸵鸟——顾头不顾尾、顾头不顾腚

沙漠里的骆驼——处处留迹、顶了大用了、只认一座账房、瀚海之舟

沙漠里盼水喝——干着急

沙漠里捡条鱼——来路不明

沙漠里捉特务——跟踪追击（迹）

沙漠里踩高跷——不是路

沙漠里野花开——埋没英才

沙漠里撵小偷——跟踪追击（迹）

沙漠里相遇的鸟——一见如故

沙窝里淘米——自身难保

沙窝里的兔子——灰头土脸

沙窝里种荞麦——不成

沙窝里想撑船——好事想绝

沙窝里的骆驼刺——自生自长

沙窝子想撑船——好事想绝了

沙窝子里想撑船——尽想好事、想得倒美

沙窝里淘米——自身难保

沙窝里的兔子——灰头土脸

沙窝里的骆驼刺——自生自长

沙堆上拉车——一步一个脚印

沙堆上盖楼房——不牢靠、啥（沙）根基

沙堆里放炮仗——闷声闷气、闷声不响

沙堆里放爆竹——闷声闷气、闷声不响

沙滩打桩——不牢靠

沙滩行船——干吃力、进退两难

沙滩走路——不落实
沙滩拣蚌——手到擒来
沙滩的鱼——等死的货
沙滩栽杨桩——检(紧)查(插)
沙滩放风筝断了线——无牵无挂
沙滩上写字——大小由你、抹了无事
沙滩上划船——进退两难
沙滩上行船——寸步难移、进退两难、搁起来、搁起(浅)了
沙滩上寻针——难极了
沙滩上走路——一步一个脚印、不落实、脚底下不踏实
沙滩上拉车——一步一个脚印
沙滩上钓鱼——无稽之谈
沙滩上竖屋——基础太差
沙滩上的鱼——干蹦跳、干蹦干跳
沙滩上盖房——不牢靠、根基不牢
沙滩上盖楼——地基不牢、啥(沙)根基
沙滩上浇水——一点不剩
沙滩上浇油——白搭
沙滩上造塔——长不了、白费劲
沙滩上楼阁——根基不牢
沙滩上搭棚——并非长久之计、易盖也易垮
沙滩上推车——阻力大
沙滩上撒网——瞎张罗
沙滩上下冰雹——点子多、坑坑洼洼点子多
沙滩上下雹子——点子多
沙滩上打篮球——拍不起
沙滩上拣小米——不够本、不够本钱、不够工夫钱、得不偿失
沙滩上玩陀螺——不是地方
沙滩上的石子——俯拾皆是、俯拾即是、弹圆了角
沙滩上的茅厕——早晚要垮的
沙滩上的泥鳅——不怕你滑、能滑到哪里去
沙滩上的楼房——根基不稳、根基不硬、终久要倒
沙滩上的楼阁——太玄(悬)乎、基础不牢、根基不稳
沙滩上的黄鳝——寿命不长、寿命不长了、滑不到哪里去
沙滩上的螺蛳——难开口、不好开口
沙滩上放木排——一拖再拖

沙滩上种水稻——难办

沙滩上起高楼——不得长久、不得长久的、底子有问题

沙滩上晒谷子——难收场

沙滩上修大厦——根基不牢

沙滩上捡小米——不够本、不够本钱、不够工夫钱、得不偿失

沙滩上砌高楼——底子有问题

沙滩上盖房子——基础不牢、根基差

沙滩上盖高楼——底子有问题

沙滩上盖楼房——不牢靠、不稳、不稳当、基础差、底子差、底子不行

沙滩上造房子——不牢靠

沙滩上楔橛子——谁知牢不牢

沙滩上的水豆腐——没法收拾

在沙滩上盖楼——根基不牢

沙滩里栽花——扎不下根、难扎根、难生根

沙滩里打蛤蟹——各人手硬各人爬

沙滩里晒太阳——人人有分、老少无欺

沙滩里晒谷子——自讨麻烦、自找麻烦

沙滩里盖楼房——牢不了

沙湾灯笼——何苦(府)(广东)

沟子里的泥鳅——滑得很、翻不起大浪

沟边大树——见湿(识)多

沟里拾柴——挠(恼)上来

沟里背柴火——上坎难

沟里拾柴火——脑(挠)上来了

沟底拾柴火——脑(挠)上来了

沟底下搭戏台——到眼前看

沧海一粟——太渺小、小得没了

沧海一粟——非常渺小

沧海桑田——变幻莫测、风云变幻

庐山上的庙——真是个修身养性的好地方

庐山顶上的太阳——难得露一面

良乡的板栗——其实不差

良乡的板栗灵宝的枣——人人都说好

张家口的口蘑——分外香

张家口的镰刀——揽头宽

张家口的蘑菇——泡了

除了灵山别有庙——到处有香烧

灵官殿求子——找错了庙门

拆了灵官殿修观音殿——改恶从善

灵房子走路——怪物(屋)

灵堂上唱大戏——有哭有笑

灵宝的红枣——确实好

尿凼里驾船——走不了好运

尿沟里的棒槌——要就捡到,不要就丢

尿沟凼里棒槌——要就捡到,不要就丢

陈州的种子——一堆散沙

纸场河的亮壳子——上面好话都说尽

阿尔山的兔子——有地方躲藏

阿尔山里捉黑瞎子——这个熊要不得

阿房宫的建筑——勾(钩)心斗角

陆上的车水上的船——走不到一块

陆上的李逵水中的张顺——各有各的能耐

陆相——地貌

八画

青山无大树——茅草当长竿。

青山的冷庙——有人许愿无人还

留得青山在——不怕没柴烧、不愁没柴烧、依旧有柴烧

青山上的檀香木——味儿特好

青山绿水——景色秀丽

青城山的风景——天下幽

青石脑壳——碰到就响

青石进了石灰窑——要留清(青)白在人间

青石凳上谈恋爱——硬对硬

青石上钉钉子——硬钻、两败俱伤

青石头上雕花——起头难

青石板钉钉——不动

青石板抹油——滑得很

青石板抹香油——滑得很

青石板做中堂——实(石)话(画)

青石板碰上莎萝秧——谁也挂不住谁

青石板上扎针——别别扭扭

青石板上钉钉——不动、不会更动、不会有什么更动、硬钻

青石板上抹油——滑得很、溜滑

青石板上栽葱——扎不下根

青石板上犁地——翻不起

青石板上雕花——开头难、起头难、硬功夫、硬考硬

青石板上长豆子——根硬本事大

青石板上长牡丹——动(冻)了心、模样好,根子硬

青石板上长蘑菇——根子硬、奇闻、天下奇闻、无奇不有

青石板上甩乌龟——硬碰硬

青石板上过日子——只有出项,没有进项

青石板上垒鸡窝——底子硬

青石板上钉铁钉——不动、难顶(钉)硬、碰硬、硬钻、硬碰硬

青石板上炒豆子——熟一个,蹦一个

青石板上的青苔——扎不下根、根底浅

青石板上的泥鳅——滑得很

青石板上的蜈蚣——明摆着的独(毒)招(爪)

青石板上的曲蟮——没处钻了、没处钻了

青石板上剁猪头——看你怎么侃(砍)

青石板上砍骨头——硬碰硬

青石板上种白菜——不发芽、有心扎不下根

青石板上种西瓜——不行、有心难扎根

青石板上种庄稼——难生根、扎不下根

青石板上种花生——大能耐人(仁)、既扎不了根,更结不了果

青石板上种豆子——扎不下根

青石板上刷石灰——一清(青)二白

青石板上垒鸡窝——底子硬

青石板上晒棉花——有软有硬、有硬有软

青石板上绣牡丹——刻画

青石板上倒牛油——庆(清)祝(住)了、冷清、冷清啦

青石板上腌咸菜——一言(盐)难尽(进)

青石板上搭窝棚——底子好

青石板上插旗子——树(竖)不起、竖不起来

青石板上盖高楼——根基好、根底好

青石板上栽菠萝——没门儿的事

青石板上摔乌龟——硬碰硬

青石板上摔玻璃——粉身碎骨

青石板上摔瓶子——叫你粉身碎骨

青石板上撒石灰——一清(青)二白

青石板上长狗尿苔——色不济根子硬

青石板上的炒豆子——熟一个蹦一个

青石板上撒石灰水——一清(青)二白

青砖白瓦一窑烧——同样的来路

青砖白瓦共窑烧——同样的来路

青州府萝卜——红心儿

武当山上和尚打劫——抢道

武侯祠里问孔明——无计可施

武侯祠里的关公——雄风犹在

武侯祠里拜孔明——抬头是计

武侯祠里看《三国》——计上心头

武侯祠里拜关公——不怕脸红

武溪河上泡衣服——大奖(浆)大喜(洗)

松花江水长大的——管得宽

杭州订货苏州卖——不图赚钱只图快

板上钉钉——变不了、没个跑

板上锲钉——没跑的

板上钉钉儿——跑不了

板上钉钉子——没法变、变不了、没跑、跑不了、实实在在

板上的泥鳅——无处藏身、无地自容

板上敲钉子——稳扎稳打

板门的门神——一对儿、对上了

板门上门神——一对、一对儿、成对、定成对

板门上的门神——定成对

板门上贴门神——一个向东,一个向西、成对

板面上钉钉——一定(腚)吃亏

板壁上的麻雀——吓大胆的、吓大了胆子

敲开板壁说亮话——不兜圈子

拆房卖瓦——只顾眼前、光顾眼前

拆房放风筝——只图风流不顾家

拆房种粮食——有的吃,没得住

拆房逮老鼠——大折腾、大干一场、得不偿失

拆房逮耗子——大干、大干一场

拆房拿老鼠——大干

拆房拿耗子——大干

拦河坝封水泥——一点滴不漏、滴水不漏

担山填海——力不能及、力不从心、心有余而力不足、愚公精神可嘉

担沙填海——无济于事、白费力、白费劲、白费力气、白费工夫、枉费心、劳而无功

担水往河卖——献丑

担水种电杆——多余

担水往河头卖——劳而无功、有劳无功、找错了地方

担水往河里卖——劳而无功、有劳无功、找错了地方

担水的扁担进门——直来直去、直进直出、直出直入

苦水里泡苦瓜——苦惯了

苦水里泡大的孩子——知道甘苦、珍惜人生

苦水里泡大的杏子核——苦人(仁)儿

苦水里泡大的杏核儿——苦人(仁)儿

苦水里面泡苦瓜——苦惯了(比喻已习惯子困苦的生活。)

苦海无边——回头是岸

茅山上的菩萨——照远不照近

茅山道士作法——装神弄鬼

茅山道士念咒——鬼知道

茅石板上打滚——尽往死(屎)坑里跳、寻的往死(屎)坑里跳

茅池里开道——死(屎)路一条

茅池里的蛆——想死(屎)

茅池里的蛆子——乱钻乱翻

茅池里练游泳——不怕死(屎)

茅池里焐的黄豆芽——肮脏货

茅池边上打滚——寻的往死(屎)里跳

蹲在茅坑问香臭——明知故问

茅坑上拜年——臭奉承

茅坑上一块板——又臭又硬

茅坑上扎牌楼——臭架子

茅坑上安电扇——出臭风头、出什么臭风头

茅坑上搭牌楼——好大的臭架子

茅坑上栽青菜——将就使(屎)

茅坑上边盖大厦——臭底子、底子臭

茅坑边的草——根子壮,底子臭

茅坑边啃香瓜——不对口味

茅坑边的美人蕉——臭美

茅坑边儿卡筋斗——离死(屎)不远了

茅坑边上打粉——臭要脸、臭要面子、臭要脸面

茅坑边上栽菜——将就使(屎)

茅坑边上摔跤——离死(屎)不远

茅坑边上种牡丹——臭美

茅坑边上摆排场——臭讲究

茅坑边上栽青菜——将就使(屎)

茅坑里打架——奋(粪)不顾身

茅坑里讨饭——尽找死(屎)

茅坑里出来——变(便)了

茅坑里的蛆——无孔不入、乱拱

茅坑里泼醋——又酸又臭

茅坑里洗浴——真是不怕死(屎)

茅坑里搭棚——臭架子

茅坑里跑步——死(屎)路、不透风

茅坑里喂狗——不怕他(它)胃口大

茅坑里栽花——脸面好看根子臭

茅坑里栽树——高不了

茅坑里题诗——臭才

茅坑里摆铺——摆臭架子

茅坑里搂屎——越搂越臭

茅坑里扎绣球——不相配

茅坑里打呵欠——满口臭气、满嘴臭气

茅坑里打灯笼——找(照)死(屎)

茅坑里扔黄汲——充分(粪)

茅坑里出来的——臭不可闻

茅坑里安电扇——出臭风头、出什么臭风头

茅坑里安家神——臭死先人

茅坑里安菩萨——臭死先人

茅坑里丢炸弹——激起公愤(粪)

茅坑里吹喇叭——臭调

茅坑里拌斧头——作(斫)死(屎)

茅坑里拉风箱——气愤(粪)

茅坑里的木棒——文(闻)不得也武(舞)不得、文(闻)也文(闻)不得,武(舞)也武

(舞)不得

　　茅坑里的孔雀——臭美

　　茅坑里的关刀——不能文(闻)也不能武(舞)

　　茅坑里的瓜皮——臭货

　　茅坑里的石头——又臭又硬、臭硬、死(屎)硬、没人稀罕

　　茅坑里的鸡子——臭蛋

　　茅坑里的秤砣——又臭又硬、不但臭硬,还颇有斤两、不但臭硬,还有分(粪)量

　　茅坑里的砖头——出事(屎)了

　　茅坑里的暖壶——臭水平(瓶)

　　茅坑里放块表——有始(屎)有终(钟)

　　茅坑里放磨盘——推测(厕)

　　茅坑里按兽头——如何相称

　　茅坑里挂斧头——作(斫)死(屎)

　　茅坑里洒香水——多此一举

　　茅坑里捡铜板——臭钱

　　茅坑里冒冷气——矢(屎)量

　　茅坑里啃西瓜——不对味、不对味儿、不是味儿

　　茅坑里扇扇子——出尽了臭风头、净出臭风头

　　茅坑里搁暖壶——臭水平(瓶)

　　茅坑里捡手帕——不好开(揩)口

　　茅坑里捡张纸——亏你开(揩)得口

　　茅坑里插长棍——臭气冲天

　　茅坑里插秤杆——过分(粪)

　　茅坑里铺地毯——摆臭格

　　茅坑里拣个铜板——臭钱

　　茅坑里的大粪蛆——死(屎)里求生、想死(屎)

　　茅坑里的处理品——臭货

　　茅坑里的鱼骨头——又腥又臭

　　茅坑里的搅屎棍——文(闻)不能文(闻),武(舞)不能武(舞)

　　茅坑里的核桃米——臭人(仁)

　　茅坑里放玫瑰花——显不出香味、显不出那点香味

　　茅坑里种玫瑰花——显不出香味

　　茅坑里杀出个李逵——冒里冒尖

　　茅坑里板子做棺材——臭了半辈子还装人

　　茅坑里的搅屎棍儿——文(闻)不能文(闻),武(舞)不能武(舞)

　　茅坑里出来的屎壳郎——一身臭气

茅坑板子做棺材——臭了半辈子还装人、臭了一辈子还装人

茅坑板上唱山歌——臭不可闻

茅坑柜子做棺材——臭了半辈子还装人

茅坑旁边的暖壶——臭水平(瓶)

茅厕跌倒——屁也不得放

茅厕安首饰——假排场

茅厕埋死猫——臭不可闻

茅厕搭牌楼——臭架子、摆臭架子

茅厕里开铺——离死(屎)不远

茅厕里失火——臭气熏天

茅厕里吃烟——前呼后拥

茅厕里的狗——饿不死他(它)

茅厕里的蛆——讨人嫌

茅厕里放炮——振(震)奋(粪)

茅厕里挂秤——过分(粪)

茅厕里题诗——臭秀才

茅厕里游泳——不怕死(屎)

茅厕里荡桨——敲死(屎)

茅厕里摆摊——摆臭架子

茅厕里睡觉——离死(屎)不远了

茅厕里摊铺——臭架子、摆臭架子

茅厕里打电筒——寻死(屎)、找(照)死(屎)

茅厕里打灯笼——找(照)死(屎)

茅厕里打哈欠——满嘴臭气

茅厕里打瞌睡——离死(屎)不远

茅厕里扔炸弹——激起公愤(粪)

茅厕里用磅秤——过分(粪)

茅厕里生豆芽——也不择个地方

茅厕里安电扇——臭吹、出臭风头

茅厕里吃东西——一进一出

茅厕里吃瓜子——小进大出

茅厕里吃香瓜——不对味儿

茅厕里吃油饼——亏你张得开嘴

茅厕里丢炸弹——激起公愤(粪)

茅厕里坐圈椅——摆臭资格

茅厕里的大刀——不能文(闻)也不能武(舞)

茅厕里的手帕——开(揩)不得口
茅厕里的公鸡——名(鸣)声臭
茅厕里的关刀——文(闻)不能文(闻),武(舞)不能武(舞)
茅厕里的瓷砖——臭四方
茅厕里咬圪蛋——活收入少,死(屎)支出大
茅厕里种庄稼——将就使(屎)
茅厕里捡手巾——开(揩)不得口
茅厕里捡张纸——亏你开(揩)得口
茅厕里桂花开——香香臭臭
茅厕里搭牌楼——好大的臭架子
茅厕里修便道——死(屎)路一条
茅厕里插屎签——过分(粪)
茅厕里铺地毯——臭讲究
茅厕里嗑瓜子——进的没有出的多
茅厕里啃香瓜——不对味、不对位(味)
茅厕里的搅屎棒——越搅越臭
茅厕里的鹅卵石——又臭又硬、又臭又硬又圆滑
茅厕里放玫瑰花——显不出那点香味来
茅厕里养美人蕉——臭美
茅厕里栽桂花树——香臭不分、香臭难分
茅厕里捡得的手帕——不好开(揩)口
茅厕里头放鞭炮——正(震)礼(里)正(震)分(粪)
茅厕头的蛆——找死(屎)
茅厕头栽菜——将就使(屎)
茅厕头挂秤杆——过分(粪)
茅厕头点灯盏——找(照)死(屎)
茅厕首的鹅卵石——又臭又硬(云南)
茅厕门上贴对联——一股臭文、文不对题
茅厕门口挂板子——牌子臭
茅厕坎上的石头——又臭又硬
茅厕坎上栽青菜——将就使(屎)
茅厕旁边栽菜——将就使(屎)
茅厕坑里投石头——贱(溅)出死(屎)来了
茅厕板做广告——牌子臭
茅厕板做神牌位——不是正经材料
茅厕板做神牌牌——不是正经材料

茅厕板上开铺——隔死(屎)不远、死(屎)等(蹲)在脚下

茅厕板上打滚——尽往死(屎)坑里去

茅厕板上的纸——开(揩)不得嘴

茅厕板上开汽车——玩死(屎)人

茅厕板上的抹布——开(揩)不得口

茅厕板上捡块手帕——开(揩)不得嘴

茅厕板子——三天新鲜

茅厕板子钉螺丝——转转里臭

茅厕板子插麝香——外香内臭

茅厕板子做灵牌——没正经材料

茅厕板子做祖位——不是正经材料

茅厕板子做祖牌——不是正经材料

茅厕板子做的牌位——不是正经材料

茅厕顶上开门——臭名在外、臭气熏天

茅厕顶上装烟囱——臭气熏天

茅厕坑点灯——找(照)死(屎)

茅厕棚顶抽檩子——只有垮

茅厕墙插圪塔——应(影)份(粪)

茅厕墙上挂秤——过分(粪)

茅厕墙上的诗文——没啥正经的

茅屎池里栽菜——将就使(屎)

茅屎坑里丢砖头——出事(屎)了

茅屎坑里投砖头——贱(溅)出死(屎)来了

茅屎坑里捞起来的砖头——踢到它又痛又臭

茅屎墙上的诗文——没啥正经的

茅屎墙上画老虎——吓唬出工(恭)的

茅屎墙上插秤杆——过分(粪)

茅房不通风——愤(粪)懑(闷)了

茅房打灯笼——找(照)死(屎)

茅房的电扇——臭吹

茅房摔茶壶——臭词(瓷)不少

拆了茅房盖楼房——底子臭

茅房上边盖大厦——臭底子

茅房头种菜——将就使(屎)

茅房里打躬——臭奉承

茅房里作揖——臭奉承

茅房里的蛆——臭讲(耩)

茅房里种菜——将就使(屎)

茅房里搭铺——臭架子、摆臭架子、离死(屎)不远

茅房里磕头——臭讲究

茅房里睡觉——离死(屎)不远

茅房里题诗——臭秀才

茅房里打灯笼——找(照)死(屎)

茅房里打麻将——输赢都是屎钱

茅房里扔石头——贱(溅)出死(屎)来

茅房里吃月饼——难开口、难为你开口

茅房里安电扇——臭吹、出臭风头

茅房里吹喇叭——臭吹

茅房里的石头——又臭又硬

茅房里的蚊子——肯(啃)定(腚)

茅房里泡红枣——看得吃不得

茅房里放玫瑰——香臭不分、香臭难分

茅房里挂灯笼——找(照)死(屎)

茅房里念四书——臭讲究

茅房里刮旋风——吹了擦腚纸

茅房里响喇叭——臭吹

茅房里捡纸片——亏你做得出

茅房里跌一跤——碰到屎尖上了

茅房里盖洋楼——底子太臭

茅房里插旗帜——蛆儿要造反

茅房里啃香瓜——不是味儿

茅房里摔盘子——臭词(瓷)不少

茅房里打躬作揖——臭奉承

茅房里的大粪蛆——死(屎)里求生

茅房里的旧马桶——口滑肚臭、嘴滑肚臭

茅房里的死黄鳝——又腥又臭

茅房里的粪勺子——文(闻)不能文(闻),武(舞)不能武(舞)

茅房里挂马蹄表——有始(屎)有终(钟)

茅房里插秤杆子——太过分(粪)了

茅房里栽玫瑰花——香臭不分、香臭难分

茅房里拣到的帕子——不好开(揩)口

茅房里边盖大厦——臭底子

茅房门前栽跟斗——离死(屎)不远了

茅房顶上开门——臭名在外

茅房顶上竖大旗——臭名昭著

茅房墙上题诗——臭透了

茅房墙上画老虎——吓唬出工(恭)的

茅屋扎绣球——不是那个配头

茅屋上安兽头——不相称

茅屋里栽树——高不了

茅草山上撒渔网——捞个什么

茅草棚里摆沙发——不配、配不上

茅草棚里摆茶几——不配、配不上

茅楼的旋风——转臭文(闻)

茅楼不叫茅楼——臭架

茅楼里打哈欠——满嘴臭气

茅楼里放玫瑰花——显不出那点香味儿来

茂名的荔枝——出名啦

苗家寨的擂钵——实(石)打实(石)

苗家寨的酸汤鱼——风味独特

苜蓿地里刺金花——人家不夸自己夸

雨花台的石子——五光十色

雨花台上的石子——五光十色

坡地上放牛——随他(它)去

坳背后打锣——又是一起、高升(声)

坷垃皮包——光往里迷,不往外迷

坷垃地里撵瘸子——没跑、跑不了、能有多大跑头、哪有多大跑头

坷垃堆里的连环图——废话(画)

坷垃缝里长青草——土生土长、土里生土里长

垃圾一堆——废物

垃圾沤肥——腐败得很

垃圾倒进粪池里——同流合污

垃圾堆里安雷管——乱放炮

垃圾堆里的东西——废物

垃圾堆里的乌拉——没脸没皮

垃圾堆里的图纸——废话(画)

垃圾堆里的破鞋——一钱不值、没人要的货

垃圾堆里拾戒指——哪有那好事

垃圾堆里的八骏图——废话（画）

垃圾堆里的仕女图——废话（画）、尽废话（画）、净废话（画）

垃圾堆里的连环画——废话（画）、废话（画）连篇

垃圾堆里的蒜皮子——无用之物

垃圾堆里的救生衣——不成（盛）器（气）

垃圾堆里的清明上河图——废话（画）

垃圾堆旁聊天——满口脏话

垃圾箱里的东西——废物

垃圾箱里拾金钗——这可不是废物

垄沟决口——放任自流、任其自然

直巷赶狗——回头一口

顶梁柱当针用——大材小用

顶梁柱做柴烧——屈了材料

卧虎山的梨——干脆

欧洲见闻——《西游记》

果头村的潘家坟——杨家将的报仇地

果园里谈经验——句句实话

果园里的马蜂——没辙（蜇）

岭上睡觉——垫靠山

岭上唱山歌——高调

岭头种菜——无缘（园）

岭头上对歌——唱高调

岭头上种菜——无缘（园）

岭头上唱山歌——高调

岭头上的黄瓜鸟——各落各煮

岭顶唱山歌——调子太高

上了岸的虾子——没啥蹦的、跳不了几天

上了岸的鱼虾——干蹦干跳

跳上岸的大虾——慌了手、离死不远

岸上网鱼——往（网）往（网）空

岸上没鱼——合（河）理（里）

岸上扳鱼——往（网）往（网）空

岸上捞月——白费劲、白费工夫、枉费工

岸上撒网——白张罗

岸上学游泳——永远学不会、自己哄自己

岸上的螺蛳——有嘴难开

岸上看人溺水——见死不救

岸上看人家赛龙船——有劲使不上

岸边垂钓——等鱼上钩

岸边的垂柳——为(围)何(河)

岸边的青蛙——一触即跳

站在岸边看翻船——见死不救

岩上搭梯子——玄(悬)得很

岩石上的青苔——根底浅

岩石上搭梯子——玄(悬)得很

岩石下的竹笋——难出头

岩石下面的竹笋——难出头、永无出头之日

岩石板下的笋子——受压

岩石板下的树木——自有法活

岩边打拳——太危险

岩口滴水石开花——日久见功

岩板下的笋子——受压

岩板底下的竹笋——刚出头、难出头

岩洞里的和尚——无法(发)无天、没事(寺)

岩洞里头种的菜——出不得头

岩浆石雕菩萨——硬撑(神)

岩壁上打洞——旁敲侧击

岩壁上打炮洞——旁敲侧击

岩峰的刺——狠毒

岩缝上的草——会钻

岩缝里的笋——挟得紧紧的

岩缝里的笋子——憋出来的、挟得紧紧的

岩缝里长蘑菇——憋出来的

昆仑山上点灯——名(明)头大

昆仑山上一根草——独苗苗

昆仑山上一棵草——独根独苗

昆仑山上扔西瓜——连个子(籽)也捞不着

昆仑山上扔鸡蛋——没嗑(壳)

昆仑山上扔茶壶——找不到词(瓷)

昆仑山上扔碟子——对不上碴、叫你无碴子找

昆仑山上抛鸡蛋——囫囵的出去,碎壳也捞不回

昆仑山上的蚂蚁——爬得高

昆仑山上唱大戏——高抬(台)

昆仑山上撒芝麻——一个子儿也找不到

昆仑山上的灵芝草——无价之宝、太高贵了、难得的好药

站在昆仑山上丢鸡蛋——囫囵的扔出去,连碎壳也捞不回来

昆仑山顶唱大戏——高抬(台)

昆仑山前搭戏台——背景高大

明孝陵的石像——老实(石)人

非洲和尚——乞(黑)人憎(僧)

非洲的大象美洲的狮子——谁也不认识谁

牧场上的牛——不愁吃

金字招牌——有名无实

金碧辉煌——渥(屋)太华

金漆马桶——外面光,里面臭、外面儿光里面儿臭、外面好看里面臭、外面光彩,肚里臭不可闻

金漆围桶——外面光

金漆的马桶——外面光,里面臭、外面好看里面臭

金铸的孩童——人才好、好人才(材)

金铸的蛤蟆——好样子

金铸的鞋模——好样子、样子好

吞金自杀——人财两空

金子当作黄铜卖——屈才(财)

金子给个铜价钱——不成生意

金子勿能同锡箔比——今(金)非昔(锡)比

看到金子变成铜——怪事、怪事一桩

金条堵墙缝——大材小用

搂着金条睡觉——守财奴

拿金条塞墙缝——大材小用

做梦捡金条——财迷心窍

金矿开采——财有可为

金刚石陪葬——死硬

金刚石包饺子——热闹得钻心

金刚石的钻头——无坚不摧

金刚石的城墙——坚不可摧

金刚石做钻头——无坚不摧

金刚石砌碉堡——坚不可摧

金刚石钻瓷器——一个比一个硬、硬过硬

金刚石对合金刀——硬碰硬

金刚石碰上合金钢——硬碰硬

金刚石上镶宝石——好上加好

金刚钻裂缝——硬碴儿

金刚钻抹黄蜡——又硬又滑

金刚钻包饺子——好得钻心、软里有硬、钻心痛、硬馅儿的

金刚钻划石头——深刻

金刚钻划豆腐——深刻

金刚钻的本领——专拣硬的克

金刚钻钻大锅——一钻就通

金刚钻钻缸瓮——小能降大、大的没有小的能

金刚钻钻缸瓷——小能降大、大的没有小的能

金刚钻钻瓷器——一个比一个硬、一个硬似一个、手到成功、硬过硬

金刚钻锔大锅——专来找瓷的、没有钻不透、没有钻不透的

金刚钻裁玻璃——不走回头路

金刚钻对合金刀——硬碰硬

金刚钻穿透钢铁板——过硬

金刚钻掉到玻璃上——清脆响亮

金刚钻碰上合金钢——硬碰硬

金刚钻跌到玻璃上——清脆响亮

没有金刚钻——别揽瓷器活

金刚钻儿包饺子——钻心痛、软硬兼施

金刚钻上涂黄蜡——又光又滑

金刚钻头——过硬、过得硬

金钎头打老岩——硬对硬的来

金银山上搬石头——真假难分

金坟里冒云彩——出妖气

抱着金砖跳海——人财两空、爱财如命

金砖掉在井里——迟早也跑不到哪里去

金簪上锈——减了光辉

金簪入海——永无出头之日、难出头

金簪掉井——有一定是有

金簪落海——无出头之日、永无出头之日

金簪掉下海——无出头之日、永无出头之日

金簪掉在井里头——有物在

金簪落在大海里——无出头日

金井玉栏杆——上下相称、配得相称

金扳手拧螺丝——费钱费力不讨好

金钗掉井里——是你的早晚是你的

金棒槌敲门——富啦

金箍棒做秤——硬杆子

金銮殿上牵牛——献丑(牛在十二生肖里为"丑")

金銮殿上打枪——王惊

金銮殿上打滚——值得、总算值得

金銮殿上放枪——王惊

金銮殿上告王子——自讨苦吃、自找苦吃

金銮殿上牵驴子——献丑、自己献丑

金銮殿上的狗尿苔——色不济,长在好地方

金銮殿里打滚——总算值得

金石坡打石头——甭想

金银铜铁——无锡

金三角地带——没人管

金华的火腿——一流的货

金山寺的水——涌起来

金山寺的潮水——涌上来了

金字塔上翻尸体——惊动先人了

金沙江赴宴——大杀大砍、大动刀枪、越往下越惨

卑田院马粪——穷的晒

卑田院狗儿——只咬穷的

舍身崖上摘牡丹——贪花不顾生死、生死不顾还贪花

舍身崖边弹琵琶——临危不乱

舍身崖边摘牡丹——贪花不怕死

舍身岩上摘牡丹——生死都不顾还贪花

舍身岩边摘牡丹——贪花不顾生死、生死都不顾还贪花

爬山比赛——捷足先登

爬山过桥——小心点好

跋山涉水——路途艰辛

爬山的冠军——捷足先登

爬山的海鱼——越走越慢

爬山登上摘星亭——到顶了

爬雪山过草地——再难也要上、再难难不倒英雄汉

爬海的老螃蟹——翻不起大浪

和尚寺借木梳——锘路

和尚寺对着尼姑庵——没事也得有事、没事惹事、净是些秃子

和尚庙倒塌——坏了事(寺)

和尚庙的旗杆——独一根

和尚庙借篦梳——走错了门、走错门了、走错了门路、找错了门、找错了人家

和尚庙对着尼姑庵——没事也得有事、挣是些秃子

和尚庙里剃头——一个不留

和尚庙里住尼姑——是非多、没事找事、怪事一桩

和尚庙里打姑子——没辫子抓

和尚庙里的老鼠——听的经卷多

和尚庙里的鸡叫——搅(觉)了一世(寺)

和尚庙里借木梳——走错了门、走错门了、走错了门路、找错了门、找错了人家

和尚庙里借梳子——走错了门、找错了门、找错了人家

和尚庙里藏尼姑——自产自销

和尚庙前讲假话——惹是(寺)生非

依山傍水——有靠了

渔场上起火——枉(网)然(燃)

渔场里吵架——往(网)事

肥水不流外人田——自给自足

肥水流进外人田——没办法的事

肥水流落外人田——没办法的事

肥地长好谷——地贫稻难长、理应如此

肥地长好庄稼——理所当然

废铁换鈼——所得有限

废铁堆里一颗钉——有你不多,没你不少

宜兴的壶——好嘴

宜兴茶壶——只买一张嘴、只卖一张嘴、只看一张嘴、好一张嘴、独出一张嘴

宜兴的夜壶——独出一张嘴

宜兴的茶壶——全仗嘴、全凭一张嘴、好嘴、好一张嘴

宜兴山里的茶壶——好只嘴

宜兴山里的夜壶——好只嘴

宛平县的知县——管得宽

宛平城的知县——一年一换、管得宽

宛平城里做知县——跪着的差使

宝塔尖尖拿大顶——小心摔坏

宝塔上的苹果树——看得见吃不到

宝塔上装避雷针——一个比一个奸(尖)

宝塔顶上的宝葫芦——尖上拔尖

宝塔山上的宝葫芦——尖上加尖

宝光寺的罗汉——憨眉憨心眼、憨眉憨心眼儿

宝应的船——没腔搭

宝应鸭蛋——一件头

空心墙——不实在

定海针做掌鞋钉——大材小用

定海神针做掌鞋钉——大材小用、屈了材料

法门寺里的贾桂——站惯了的

庙小菩萨大——盛不下

拆庙打泥胎——顺手、顺手一刀、顺手杀一刀

拆庙搬菩萨——干净利索、干净利落、干脆利索、收摊子

拆庙赶和尚——各奔东西、没有神

拆庙赶菩萨——没神、没有神

拆庙散和尚——各奔东西

庙子里的和尚——了无牵挂

庙上的鼓槌——一对儿

庙上的旗杆——独根儿

庙中木鱼——空壳

庙中的五百罗汉——各有各的一定地位

庙门上的匾——有求必应

庙门上筛灰——糟蹋神像

庙门上的老鸦——张嘴就是祸

庙门上的老乌鸦——张嘴就是祸

庙门口杀猪头——鬼都不要

庙门口的古钟——经常要敲几下

庙门口的老鸦——喳口就是祸

庙门口的狮子——事(是)实(石)

庙门口的旗杆——光棍一条、独一无二

庙门口的麻雀——早被鞭炮吓破了胆

庙门口的石狮子——一对儿、天生一对、汤水不进

庙门前的蒜——妙(庙)算(蒜)

庙门前的旗杆——正直、光棍一条、独一无二

庙门前挂秤锤——不当中(钟)

庙门前的石狮子——一对儿、吓人吃不得人、谁怕谁、龇牙咧嘴

庙台上长草——慌(荒)了神

庙台上拉屎——懒鬼

庙台上屙屎——赖鬼

庙台上的菩萨——不说话

庙台上摆擂台——伤神

庙台子上长草——慌(荒)了神

庙头鼓——谁都敲

庙头里一对石狮子——谁也离不开谁

庙里卜卦——碰运气

庙里长草——慌(荒)了神

庙里打钟——惊鬼

庙里打鬼——着了魔

庙里失火——慌了神、光剩个中(钟)了

庙里求神——少不了香火钱

庙里抽签——碰彩头

庙里的马——精(惊)不了、肯定精(惊)不了、难得受精(惊)

庙里的钟——任人敲打、声大肚子空、声大肚里空、名(鸣)声好、名(鸣)声好肚里空、名(鸣)声好听肚里空、想(响)得长远

庙里的蛆——神虫、善虫子

庙里的鼓——人人打得、任人敲打、随便敲打、有名(鸣)声没有实绩、名(鸣)声在外,肚子里没有货

庙里放屁——熏神、熏爷爷

庙里放炮——精(惊)神

庙里捉鬼——没影的事

庙里捉神——拘泥

庙里冒烟——妖气大

庙里烧香——引来鬼

庙里筛灰——糟蹋神

庙里屙屎——还赖鬼不成

庙里猪头——有主、有主儿

庙里栽花——美事(寺)

庙里着火——光剩中(钟)了、慌神了

庙里菩萨——应远不应近、各有各的位、站的站的一生,坐的坐一生

庙里旗杆——独一无二

庙里撞钟——精(惊)神

庙里戳身——捣鬼

庙里无菩萨——神溜了

庙里办学堂——没神了

庙里扔炸弹——坏事(寺)了

庙里失猪头——找鬼

庙里丢菩萨——失神、神出鬼没

庙里争王位——找错了门

庙里抓秃子——就近

庙里的大佛——老待在一个地方

庙里的大钟——一打就响、不怕打击、尽爱打击、名(鸣)声不错、等着挨打

庙里的大神——站着不动

庙里的门槛——什么人都睬(踩)

庙里的小鬼——光瞪眼,不开腔

庙里的木鱼——合不拢嘴、天生挨揍、天生是挨揍的、挨打的疙瘩、挨打的货、挨揍的货、挨揍打的货

庙里的古钟——经得起打击

庙里的观音——站得住脚

庙里的佛爷——脸上贴金、有眼无珠、坐着不走、只有一张脸

庙里的泔桶——人人咬(舀)

庙里的罗汉——一肚子泥、一个赛一个、目瞪口呆

庙里的泥马——精(惊)不了

庙里的泥胎——发呆、装神、装什么神

庙里的泥神——不请不出门

庙里的泥像——有人样,没人味、白长一张嘴、空有一副身架、空张一张嘴

庙早的金刚——大显神威、样子神气、可敬不可亲

庙里的供品——鬼吃、和尚肚子里的货、神不吃和尚吃

庙里的和尚——无牵挂、无牵无挂

庙里的挂钟——敲打

庙里的香火——全靠众人

庙里的济公——风(疯)声(僧)

庙里的菩萨——不讲话、不请不出门、从不出门、从来不出门、从来不出名(门)、有口难言、当家不做主、尽坐着、目瞪口呆、老待在一个地方、泥塑木雕、坐的坐,站的站、笑容可掬、等人上门、难开口、拜的人多、装模作样、糊涂

庙里的神马——惊不了、精(惊)不了

庙里的神像——一个个泥塑木雕

庙里的蚊子——有人吃人,没人吃鬼

庙里的牌位——摆设

庙里的猪头——各有主、各有其主、各自有主、有主的

庙里的旗杆——光棍一条、独一无二

庙里的鼓槌——一对、正好一对

庙里的雷公——令人敬而远之

庙里赶菩萨——神出鬼没

庙里借梳子——想都不该这样想

庙里点蜡烛——为神照明、鬼名(明)堂

庙里塑罗汉——非得凑够八百的数

庙里的大铜钟——任人敲打

庙里的爷不少——谁也不表态

庙里的泥菩萨——不请不出、有眼无珠、目瞪口呆、有人样,没人味、动不得、经常吃香、谁也请不出门

庙里的弥勒佛——整天笑

庙里的铁罗汉——是个铁浇钢铸的硬汉子

庙里旗杆冒烟——烧高香

庙里十八罗汉像——个个哑巴

庙里的十八罗汉——个个都是哑巴

庙里的八百罗汉——百人百相、各有各的地位、各有各的招式

庙里的四大金刚——各有各的招数

庙里的和尚撞钟——名(鸣)声在外

庙里的菩萨不讲话——白生一张嘴

庙里挂上个大铜钟——有名(鸣)气(器)啦

坐庙里等雨下——依神靠天

庙里头放屁——有意熏神、熏爷爷来了、神奇(气)妙(庙)想(响)

庙里头失猪头——找鬼

庙里头的供品——鬼吃

庙前长高粱——想跟爷比高低

庙后叩头——心到神知

庙后作揖——心到神知

庙后磕头——心到神知

庙后长葛条——爷不搀(缠)你,你还搀(缠)爷

庙后穿窟窿——神透啦

庙后焚钱卦——力笨儿香头

庙后丢了土地爷——失神

庙后头唱戏——假精(敬)神

庙后头弄个洞——妙(庙)透了

庙后头焚钱卦——力笨儿香头

庙后头墙塌了——妙(庙)透了

庙后墙掏窟窿——神透了

庙角上的风铃——爱想(响)

庙背上的蚰子——青瘦(兽)

庙背后看神——妙(庙)透了

庙脊上的蚰子——青瘦(兽)

庙宇全烧光——没事(寺)了

庙宇里的菩萨——目瞪口呆

庙堂失火——慌了神

庙堂着火——烧五脊六兽、烧哩五脊六兽

庙堂搬家——没神

拆庙堂种灯草——有心无神

庙堂里失物——神不知鬼不觉

庙堂里失盗——神不知鬼不觉

庙堂里拉屎——亵渎神灵

庙堂里的钟——想(响)得多

庙堂里算命——疑神疑鬼

庙堂里的神像——有眼无珠

庙堂里的旗杆——独一根、冷冷清清

庙堂里筛石灰——埋汰神像

庙堂里筛面灰——埋汰神像

庙堂里数罗汉——各具神态

庙院挂鸡爪——不当中(钟)

庙院里搁铁尺——牌(排)鬼

庙院里挂个草篮子——不是真中(钟)

庙会上舞狮子——任人耍、由人玩耍、神人同乐

庙会上的西洋镜——名堂多

庙会上的赌摊子——碰时运

庙屋开天窗——神气通天

房子的地基石——难翻身、翻不了身

房子着火遭人抢——趁火打劫

房子着火抢东西——趁火打劫

房子塌了问瓦匠——蒙对门儿

房子盖在城墙上——闹中取静

房子烧了又挨大雨——内外交困

拆房子放风筝——只图风流不顾家

拆了房子种粮食——有的吃没得住

拆了房子搭鸡棚——不值得

拆掉房子捉蟋蟀——因小失大

拆掉房子搭鸡棚——不值得、得不偿失

拆掉房子放纸鹞——只图风流、只图风流不顾家

搭房子封屋顶——铺天盖地

快要倒塌的房子——危在旦夕

一丈高的房子，丈八长的菩萨——盛不下

丈八房子，丈九菩萨——出了头

烧房子捡钉子——得不偿失

拆房子卖柴——穷折腾

房子上的冬瓜——两边滚

房子里长草——慌(荒)到家了

房子里戴草帽——二凉

房上长草——外来种、风刮来的种子、刮来的种、刮来的野种、随风倒

房上的瓦——进一半，出一半、翻一半，覆一坐

房上的草——哪边刮风哪边倒、外来种、风刮来的种子、刮来的种、刮来的种儿、刮来的野种、随风倒

房上哭漏——透顶了

房上的冬瓜——两边滚、随风滚

房上的窟窿——漏洞

房上放镜子——照方

房上挂斧头——作(斫)家

房上滚核桃——落下一个算一个

房上喜鹊叫喳喳——好事临头

从房上掉到井里——蒙了好几蒙

房门没拴——顶住

房门前挖陷阱——自己坑害自己

房内吹喇叭——名(鸣)家

房头立雀——明摆着

房头顶上吹喇叭——高调

房后头赶大车——老厚(后)道

房里刷尿桶——满屋都是臭

房间里闹鬼——怪物(屋)

房间里看老婆——没比的好

房角贴对联——邪(斜)门

房前插秧——有门道(稻)

房檐滴水——一点不差、放任自流、任其自流、点点不差、点点照、点点照窝、点点入旧窠、照道描

房檐的冰溜——根子在上面

房檐的流水——上头的事

房檐滴答水——二指雨

房檐上吊鱼——干起来

房檐上抓鸡——不好捉

房檐上的瓦——铺一片,压一片

房檐上的草——刮来的种、根底浅

房檐上捉鸡——不好捉摸、不好琢(捉)摸(磨)、难捉摸

房檐上种菜——真有缘(园)

房檐上逮鸟——不好捉弄、不好捉摸

房檐上逮鸡——不好捉弄、不好捉摸

房檐上滴水——任其自流

房檐上睡觉——翻不过身、翻不过身来

房檐上吊干鱼——干起来、干起来了

房檐上吊的鱼——干起来了

房檐上吊碌碡——严(檐)重

房檐上抖搂翅——雏的哩

房檐上玩把式——不要命、玩命、闹玄了

房檐上玩把戏——不要命、不要命了、玩命、玩命干、闹玄了、活闹玄的买卖

房檐上的大葱——叶枯皮焦心(芯)不死

房檐上的冬瓜——两边滚

房檐上的西瓜——两边滚

房檐上的冰柱——根子在上边

房檐上的冰凌——根子在上边

房檐上的冰溜——根子在上头

房檐上的流水——上头的事

房檐上的家雀——专找缝子钻

房檐上的麻雀——说飞就飞了、想飞就飞

房檐上的椽子——出头

房檐上挂甲鱼——无着(爪)落、别(鳖)提了

房檐上挂灯笼——椽子上有亮儿、椽子上有亮啦

房檐上滴雨水——二指雨、任其自流

房檐上抖翅膀——雏儿

房檐上的大葱——叶黄皮干心（芯）不死

房檐上吊着的鱼——干起来、干起来啦

房檐上玩儿把戏——活闹玄（悬）

房檐上的冰凌柱——根子在上面

房檐上的冰凌棍——根子在上面、根子在头

房檐上的冰溜子——根子在上边

房檐上抖擞翅膀——雏子

房檐上的冰凌柱儿——根子在上边

房檐头上捉鸡——不好捉摸、不好琢（捉）摸（磨）、难捉摸

房檐头上逮鸡——不好捉摸、不好琢（捉）摸（磨）、难捉摸

房檐头上的泥娃娃——没路可走

房檐下的葱——根枯心（芯）不死

房檐下结冰——根子在上面

房檐下背雨——不是常事

房檐下避雨——躲过一时算一时

房檐下躲雨——暂时将就

房檐下吊腊肉——挂起来、挂着

房檐下吊磨盘——严（檐）重

房檐下的大葱——叶枯皮焦心（芯）不死、根枯叶烂心（芯）不死

房檐下的石头——轮（淋）不着、临（淋）不着

房檐下的麻雀——一生为吃食、寄人篱下

房檐下的燕子——寄人篱下、想飞就飞

房檐下挂大葱——叶烂根枯心（芯）不死

房檐下挂的葱——叶烂根枯心（芯）不死

房檐下的冰凌子——根在上边、根子在上头

房檐下的冰溜子——根在上边、根子在上头

房檐下的洋葱头——根焦皮烂心（芯）不死

房檐下的喇叭花——顺杆往上爬

房檐下挂的萝卜干——成串成串的

房檐底下种菜——无缘（园）

房檐底下长冰溜——根子在上边

房檐底下挂灯笼——橼子上的亮了、橼子上有亮了、橼子上亮了

房檐底下挂苦胆——苦水滴滴

房檐里的麻雀——寄人篱下

房檐里的燕子——寄人篱下

房檐边的冰凌根——根子在上头、根子在上面

房檐水滴石板——一点不差

房背上种山药——充大辈(背)

房顶开门——六亲不认

房顶检修——堵漏洞

房顶落雪——不声不响、无声无息

房顶的冬瓜——两边滚

房顶的兽狗——光喝西北风

房顶的窟窿——漏洞

房顶的兽狗子——喝西北风

站在房顶跳伞——水平太低

房顶上开门——不求人、六亲不认

房顶上长苗——野种

房顶上的瓦——一顺、半遮半掩

房顶上的草——风吹二面倒、刮来的种、刮来的种子

房顶上的猫——活受(兽)

房顶上盖房——漏(楼)

房顶上栽花——难交(浇)、根底浅

房顶上开窗户——透气

房顶上长苗苗——野种

房顶上扒窟窿——不是门、不是门儿

房顶上吊蚊帐——落不到底

房顶上的冬瓜——两边滚

房顶上的西瓜——两边滚

房顶上的雨水——两边流

房顶上的疯子——惹不起、惹不得

房顶上的窟窿——不是门儿、漏洞通天

房顶上放风筝——出手高一层、起手高、起手高一层、起点就很高

房顶上挂喇叭——净唱高调

房顶上贴年画——给谁看

房顶上种麦子——刺激(脊)

房顶上晒衣服——高高挂起

房顶上垒雀窝——屋中有屋

房顶上栽花儿——扎不下根

房顶上插旗杆——没差(杈)

房顶上的兽狗子——喝西北风

房顶上的避雷针——奸(尖)得很

房顶上挂鸡子儿——悬蛋

房脊上的猫——活受(兽)

房脊上卧猫——活受(兽)

房脊上捉鸡——不好捉摸、不好琢(捉)摸(磨)、难捉摸

房脊上逮鸡——不好捉摸

房脊上晒豌豆——两边滚

房脊上种山药——充大辈(背)

房脊上晒豌豆——两边滚、两面滚

房脊上倒豌豆——两边滚

房梁当椽子——大材小用

房梁改板凳——大材小用

房梁改橛子——大材成了小角(橛)

房梁刻图章——大材小用、屈才(材)

房梁做板凳——大材小用

房梁做锄把——大材小用

用房梁砍锄把——大材小用

劈开房梁做火把——大材小用

房梁上长草——根底浅

房梁上逮鸟——不好捉摸、难捉摸

房梁上捉鸡——不好捉摸、不好琢(捉)摸(磨)、难捉摸

房梁上的家雀——专找缝子钻

房梁上挂水壶——水平(瓶)高、高水平(瓶)

房梁上挂鸡子——吊蛋货、悬蛋

房梁上挂辣椒——一串一串的、串串红

房梁上挂暖壶——高水平(瓶)

房梁上搁尿盆——架子不小

房梁上翻跟头——那间里去玩、那间里玩去

房梁上挂鸡子儿——吊蛋货、悬蛋、悬蛋啦

吊在房梁上的鱼——干了

吊在房梁上的葱头——皮焦根枯心(芯)不死、叶烂皮干心(芯)不死

骑在房梁上吹喇叭——名(鸣)声在外

房椽上的冰溜子——根子在上头

房山区的城墙——不开眼

单扇门——一眼(掩)

单扇门过不去——胖老婆养的

过了河丢拐棍——忘本

过了河打摆渡的——好心没有好报

过了河的牛尾巴——拉不回来了

隔着河亲嘴——差得远

跳河闭眼睛——横了心肠

河水倒流——办不到

河水隔井水——犯不上、两不相犯

河水不犯井水——互不相干、各不相干、互不相侵(浸)、互不相扰

决了堤的河水——挡不住、滔滔不绝、横冲直撞

吃的河水——管得宽

吃河水长大的——管宽、管得宽、管得真宽

河水里洗疖子——充(冲)能(脓)

河水流里冲胡子——充(冲)老

河水流里摆黄瓜——冲孬种

河水中间斩竹篙——两头不到岸

河中逮鱼——大的卖给人,小的自己吃

河中摸鱼——大小难分、光溜溜

河中撒网——大鱼小鱼都上来

河中的卵石——越磨越圆滑

河中的浮萍——扎不下根

河中的礁石——顶风顶浪、激起浪花、敢顶大风浪

河中间斩竹篙——两头不到岸

河中间撑竹篙——两头不到岸

河心的船——打转转、明摆着

河心搁跳板——搭不上、两头脱空、两头落空

河心里湾船——下毛(锚)

河心里搁跳板——两头脱空、两头落空、搭不上

河口的浮萍飘入海——大势所趋

河头的桥墩——稳得很

河边走路——不怕不湿鞋、到了湿鞋的时候了

河边的菜——不缺水、缺不了水

河边看鱼——干眼热

河边垂钓——等鱼上钩

河边开茶馆——用水便当、取之不尽、近水楼台

河边开饭店——有吃有穿

河边无青草——不用多嘴驴

河边火烧山——何(河)必(逼)

河边放崖炮——无地容身、无处藏身

河边洗煤砖——闲着没事干

河边洗黄连——何(河)苦

河边拣蛤蜊——尽捞

河边拾蛤蜊——尽捞、净捞

河边垂杨柳——这人折了那人攀

河边娶媳妇——给王八找欢喜

河边开豆腐店——水里去,汤里来、汤里来,水里去

河边的金竹子——又直又细

河边的洗衣石——经过大棒槌

河边鬼升了城隍爷——没见过大香火

站在河边撒尿——随大流

站在河边拉屎——随大流(比喻跟着多数人说话或行事。)

常在河边走——怎么不湿鞋、哪能不湿脚

常在河边站——哪有不湿鞋的

河边上垂钓——等你上钩

河边上撑篙——一竿子到底、一竿子插到底

河边上开茶馆——用水便当、取之不尽、近水楼台

河边上叫卖水——无人要、无人问津

河边上放棍子——痛打落水狗

河边上捉螃蟹——有一个捉一个

河边上逮螃蟹——有一个捉一个

河边上的泡沫子——早晚会被水冲掉

河边里洗黄连——何(河)苦

河边里洗煤砖——闲着无事干

河当中修房子——立不上门、哪门起的

河沿上脱坯——趁水和泥

河里印——没人管、没有人管

河里木头——又一牌(排)

河里无鱼——虾也贵

河里长菜——不焦(浇)

河里打墙——把别(鳖)的路挡了

河里吃水——不要紧(井)

河里仰脸——露出头来

河里尿尿——随大流

河里走车——没辙儿

河里拉屎——只有他(你)自己知道

河里拦刀——多余(鱼)

河里拦网——多余(鱼)

河里的水——难清

河里的鱼——无价、不吃食不上钩

河里泥鳅——光出溜

河里泼水——随大流

河里赶车——没辙

河里种菜——不浇、不用水浇

河里冒泡——多余(鱼)、有余(鱼)

河里冒烟——没谁(水)

河里洗炭——清不了、没事找事

河里倒盐——不闲(咸)

河里摸鱼——大小难分、光溜溜、光溜溜的、光溜溜的难逮住、圆滑、又圆又滑

河里撒尿——随大流

河里撑船——直出直入

河里螃蟹——都有家(夹)

河里扔笊篱——瞎(虾)编

河里扔青麻——沤哩

河里吃死鱼——不寻常的事

河里划龙舟——同心协力

河里划龙船——同心协力

河里找匕首——唠(捞)叨(刀)

河里的小虾——估不透

河里的木头——不稳

河里的木偶——随大流

河里的水车——只在原地打转

河里的水势——下流

河里的巨石——冲不走

河里的石头——光溜溜、经过风浪、没棱没角圆溜溜

河里的尕鱼——一冲就流走、随大流

河里的沙子——多的是、捏不拢、团不住、难捏合、数也数不清

河里的凉水——不值钱

河里的虾米——估不透

河里的泥鳅——又黏又滑、老奸巨猾、滑得难抓

河里的浮萍——随大流

河里的鸳鸯——一对、一对儿、对对游

河里的螃蟹——横行

河里的鳞鱼——瞎(虾)做主

河里赶大车——没辙

河里斩竹篙——两头不到岸

河里冒水泡——有鱼

河里冒泡儿——王八屁

河里洗衣服——不干就走

河里洗衣裳——不干就走

河里洗裤子——不干就走

河里洗萝卜——一个一个来

河里洗铁盒——面面俱到

河里捉王八——作(捉)弊(鳖)

河里请大夫——至(治)于(鱼)、不至(治)于(鱼)

河里捞月亮——白搭工

河里漂箩筐——鳖编哩

河里逮王八——作(捉)弊(鳖)

河里摸石头——尽捞

河里捞到鱼——抓瞎(虾)

河里摸碴石——老(捞)实(石)

河里漂笊篱——鳖编的

河里摔石头——漂不起来

河里木材乱漂——目(木)无组织

河里的鹅卵石——光溜溜、精光光、精光光的、混得圆滑

河里捞不到鱼——抓瞎(虾)

河里清洗煤砖——闲着无事干

河里王八爬上岸——亮相、亮亮相

河里的鱼翻白肚——完了

河里捞上的鲢鱼——撇了大嘴

河里的水身旁的风——抓不住

河里的石头滚上坡——稀奇古怪

河里养鱼往井里放——越走路越窄

河里摸鱼摸到一只鸡——外快

河里摸鱼摸到一只大王八——捞外快

河里的泥鳅种,山上的狐狸王——老奸巨猾

向河里泼水——随大流

河里面划龙船——同心协力

河面上的木片——随波逐流

河面上的油花——水上漂、随水漂

站在河岸捞月亮——白搭工

河岸上栽葛针——哪有乌龟爬的格

河岸上看赛龙舟——有劲使不上

河岸上看人赛龙舟——有劲使不上

河岸边洗衣服——棒槌砸得叭叭响

河坝的闯田——靠碰

河坝上的石头——见过些大风浪

河坝里的石头——见过些大风大浪

河沟拾蛤蜊——尽捞、净捞

河沟里撒网——白捞

河沟里的泥鳅——滑得很、翻不了大浪

河底的卵石——光溜溜的

河滩的沙子——有的是、多的是

河滩盖房子——不可靠、靠不住

河滩的石头滚上坡——无奇不有、天下奇闻

河滩上撑船——一竿子到底

河滩上捡石头——有的是

河滩上的石头——没角没棱

河滩上的沙子——不入眼、有粗有细、数也数不清

河滩上捡石头——有的是

河滩上捡沙子——有的是

河滩上盖房子——不可靠、靠不住

河滩上盖楼房——不可靠、靠不住

河滩上的鹅卵石——不稀罕、有的是、又圆又滑、多的是圆滑、越滚越滑

河滩上面放台炮——荆(惊)州(洲)

河滩里爬鳖——晾起来

河滩里的沙子——数不清、数也数不清

河滩里捡石头——有的是

河滩里盖房子——不可靠、靠不住

河滩里盖楼房——不可靠、靠不住

河滩里的鹅卵石——越滚越滑

河滩坪里的光子岩——总有个翻身的日子

河泥潭里扔石头——越扔越深

河港上的警察——水官

河卵石腌咸菜——一言(盐)难尽(进)

河卵石放在鸡窝里——混蛋

河卵石跌进刺蓬里——无牵无挂

河套的骆驼——架子大

河套的蜜瓜——甜丝丝的

河南烧鸡——窝脖儿(喻指抬不起头。)

河南的枣子——果真好

河南到山东——两省

河南到河北——两省

河南到陕西——两省

河南到湖南——难(南)上难(南)、难(南)上又难(南)、难(南)上加难(南)

从河南到湖南——难(南)上加难(南)

河北皮影——耍弄人的

河北的涿鹿——老地方

河州的灶爷——眼睛小

站在泾河岸上捞月亮——白搭

泸州过河——小事(市)

泸州特曲——好久(酒)

泥捏的人——实心眼

泥塑木雕——七呆八板

泥塞笔管——一窍不通

泥捏的马儿——跑不了

泥捏的公鸡——不明(鸣)、不文(闻)明(鸣)

泥捏的东西——见雨就散

泥捏的鸟儿——飞不了的

泥捏的汉子——经不起摔打

泥捏的老虎——样子凶

泥捏的饭碗——吃不长久

泥捏的圣像——没心肠、没心没肝、没有心肠、没安人心肠

泥捏的佛像——实心眼、没心、没心肝、没心没肝、没安人心、没有心肠

泥捏的神像——没心肠、没心没肝、没有心肠、没安人心肠

泥捏的玩具——见雨就软

泥塑的兔子——跑不了的

泥捏的勇士——上不了阵势

泥捏的娃娃——看着像人不是人

泥捏的菩萨——里面没安人心

泥捏的猢狲——神不正

泥做的公鸡——一声（生）不叫

泥做的筷子——下不得水

泥做的菩萨——不省人事、全靠贴金

泥蒸的馒头——土腥味

泥塑的老虎——唬人不咬人

泥塑的佛爷——实心眼、没心肝、没心没肚、没安人心、没安人心肠、外强中干

泥塑的佛像——实心眼、没心肝、没心没肚、没安人心、没安人心肠、外强中干

泥塑的观音——闭嘴无言

泥塑的金刚——虚有其表

泥塑的神像——没有心肠

泥塑的菩萨——没心眼、没长脑子

泥捏的气吹的———敲就破一摔就碎

泥捏的玩意儿——一攥就散

泥往腚眼子的老母鸡——光打鸣不下蛋

泥上的泥皮——掉了旧的换新的

泥里的乌龟——扒拉不开

泥水作墙灰——专（砖）等

泥水煮鸡子儿——滚蛋

泥水沟里游泳——施展不开

泥水塘洗萝卜——拖泥带水

泥水塘里洗萝卜——拖泥带水

泥巴捏馍馍——自己哄自己

泥巴做木桶——不能提

泥巴做菩萨——疑（捏）神疑（捏）鬼

泥巴捏的小人——没骨气

泥巴捏的小子——没骨气

泥巴里的跳蚤——见人就咬一口

泥巴团扔江里——泡上了、泡着吧

泥巴团扔到江里——泡上了、泡着吧

泥巴团扔到河里——泡上了、泡着吧

泥巴坨上贴金——假充什么观音、假充溯音娘娘

泥巴坨坨贴金——假充什么观音、假充观音娘娘

泥丸封瓶口——堵得严

泥丸喂菩萨——没好药吃

泥丸滚进豆腐铺——冒充能豆

泥块上磨刀——越磨越糟

泥地地板——拖不得

泥地上跑马——一步一个脚印

泥地上摔豆腐——拾不起来、稀烂、稀稀烂烂、摔它个稀稀烂烂

泥沟里划船——干吃力、难行走

泥沟里拨船——干吃力

泥沟里游泳——水太浅、水太浅了

泥沟里的鳝鱼——成不了龙

泥石流下坡——势不可当

泥石流暴发——势不可当

泥沙俱下——鱼龙混杂、难分难解、难解难分

泥洼地补平——不吭

泥洼地冒烟——不吭(坑)

泥浆里伸手——摸不清

泥潭里打滚——一塌糊涂

泥潭里的牛——身上不干净

泥潭里扔石头——越扔越深

泥潭里滚石头——越陷越深

泥塘里洗澡——混沌、混沌沌、就成泥猴、越洗越浑、糊里糊涂

泥塘里跑马——蹄(题)难出

泥塘里滚碓臼——越陷越深、越滚越深

泥塘里滚碌碡——越陷越深

泥窟窿掏螃蟹——没跑、没跑的、跑不了

泥窟窿里掏螃蟹——没跑、没跑的、跑不了

泥雨中挑稻草——越挑越重

浅水撑船——讲(桨)到底

浅水翻船——打湿一双鞋

浅水泡秤砣——终归成不了浪里白条

浅水上的木排——一拖再拖

浅水里行船——进不得也退不得

浅水里鱼儿——摸着来

浅水里的鱼——摸来

浅水里钓鱼——收获不大

浅水里养鳖——早就看透是什么货

浅水里翻船——打湿一双鞋

浅水里的鱼虾——小字辈

浅水塘的荷花——根底不深

浅滩放木排——拖拖拉拉

浅滩上行船——进退两难

浅滩上游泳——死不了

浅滩上撒网——捉不到大鱼

浅滩上放木排——一拖再拖、拖拉、拖拖拉拉

浅滩上放筏子——拖、拖拉、拖拖拉拉、一拖再拖、非拖拉不可

泔水池的泥鳅——能滑到哪里去

泡水的油条——由硬变软了

沼泽地里的推土机——拖泥带水

泗水关的刘备——雅（哑）坐

油岩页砌灶——其实（石）不好

油岩页做建材——其实（石）不好

油岩页盖楼房——其实（石）不好

沿山打鸟——见者有分

沿山打猎——见者有分

闸门里放船——顺水推舟

打开闸门的水——滚滚向前

闹市里开店铺——有利可图

闹市里盖公厕——方便大家

闹市里的霓虹灯——光彩照人、璀璨诱人

闹市区做生意——买卖兴隆

闹市街头做生意——买卖兴隆

闹山的麻雀——凭张好嘴、凭一张好嘴、凭张好嘴壳

闹海的哪吒——神通广大

放水捡鱼——燥便

官山上找人——都是死硬货

官山上的狗——吃死人、吃死人不厌

官山上耍刀——吓鬼

官山上唱戏——鬼闹

官山上撒花椒——麻鬼

炕洞里的耗子——不怕训（熏）、灰不溜溜、灰溜溜的、横竖不怕黑

炕洞里劈劈柴——南（难）阳（扬）府（斧）

炕洞里扒出个山药蛋——灰疙瘩

炕洞里跑出个带枪的——你算哪一门、你算哪一营

炕屋里鸡蛋——不攻自破

炕屋里的鸡蛋——不攻自破

炉坑撒尿——渗着

炉坑里撒尿——渗着

炉坑里的老虎——屋里凶

炉坑里的蛤蟆——扒灰

炉坑里烧山药——灰疙瘩

炉膛冒烟——火气

炉膛放海椒——火辣辣

炉膛里筑坝——考(烤)验(堰)

炉膛里的火星——不以为然(燃)

炉膛里的铸件——一会儿一个颜色

炉膛里栽杨柳——好景不长

炉膛里插干柴——必然(燃)

炉膛里插秤杆——过火

炉膛边栽杨柳——好景不长

夜明珠喘气——活宝、活宝贝

夜明珠放光——活宝

夜明珠土里埋——明在下边

夜明珠拌酱油——宝(饱)得有盐有味

夜明珠蘸酱油——宝(饱)得有盐有味

夜明珠埋在土里——屈才(财)、埋没良(亮)才

夜明珠埋在地里——有宝不显、有宝不露

夜明珠埋在粪堆里——屈才(财)

夜明珠掉在醋缸里——爱宝酸了

陕西鞋——软底儿

陕西面条——又酸又辣

陕西的麦子——旋黄旋割

陕西的粑粑——莫(馍)摸(馍)、摸(馍)摸(馍)

陕西驴子不拉车——由不得人

陕西驴子不拽车——不由人愿、由不得人、由不了他的意儿

陕西驴子作马叫——南腔北调

陕西城隍庙的匾——学吃亏

绍兴的酒——老刁(雕)

孤岛上的居民——什么风浪没见过

孤庙门前树旗杆——光杆一条
孤庙里的旗杆——独一无二
孤仙庙头匾上那四个字儿——有求必应
建昌鸭子——好硬的嘴、嘴硬
建昌的鸭子——好硬的嘴、嘴硬
郡亭枕上看潮头——有湿(诗)意

九画

草坪里丢针——没处寻、难寻
草滩失火——留情(青)
荞田捉乌龟——跑不了
荣国府里赛诗——假(贾)话连篇
春江水暖——鸭先知
南来北往——不是东西
南来燕子北来风——谁管得了
南来的燕,北来的风——挡不住
南甜北咸,东辣西酸——各有各的品味儿
南来的燕子北去的鸟——早晚都要飞
南方的阵雨——说来就来
南方装暖气——没必要
南方的阵雨北方的风沙——说来就来
到南方吃甘蔗——尝到甜头
南边打闪——白(北)累(雷)
南山猴——见啥学啥
南山的毛竹——节节空
南山的老鸹——白脖
南山的猴子——见啥学啥
南山滚石头——实(石)打实(石)、碰到底
南山滚碌碡——实(石)打实(石)
南山不靠北山——各管各的
南山猴北山狼——一个乖,一个凶
南山的豹北海的蛟——凶的凶,狠的狠、狠的狠,凶的凶
南山的猴北山的狼——一个乖,一个凶
南山上松柏——四季常青

南山上的火石——白帆(矾)

南山上的松柏——四季常青

南山上的核桃——只能砸着吃

南山上的猴子——见啥学啥

南山上搭戏台——南腔北调

南山上滚石头——砸到底、实(石)打实(石)

南山上滚碌碡——实(石)打实(石)

南山顶上扯篷——抖起来、抖起来了

南山顶上搂柴——齐忽(起火)拉

南山顶上过蒺藜——不死也要脱层皮

南山顶上扯帐篷——抖起来了

南山顶上的毛竹——节节空、虚心得很

南山顶上搂柴火——一齐胡拉着

南山顶上滚石头——实(石)打实(石)

南山顶上滚碌碡——实(石)打实(石)

南山墙上挂狗皮——不像话(画)

南门搭的戏台——南腔北调

南门口分手——一个朝东,一个朝西

南西门的西瓜——皮青、籽多

南西门的姑娘——菜虎子

南北——无东西

南北大道——不成东西

通南北的大道——不是东西

通南北的大路——不是东西

南北中——缺东西

南京坐船到武汉——逆水而行

南京沈万三,北京枯柳树——人的名儿,树的影儿

南阳的曲子——中听

南极到北极——相差十万八千里

你去南极我去北极——各走一端、各执一端

南极洲的冰——日积月累

南泥湾开荒——自给自足

南洋华侨望故乡——悲(北)观

南海燕儿——选高门做窝、做窝要选高门

南海燕子——选高门做窝、做窝要选高门

南海的菩萨——观音

南海的鸭子——老等

南湖里坐碰碰船——难免相撞

南园的苦瓜——离秧就黄

南岳山打鼓——名(鸣)声远扬

南岳山上打鼓——名(鸣)声远扬

南国的紫荆——名目繁多

南苑的蚂蚱——海扑

南墙的蝙蝠——白天不敢露头

不撞南墙心(芯)不死——顽固到底

不碰南墙不回头——顽固到底、犟脾气

碰到南墙不回头——死心眼、倔强

南墙上的葫芦——非得开花才结果

南墙上挂狗皮——不像话(画)

南墙边种的葫芦——开黄花结黄果

南墙根儿的茄子——见不到光明、阴蛋(比喻不露面的坏东西。)

南墙北门都倒了——只剩下难(南)听(厅)了

坐南宫守北殿——不分东西

南房门的过木——干板楞子

南屋北炕——没门

南滩箩筐——少经(荆)

歪墙开旁门——邪(斜)门

撑歪墙的木头——死顶、硬顶、死撑、硬撑

撑歪墙的木柱——死顶

撑歪墙的柱子——死顶

撑歪墙的柱头——死顶

撑歪墙的木柱子——死顶、死顶着

柳州的棺材——不吃香了

枯井打水——一无所获、劳而无功

枯井当住房——没门儿

枯井里打水——白费工夫、白费劲、枉费工、徒劳无功、徒劳无益、点滴无获

枯井里打转——找不到出路

枯井里打拳——施展不开手脚

枯井里挑水——穷光蛋(担)

枯井里救人——把他往上调(吊)、把他往上提、除了上吊没办法

枯井里过日子——吃没吃,穿没穿

枯井里的青蛙——很难找到出路、箪食壶浆都没有、难寻出路

谚语歇后语大全

地理类歇后语

枯井里的蚯蚓——往泥里钻

枯井里的蛤蟆——过一天算一天

掉在枯井里的牛犊——有劲无处使、有劲使不上、有力无处使

枯庙前的旗杆——孤独一根空中飘

栏杆上跑马——走险

栏杆上摆花盆——无地自容

栏扦上油漆已干——可靠

栏杆上油漆未干——不可靠

扶着栏杆上楼梯——稳步上升

扶着桥栏杆过河——生怕掉进水里（比喻胆小怕事。）

栏外桃花——不得到手

栏里关的猪——蠢货

栏里的肥猪——吃刀的坯子

栋梁上挂茶壶——玄（悬）乎（壶）

巷窄遇仇人——狭路相逢

巷子里打拳——直来直去、直进直出、无法显身手

巷子里拉车——难转弯

巷子里赶猪——直来直去、直进直出

巷子里谈心——直话直说

巷子里跑马——没有奔头

巷子里跑步——没奔头

巷子里聊天——直话直说

巷子里跳舞——难免碰壁

巷子里舞龙——没有回旋的余地

巷子里撑船——直通通、直通通的

巷子里扛木头——直来直去

巷子里扛电杆——直来直去、直进直出

巷子里扛竹竿——不好横、直来直去、横不好的

巷子里挡伢玩——时左时右

巷子里盖公厕——大家方便

巷子里踢足球——直来直去

巷子里头扛电线杆——直进直出

巷头扛电杆——直进直出

巷道扛椽子——直出直入、直来直去、直进直出

巷堂里拔木头——直拔直

巷洞里拉牛——转不了弯

城上出恭——大出风头

城门失火——池鱼遭殃、殃及池鱼

城门大的纸画了一个鼻子——好大的脸面

过城门刮耳朵——大头

城门上亮相——高姿态

城门上看人——眼界太高了

城门上的石阶——高级

城门上的麻雀——见过大世面

城门上放火炮——想(响)得高

城门上挂大钟——群众观点

城门上挂钥匙——开诚(城)相见

城门上挂猪头——好大的架子

城门口的砖头——踢出来的

城门里扛竹竿——直来直去、直进直出

城门里背竹竿——直来直去、直进直出

城门口外的砖头——踢出来的

城门口外失火——焖骚(烧)

城门外摆摊——外行

城门外的砖头——踢出来的

城门洞的行人——来去自由

城门洞扛竹竿——直来直去

城门洞里抬杠——直出直入

城门洞里劫杠箱——斗一斗

城门洞里抬木头——直来直去、直进直出、直出直入

城门洞里扛竹竿——直来直去、直进直出、直出直入

城门洞里的砖头——踢进踢出、踢来踢去、踢进踢出

城门洞里扇扇子——白摇(饶)

城门底下卧只狗——眼(檐)高手(兽)低

城门楼的白灵子——见过世面的

城门楼上乘凉——好出风头

城门楼上的风铃——常想(响)

城门楼上的哨兵——高手(守)

城门楼上的麻雀——见过大世面、吓大了胆

城门楼上吊大钟——群众观点

城门楼上挂大钟——群众观点

城门楼上挂狗头——架子大

城门楼上挂蒿荐——半截一忽达

城门楼上挂猪头——架子大、架子不小、架子真大、好大的架子

城门楼上挂猪肉——好大的架子

城门楼上挂猪肝——少心没肺

在城门楼上睡觉——想开了

城门楼角的风铃——常想(响)

城头栽花——高中(种)

城头浪出棺材——远兜远转

城头上出恭——大出风头

城头上拉屎——臭气熏天

城头上出殡——绕圈子、死出风头、远兜远转、绕一个大弯儿(比喻有事不直说,而是拐弯抹角地去说。)

城头上的草——风吹两边倒

城头上乘凉——好出风头

城头上跑马——尽绕圈子、净绕圈子、兜圈子、兜圈转、难转头、难转弯、远兜转、远兜远转、转不回头、转不过头来、转不过弯来、扭不回头、绕圈子、净绕圈子、各兜各的圈子

城头上种花——高中(种)

城头上栽花——高中(种)

城头上赛马——远兜着

城头上出棺材——大兜大转、绕大弯子、远兜远转

城头上吊帘子——无门、没门

城头上的麻雀——吓大了胆子

城头上放风筝——出手高、出手就高、出手就不低

城头上挂帘子——没门

城头上挂猪肚——少心没肺

城头上挂猪肝——少心没肺

城头上挂镜子——照添(天)

城头上盖城楼——底子空

城头外开米行——外行

城头外开米店——外行

城头外摆摊子——外行

城外摆摊——外行

城外头开米行——外行

城外头开米店——外行

城外头开钱庄——外行

城外头摆摊子——外行

城里的大夫——谁都依（医）

城楼的大门——经得起推敲

城楼上石阶——高级

城楼上打拳——高招

城楼上立正——站得高

城楼上看人——眼光高大、把人看矮了

城楼上挥手——高招

城楼上亮相——高姿态

城楼上跑步——起点高

城楼上晒衣——高高挂起

城楼上推掌——出手高

城楼上演戏——全是艺高人

城楼上雀儿——耐惊耐怕、耐惊耐怕的虫蚁儿

城楼上蹀步——高慢

城楼上的卫兵——高手（守）

城楼上的石阶——高级

城楼上的雀儿——耐惊耐怕

城楼上的麻雀——见过大世面

城楼上的家雀——耐惊耐怕

城楼上放风筝——出手高、出手就不低、起点高

城楼上挂人头——高手（首）

城楼上挂暖壶——水平（瓶）高

城楼上挂猪头——架子大

城楼上看打架——与己无关、与我无关

城楼上晒香肠——高高挂起

城楼上做衣服——高才（裁）

城楼上摆摊儿——架子真大

城楼上喊口号——呼声很高

城楼上敲铜锣——想（响）得高

城楼上插面旗——引人注目

城楼上的挂暖壶——水平（瓶）高

城楼上看马打架——与己无关、与我无关

城楼下躲雨——暂避一时

城墙上出丧——死出风头

城墙上出恭——好高的眼

城墙上出殡——绕一大圈、绕一个大弯儿

城墙上拉屎——大出风头、好高的眼、出臭风头、撅得高、假充高眼

城墙上厕屎——好高的眼

城墙上的草——风吹两边倒、随风倒

城墙上乘凉——好出风头

城墙上跑马——好险、扭不转、扭不回头、扭不过头了、扭不过头来、扭不转啦、尽绕弯子、扭不转尽绕弯子、转不过弯来、绕圈子、难掉头、难转弯

城墙上栽花——高中(种)

城墙上出棺材——大兜大转、绕了一圈、绕一大圈、绕一个大弯、绕一个大弯子

城墙上吊帘子——没门

城墙上抬棺材——死出风头

城墙上耍大刀——里外一齐砍

城墙上画头像——脸皮厚

城墙上的卫兵——高手(守)

城墙上的麻雀——老练了、胆子大

城墙上的钥匙——开诚(城)相见

城墙上放风筝——出手高、出手就不低

城墙上赶麻雀——白费工、白费工夫、白费劲、白费心机、枉费工

城墙上挂门帘——没门、没门儿

城墙上挂帘子——没门、没门哩

城墙上挂钥匙——开诚(城)相见

城墙上挂夜壶——尿不着、尿不着你

城墙上挂猪头——架子大

城墙上挂猪肝——少心没肺

城墙上挂镜子——照添(天)

城墙上看打架——与己无关、与我无关

城墙上点烽火——告急

城墙上盖城楼——底子空

城墙上骑瞎马——好险、冒险、危险

城墙上晒被单儿——好大的幌子

城墙上面看城河——从高处着眼

城墙底下骂太爷——半边硬

城墙顶上出棺材——绕一个大圈、绕一个大弯儿

城墙顶上的蒿草——随风倒

城砖当拜年帖子——皮厚

城山殿的鼓——鬼瞧(敲)

城隍庙内讧——鬼打鬼

城隍庙失火——诚(城)惶诚(城)恐

城隍庙搬家——神出鬼没

城隍庙鼓楗——对的

城隍庙鼓槌——一对

城隍庙推牌九——鬼场合

城隍庙打官司——死对头

城隍庙打饥荒——穷鬼

城隍庙的土地——管得宽

城隍庙的小鬼——老瞪眼不开腔

城隍庙的泥像——坐一辈子

城隍庙的泥塑——鬼相

城隍庙的判官——龇牙咧嘴

城隍庙的菩萨——不怕鬼、正襟危坐、连鬼都不怕

城隍庙的猪头——有主的

城隍庙的壁头——干鬼

城隍庙的鼓楗——一对的

城隍庙的鼓槌——一对、一对儿

城隍庙的横匾——有求必应

城隍庙的算盘——不由人拨拉、算不清、难算

城隍庙的石狮子——一对、一对儿、老一对、搬不动

城隍庙的铁算盘——难算、算不清、不由人算

拆城隍庙竖土地庙——因小失大

拆城隍庙竖土地堂——得小失大

出城隍庙进土地庙——闯神又闯鬼

城隍庙里小鬼——老瞪眼不开腔、老瞪眼睛不开腔

城隍庙里内讧——鬼打鬼、鬼打架

城隍庙里打扇——刮阴风

城隍庙里失火——小鬼嘴里都冒烟

城隍庙里拉弓——色(射)鬼

城隍庙里抬杠——鬼打鬼

城墙庙里卖药——哄鬼

城隍庙里的神——正襟危坐、站就站一生,坐就坐一世

城隍庙里穿裤衩——羞死鬼

城隍庙里说书——讲讲听听

城隍庙里唱戏——鬼看

城隍庙里的菩萨——站就站一生,坐就坐一生、站就站一生,坐就坐一世

城隍庙里养马——不奇（骑）

城隍庙里冒烟——点鬼火

城隍庙里聚会——净是鬼

城隍庙里搬家——神出鬼没

城隍庙里长葛藤——还缠爷哩

城隍庙里打官司——死对头、一溜的鬼说鬼道

城隍庙里打饥荒——穷鬼

城隍庙里出告示——吓鬼

城隍庙里讲故事——鬼话连篇

城隍庙里闹内讧——鬼打鬼

城隍庙里卖麻布——鬼扯

城隍庙里卖假药——哄鬼、骗鬼、哄死人

城隍庙里推牌九——鬼场合

城隍庙里拉胡琴——鬼扯

城隍庙里玩魔术——鬼花招、鬼花样

城隍庙里的小鬼——大小是尊神、老瞪着眼睛、老瞪眼不开腔、老瞪眼睛不开腔、瞪起眼睛不开腔、光瞪眼不开腔

城隍庙里的告示——鬼话连篇

城隍庙里的判官——龇牙咧嘴

城隍庙里的泥脸——鬼头鬼脑

城隍庙里的泥胎——鬼相、鬼样子、鬼头鬼脑

城隍庙里的猪头——有主了、有主的、有受主的

城隍庙里的菩萨——人造的、正襟危坐、连鬼都不怕、站就站一生，坐就坐一生

城隍庙里的匾额——有求必应

城隍庙里的算盘——不由人算、不由人拨拉、不由人算计

城隍庙里的鼓槌——一对、一对儿、一对对、成对儿

城隍庙里挂弓箭——色（射）鬼

城隍庙里挂宝剑——吓鬼

城隍庙里朝观音——走错了门、找错了门

城隍庙里起内讧——鬼打鬼

城隍庙里穿裤衩——羞死鬼

城隍庙里鬼打鬼——由他去

城隍庙里捉迷藏——魔（摸）鬼

城隍庙里烧柴灶——鬼火直冒

城隍庙里倒了墙——露出了个鬼

城隍庙里摆卦摊——骗鬼

城隍庙里摆菩萨——站就站一生,坐就坐一生、站就站一生、坐就坐一世

城隍庙里着了火——小鬼的嘴里都冒烟

城隍庙里推牌九——鬼场合

城隍庙里脱裤子——羞死鬼

城隍庙里掷骰子——鬼点子多

城隍庙里舞大刀——吓鬼

城隍庙里的石狮子——搬不动

城隍庙里卖假药——哄鬼

城隍庙里的鼓槌儿——一对、一对儿、一对对、成对儿

城镇变废墟——坏了事

垭口上说的——风凉话

垭口上安喇叭——想(响)得远

垭口上的土地——两边管

垭口上的新闻——道听途说

垭口上挂天灯——亮得宽

胡同捉驴——两头堵

胡同变大街——阔起来了

胡同里打铁——口上了当

胡同里讲话——直说

胡同里抓驴——两头堵

胡同里找铁——口上了当

胡同里唱戏——口上热闹

胡同里赶驴——直打直

胡同里赶猪——直来直去

胡同里跑马——直来直去、直进直出、直出直入、回头难

胡同里跑步——没奔头

胡同里逮驴——两头儿堵、两头截

胡同里逮猪——两头儿堵、两头截

胡同里敲鼓——两头想(响)

胡同里赛马——直来直去

胡同里演戏——口上热闹

胡同里扛竹竿——直来直去、直进直出、回头难、难回头

胡同里背毛竹——直扑笼统

胡同里推大炮——直出直入

胡同道里背杆子——直冲

故宫里的文物——老古董

故宫里的宋瓷——古老

故宫里的国宝——样样好

故宫里插杨柳——树(竖)不起来

茫罕山的游云——不可琢磨

茫罕山的两只鹿——不可琢磨

荒山造林——一举多得

荒山长高粱——野种

荒山变果园——日子越来越甜

荒山上过夜——无处安身

荒山上聊天——尽讲屁(僻)话

荒山上插柳——难成行

荒山上开店铺——无利可图

荒山上长高粱——野种

荒山上的野草——自生自灭

长在荒山上的花儿——哪有不受霜打的

荒山里的破庙——冷冷清清、费(废)事(寺)

荒地里的韭菜——稀稀拉拉

荒地里的野菜——分外香

荒地隔儿的兔子——单崩(蹦)儿

荒坡上的枣子——小孩(核)

荒坟上耍大刀——吓鬼、吓死鬼

荒坟上耍刀枪——吓鬼、吓死鬼

荒场里拱虚泥——出鬼

荒坑里的鱼——又腥又臭

荒坑里翻个——亮臭架子

荒原上牧马——走到哪儿哪儿是路

荒野的磷——听其自然(燃)

荒野的墓地——死气沉沉

荒野的磷火——自然而然(燃)

荒塚里掘出来的——老古董

耐火砖——不怕烧

做砖的坯子、插刀的鞘子——框框套套

砖头砌墙——后来居上

砖头打瓦片——一对灰货

砖头打板壁——急回头

砖头掉井里——不(扑)懂(通)

砖头涂水彩——色坯

砖头做枕头——丫（压）头

砖头丢在井里——不（扑）懂（通）

卖砖头砌墙——专（砖）款专（砖）用

砖头上钉钉子——斗硬、过得硬

砖墙上挂帘——没门的事

砖墙上钉图钉——挤不进去

砖墙上挂门帘——没门的事

砖墙上挂帘子——没门

砖窑里失火——谣（窑）言（烟）

砖窑里的坯——定型的货

砖窑里起火——谣（窑）言（烟）

砖窑旁边盖楼房——就地取材

砖瓦窑冒烟——扯灰火

砌墙的瓦刀——天天和泥水打交道

砌墙的砖头——后来居上

砂石地里的水——清澈见底

砂面捏窝窝——团不到一块

砂岩打青岩——实（石）打实（石）

砂岩做磨盘——其实（石）不错

荞麦地里抓王八——十拿九稳

荞麦地里捉王八——十拿九稳

荞麦地里藏秃子——没有看出你来

珊瑚礁上桂花树——根子红

玻璃灯笼——里外明

玻璃灯罩——吹出来的

玻璃肚皮——看透心肝

玻璃做鼓——经不起敲打

玻璃棒槌——中看不中用

玻璃杯沏茶——看到底

玻璃上放花盆——明摆着

玻璃铺的家当——不堪一击

玻璃窗里看戏——一眼看穿、一眼看透

玻璃缸里养鱼——大不了

玻璃缸里的金鱼——翻不了大浪

玻璃袜子玻璃鞋——名角（明脚）

玻璃球上拴麻线——难缠

玻璃筷子夹凉粉——光对光

玻璃瓶里插蜡烛——肚里明

玻璃瓶里装王八——原(圆)形毕露

玻璃罩里的苍蝇——看到光明无出路、处处碰壁

玻璃镜照着清泉水——嘴里不说他,心里都明白

玻璃耗子琉璃猫,铁铸公鸡铜羊羔——一毛不拔

玻璃板上涂蜡——又光又滑

挑水回头——过了境(井)

挑水扁担——直进直出

挑水填井——枉然

挑水上飞机——高抬

挑水江边卖——没人要

挑水的回头——过境(井)啦

挑水的扁担——长不了

挑水带洗菜——一举两得、一事两头担、两便、两得其便、两不耽误

挑水骑单车——武艺高、本领高

挑水断扁担——统(桶)帅(甩)

挑水扁担进口——直出直入、直进直出

挑水扁担进屋——直出直入、直进直出

挑水娶了个卖菜的——人对桶也对

挑沙填海——白费劲

挖井碰见喷泉——好极了、好得很

挖井碰上自流泉——好得很、正合心意(比喻正符合自己的想法。)

指东骂西——刁做作

指东跑西——越跑越远

赵北口的浅子——多(拖)余(鱼)

赵北口的鱼汤——喝也后悔,不喝也后悔

贵州的毛驴——瞎(吓)唬(虎)一阵子

贵州的茅台——名闻中外

贵州的驴子——本领有限

贵州驴子学马叫——南腔北调

贵州的骡子学马叫——不像、什么声气

哪山唱哪歌——到哪说哪

哈尔滨的冰雕——冷冰冰、冷酷无情、冷冰冰,硬邦邦、怕热不怕冷、硬邦邦

哈尔滨到三道崴子——远哩

背阳坡上的太阳——不长久、难长久

背阳地上的太阳——不长久、难长久

背水作战——不留后路、后无退路、断了后路

背集摆摊子——外行

背街摆箩筐——外行

背门板上街——好大的牌子

背门板投水——丢人一大块

背门板跳河——能(门)流了

背门板出远门——免守门户

昭关那边——樊城

蚁窝打水——漏洞百出

蚁窝被捅——乱作一团

炭堆里打喷嚏——净往脸上抹黑

炭堆里的屎壳郎——黑到家

炭窝里的石灰——黑白分明

到了重庆——双喜

剑门关的风姿——天下险

鬼门关止步——出生入死

鬼门关到奈何桥——死路一条

走近鬼门关——离死不远了

独木关薛仁贵——带病出征

狭巷蠢牛——不会转头

狭弄堂赶猪——直来直去

狭弄堂里骑车——转不过弯来

钟楼打钟——名(鸣)声在外

钟楼上的角铃——随风向(响)

钟楼里的百灵鸟——惊不出来

钟鼓楼的家雀——吓破了胆、受过惊动

钟鼓楼的麻雀——吓破了胆、受过惊动

钟鼓楼上开案桌——架子不小

钟鼓楼上百灵鸟——惊不出来

钟鼓楼上的麻雀——吓大了胆、吓破了胆、惊大了胆、耐惊耐怕、经得住敲打、惊吓惯了

钟鼓楼上挂牛肉——好大的架子、架子不小

钟鼓楼上摆肉案——好大的架子、架子不小

钟鼓楼上的百灵子——惊不出来

钟鼓楼下的麻雀——惊怕出来了

钟鼓楼里的麻雀——惊出来的、耐惊、耐惊耐怕

钟鼓楼里的百灵鸟——精(惊)不出来

钢打淬铆钉——一是一,二是二

钢使在刀口上——得风(锋)

钢好用在刀口上——无坚不摧、用对了地方

钢厂的产品——全是硬货

钢厂里伸手——来硬的

钢上淬火——硬上加硬

钢水钢渣——两经

钢水倒进模子里——定了型、定了型啦、定型啦、定型了

钢材当木材——大材小用

钢头戴铁帽——双保险

钢针别针——各有用场

钢针落水——不起花头

钢针大头针——各有用处

钢针扎石头——硬碰硬

钢针埋眼毛——触(戳)霉(眉)头

钢针屁股的眼——只认衣衫不认人

钢针掉到油锅里——又尖又滑、又奸(尖)又猾(滑)

钢针屁股上的眼——只认衣衫不认人

钢针屁股上的眼儿——只认衣衫不认人

钢钉淬火——有股钻劲、钻劲大

钢钉打石头——硬钻

钢钉钉黄连——硬往苦里钻

钢钉和铆钉——丁(钉)是丁(钉),卯(铆)是卯(铆)

钢钉淬硬火——钻劲更大、钻劲更大了

钢钉凿石头——硬钻

钢锥儿插鱼——挑刺儿

钢条铸针——宁折不弯、铿然有声

钢条打铜锣——吃当当

钢条做钉子——宁折不弯

钢条针——宁折不弯、宁折不圪溜(内蒙)

钢条钉儿——宁折不弯

钢丝穿豆腐——不用提、没法提、提不得、别提了

钢丝锁豆腐——拴不住

钢丝上踏高跷——难猜（踩）

钢丝绳穿针——难通过、通不过

钢丝绳穿豆腐——没法提

钢丝绳上睡觉——高姿态、翻不了身

钢丝钳割豆芽——再嫩不过了

钢钩钩玻璃——挂不住

钢刷刷锅——硬碰硬

钢刷子刷象——没觉痒

钢索上走脚踏车——奇（骑）事（丝）、惊险绝技

钢板一块——坚硬、硬邦邦

变形的钢板——难校正

钢板上打铆——一是一，二是二、毫不动摇、丁（钉）是丁（钉），卯（铆）是卯（铆）

钢板上钉钉——硬过硬

钢板上铆钉——一是一，二是二

钢板上锲钉——不入木

钢板上打铆钉——一是一，二是二、毫不动摇、钉（丁）是钉（丁），卯（铆）是卯（铆）

钢板上钉铆钉——一是一，二是二、牢靠、硬中有硬

钢板上的铆钉——一是一，二是二

钢板上铆铆钉——一是一，二是二

钢板上的铆铆钉——一是一，二是二

钢铃打锣——另有因（音）

钢钎凿石——一捶一个眼、一捶一个眼儿

钢钎打石头——硬钻、硬碰硬

钢钎打炮眼——直出直入、直进直出、直来直去

钢钎淬硬火——钻劲更大

钢钎凿石头——一捶一个眼、一捶一个眼儿

钢钎凿到石头——一捶一个眼、一捶一个眼儿

钢钻赛铁钻——一个更比一个硬

钢珠落玉盘——当当响、响当当

钢珠掉在铜盆里——当当响、响当当

钢珠落在铁盘里——当当响、当啷啷响、响当当

钢珠落进铁盘里——当当响、当啷啷响

钢筋打锣——另有因（音）

钢筋打铜锣——当当响、响当当

钢筋敲铜锣——当当响、响当当

钢筋淬了火——宁折不弯

钢筋加混凝土——结实

钢筋水泥盖鸡窝——一劳永逸

钢筋水泥浇大梁——塌不了、栋梁之材

钢筋水泥铸成的大梁——塌不了

钢锤砸铁钉——实打实、硬碰硬

钢锤砸铁砧——实打实、硬碰硬

钢锤敲钢锭——响当当

钢梁磨绣针——功到自然成

钢梁上的铆——定(钉)煞了

钢梁上的铆钉——定(钉)死了、钉死了的、没法提

钢锭鸡毛一箩筐——不分轻重

钢锭里的鸡蛋——一碰就碎

皇城拐角——多绕(饶)一面儿

皇城的拐角——多一面儿、多绕(饶)一会

皇宫选美——以貌取人

皇宫闹内讧——争天下、自相残杀

皇宫门口的石狮子——一点心眼也没有、一点心眼儿也没有、没心眼、缺少心眼

皇宫里的宝——样样好

皇宫里的太监——枉为男子汉、难(男)做

皇宫里的漏壶——准

香山的卧佛——大手大脚

香楼上打喷嚏——碰一鼻子灰

急水放鸭子——顺流了

急水滩红翅鱼——经过风险

急水滩放鸭子——一去不复返

急水滩上的石头——见过风浪

急水滩头的船——难停下

急水滩头停船——难

急水滩头的大鱼——经过风浪

急水滩头放鸭子——一去不复还、一去不回头、一去永不来

急水滩头放鸭仔——一去不复还、一去不回头、一去永不来

急水滩头筛石灰——好景不长

急水滩头的大鲤鱼——经过风浪

急水滩头洗簸箕——冲走了、走了腔

急水滩里的鱼——经过风险

急水滩里放鸭子——一去不复还、一去不回头、一去永不来

急水滩里的红鲤鱼——经过风险

急水滩里的鹅卵石——没棱没角、磨掉了棱角

顺水人情——不费啥力

顺水行舟——趁方便

顺水行船——随波逐流

顺水的船——放任自流

顺水推舟——不费力、因利乘便

顺水顺风行船——没有阻力

顺水行船船不动——不对头、风头不对

顺水推舟,顺风扯篷——见机行事

顺沟摸鱼——没跑、没有跑的、跑不了、跑不掉

顺沟捉鲇鱼——没逃

顺坡推碌碡——快上加快

顺坡推辘轳——滚得快

泉子里扔石头——一眼见底

泉水弹琴——顶(叮)懂(咚)

喝泉水就石子——又凉又硬

喝了泉水就摔瓢——忘本

泉水里扔石头——一眼见底

泉水里看石头——一清二楚、清清楚楚

泉水坑里的鳖——看清了王八相

泉水坑里扔石头——一眼看到底

泉水坑里看石头——一清二楚

泉眼里的水——没法量

垡子地里撵兔子——没有大跑头

秋水田里种麦子——怪哉(栽)

秋田的蛤蟆——呱呱叫

秋田烧鸡蛋——浑蛋

种地不上粪——等于瞎胡混

种地不出芽——坏种

种地不出苗——坏种

种地不打横头——豁出去啦(河南)

修渠引水——实(石)砸实(石)

炼钢吃生铁——不怕硬

炼钢的炉灶——热火朝天

炼钢炉里吹出的风——一股热气

亭里谈心——风凉话

亭子里谈心——讲风凉话、全是风凉话

亭子里聊天——讲风凉话

亭子里躲雨——暂避一时

逆水而游——不进则退

逆水行舟——不进则退、不能怕阻力、顶风顶浪

逆水行船——硬撑、有阻力

逆水拉纤——松不得绳（神）、越拉越紧

逆水撑船——难行

逆水驾筏子——不进则退

逆水赛龙舟——力争上游

逆水驾木筏子——不进则退

逆水又遇顶头风——难上加难

逆水行船又顶风——阻力大

逆水遇上顶头风——难上加难

逆水里行舟——力争上游

逆水里行船——力争上游

浊水里放明矾——看得见底浊浪撞大堤——倒退了

浑水过河——不知深浅

浑水洗澡——干净不了、越来越糟

浑水捞鱼——大小难分

浑水照面——不见人影

浑水蹚河——不知深浅

浑水摸鱼——大小难分、捞一把、想捞一把、都想占点便宜、都想捞一把

浑水放明矾——清了

浑水捉田螺——东摸西摸

浑水捉鱼儿——大小难分

浑水中洗澡——不得干净

浑水里捉鱼——鲫鱼鲤鱼全不分

浑水里的泥鳅——反正变不了龙

浑水里捉田螺——东摸西摸

浑水里捉鱼儿——大小难分

浑水池子——看不透

浑水塘——看不透

浑水塘中的鱼儿——摇头摆尾耍滑头

浑水塘里的鸭子——有吃有喝

五尺深的浑水潭——看不透

洪水淹粮仓——泡汤了、白面馒头泡汤了

洪水淹了粮仓——泡汤了

洪水冲了老鼠窝——一窝子完了

洪水淹了龙王庙——一家人不认一家人、自家人不认自家人、自家不认自家人、一家人不识一家人、自家不识自家人、自家人不识自家人

发洪水放木排——赶潮流、随波逐流

发洪水放竹排——赶潮流、随波逐流

开闸的洪水——畅通无阻

洪泽湖的鱼鹰——老等、吃饱不动

洪泽湖的老麻雀——见过大浪的、见过大风大浪

浏阳河的鞭炮——嘣嘣响

洛阳纸贵——风行一时

洛阳的牡丹——人人欢喜、个个喜爱、占已有之、名不虚传、值得一看

洛阳的牡丹云南的山茶花——各有千秋

洞口被堵——走投无路

洞门边捉黄鳝——出来就抓

洞里观火——一清二楚、清清楚楚

洞里拔蛇——越拔越进

洞里的蛇——不知长短

洞里有毒蛇——可别乱伸手

洞里的长虫——不知长短

洞里的乌龟——不怕惊

洞里的老鼠——晚上害人

洞里的毒蛇——可别乱伸手、可别乱揽

洞里灌进水——泡汤了

洞里的赤练蛇——阴毒、毒得很

洞里头拔蛇——越拔越进

洞庭湖吹喇叭——想(响)得宽

洞庭湖的莲子——好东西

洞庭湖的莲藕——土产货

洞庭湖的浪花——不是嘴巴吹的

洞庭湖的麻雀——见过风浪、见过风浪的、见过大风浪、见过大风浪的、见过大风大浪、见过风浪的、经过大风浪、经过几个风浪、经过风波来的

洞庭湖的野鸭子——经过风浪来的

洞庭湖上走钢丝——凶多吉少

洞庭湖上的水鸟——迎风逐浪

洞庭湖上的麻雀——经得住风浪

洞庭湖上踩钢丝——凶多吉少

洞庭湖里的宝——千载不竭

洞庭湖里洗脸——大喷（盆）

洞庭湖里荡船——划不来

洞庭湖里捞针——白日做梦、想得到，办不到

洞庭湖里木鱼响——贼发善心、江湖上人联络讯号

洞庭湖里吹唢呐——不知哪是哪、哪里哪、哪里哪里、想（响）得宽

洞庭湖里吹喇叭——不知哪是哪、哪里哪、哪里哪里、想（响）得宽

洞庭湖里卖桨杖——正当时、卖到地方了

洞庭湖里的桨杖——算一条

洞庭湖里的莲藕——土产货

洞庭湖里的麻雀——见过风浪、见过些风浪、见过几阵风浪、见过几回大风浪、见过世面、好大胆、好大的胆子、经过风浪来的、胆子不小

洞庭湖里的鸭子——无人管（土家族）、野禽、能上天

洞庭湖里的野鸭——无人管

洞庭湖里荡湖船——不是好玩的

洞庭湖里鲫子鱼——漂洋过海

洞庭湖里漂根草——渺小

洞庭湖里涨春水——一浪高一浪、一浪比一浪高、一浪高过一浪

洞庭湖里敲木鱼——大发善心

洞庭湖里的浪股子——不是好惹的

洼地下大雨——无处留（流）

沼泽地的推土机——拖泥带水

洋灰铺马路——没辙

洋灰（冰泥）地上种花生——扎不下根、难生根

洋灰地里种花生——扎不下根、生不了根、找不到生根的地方

洋泥沟里小鸭——学油（游）

浇水下杂面——你吃我看

浇地扒垄沟——捅娄子

烂田扳桩——越扳越深

烂田里的石臼——永世不得翻身、永世翻不了身

烂田里的活路——难做

烂田里翻石磙——越陷越深

烂田里翻碌碡——越陷越深

烂河泥糊墙——表面光

烂河泥糊壁——两面光

烂泥河里挖石臼——越弄越深

烂泥——糊不上壁

烂泥下窑——烧不成个东西（比喻能力差或本质不好的人办不成事。）

烂泥扳桩——越扳越深

烂泥萝卜——揩一段吃一段

烂泥摇桩——越摇越深

烂泥塞口——看着流

烂泥糊墙——表面光

烂泥打土块——成不了坯子

烂泥补柱子——难顶难撑

烂泥做的菩萨——全靠贴金

烂泥甘蔗揩一段吃一段——得过且过

烂泥里走路——哪只脚先走，哪只先烂

烂泥里摇桩——越陷越深

烂泥里打桩子——越打越下

烂泥里的桩子——越陷越深

烂泥里的碑杆——打不得

烂泥里撬石头——深奥（拗）

烂泥巴下窑——不成东西、难成器、烧不成器、烧不成陶器

烂泥巴糊墙——上不去、外光里不光、表面光、扶（糊）不上去

烂泥巴放进窑——烧不成货

烂泥巴垒墙角——立场不稳、根基不牢

烂泥巴掉墙角——立场不稳

烂泥巴捏神像——没好心肠、没个好心肠、全靠贴金

烂泥巴砖下墙角——立场不稳

烂泥土下窑——烧不成东西、烧不成个东西

烂泥土打土块——成不了坯子

烂泥地推车——慢慢挨

烂泥地里打桩子——立不起，站不稳

烂泥田插竹——越插越深

烂泥田插秧——越插越深

烂泥田打桩子——越打越下

烂泥田翻碌碡——越陷越深

烂泥田里翻碌碡——越陷越深

烂泥浆做馒头——抓不上手

烂泥坨上贴金——假充观音

烂泥坯子贴金身——胎里坏、坏了胎

烂泥坑种瓜——穷样(秧)子

烂泥坑种地瓜——穷样(秧)子

烂泥坑里走路——拖不动腿

烂泥壁——扶不起来

烂泥墙——扶不起

烂泥底下放鞭炮——有气响不出

烂泥塘边的蚊子——嗡嗡起哄

烂泥塘里的蛤蜊——奸(尖)猾(滑)

烂泥堆上放鞭炮——响不起来、想(响)不起来

烂角子上的石头——又臭又硬

烂茅屋上挂绣球——假漂亮

烂蒙古包——无言(檐)

拆一座祠堂得一片瓦——不上算、不合算

祠堂里撂砖——祖辈有仇

祠堂里敬佛祖——拜错庙门

祠堂里撂破砖——祖辈有仇

祖坟上栽葡萄——有瓜葛

祖坟上插香烟——缺德带冒烟

祖坟上插烟卷——缺德带冒烟

祖坟上插烟卷儿——缺德带冒烟

祖坟上长棵酸枣树——尽出带刺子货

祖宗坟上冒青烟——出奇(气)了

祖宗堂里供菩萨——神出鬼没

神台的猫屎——神憎鬼厌

神台上屙猪屎——神憎鬼厌

神台上的猫屎——神憎鬼厌

神台上的狗屎——神憎鬼厌

神台上的槟榔果——只能看不能吃

神台上摆的灰面水果——看得吃不得

神庙里的鸡子——宝贝蛋

神堂上的鸡子儿——宝贝蛋

神堂下烧箬壳——骗祖宗

神堂里的鸡子儿——宝贝蛋

三打祝家庄的盘陀路——转来转去

宫廷的宝贝——于我何益

客栈里的臭虫——吃众人

宣化的葡萄——小有名气

庭园时节种蔬菜——一举两得

庭院里种蔬菜——一举两得

哀牢山上点灯——高明

哀牢山上放风筝——起手不低

哀牢山上唱山歌——起高调

哀牢山上摔盘子——不对碴儿、对不上词(瓷)

弯家湾里吹喇叭——弯弯的想(响)

前怕龙后怕虎——进退两难

前怕狼后怕虎——胆小鬼、犹犹豫豫、进退两难、畏首畏尾、谨慎过余

前有强敌后有追兵——进退两难

前有埋伏后有追兵——无处逃生、进退两难、没有回头的余地

前有悬崖后有追兵——死路一条

前门失火——走后门

前门后门一人守——顾此失彼

前门楼上搭脚手——好大架子、好大的架子、架子不小

前门拒虎,后门进狼——祸不单行

前水后泥——进退两难

前头虎后头狼——进退两难

前头走个秃子后头走个瞎子——先明后不争(睁)

前后遇敌军——两头受夹攻

前面不怕——后怕

前面塞车——通不过

前面亮红灯——不可行

前面亮绿灯——可行

前面是死胡同——行不通

前面是狼后面是虎——一个比一个凶、一个比一个厉害

前面挨一枪,后面挨一刀——腹背受敌

前排照相——低人一等、矮人一等

前排亮红灯——人车皆不可行

美玉无瑕——完美、无缺点

美玉埋在狗屎堆里——可惜、真可惜

弃美玉而抱顽石——糊涂到顶了

养济院失火——穷气钻天

养济院的人——饱食终日，无所用心

养济院赶会——穷秧歌

养济院请客——穷凑、穷凑合

养济院里行刺——不杀穷人不富、拿穷人开刀、拿着穷人开刀、拿着穷人开心

养济院的娃娃——穷小子、没名没姓

养济院的儿子——穷儿、穷小子

养济院的鸽子——穷咕噜

养济院的耗子——穷嘴老鼠

养济院里请客——穷对付、穷凑、穷凑合

养济院里起火——穷气钻天

养济院里的孩子——穷儿、穷小子

养济院里的娃娃——穷小子

养济院里财主行刺——不杀穷人不富

屋漏又逢连夜雨——祸不单行、倒霉又遭殃、越怕问题越有问题

屋漏又遇连阴雨——倒霉又倒霉

屋漏又遭连夜雨——祸不单行

屋漏偏逢连阴雨——祸不单行、越怕越有问题

屋漏来了个瓦匠客——简(捡)陋(漏)不用说

屋漏偏遭连夜雨，船破又遇顶头风——祸不单行、祸事连连

拆屋唱戏——只图欢乐不顾家

拆屋放纸鹞——只图风流不顾家、只顾风流不顾家

拆屋逮耗子——因小失大、得不偿失

拆屋逮老鼠——糟蹋穷

进屋跳窗户——门路不对

烧屋赶老鼠——不合算

烧屋赶耗子——不合算、得不偿失

造屋请箍桶匠——找错人啦

拆掉屋子放纸鹞——只图风流不顾家

屋子上的窟窿——漏洞

屋子里说话——窗外有人听

屋子里开煤铺——倒(捣)霉(煤)到家了

屋子里翻跟头——内部考试

屋子里面逮狗——设圈套

屋上吹喇叭——想(响)头不低

屋上扫弹子——滚珠

屋上的窟窿——漏洞

屋门大开——张家口

屋门口的穿衣镜——正大光明

屋内的石缸——门里大

屋山尖开门——不搁门

屋山头——没人进出

屋山头开门——没人进出

屋山头挂粪桶——臭名在外

屋山头上开门——没亲没邻

屋山头上贴门对——不是正门

屋山头上贴对联——不是正门

屋头顶上吹喇叭——高调

屋后有竹林——根子硬

屋里下雨——门外汉(旱)

屋里风筝——飞不高

屋里打伞——出不去门

屋里打拳——门里出身

屋里听风——越听越凶

屋里起塔——高不了多少

屋里夹杖子——分家了

屋里听风声——越听越凶

屋里吹喇叭——门外有名(鸣)声

屋里的大门——总是晚上碰头

屋里的鹞子——飞不高

屋里放风筝——飞不高、升不上去、高有限、高也有限

屋里放鞭炮——一股火药味、闷想(响)

屋里称皇帝——自尊自大

屋里筑篱笆——一家分两家

屋里喂老虎——不怕死

屋里翻筋斗——里手

屋里翻跟头——里手

屋里丢件皮袄——得不偿失

屋里的百灵鸟——家教(叫)

坐在屋里看电视——远在天边近在眼前

屋里屋外全粉刷——面面俱到

屋面上的霜——见不得太阳

屋顶的瓜——四面滚

屋顶滴水——有漏洞

屋顶的窟窿——漏洞

屋顶落魔鬼——祸从天降

屋顶栽桂花——襄(香)阳

屋顶上开门——六亲不认、来亲不认

屋顶上种菜——无缘(园)

屋顶上停尸——臭到了顶

屋顶上停灵——臭四邻

屋顶上睡觉——翻不过身来

屋顶上的王八——上不着天,下不着地

屋顶上的皮球——摸也摸不得,拍也拍不得

屋顶上贴告示——天知道、天晓得

屋顶上架梯子——高了还想高、得高扒高、得高爬高、短了一步、没法再高了、想高还想高

屋顶上摆石臼——冲家

屋顶上望飞机——站得高,看得远

屋顶上戳窟窿——捅娄子

屋栋上开天窗——亮了底、亮了底儿

屋角架磨——转不过弯来、难转弯

屋角推磨——转不过弯来

屋角里的老鼠——钻墙挖洞

屋背上开门——不和(过)人

屋背上睡觉——翻不过身来

屋背上的冬瓜——顺沟溜

屋脊上的猫——爬到了顶

屋脊上栽葱——香到了顶

屋脊上睡觉——不能翻身、不知往哪边翻身、翻不过身来

屋脊上的王八——上不着天,下不沾地、哪里知道天高地厚

屋脊上的冬瓜——两边滚

屋脊上的葫芦——两边滚

屋脊上放西瓜——两边滚

屋脊上贴告示——天知道、天晓得

屋脊上掏泥鳅——不在那头高

屋脊上蹲个猫——活受(兽)

屋脊上安避雷针——尖到了顶

屋架上挂斧头——作（斫）品

屋梁做秤杆——太粗

屋梁上吊颈——上不沾天，下不沾地、上不着天，下不沾地

屋梁上悬胆——苦心滴滴

屋梁上睡觉——难翻身、翻不过身

屋梁上悬胆——苦水滴滴

屋梁上吊苦胆——苦水滴滴

屋梁上吊猪胆——苦水滴滴

屋梁上的螃蟹——悬空八只脚

屋梁上挂斧头——高作（斫）

屋梁上挂剪子——高才（裁）

屋檐滴水——一点点、下流、不离老窝、日久见功、点点照旧

屋檐不滴水——另有路子

屋檐晒被子——半阴半阳

屋檐挂冰柱——狼（廊）牙交错

屋檐挂冰凌——根子在上

屋檐挂银条——宾（冰）主（柱）

屋檐又遭连阴雨——祸不单行

屋檐又遭连阴雨，船破又遭顶头风——倒霉又倒霉

拔掉屋檐卖柴——穷极了

拔掉屋檐卖柴——穷得想不出好办法

屋檐上吊鱼——干起来

屋檐上种菜——无缘（园）

屋檐上悬胆——苦水滴滴

屋檐上的大葱——不死心（芯）、心（芯）不死、叶烂皮干心（芯）不死、叶焦根烂心（芯）不死、皮焦叶烂心（芯）不死、皮焦根枯心（芯）不死、根枯叶烂心（芯）不死、根枯叶黄心（芯）不死

屋檐上的冬瓜——两边滚

屋檐上的冰柱——根子在上

屋檐下的冰凌——根子在上头

屋檐上的洋葱——叶焦根烂心（芯）不死

屋檐上挂马桶——臭名在外

屋檐上挂苦胆——滴滴苦水、滴滴是苦水

屋檐上挂棒槌——开打行

屋檐上挂猪胆——苦水滴滴

屋檐上吊起的鱼——干起来了

屋檐上吊着的鱼——干起来了

屋檐上悬个猪胆——苦水滴答

屋檐下躲雨——不长久、不是长久之计、暂避一时、躲过一时算一时

屋檐下吊石磙——严（檐）重

屋檐下吊陀螺——不上不下

屋檐下的大葱——不死心（芯）、心（芯）不 、叶烂皮干心（芯）不死、叶焦根烂心（芯）不死、皮焦叶烂心（芯）不死、皮焦根枯心（芯）不死、根枯叶烂心（芯）不死、根枯叶黄心（芯）不死

屋檐下的冰凌——根子在上头

屋檐下的洋葱——不死心（芯）、心（芯）不死、叶烂皮干心（芯）不死、叶焦根烂心（芯）不死、皮焦叶烂心（芯）不死、皮焦根枯心（芯）不死、根枯叶烂心（芯）不死、根枯叶黄心（芯）不死

屋檐下的绝桩——一（以）言（檐）为重

屋檐下的麻雀——经不起风吹雨打

屋檐下挂大葱——不死心（芯）、心（芯）不死、皮烂根枯心（芯）不死

屋檐下挂灯笼——严（檐）明

屋檐下挂猪胆——苦水滴滴

屋檐下搭梯子——短了一截

屋檐下的冰柱儿——根子在上头

屋檐下的冰凌棍——根子在上头

屋檐下的洋葱头——不死心（芯）、心（芯）不死、叶烂皮干心（芯）不死、叶焦根烂心（芯）不死、皮焦叶烂心（芯）不死、皮焦根枯心（芯）不死、根枯叶烂心（芯）不死、根枯叶黄心（芯）不死

屋檐下的冰激凌棍——根子在上头

屋檐边的水——点滴不离窝

屋檐边上的水——滴滴答答的

屋檐水——点点滴、滴现处

屋檐水滴石头——一点不差

屋檐水滴石板——一点不差

屋檐水滴旧窝——老规矩、点点不差

屋檐水滴鸡窝——点点不差

屋檐水滴窝窝——点点不差

屋檐水滴进锅里头——多得一滴是一滴

屋檐头种菜——无缘（园）

丈二厚的屋基——根底深

屋山墙上贴对联——不是正门

屎坑上搭凉棚——臭架子、摆臭架子

屎坑里的砖——臭硬、又臭又硬

屎坑里的皮球——说他臭,他还一肚子气

屎坑里的砖头——臭硬、又臭又硬

屎坑石——又臭又硬

绝壁上的木棚——空架子

绝壁上的爬山虎——敢于攀高峰

院里种蒺藜——挨刺

一个院里住两家——谁也知道谁

院内抛砖——吓唬墙外人

院子当中竖梯子——没靠

院子下雨往屋里跑——轮(淋)着啦

院子里栽花——有缘(园)

院子里喂狗——来的都有份

院子里挖陷阱——玩到家了

院子里的秋枣——落下一个拾一个

院子里种花果——好看不中用

院子里搭戏台——有戏唱啦、有瞧的

院子里插柳条——栽了

院坝里挖麻雀——想(响)不到

陡坡上的皮球——不得不滚

陡峭的山——难上

退潮的海滩——水落石出

十画

桂林山水——美极了

桂林马蹄——没得渣

桂林风光——山清水秀

桂林三花酒——好冲

桂林的山水——甲天下

桂林的三花酒——好冲

桂园客人——外行(黄)

桃园结义——同了心

桃园卖果——自产自销

桃园三结义——拜把兄弟

桃花园里的居民——不知世事艰难、与世无争

桃林里摘果——没理(李)

挹江门的旗子——有点甩

热地上的蚰蜒——坐卧不宁、坐卧不安、走投无路

热河的会——口上热闹

热河当当——穷在口上

热带阔叶林——粗枝大叶

热炕头的夫妻——难舍难分

热炕头上的白面——发啦

耕田的牛——被人牵着鼻子、被人牵着鼻子走

耕田穿袜——缩手缩脚

耕田甩鞭子——吹(催)牛

耕田的老牛——被人牵着鼻子、被人牵着鼻子走

耕地的牛——被人牵着鼻子、被人牵着鼻子走

耕地不用耧——撒种

耕地不套牛——前有人拉,后有人扶、理(犁)硬

耕地甩鞭子——吹(催)牛

耕地耕出酸荏来——土酸

耕地的老头不拿鞭——恣牛了

耕地里甩鞭子——吹(催)牛

耕地里背口袋——有种

盐井冒烟——嫌(咸)弃(气)

盐井不出卤水——出言(盐)不逊(顺)

盐沟里的水——到哪里哪里嫌(咸)

盐沟里打皮球——到哪里哪里嫌(咸)

盐场罢工——闲(咸)得慌、闲(咸)得发慌

盐场的伙计——爱管闲(咸)事

盐场上冒烟——闲(咸)气、净生闲(咸)气

盐场上照太阳——闲(咸)情(晴)逸(一)致

盐库里冒烟——生闲(咸)气

盐场里罢工——闲(咸)得慌、闲(咸)得发慌

盐场里的下水——到哪里哪里嫌(咸)

盐湖里的盐——取之不尽

盐碱地的禾苗——稀稀拉拉

盐碱地的庄稼——死不死活不活、要死不活、奄奄一息、稀稀拉拉

盐碱地的荒草——奄奄一息

盐碱地里的冬瓜——又小又奸(尖)

盐碱窝里种甘蔗——荒唐(糖)

泰山不移——陆安

泰山架子——越抖越高

泰山的青松——万古长青

泰山与昆仑山——一个在东,一个在西

登上泰山望东海——站得高,看得远;登高望远

登上泰山望运河——远水解不了近渴

登上泰山想升天——好高骛远

上了泰山想登天——人心不足

泰山上拉屎——遗臭万年

泰山上敲鼓——四方闻名(鸣)

泰山顶上迈步——没奔头

泰山顶上散步——没奔头

泰山顶上长黄连——苦到极点

泰山顶上立暖壶——高水平(瓶)

泰山顶上观日出——冤(远)枉(望)、枣(早)阳、站得高看得远、登高望远、高瞻远瞩、难得一回

泰山顶上的帅哥——高峻(俊)

泰山顶上看日出——冤(远)枉(望)、站得高看得远、登高望远、高瞻远瞩、难得一回

泰山顶上挂暖壶——高水平(瓶)

泰山顶上唱大戏——高调、唱高调

泰山顶上演大戏——唱高调

泰山顶上添捧土——不济事、无济于事

泰山顶上搭凉棚——架子大

泰山顶上搭架子——越搭越大、越来越高、越大越高

泰山顶上搭梯子——越摆越大

泰州的灯笼——没影子

泰州的粪船——装死(屎)

太和殿的匾——无依无靠

秦皇陵——久慕(墓)

泰国的芒果——甜如蜜

珠江口的鱼——总想下海

珠市口的布铺——邪(斜)门儿(北京)

珠市坝的旗杆——光棍儿

珠峰上打拳——有高招

珠峰上立正——站得高

珠峰上伸手——向天要去、要求太高

珠峰上爬梯——一步登天

珠峰上站岗——高瞻远瞩

珠峰上挥手——高招

珠峰上倒立——高难动作

珠峰上读书——文化高

珠峰上推掌——出手很高

珠峰上聊天——高谈阔论

珠峰上截肢——手段(断)高

珠峰上踱步——高慢

珠峰上扔石头——抛到九霄云外

珠峰上用蒸笼——气冲斗牛、气冲霄汉、气到极点

珠峰上找对象——要求太高

珠峰上坐轿子——抬得太高

珠峰上的大雪——满天飞

珠峰上的寺院——高妙(庙)

珠峰上的居民——有靠山

珠峰上的蚂蚁——爬得高

珠峰上的猎户——高人

珠峰上的黄金——高贵

珠峰上的猴子——爬得高

珠峰上放风筝——起点高

珠峰上放焰火——天花乱坠

珠峰上做衣服——高才(裁)

珠峰上看云彩——眼光太高

珠峰上喊口号——呼声很高

珠峰上想办法——主意高

珠峰上的土地爷——高高在上、没人拜、没人败(拜)

珠穆朗玛峰——高、独高天下

珠穆朗玛峰插旗杆——高到顶了

珠穆朗玛峰上唱戏——起高腔

珠穆朗玛峰上唱歌——调子太高

珠穆朗玛峰上挥手——真是高招

珠穆朗玛峰上倒茶——水准高

珠穆朗玛峰上点灯——高明、高招（照）

珠穆朗玛峰上听鸡叫——高调

珠穆朗玛峰上放炮仗——名（鸣）声高

珠穆朗玛峰上放暖壶——水平（瓶）高

珠穆朗玛峰上看飞机——高瞻（站）远瞩

珠穆朗玛峰上插旗杆——高到顶了

珠穆朗玛峰上的尼姑庵——高妙（庙）

原地踏步——没进步

原始森林——自高自大

原始森林的大树——根深叶茂

原始森林迷了路——分不清东南西北、分不清东西南北

原始森林里走路——分不清东南西北

原始森林里放火——乌烟瘴气

原始森林里迷路——进退两难

原始森林里捉迷藏——谁知道他躲到哪儿去啦

莫愁湖里思美人——难见面

荷塘失火——偶（藕）然（燃）

荷塘里失火——偶（藕）然（燃）

荷塘里挖藕——全靠摸、摸准了就干

荷塘里拍照——偶（藕）象

荷塘里挂斧头——令人作（斫）呕（藕）

莲花镇街头的油沟——谁叫跟着谁跑

莲花池里入饺子——水分太多

莲花池里下饺子——水分太多、汤水太大、异想天开

砬子尖上翻跟头——闹玄

砬子滴水石开花——日久见功夫

砬子缝里踩钢丝——凶多吉少

破土的春笋——拔尖、拔尖的、冒尖了

破土的嫩苗——脆弱得很、要认真栽培

破土冒尖的笋子——捂不住、盖不了

破铜烂铁当武器——打烂仗

破水管里的水——白白流掉

破门帘——有点挂不住劲

破门帘子——挂不住

破房子——烟儿熏了

破屋门——老得用棍儿顶着

破庙——老实(寺)

破庙的和尚——孤苦伶仃

破庙的菩萨——东倒西歪

拆了的破庙——没庙、没有神

破庙儿——老实(寺)、没儿(脊)

破庙里和尚——冷冷清清

破庙里菩萨——无人朝拜

破庙里的铁钟——谁爱敲打就敲打

破庙里的菩萨——东倒西歪

破庙里挂观音像——费(废)神

破庙前的旗杆——光棍一条

破墙上捅窟窿——娄子越来越多

破堤的洪水——来势凶、来势凶猛

破梁做根烧火棍——大材小用

晒谷场上踢足球——没门儿

都市的霓虹灯——五颜六色、光彩夺目

贾府的后代——坐享其成

贾府的大观园——外强中干

贾府的焦大不爱林妹妹——有自知之明

贾府门前的狮子——死(石)心眼、死(石)心眼儿

烈士陵园的碑文——记生记死

晒场撒网——干捞

晒场上泼水银——无孔不入

峰峦上的爬山虎——就会高攀

峨眉内功少林拳——真功夫、练出来的

峨眉山的猴——看精的

峨眉山的风光——天下秀

峨眉山的活猴——看精的、看精哩、看精的你、看精到何人

峨眉山的猴子——不怕人、欺客、机灵得很、精过人

登上峨嵋看昆仑——这山望着那山高

峨眉山上活猴——看精的你

峨眉山上的佛光——看得见，摸不着、可望而不可及

峨眉山上的泉水——细水长流

峨眉山上的活猴——看精的

峨眉山上活猴子——看精到何人

峨眉山上看佛光——难得一回

峨眉山上摘星星——差得远哩

峭壁上搭梯子——玄得很

紧水滩的石头——见过多少波浪

紧水滩上的石头——见过风浪

积水的暗沟——不开通

钱塘江涨潮——大起大落

钱塘江的海潮——来头不小、看着涨,看着落

钱塘江的潮水——看涨

钱塘江涨大潮——一浪高一浪、后浪推前浪、来势凶猛、涌上来了

钱塘江上涨大水——一浪更比一浪高

钱塘江里撒尿——觉不出

钱塘江里的乌龟——随潮流

钱塘江里洗被单——大摆布

钻井出油——全靠压力

钻塔上开步走——没路

钻塔顶上迈步——没路走

钻塔顶上观景——站得高,看得远、登高望远

钻塔顶上吹喇叭——名扬在外

铁生锈——害自身

铁打铁——斗硬

铁打衫领——真硬颈

铁铸黄牛——开不得犁

铁打的公鸡——一毛不拔

铁打的心肠——见火就软

铁打的环罗——箍住了

铁打的罗汉——腰板硬

铁打的钉耙——一把硬手、是个硬货、是把硬手

铁打的饭碗——砸不坏、砸不坏,摔不坏、砸不坏,摔不碎、砸不破,摔不碎

铁打的围墙——不透风

铁打的葫芦——口难开、不好开口、不开窍、难开口、难开窍

铁打的脑袋——不转向

铁打的馒头——一个比一个硬、啃不动、难啃

铁打的营盘——流水的兵

铁打的裤带——拴不住

铁打的棒槌——硬邦邦

铁打的锁链——一环扣一环、一环套一环

铁打的脑壳——不转向

铁打的耕牛——动不得力(犁)(比喻不能用力。有时表示气力不足。有时表示无能为力或有力使不出。)

铁打的馒头——难啃、啃不动

铁铸的公鸡——一毛不拔

铁铸的佛爷——头难剃

铁铸的娃娃——抱着背着一样重

铁打嘴巴豆腐脚——能说不能行

铁打的房梁磨绣针——功到自然成

铁打的嘴巴豆腐心——嘴硬心软

铁打的肠子铜铸的心——变不了、没法变

铁做的人死了葬后山——死硬

铁打的衙门,流水的县官——有职不愁无权

铁里包钢——硬透

铁里蛆虫——必无其事

铁水封口——一言不发

铁水倒进模子里——定型了

铁水浇的,岩板凿的——抹不平,翻不转

铁皮葫芦——外强中干

铁皮做锣——另有音

铁皮钉鞋掌——底子硬

铁头敲铁钻——硬邦邦

铁头戴了钢帽子——保险得很

铁爪捉木鸡——手到擒来

铁爪子捉木鸡——手到擒来

铁勺打脸——打得不痛挖得痛

铁勺掏耳朵——下不去

铁勺摊鸡蛋——一勺一个

铁勺子挖脸——打得不痛刺得痛

铁勺子烙饼——供不上嘴

铁勺子挖耳朵——下不去

铁勺子挖面条——汤水不漏

铁勺子煮鸡蛋——一勺一个

铁勺子碰锅沿——难免

铁勺子掏耳朵——下不去

铁勺子不碰锅沿——哪里有

铁叉子剔牙——硬找岔（碴）、硬找岔（碴）儿

铁丸子打汤——不进油盐

铁丸子做汤——不进油盐

铁钩子搔痒痒——一把硬手

铁丘坟——只宜践踏，不宜挂扫

铁臼捣蒜——打不烂

铁钉打大刀——不够料儿

铁钉钉牛角——又尖又硬

铁钉钉钢板——硬挤进去

铁钉钉黄连——头朝苦里钻、硬往苦里钻、硬朝苦里钻

铁钉陷进豆腐里——软中有硬

铁钉铆在钢板上——扎扎实实、结结实实

铁钉铆到钢板上——扎扎实实、结结实实

铁钉子铆在钢板上——结实

铁钉耙挠痒——充硬手

铁丝灯笼——净心眼儿

铁丝架桥——难过

铁丝串豆腐——提不起

铁丝串铜铃——两头滑、两头溜

铁丝做门闩——经不起推敲

铁丝捆脚脖——越勒越紧

铁丝穿钢管——粗中有细

铁丝箍大黄桶——滴水不漏

铁丝箍紧大黄桶——滴水不漏

铁丝上跑马——活闹悬、闹悬、闹悬哩

铁条剁钉子——没冒（帽）

铁板一块——无缝可钻、无懈可击

铁板钉钉——硬碰硬、有板有眼

铁板没缝——不透风

铁板钉钢钉——硬碰硬

铁板碰石头——硬碰硬

铁板上钉钉——当当响、有板有眼、钻不进、钉是钉，铆是铆、硬对硬、硬过不去

铁板上钉针——叮当响、响当当、有板有眼

铁板上钉钉子——没变、吃得起分量

铁板上钉钢钉——摇不动、硬到家

铁板上的铆钉——没跑

铁板上炒豆子——熟了就蹦

铁板上炒黄豆——熟一个蹦一个

铁板上摁图钉——白费劲、你硬他(它)更硬

铁钎捅竹竿——层层深入

铁杆捅豆腐——一戳就透

铁杆磨成针——功到自然成

铁杵磨针——非一日之功、要持之以恒

铁杵舂石臼——硬碰硬

铁杵磨绣针——非一日之功、功到自然成

铁杵磨成绣花针——非一日之功、功夫深、功到自然成

铁扫帚刷铜锅——家伙挺硬

铁扫帚扫石板路——硬碰硬

铁炊帚刷铁锅——都是硬货

铁疙瘩当焊条——不是那块料

铁疙瘩遇到老铁匠——不圆也得圆

铁管子吹火——直截了当

铁肠铜心——永远变不了

铁笼捕鼠——抓活的、捉活的

铁笼装老虎——昔日威风何在

铁笼装家贼——正巧

铁笼里装猴子——乱窜

铁笼子捕鱼——捉活的

铁笼子关家贼——正合适

铁笼子老家贼——真巧

铁笼子装孙猴——乱窜乱跳

铁笼子里的老虎——威风扫地

铁笼子里装老家贼——真巧(雀)

铁围城里来的——饿鬼

铁筒装硬币——分文不露(漏)

铁筒子当篙使——没底儿

铁屑见磁石——牢不可分、密不可分

铁砧上睡觉——想挨锤了

铁球掉在江心里——团圆到底

铁球漾在江心里——团圆到底

铁弹打鸟——出手太狠

铁弹上刀架子——切不得

铁弹子打人——冲(铳)出口

铁弹子打鸟——管他(它)死活

铁刷刷铜盆——一个比一个硬

铁刷子抓痒——道道多

铁刷子刷锅——硬碰硬

铁刷子刷铜锅——家伙硬

铁刷帚刷锅——硬碰硬

铁刷帚刷铜锅——家伙挺硬

铁桅杆子的耗子——没得抓拿

铁桅杆上的耗子——没得抓拿罗(四川)

铁耙搔痒——一把硬手

铁耙耙口——道道多

铁耙耙地——道道多

铁耙搔痒痒——是把硬手

铁耙子挠头——一把硬手、是把硬手

铁耙子搔痒——小题大做、是把硬手

铁耙子耙田——道道多

铁耙子抓痒痒——小题大做、充硬手

铁耙子搔痒痒——硬齿的

铁钳钳住王八头——想缩缩不进,想滑滑不脱

铁钳钳住了王八头——想缩缩不进,想滑滑不脱

铁桶装铅球——难题(提)

铁桶落在水井里——拿不回来

铁桶里放鞭炮——空想(响)

铁箱装钢材——不怕压

铁箱装棉花——刚中有柔

铁筛子装水——漏洞太多

铁砣掉井里——不懂(扑通)

铁棍钓鳖——有个硬杆支着

铁棍作扁担——肩膀硬

铁钩子搔痒痒——是把硬手

铁盒装乌龟——不让他(它)出头

铁盒里装针——有尖不露

铁盒里装钉子——有尖不露

铁棒打钟——格外响

铁棒敲钟——灵锤锤

铁棒打豆腐——不用磨了

铁棒磨成针——全靠功夫深、功在有心人

铁棒磨绣针——功到自然成

铁棒棒敲钟——灵(铃)锤子

铁锤打夯——层层着实、层层落实

铁锤打磬——经不起、不值一敲

铁锤掉井——下层(沉)

铁锤敲钟——当当响、响当当

铁锤敲锣——当当响、响当当

铁锤打石头——干脆利落、实打实地、硬碰硬

铁锤打皮鼓——不堪一击

铁锤打纸鼓——不堪一击

铁锤打沙缸——问(纹)到底了

铁锤打钢板——硬碰硬

铁锤打钢针——硬对硬

铁锤打钢钎——硬对硬

铁锤打铁钻——硬碰硬

铁锤打铜锣——名(鸣)声高

铁锤当炒勺——砸锅

铁锤钉钉子——崩(嘣)了

铁锤拼刺刀——迎刃而上

铁锤砸乌龟——硬碰硬、硬打硬拼、不怕你硬、不怕你壳硬

铁锤砸西瓜——不好收拾

铁锤碰铁砧——硬碰硬

铁锤砸钢针——你硬我更硬

铁锤砸钢板——叮当响、当当响

铁锤砸核桃——粉身碎骨、硬打硬

铁锤碰铁钻——响当当、硬打硬、硬碰硬

铁锤捣山石——干脆利落

铁锤擂山石——干净利索、硬碰硬

铁锤敲石头——硬碰硬

铁锤敲钢钎——硬碰硬

铁锤敲钢板——当当响

铁锤敲铁钻——硬对硬

铁锤敲铜锣——响当当

铁锤砸金刚石——硬碰硬

铁锤掉到锅里——不敲也响啦

铁锤打在道钉上——当当响

铁锤打到橡皮上——一声不响、无声无响

铁锤掉在锅里头——不敲也响

铁锤砸在钢钻上——叮当响

铁锤砸在被窝里——不见回音

铁锤落在锅里头——不是敲的也响了

铁锤敲在钢板上——锤锤有分量

铁锤子炒菜——砸了锅

铁锤子敲钟——响当当

铁壳里放鸡蛋——万无一失

铁拉锁,子母扣——分久必合,合久必分

铁链子捆跳蚤——跑不掉

铁塔敲石蛋——实(石)打实(石)

铁塔尖上读哲学——理论高

铁梁磨绣针——功到自然成

铁掌钉在马腿上——太离题(蹄)、离题(蹄)了

铁锹挖荸荠——不用告(镐)、不用搞(镐)、不用搞(镐)啦

铁锹刨石板——深不下去

铁锹铲石头——硬碰硬

握着铁锹当锅使——穷极了

铁嘴豆腐脚——能说不能行、硬在嘴上,软在脚上

铁磨——耐磨

铁墩上打铁——叮当响

臭水坑里扔石头——一眼看到底

臭水坑里泡橘子——变了味

臭水坑里的核桃——不是好人(仁)

臭水坑里的蛤蟆——瞎咕咕

脏水倒阴沟——同流合污

脏水倒厕所——越兑越臭

脏水灌到茅坑里——越闹越臭

脏水灌掉到茅坑里——越闹越臭

脏水罐子掉到茅坑里——越闹越臭、越闹越臭了

脏水洗手尿涮锅,洗脚盆里捏窝窝——假干净

特区的政策——优惠多

高山——出猛虎

高山土地——不请不到

高山长草——根子深

高山打锣——四下闻名(鸣)、四方闻名(鸣)、四乡闻名(名)、四面闻名(鸣)、四海闻名(鸣)

高山打鼓——四下闻名(鸣)、四方闻名(鸣)、四乡闻名(名)、四面闻名(鸣)、四海闻名(鸣)、名(鸣)声在外、名(鸣)声远扬、名(鸣)声好听、远闻、响彻四方、想(响)得不低

高山响鼓——事出有因(音)

高山架桥——不用蹲(墩)

高山点灯——远见、大有名(明)头、名头亮

高山流水——少知音

高山砌屋——图风流

高山敲鼓——四方闻名(鸣)

高山滚鼓——不通不懂、不通不通又不通、不(卟)通(冬)不(噗)通(冬)、不(噗)通(冬)不(噗)通(冬)

高山毛栗子——带刺儿、浑身是刺

高山放大炮——名(鸣)声高、惊天动地

高山放鞭炮——四方闻名(鸣)

高山倒马桶——臭气远扬、臭名远扬

高山倒塘泥——溜滑

高山滚马桶——臭气远扬

高山滚石头——大翻身、永不归宗、永不回头、永不得回头、走也不及、有去无回、真是大翻身、决不回头

高山摔茶壶——光剩嘴、只剩个嘴儿、就剩一个嘴、就剩下一个嘴了

高山老婆打花鼓——紧跟上

高山有好水,平地有好花——各有所长、各得风水

十里高山观景致——上得高,看得远、登高望远

站在高山看大海——远水不解近渴

站在高山看马斗——踢不着、咬不着

站在高山看马咬——踢不着、咬不着

站在高山看打架——袖手旁观

高山上大麦——无瓢

高山上长草——根子深

高山上打鼓——八方有名(鸣)、八方闻名(鸣)、八方留名(鸣)、名(鸣)好听、名

（鸣）声好听、名（鸣）声在外、名（鸣）声远、名（鸣）声远扬、名（鸣）声传得远、四下闻名（鸣）、四方留名（鸣）、四方闻名（鸣）、四方扬名（鸣）、四方有名（鸣）、四面闻名（鸣）、四乡闻名（鸣）、四处闻名（鸣）、四海闻名（鸣）、想（响）得远、想（响）头不低、想（响）得不低、远闻、远近闻名（鸣）、响彻四方、震惊四方

　　高山上打锣——八方有名（鸣）、名（鸣）声远扬、四方闻名（鸣）、四方有名（鸣）、想（响）得远、远近闻名（鸣）、震惊四方

　　高山上吹号——响彻四方

　　高山上松柏——四季常青

　　高山上的水——下流

　　高山上响鼓——不（扑）懂（通）、名（鸣）声远扬、声名（鸣）远播、事出有因（音）

　　高山上架桥——不用等（墩）

　　高山上点灯——大有名（明）头、名（明）头大、名头亮、来明白的、高明、赫（黑）赫（黑）有名

　　高山上钓鱼——一无所得

　　高山上跑步——走为上

　　高山上砌屋——图风流

　　高山上搐鼓——名（鸣）声远播

　　高山上滚鼓——不（扑）通

　　高山上栽树——顶着天、顶到天了

　　高山上撞钟——名（鸣）声好听

　　高山上敲鼓——八方有名（鸣）、四方有名（鸣）、四方闻名（鸣）、响彻云霄、想（响）得远、震惊四方

　　高山上敲锣——八方有名（鸣）、四方闻名（鸣）、四方有名（鸣）、震惊四方

　　高山上栽竹子——个个都顶到天了

　　高山上打灯笼——名（鸣）扬四方

　　高山上打铜锣——四方闻名（鸣）、名（鸣）声高

　　高山上吹喇叭——名（鸣）声在外、名（鸣）声远扬、远近闻名（鸣）

　　高山上吹螺号——远近闻名（鸣）

　　高山上的古庙——有人许愿无人还、冷冷清清

　　高山上的竹子——个个都顶天立地

　　高山上的松柏——四季常青

　　高山上的松树——四季常青

　　高山上的青松——四季常青、久经风雨、根子硬、根深叶茂、经得起狂风暴雨

　　高山上的雪莲——一尘不染、不可多得

　　高山上的辣椒——干辣、红到顶、红到顶了

高山上的悬棺——不知怎么上去的、敢于暴露

高山上的瀑布——一落千丈、飞流直下三千尺、冲击力大

高山上放大炮——名(鸣)声高、惊天动地

高山上放鞭炮——名(鸣)声远扬

高山上建凉亭——图风流

高山上响铜锣——名(鸣)声不错

高山上种辣椒——红到顶了

高山上挂红灯——有名(明)望、赫(黑)赫(黑)有名

高山上倒大粪——臭气远扬

高山上倒马桶——臭气冲天、臭气远扬、臭气熏天

高山上倒塘泥——溜滑

高山上搭棚子——看瞧(樵)

高山上敲鼙鼓——八方有名(鸣)、四方闻名(鸣)、四方有名(鸣)、想(响)得远、震惊四方

高山上滚大石——永无回头之日

高山上滚大粪——臭气远扬

高山上滚马桶——臭气冲天、臭气远扬、臭名远扬

高山上滚石头——一落千丈、一去永不回、一去不复返、永不回头、大翻身、大翻身了，真是大翻身、有去无回、祸及无辜、接连翻身、翻了大身了、翻了个大身

高山上滚碌碡——越滚越低

高山上摔茶壶——只剩下一个嘴儿了

高山上的毛栗子——一身刺

高山上倒洗脚水——下流

站在高山上打锣——名(鸣)声在外

高山上头搭窝铺——看瞧(樵)

高山头种辣椒——红到顶了

高山头上点灯——来明的

高山头上吹喇叭——名(鸣)声远扬

高山头上放鞭炮——名(鸣)声远扬

高山石打滚——翻身又翻身

高山顶栽树——顶着了天

高山顶的竹子——条条顶到天

高山顶搭梯子——玄(悬)乎得很

高山顶上打钟——名(鸣)声好听

高山顶上吹号——想(响)得远

高山顶上的庙——有人许愿，无人还愿

高山顶上放炮——八方有名(鸣)、四方有名(鸣)、名震八方、名震四方、声震八方、声震八方、震惊八方、震惊四方

高山顶上点灯——名头大、来明的、有远见、放明白点、高明

高山顶上敲鼓——响彻四方

高山顶上四下望——见识远

高山顶上吹唢呐——想(响)得远

高山顶上吹喇叭——名(鸣)声大

高山顶上吹螺号——远近闻名(鸣)

高山顶上的菩萨——没多少贡献

高山顶上放大炮——惊天动地

高山顶上放风筝——起点高、起点不低

高山顶上泼大粪——臭得远

高山顶上种海椒——红到顶了

高山顶上点灯笼——名(鸣)头不小

高山顶上看城郭——隔得远

高山顶上烧大火——风流云散

高山顶上搭台子——高高在上

高山顶上搭棚子——高高在上

高山顶上挂红灯——有名(明)望

高山顶上修房子——图个风流

高山顶上修亭子——远看风流

高山顶上倒马桶——臭气远扬、臭气熏天

高山顶上倒粪桶——臭气远扬、臭气熏天

高山顶上摆大鼓——四方有名(鸣)、声传千里，名震八方、声传千里，名震四海、声传千里、四海扬名(名)、声震八方、名扬天下、声震千里、名扬四方、声震千里、四方闻名(鸣)、想(响)得远、震惊四方

高山顶上摆宴席——待的是风流客

高山顶上摆擂台——出手不凡、出手不低

高山顶上滚石头——一落千丈

高山尖上泼大粪——臭名远扬

高山尖峰打井——白费力

高山坡上滚鼓——不通不懂、不通不通又不通、不(卟)通(冬)不(噗)通(冬)、不(噗)通(冬)不(噗)通(冬)

高山庙里的菩萨——没得大贡献

高台上的灯——照远不照近

高台上表演——众人仰望

高岭上倒水——下流(游)

高崖打秋千——太玄(悬)乎

高崖上搭长梯——太玄(悬)乎

高老庄借宿——看你这个猪头的本领了、该咱老猪露面了

高老庄的女婿——猪头、原来是个猪

高家沟的菩萨——站像

高原上打机井——深远

高楼平地起——日新月异

高楼的电梯——能上能下

高楼上挂肉——好大的架子

高楼上的电梯——能上能下

高楼里的电梯——有升有降、能上能下

高泥墩失火——谣(窑)言(烟)

唐山的火车——倒霉(煤)

唐山的判官——倒霉(煤)

唐王陵上看泾河——远水解不了近渴

唐家寺的伞——试一把

唐汪川的杏子——透心里亮

家门上的池塘——深浅知道

家庙里脱裤子——丑死先人、把祖宗的脸皮都臊尽了

瓷瓦上瓦盆儿——一套一套儿

瓷窑上的瓦盆儿——一套一套的

闹海的哪吒——神通广大

海子城门骆驼像——什么大说什么

海子里找针——无处下手

海子里的虾米——翻不起浪、翻不起大浪

海上风暴——后浪推前浪

海上打水——要多少有多少

海上打捞——深入下层

海上行船——看风使舵、乘风破浪

海上泛舟——漫无边际

海上观测——往远处看

海上作业——专与风浪打交道

海上波涛——无风三尺浪

海上挑担——担风险

海上绿洲——青岛

海上聊天——漫无边际

海上潜水——有深度

海上捕鸟——向天要去

海上不吹风——不(波)平、波平如镜

海上龙卷风——海浪飞上天

海上的灯塔——指引航向

海上的尿泡——随大流

海上的波浪——此起彼伏

海上的孤舟——无依无靠

海上翻波浪——此起彼伏、此起彼落

海上的潜水艇——能主沉浮

海中捞针——无处下手

海中礁石——经得起冲击

海里寻宝——必须深钻

海里找针——难寻

海里的水——人人有份、众人的、永不自满、要多少有多少、到哪儿哪儿嫌(咸)

海里的鱼——无数、谁(水)有数

海里的官——管得宽

海里放鱼——难收拾

海里捞月——一场空、白忙活、白忙一场、白费力气、白费劲、白费工夫、望空扑影看得见,摸不着

海里捞针——一场空、白忙活、白费劲、白费工夫、枉费心、枉费心机、枉费工

海里游泳——有深度

海里长的花——根底深

海里找落剑——唠(捞)叨(刀)

海里找珊瑚——钻得深

海里的木板——东漂西散

海里的王八——大得出奇、个大得出奇

海里的龙王——管得宽

海里的虾米——翻不起浪

海里的格档——闯出来的棍

海里的珊瑚——各式各样、隐藏得深

海里的浪花——不用吹、不是吹的

海里的游鱼——抓到手里才算数

海里的礁石——时隐时现、经得起冲击

海里放鸭子——不简(捡)单(蛋)

海里无风三尺浪——鬼(水)潮

海里打捞绣花针——难办啊

海水添锅——放到哪里哪里嫌(咸)

海水浇花——三年不见花蕾、越浇越差

海水淋花——好心做坏事

海水煮汤——有言(盐)在先

海水冲礁石——浪出花来了

海水煮鸡蛋——自不待(带)言(盐)

海水煮黄连——苦上加苦

海水装在木桶里——放到哪里哪里嫌(咸)

吃的海水——管得宽

吃海水长大的——管得宽

喝海水长大的——见过风浪

喝海水说大话——没边没沿

喝着海水聊天——尽讲闲(咸)话

海水里长大的官——管得宽

海石头上的螃蟹——明摆着、明爬着(比喻明摆在那儿,很容易看清楚)

海面起阵风——后浪赶前浪

海面上刮风——波澜起伏

海面上起风——不平静

海面上起浪——发了疯(风)

海面上风平浪静——保证有水平

海内捞鱼——越捞越深

海外来和尚——洋参(僧)

海外的和尚——洋参(僧)

海外来的和尚——洋参(僧)

海边的大雁——见过风浪

海边捞虾蟹——看潮流

站在海边打唉声——望洋兴叹

站在海边看鱼跳——干瞪眼

海滨的潮汐——一浪高一浪、后浪推前浪

海底打拳——功夫深、有劲使不上、有力无处使

海底打锣——响不起来、想（响）不起来、想（响）得深

海底石斑——好瘀（鱼）

海底世界——无奇不有、陆地有啥海里有啥

海底动物——不见天日

海底坑洼——摸不透

海底作业——有谁看得见、再累也没人知道

海底找针——无处下手

海底卖艺——没人赏、功夫深

海底采珠——难得

海底的鱼——不好打

海底捞月——一场空、白忙活、白忙一场、白费劲、白费功夫、枉费心机、望空扑影、看得见，摸不着

海底捞针——一场空、白忙活、白费劲、白费工夫、枉费心、枉费心机、往哪儿找去（比喻极难寻找，或不容易办到。）、枉费工

海底捞沙——工夫白搭、摸不到底

海底动物——不见天日

海底栽葱——根底深、根子深

海底谋杀——害人不浅

海底推掌——出手太低

海底长海带——根子深

海底长的花——根底深

海底的坑洼——摸不透

海底打捞绣花针——难办、没有盼头

海底捞月，天上摘星——空想头、想得到，办不到（比喻幻想容易，要真正做到那是不可能的。）

海底下打拳——功夫深

海底下谋生——害人不浅

海滩拾贝——俯首即是（拾）、唾手可得

退潮的海滩——水落石出

站在海滩望大海——宽大无边

海滩上开店——外行

海滩上寻贝壳——白捡、有的是

海滩上的石子——有的是、多的是

海滩上的沙子——有的是、多的是、海多大，沙滩多大

海滩上的蚌壳——外表好看里面空

海滩上的螃蟹——明爬着

海滩上寻贝壳——白捡

海滩上的梭子蟹——任你挑来任你拣

海滩头开店——外行

海岛上的棕榈——无知(枝)

海湾停船——有安全感

海河口的面条鱼——没骨头的东西

海岩上的螃蟹——明爬着

海安的锣鼓——各打各

海安的芽嘴儿——粉嫩

海南的椰子——果真有味

海光寺的和尚——那是自然

海心亭的鱼——吃空了

海关大钟——到时就响、到时候就报

浪打船头——分两边

浪头撞在礁石上——水花飞溅、粉身碎骨

浪头里撑船——看风使舵

浪中行船——时高时低

浪里撑船——看风使舵

流沙上建高楼——基础不牢

流水遇到阻力——泛起浪花

流水上的木头——不稳定

流水滩头——有余(鱼)

浴池里撒尿——不得知

浴池厢里撒尿——不得知

浴室改门洞——走的是白专(砖)道路

浴室里的灯——模模糊糊

浴室里洗澡——一丝不挂

浴室里的毛巾——没上没下

浮土窝里的蒺藜——不露头的孬种

涝池摸鱼——白费劲

涝池里泡馍——汤水太大

涝池里捞鱼——瞎费劲

涝池里摸鱼——瞎费劲

涝池里泡馍馍——汤水太大

涝池里种莲菜——佳偶(藕)

涝坝崖边打墙——没路可走

涨水的乱柴——挂往了

浙江的龙井——明(名)查(茶)

凉水打茶——硬充(冲)

凉水冲茶——泡上了

凉水泡茶——没味儿

凉水和面——救(就)紧、就劲儿

凉水拌面——救(就)紧

凉水待客——冷淡

凉水沏茶——乏味

凉水退鸡——一毛不拔

凉水淘米——清清白白

凉水和苞面——不粘

凉水泡豌豆——冷处理

凉水泼群奸——一窝拿

凉水泼藕粉——硬充、硬冲儿、来个硬冲儿

凉水倒火炉——气往上升

凉水调藕粉——硬冲

凉水浇在火堆里——忽冷忽热

凉水碗里的筷子——能捞出什么味道来

凉水碗里的一双筷子——能捞出什么味道来

喝凉水吃生姜——乏味、不是滋味

喝凉水肚子痛——自找难受、自找罪受

喝凉水就大葱——喜欢这味道

喝凉水栽跟头——装晕

喝凉水剔牙缝——穷要面子、没事找事

喝凉水用筷子——多此一举、没有用、捞不着

喝凉水使赃鲥——早晚是病

喝凉水使筷子——是个招呼

喝凉水拿筷子——多此一举、无用、用不上、没有用、没用处、没得用、空扒拉、做个样、招牌、扭捏作态

喝凉水塞牙缝——倒霉透了、真倒霉

喝凉水吃凉年糕——早晚是个病

喝凉水不怕肚子疼——自作自受

喝凉水落肚肚子疼——自找的

喝凉水塞了牙、放屁扭了腰——活该倒霉

就着凉水吃大蒜——一点滋味也没有

凉山有大小——一山更比一山高

凉亭里避寒——寒上加寒

凉水泉里虾米子——冷虫

粉墙上的苍蝇——明摆着的

粉墙上的告示——清清楚楚

粉墙上挂灯笼——明明白白

粉墙上挂盏灯——明明白白

粉白墙上泼泔水——尽是污点

粉白墙上泼恶水——尽是污点

粉白墙上挂草荐——不成话（画）、不像话（画）

粉白墙上挂草席——不成话（画）、不像话（画）

粉白墙上贴告示——一清二楚、清清楚楚

粉白墙上落苍蝇——明摆着

粉壁墙上画棋盘——有子没处安

离山的猛虎——无能

离水的鱼儿——难活命、性命难保

离水的胖头鱼——干张大嘴

离地的火箭——不断上升、飞黄腾达、转眼不见

袖珍地图——小中见大

旅游结婚——想到哪儿到哪儿

旅游搞烧烤——在外很吃香

窄巷里踩车——转不了弯

娘娘庙里求子——有求必应

通州集——常事（市）

通州的米——大个儿

通州的粮——大个儿

通天河畔的猪八戒——难、难、难

陷阱里逮狗——手拿把稳

陷阱里抓狍子——没跑、没跑的、跑不了

陷阱里的豺狼——逃不了

陷阱里的恶狼——没跑、跑不了

陷阱里的猎物——束手就擒
陷阱里的野兽——谁还怕你凶
陷阱里逮兔子——手拿把握
陷阱里逮狍子——手拿把捏、手拿把陷
掉进陷阱里的狗熊——熊到底了
掉进陷阱里的野猪——张牙舞爪、死路一条
落在陷阱里的骏马——寸步难行
陶瓷烧窑——里面燃烧
能仁寺的和尚——没一个好人
绣楼的梯子——有数的
绣楼上挂肉——好大的架子
绣楼里的枕头——华而不实
绣楼里的闺秀——上不了阵势

十一画

黄土搬家——白费工
黄土捏泥人——你中有我,我中有你
黄土埋在嗓子眼——离死不远
黄土的蝼蛄捣黑土——拱不动
黄土埋到脖子上了——比不得早先哩、离死不远
黄土埋到嗓子眼儿——离死不远
黄土泥抹手——假拍(帕)子
黄山刺的弓——宁弯不折
到了黄山想泰山——这山望着那山高
黄河水——道(倒)不完、难清、源远流长
黄河之水——天上来、千年黄泥染成、不清
黄河开口——一泻千里、滔滔不绝
黄河决口——一泻千里、滔滔不绝、捅了大娄子
黄河的水——不清不白、难清、难请(清)、面平底不平
黄河破堤——一泻千里、滔滔不绝
黄河向东流——百折不回头
黄河决了口——一泻千里、滔滔不绝
黄河的石头——经得起风浪、经过大风浪、经过大风大浪、经过了大风浪、经得起风

吹雨打、是经过大风浪的

　　黄河缺了口——滔滔不绝

　　黄河两岸后手——差远啦

　　黄河水，长江水——不是一流

　　黄河水，长江浪——源远流长

　　黄河流，长江流——反正不是一流

　　黄河水上的尿泡——随大流

　　黄河看成一条线——多大的心

　　黄河管不着长江——各顾各

　　黄河的水，长江的浪——源远流长

　　黄河绕了九十九道圈——有弯

　　不到黄河——心（芯）不死、不死心（芯）

　　不到黄河心不甘——死心塌地

　　不到黄河心（芯）不死——顽固不化、倔强

　　隔黄河送秋波——不领情、没人领情

　　隔着黄河亲嘴——差远了

　　隔着黄河拉手——够不着

　　隔着黄河握手——差得远

　　隔着黄河送秋波——无人理会

　　跳下黄河——洗不清

　　跳进黄河——洗不清

　　跳到黄河洗不清——冤枉、太冤枉

　　站在黄河两岸握手——差得远

　　黄河上倒茶——流水准

　　黄河上的船工——经得起风雨

　　黄河上的船夫——什么风浪没见过、还是见过点大风浪的

　　黄河里水——难澄清

　　黄河里尿尿——随大流

　　黄河早的水———浪套一浪、不青（清）、不亲（清）、好浪、说不清、清不了、昏（浑）的、难清、难晴（清）、难请（清）、难得清

　　黄河里的鱼——谁也看不清

　　黄河里洗澡——不清白、不要想清白、身带泥沙一层皮、洗不净、洗不清

　　黄河里撒尿——随大流

　　黄河里的石头——经得起风浪、经过大风浪、经过大风大浪、经过了大风浪、经得起风吹雨打、是经过大风浪的

黄河里的尿泡——随大流

黄河里的尿脬——随大流

黄河里的礁石——任你风吹雨打,我自岿然不动

黄河里洗被子——拖泥带水

黄河里洗铺盖——拖泥带水

黄河水上的泡——随大流(溜)

黄河沿上钓鱼——放长线

黄海加级鱼——真刁(鲷)

黄浦江上走钢丝——玄乎得很、险乎、险哪、险得很、险乎得很

黄浦江里插稻秧——青浦

黄沙捏团子——沾不到一块、沾不到一块儿

黄沙里掺水泥——合在一起干

黄沙石掺水泥——合在一起、合在一起做

黄泥萝卜——揩一段吃一段

黄泥抹额头——胡(糊)闹(脑)

黄泥烧成砖——化不开

黄泥涂嘴巴——胡(糊)说(刷)

黄泥做的馒头——土包子

黄泥抹到裤裆里——不是时(屎)

黄泥掉在粪堆里——不是死(屎)也是死(屎)

黄泥跌在屎坑里——不是死(屎)也是死(屎)、不是死(屎)来也是死(屎)

黄泥菩萨过大河——自身难保

黄泥里的竹笋——尖端微露

黄泥巴捏的——经不起风雨、天晴落雨都难收拾

黄泥巴染布——颜色难看

黄泥巴打黑灶——好心不得好报

黄泥巴抹额头——胡(糊)闹(脑)

黄泥巴做馍馍——土包子

黄泥巴做棒槌——经不起敲打

黄泥巴做馒头——土包子

黄泥巴做磬槌——只有这一下

黄泥巴滚裤裆——泥屎难辨

黄泥巴糊裤裆——不是死(屎)也是死(屎)、不是事(屎)也是事(屎)(比喻无可奈何
地蒙受某种冤屈。)、想死(屎)死是死(屎)

黄泥巴抹到裤裆里——不是死(屎)也是死(屎)、不是事(屎)也是事(屎)

黄泥巴落在裤裆上——不是事（屎）也是事（屎）、想死（像屎）没有死（屎）

黄泥巴落到裤裆里——不是事（屎）也是事（屎）、想死（像屎）没有死（屎）（指辨不清冤枉）

黄泥巴掉进裤裆里——不是死（屎）也是死（屎）、不是事（屎）也是事（屎）

黄泥巴掉到裤裆里——不是屎（死）也是屎（死）

朝着黄泥岗造屋——开门见山

黄泥塘洗挥子——拖泥带水

黄胶泥掉到裤裆里——不是死（屎）也是死（屎）

黄浆做年糕——费力不讨好、吃力不讨好、费劲不落好

黄烂泥跌在屎坑里——不是死（屎）也是死（屎）

黄沙圪梁上的野草——涝不杀，旱不死

黄风岭的妖怪——行善为了吃人

黄陂到孝感——现（县）过现（县）、兑（对）现（县）

黄鹤楼赴宴——假相好

黄鹤楼上看行人——把人看矮了

黄鹤楼上看翻船——幸灾乐祸

黄鹤楼上的都督令——一张白纸

站在黄鹤楼上看翻船——见死不救

黄果树瀑布——冲劲大

黄埔墩摆渡——一脚去

黄金入柜——万年的大事

黄金过磅——斤斤计较

黄金落水——不化、化不了

黄金做门牙——不以为耻（齿）

黄金能卖高价钱——物以稀为贵

黄铜滚真金——经不住火炼

黄铜箱子白铜锁——外面好看里面空

萨尔图的蚊子——一叮到底

菩萨庙里的娘娘——迷（泥）人

琉璃釉子——浮面儿

琉璃嘎嘣——只要一阵

琉璃蓬莱——不能招

琉璃蛋上拴线——难缠

琉璃蛋上拴麻绳——难缠

琉璃瓶上安蜡扦——又奸（尖）又猾（滑）

琉璃珠子变鸡蛋——有一套

琉璃碗里擂胡椒——险得很

琉璃珠掉进油篓里——小滑蛋

琉璃瓶上安蜡扦儿——又奸(尖)又猾(滑)

琉璃瓦搭猪圈——屈才(材)、屈了材料

琉璃瓦盖寺庙——顶好

琉璃瓦盖鸡窝——大材小用

乾清门当差——拉瞎

崇明钱粮——当地开销

崇明岛上修菩萨堂——没靠山

崖上搭梯子——玄(悬)得很

崖头上栽树——根子硬

崖头上睡觉——不怕死、真玄(悬)乎、凶多吉少、死也不怕、死都不怕

崖头上抖睡铺——不怕死、真玄(悬)乎、凶多吉少

崖子头上抖睡铺——死也不怕

崖子头上滚砂锅——没一个好的

崖头缝里逮螃蟹——十拿九稳

崖头缝里逮蟹子——十拿九稳

崖缝里捉鳖——十拿九稳

崖缝里的马蜂——没人敢惹

悬崖临海——山穷水尽(近)

悬崖炸石——一边倒

悬崖勒马——来得及、回头是岸

三千丈的悬崖——高不可攀

到了悬崖不勒马——死路一条

站在悬崖往下看——触目惊心

前有悬崖,后有追兵——死路一条

悬崖上上吊——玄(悬)而又玄(悬)

悬崖上开车——只能退不能进

悬崖上的花——别睬(采)他(它)

悬崖上挂物——玄(悬)之又玄(悬)

悬崖上勒马——化险为夷

悬崖上跑马——不能多走一步

悬崖上跳水——不知死活、莫测高深

悬崖上跳高——一落千丈

悬崖上摘花——不可大意

悬崖上搏斗——没有回旋的余地

悬崖上摔跤——要死一块死

悬崖上攀援——绝不能松手

悬崖上打跟斗——可以多翻几番(翻)

悬崖上扔石头——一落千丈

悬崖上扭秧歌——高兴到头了、快乐到头了

悬崖上的鲜果——可望而不可及

悬崖上捉迷藏——不是好玩的

悬崖上晒腊肉——高高挂起

悬崖上炸石头——一边倒

悬崖上做游戏——只图快活,不顾危险

悬崖上捡狗粪——找死(屎)

悬崖上翻跟头——送死、找死、寻死、危险、不想活了、自己找死、凶多吉少

悬崖上的野葡萄——一拉一大串

悬崖边止步——停滞(止)不前

悬崖边上睡觉——早晚要往下调(掉)

悬崖边上急刹车——不能犹豫、看时(司)机

悬崖边上打太极拳——临危不乱

悬崖陡壁使牛车——危险

野外烤火———面热

野地烤火——一面热、就地取材(柴)

野地上的卵——荒诞(蛋)

野地里烤火——一面热、不分拢(垅)、就地取材(柴)

野地里烧火——就地取材(柴)

野地里长棵树——不在行

野地里的老鼠——土豪(耗)

野地里的和尚——没事(寺)、还没找到事(寺)

野地里遇疯狗——难近身、近不得身

野地里摆筐箩——外行

野地里撵兔子——谁逮住就属谁

畦内跑马——没多大发展

甜瓜地里长甘蔗——从头甜到脚

甜瓜地里种甘蔗——从头甜到脚底下

犁田甩鞭子——吹(催)牛

犁地没有牛——马拉、骡子上

犁地的甩鞭——吹(催)牛

犁地带抹偢——也算罢(耙)了

犁地淹死牛——伤(墒)透了

犁地不拿鞭子——光喝、光喝哩

犁地犁出水来——伤(墒)透了

犁地唱山歌甩鞭子——催牛用劲干活

犁壁上挂锄头——现坯子

偏僻的山村——没闹事(市)

银子翻转敲——唱反调

银子拴在肋骨上——一动就心疼

银样锻枪头——中看不中用、没上阵先软了

银线穿金线——两相配

银盆装清水——清清亮亮

银锤对金锣——一个赛一个

银锤敲金鼓——当当响、响当当

银锤打在金锣上——一声更比一声响、一声更比一声高

银圆当镜子——一切向钱看、光看钱、认钱不认人

银圆做银镜——全是钱

银圆落在石头上——当当响、响当当

银样镴枪头——上阵就软、没上阵先软了

铜铸仙鹤——翅膀再硬也飞不起来

铜铸的仙鹤——翅膀再硬也飞不起来

铜子儿换洋钱——一大堆换一个

铜勺子打脸——打着不痛挖着痛

铜叉碰铜锣——想(响)到一块了

铜头戴铁帽——太保险啦

铜板当眼镜——一切向钱看、认钱不认人、满眼是钱、睁眼就是钱

铜板做眼镜——一切向钱看、认钱不认人、满眼是钱、睁眼就是钱

铜板掉在铜盆里——当当响

铜板上钉钉子——硬碰硬

铜刷洗碗——硬对硬

铜渣喂猪——一个得了一个得

铜铃打响——弦外有音

铜铃打锣——另(铃)有因(音)、想(响)到一块儿

地理类歇后语

铜铃打鼓——另(铃)有因(音)

铜铃落地——当当响、叮当响

铜铃敲鼓——另(铃)有因(音)

铜铃对大钹——响到一个点子上

铜铃拴到腿上——走到哪儿响到哪儿

铜纽子铁纽袢——硬扣

铜圆当镜子——一切向钱看、认钱不认人、满眼是钱

铜钿眼里翻筋斗——盘过来算过去

铜钱眼镜——一切向钱看、认钱不认人

铜钱当眼镜——一切向钱看、认钱不认人、满眼是钱、睁眼就是钱

铜钱的眼镜——多方、只见钱、睁眼就是钱

铜钱做眼镜——一切向钱看、认钱不认人、满眼是钱、睁眼就是钱

铜钱掉进水盆里——摸得清

铜钱眼里打秋千——小人

铜钱堆里埋石头——弊(币)多利(砾)少

铜毫子买母猪肉——大家合算、大家欢喜

铜银子买纸腊鸡——大家合算

铜眼子买纸腊鸭——大家欢喜

铜珠掉在铜盆里——当当响

铜锤对铁刷——硬对硬、硬碰硬

铜锤对了铁刷子——一个更比一个硬

铜墙铁壁——坚不可摧

铜磬倒挂起——中(钟)样子

斜坡溜树段——滑头的占先

斜坡滚碌磚——顺势来、顺着势来、顺着势头来

斜坡上的卵——不得不滚蛋

斜坡上的球——你不叫它滚它也滚

斜坡上跳舞——难分高低

斜坡上推车——同心协力

斜坡上放西瓜——不愿滚也要滚

斜坡上放葫芦——一边倒

斜坡上滚皮球——永不回头

斜坡上滚西瓜——难免半途而废

斜坡上舞狮子——一会高一会低、一会儿高一会儿低

斜门缝里看人——怎么看怎么歪

常山赵子龙——一身是胆

深山老坟——久慕(墓)

深山赶脚——闲磨驴蹄

深山蘑菇——独根

深山老坟堆——久慕(墓)

深山的石头——有的是、多的是

深山的鹧鸪——难找寻

深山藏大树——栋梁之材

进了深山再找向导——迟了

深山里打猎——全凭真本事、死的活的都要

深山里寻宝——谈何容易、要胆大心细

深山里的坟——久慕(墓)

深山里的柴——到处有

深山里迷路——不能再糊涂

深山里敲钟——名(鸣)声在外

深山里吃黄连——有苦无处诉

深山里的小庙——冷冷清清、没香火、没见过香火、没见过大香火

深山里的石头——有的是

深山里的老坟——久慕(墓)

深山里的坟堆——久慕(墓)

深山里的知了——这边也叫,那边也叫

深山里的泉水——有来头

深山里的麻雀——没见过世面、没见过风浪、没经历过大风雨

深山里的饿虎——穷凶极恶、岂肯放过猎物

深山里的野果——谁都可以摘

深山里的野鸡——不是人养的

深山里的鹧鸪——不好找、难找寻

深山里的藤蔓——胡搅蛮缠

深山里敲大钟——名(鸣)声在外

深山里的白脸狼——三五成群、成群结队、成群结伙

深山里的花岗石——老顽固

深山里打猎,大海里捕鱼——靠山吃山,靠水吃水

深山沟里放木排——回不了头、顺流而下、难以回头

深山老林的枯树——无用之才(材)

深山老林遇大虫——不是虎死,就是人伤

深山老林遇老虎——不是虎死，就是人伤
深山密林迷了路——叫天天不应，叫地地不灵
深山小庙的菩萨——没人侍奉、没见过大香火、默默无闻
深水的鱼——摸不到
深水摸鱼——捞一把、想捞一把、难下手、下不了手
深水里摸鱼——无处着手
深水里打团鱼——碰着了、碰着的
深水里的鱼儿——用网捉捕
深水沟里放木排——顺水流、顺水淌
深水塘里洒下生石灰——沸沸扬扬
深坑的螺蛳——没出路
深潭里的蛟龙——兴风作浪、独往独来
深海里打捞——颇费手脚
深海里撒网——到底兜
深海里的鲸鱼——推波助澜
鸿门宴上——杀机四伏
鸿门宴上的刘邦——时刻有危险
鸿门宴上放走刘邦——坐失良机
淘井的吃饭——上来了
清水见底——明镜照心
清水写字——不留痕迹
清水豆腐——不见有(油)花
清水点灯——拿错了油
清水和泥——粘不上块
清水绘图——淡话(画)
清水炸鱼——办不到、没法办
清水下白菜——一清(青)二白
清水下杂面——你吃我看、你吃我看见、怎么办(拌)、怎么吃
清水兑白米——单打一
清水拌石子——合不拢、合不到一起、合不到一块、团不拢
清水拌铁砂——合不拢、合不到一起、合不到一块、团不拢
清水洗白布——空过一水、空过一场
清水洗煤炭——没事找事
清水洗煤砖——没事找事干
清水染白布——空过一水、空过一场

清水烧豆腐——平淡无味

清水煮白菜——一清(青)二白、无味

清水煮豆腐——乏味、乏味儿、没味儿、淡而无味

清水煮挂面——有言(盐)在先

清水煮萝卜——淡而无味、寡淡

清水煮湖鱼——淡而无味

清水淘白米——你知我见、你知我知

清水煮空笼屉——争(蒸)气

清水不同浑水去——好坏分开

清水不同浊水流——好坏分明

清水泡子扔石头——看到底儿了

清水倒在白酒里——以假乱真、以假冒真

喝清水拿筷子——没有用、故作姿态

清水里扔石头——一眼看到底

清水里洗绸子——干净利落

清水衙门——一尘不染、无懈可击、不沾荤腥、没有油水、没沾脏东西

清水河——见底了、看到底了

清水河里的石头——黑白分明

清水河里的鱼儿——影影踪踪

清水河里捞鱼儿——看得一清二楚

清水河里倒马桶——损人不利己

清水河里想捞钱——难

清水塘钓鱼——一眼望到底

清水塘里观鱼——一眼见底

清水池塘——一眼见底

清水池子扔石头——看到底儿了

清水池子里的泥鳅——看你滑到哪去

清水潭里扔石头——一眼看到底、一眼望到底(比喻看得很透彻。)

清水潭里的石头——一眼看透

清亮水染白布——白染一场

清河水——见底了

清泉河里捞针——难、难啊

淤泥河中的罗士信——有命也不长

混凝土硬结再捣——晚啦

混水摸鱼——大小难分

鱼池里下网——多余(鱼)

渔场失火——枉(网)然(燃)

渔场起火——枉(网)然(燃)

渔场里起火——枉(网)然(燃)

渔场里吵架——往(网)事

渔窝开网——笃定成功

梁上插针——粗中有细

梁上吊死人——上不着天,下不沾地;上不着天,下不着地

梁上的春燕——自来自去无人管

梁上挂猪胆——哭(苦)哭(苦)泣(滴)泣(滴)、苦(哭)苦(哭)啼(滴)啼(滴)

梁上挂暖壶——提高水平(瓶)

梁上一棵干瘪葱——叶烂要命枯心(芯)不死

梁头上发芽——我看你咋活

梁头上卖肉——架子不小、好大的架子

梁头上吊王八——四脚无靠

梁柱上插针——粗中有细

梁柁当烧火棍——屈才(材)

梁柁上插针——粗中有细

梁山入伙——志同道合

梁山好汉——重义气

梁山兄弟——不打不亲、不打不成交、不打不成相识、志同道合、越打越亲、越打越热

梁山聚义——逼走正道

梁山的兄弟——讲义气、不打不成相识

梁山的英雄——不打不亲、不打不成交、不打不相交、不打不相识

梁山水泊吴用——足智多谋

梁山好汉喝酒——大腕(碗)

逼上梁山——横竖一拼

和梁山好汉拜把子——你算老几

梁山上的王伦——无能之辈、妒贤嫉能、谁都容不得

梁山上的好汉——逼出来、逼出来的、社会黑暗逼出来的、爱打抱不平

梁山上的兄弟——不打不亲、不打不成交、不打不成相识、志同道合、越打越亲、越打越热

梁山上的军师——无(吴)用

梁山上的朋友——不打不成交、不打不相识、越打越亲

梁山上的英雄——不打不亲、不打不成交、不打不相识

梁山上的吴用——足智多谋

梁山上的晁盖——一把手

梁山上的房子——实(石)言(檐)

梁山上的屋子——实(石)言(檐)

梁山上的旌旗——替天行道

梁山上的戴宗——专门跑腿

梁山上的孙二娘——大手大脚的、母大虫

梁山泊的王伦——不能容人、容不得人、谁都容不得

梁山泊的兄弟——不打不相识、志同道合

梁山泊的好汉——不打不亲热

梁山泊的军师——无(吴)用

梁山泊的吴用——足智多谋

梁山泊的英雄——不打不亲、不打不成交、不打不相识

梁园虽好——不是久留之地、不是久住之乡、不是久恋之家

望乡台打哈哈——不知死的鬼

望乡台弹琵琶——不知死活

望乡台上立擂——不知死的鬼

望乡台上吃糖——死得还甜哩

望乡台上高歌——不知死的鬼

望乡台上赌博——死活就是这一下

望乡台上搽粉——死要面子

望乡台上打秋千——不知死的鬼、不知死活的鬼

望乡台上打哈哈——不知死的鬼

望乡台上打转悠——不知死的鬼

望乡台上打筋斗——不知死的鬼

望乡台上打能能——不知死的鬼

望乡台上打彩脚——不知死的鬼、真是不缺死的鬼

望乡台上打跟头——不知死的鬼

望乡台上折牡丹——不知死的鬼、死风流、死后贪花、死爱贪花、临死还贪花、做鬼也风流、至死不忘贪花

望乡台上戏牡丹——不知死的鬼、死风流、死后贪花、死爱贪花、临死还贪花、做鬼也风流

望乡台上吹口哨——不知死活、不知死的鬼、死活不知

望乡台上吹呼哨——不知死的鬼

望乡台上吹胡哨——不知死的鬼

望乡台上牵个猴——玩心不退

望乡台上拍巴掌——作着死的、快活死的

望乡台上抢元宝——贪心鬼

望乡台上抢骨头——馋鬼

望乡台上看牡丹——死也要贪花、做鬼也风流

望乡台上看春秋——不知死的古古丢

望乡台上看美女——做鬼也风流

望乡台上弹琵琶——不知死活、不知愁的鬼

望乡台上掉眼泪——死得好苦

望乡台上唱大曲——死到临头还作乐

望乡台上唱山歌——不知死的鬼

望乡台上唱曲子——不知死的鬼

望乡台上搽胭脂——死要面子、死要脸

望乡台上跳黄河——临死也得落个清白

望乡台上摘牡丹——不知死的鬼、死风流、死后贪花、死要贪花、死爱贪花、临死还贪花、做鬼也风流

望乡台上翻跟头——作死、死作乐

望乡台上打莲花落——不知死的鬼

望乡台上唱莲花落——不知愁、不知死的鬼、死开心

望乡台上唱梆子戏——不知愁的鬼

望乡台上唱梆子腔——不知愁的鬼

站在望乡台上唱梆子戏——不知愁的鬼

望江亭上度中秋——近水楼台先得月

庵堂不叫庵堂——妙(庙)

庵堂里的木鱼——任人敲打、天生挨揍、天生挨棒

庵堂里的耗子落在鼓里——蒙着头挨揍

庵庙里的尼姑——没福(夫)

阎罗殿里拉二胡——鬼扯

阎罗殿里砸石像——撞到鬼了

堂里挂草帘——不像话(画)

堂前中央挂灯笼——正大光明

堂前当中挂草帘——不是话(画)

堂屋挂汽灯——高照

堂屋玩龙灯——转不过弯来

堂屋挂草帘——不像话(画)

堂里挂兽皮——不成话(画)、不像话(画)

堂屋唱大戏——搭不起台

堂屋杀猪厨房卖——好歹不是外人

堂屋头栽柏树——有根之家、清(青)白(柏)传家

堂屋里长草——慌(荒)了、荒芜(屋)

堂屋里打屁——臭祖人

堂屋里打墙——彻底分家

堂屋里推车——进退两难

堂屋里打连枷——看上看下

堂屋里夹篱笆——一家分两家

堂屋里玩杆子——看上看下

堂屋里挂驴皮——这是啥话(画)

堂屋里挂狗皮——不像话(画)、那是什么话(画)

堂屋里挂草席——不像话(画)

堂屋里挂兽皮——不像话(画)、不成话(画)

堂屋里挂碾盘——实(石)话(画)

堂屋里挂粪桶——臭名在外

堂屋里栽柏树——有根之家

堂屋里搭篱笆——一家分两家

堂屋里栽黄金树——有根之家

堂屋里打酒厨房卖——便宜不出外

堂屋里头栽柏树——有根之家,清(青)白(柏)传家

堂屋门上挂枷担——家(枷)门

堂屋门前放爆竹——想(响)得宽

堂屋中央挂灯笼——正大光明

堂屋当中挂草帘——不是话(画)

粗石头性子——一碰就起火、一碰就着火

出了窑的砖——定型了

同窑烧的砖瓦——一路货

窑上失火——放谣(窑)言(烟)

窑上瓦盆——一套一套的

窑上的瓦盆——一套一套的

窑上的泥盆——成套的

窑里的砖——烫手、越烧越硬

窑里的泥砖——烫手、越烧越硬

窑里烧出来的砖——定型了
窑里藏陈年老酒——透不得气
窑场的砖——一个模子里出来的
窑场里的砖——都是一个模子里出来的
窑场里的坛坛罐罐——摆出来是一套一套的
进窑洞穿高跷——自找麻烦
窑洞里的草——只进不出
窑头土坯——也不长久
窑顶上喷水——杀一杀他(它)的气焰
窑泥巴做点心——好看不好吃
就地弹雀——必死
就坡骑驴——好下台、好下台阶、自找台阶
骑楼下躲雨——暂避一时、暂避一时算一时
骑楼底下聊天——尽讲门面话
隆福寺东廊下——狗势(市)